격동의 시대와 문학

시 대 를 살 아 숨 쉬 다, 한 국 문 학

격동의 시대와 문학

시대를 살아 숨쉬다, 한국문학

조미숙 著

KSI 한국학술정보㈜

한국 민족은 근대 시작부터 험난한 길을 걸어왔다. 근대정신이 개화하는 초창기부터 일제 강점을 겪었고 그 치하에서 근대정신에 대한 도전과 응전, 계급적 자각 등 여러 정신사적 변화를 겪게 되었던 것이다. 그런가 하면 일제 강점을 원점으로 돌릴 수 있는 광복마저 정상적인 절차에 의하여 이루어진 것이 아니었다. 그토록 꿈꾸던 광복이었음에도 불구하고 외세에 의하여 이루어졌기 때문에 정상적일 수 없었다. 이러한 일종 기형적인 광복은 이후 한국사회에 여러 문제를 야기했다. 하나는 준비 없이 이루어졌다는 점에서 또 다른 문제를 일으킬 소지를 주었다는 것이고 다른 하나는 독립된 조국에 대한 민족 스스로의 발언권과 헤게모니가 적을 수밖에 없게 만들었다는 것이다. 민족 자주적이지 못하고 외세에 의하여 일구어진 독립이 야기한 것은 동족상잔의 한국전쟁과 민족의 가름인 분단이었다. 전 세계 유례 없는 동족전쟁이라 일컬어지는 한국전쟁은 민족에게 두고 두고 씻을 수 없는 상처를 남기게 되었다. 분단 역시 그러하다. 형제가, 부자가 헤어져 살게 되면서 민족은 또다시 한을 경험할 수밖에 없게 되었다. 그런가 하면 분단이 고착화되면서 하나의 국가가 이원화되는 경험을 하게 하였다는 것, 그로 인해 체제에 맞지 않으면 반 체제, 곧 이적행위가 되어 왜곡되게 만드는 상황을 만들었다. 국민이라는 이름으로 동질화되어 가던 우리나라에 또 다른 소리의 가능성을 열어 준 것은 4·19혁명이었다. 그 전후 일어난 크고 작은 내란과 혁명들은 이적행위로 간주되어 지배이데올로기로 하여금 자신들의 정치에 이로운 방향으로 호도되었지만 4·19혁명은 그럴 수 없었다. 이는 수많은 사람이 참여한 그야말로 민족 전체의 혁명이었기 때문이다. 이렇듯 숨 가쁘게 이어지는 역사 속에서 한국문학 역시 그와 관련되면서 적응·변화해 왔다. 작가들에게 있어 글을 쓰는 일이란 불원간 수감될 것을 예약하는 것과 마찬가지로 척박했던 일제 강점기 글쓰기 환경에서 작가들은 어떻게 문학활동을 하였는가, 그 의미는 무엇인가에서 시작하여 민족적 비극인 여러 역사적 사실 앞에서 작가들의 활동은 어떻게 생각하여야 하는가에 이르는 작업은 문학적 변화의 선을 따라가면서 한국문학의 좌표를 알아보는 작업이 될 수 있으리라 판단된다.

차례

일제 강점기 속죄양 인물의 의미
- 염상섭 소설에 나타난 속죄양

격동의 시대와 문학

서론: 한국문학과 속죄양 유형의 인물

노드롭 프라이는 그의 저서 『비평의 해부Anatomy of Criticism』에서 평범하고 가정적인 불행을 겪는 평범한 인물들의 이야기인 가정비극domestic tragedy에 대하여, 그 특징을 '비애pathos'에 있다고 보았다. 그리고 그러한 비애의 효과를 내기 위해서는 전통적으로 가련한 여성 희생자들이 필요하게 되는 것이라고 하면서 그 전형적인 희생자의 구체적 예를 '파르마코스pharmakos'라 하였다. 그에 의하면 파르마코스는 성서에 등장하는 속죄제나 번제 등의 희생 의식에서 항시 사용되는 제물 또는 죽어가는 신의 모습이 아이러니 속에서 재현되는 산 제물로서의 인물이다.[1] 본래 이 말은 영혼의 재생에 필요한 정화와 속죄를 위하여 성

---

1) Northrop Frye, 『Anatomy of Criticism』, princeton univ. press, 1973, 41~52면 참고.

스러운 동물이나 사람에게 부패 곧 죄의 책임을 전가시킨 뒤에 죽이는 의식에서의 속죄양 또는 대체우 등의 제물을 뜻한다. 한 도시나 공동체의 정화 혹은 보상의 도구로 희생되어 죽도록 운명 지어 있는 사람이라는 뜻에서 나아가 욕구불만으로 발생하는 파괴적인 충동의 발산을 직접 그 원인이 되는 것에 향하지 않고 다른 대상으로 전가하는 경우, 그 대상을 이르는 말로도 사용되기도 한다. 문학에서 사용되는 속죄양의 의미는 자신의 의사와는 관계없이 임의적으로 택해진 희생자의 역할을 하는 인물, 자신의 의지와는 상관없이 사회나 제도에 의하여 희생되는 인물 또는 욕구불만의 해소책으로 사용되는 인물을 이르기도 한다.

속죄양적 성격과 행동을 갖는 인물들은 동서양을 막론하고, 고전에서 현대소설에 이르기까지 이름과 상황만 조금씩 바뀔 뿐 반복적으로 나타나고 있음을 볼 수 있다. 한국문학에서 속죄양적인 인물은 유난히 많이 나타난다. 이는 조선이 전통적인 유교 국가였고 그 도덕규범으로서 유교가 개체의 인간들에게 충과 효의 덕목을 강조하는 것을 기본으로 하여 왔다는 사실과 무관하지 않다. 생활능력이 없는 부모를 위하여 자기의 편안한 삶을 버리고 직업전선에 뛰어들거나 부모의 물질적 이익을 위한 혼인에 몸을 던지는 자식의 이야기나 친구를 위해 대신 죽음의 길에 들어서는 이야기 등 남을 위해 희생하는 모티프는 유교적 덕목을 고양하기 위해서도 빈번하게 사용되었던 것이다. 자신을 내어 버린 부모를 위해 험한 길을 마다하지 않고 약을 구해 오는 설화 속의 바리데기공주나 아비의 눈을 뜨게 하기 위하여 자신의 몸을 팔고 마침내 물속에 뛰어들고 마는 고대소설상의 심청이 그 대표적인 인물이다.

여기에서는 식민지 시대인 1920년대 염상섭 장편소설에 속죄양 인물이 빈번하게 나타난 현상에 주목하여, 그 양상을 살펴보고자 한다. 작가는 속죄양 인물들의 빈번한 설정을 통하여 무엇을 이야기하고자 하였던 것일까.

염상섭 소설의 속죄양 유형의 인물

염상섭 소설의 속죄양적 인물들은 준비도가 낮은 상태에서 생활 전선에 뛰어들어 마침내는 패배하게 되는 인물들이다. 그들은 몇 가지 특성을 갖는다. ① 상황에 대한 무지, 곧 그들 자신들은 너무 어리거나 배움이 적어서 상황을 파악할 능력을 갖추고 있지 못하다는 것 ② 그럼에도 불구하고 그들이 아니고는 가족의 생계를 꾸려 나갈 방도가 없거나 앞에 놓인 문제를 해결할 사람이 없어서 자신의 의사와는 무관하게 희생을 강요당하는 상황에 놓이게 된다는 것 ③ 결과적으로 그들은 종종 삶의 질곡으로 빠지게 되어 마침내는 성격적, 인간적 파탄을 결과하기 쉽다는 점 등에서 공통된다. 초기 소설을 중심으로 염상섭의 속죄양 유형의 인물들을 들자면 다음과 같다.

1) 속죄양 인물과 그들의 환경

(1) 지순영 – 『사랑과 죄』

염상섭의 『사랑과 죄』는 리해춘과 지순영 그리고 덩마리아라는 세

인물의 삼각적 연애관계를 주된 내용으로 하고 있다. 지순영은 가정 내 속죄양으로서의 면 외에, 연적인 뎡마리아와 탐욕적인 가족에 의하여 사랑의 왜곡을 겪는 가운데에 놓인 인물이다. 그녀는 리판서의 집 청지기였던 유부남 지원용과 리판서의 첩 해줏집 사이에서, 리판서가 외국에 가 있는 사이 불륜의 결과로 태어난 사생아이다. 그들의 불륜을 알게 된 리판서는 지원용을 해고하였고 해줏집도 쫓겨났다. 생모 해줏집은 순영을 버리다시피 하고 사라졌으며 순영은 부친과 계모의 손에서 길러졌다. 그의 부친 지원용은 해줏집으로 인해 직업을 잃고 아편까지 배워 건강을 잃고 일찍 세상을 떠나게 된다. 경제적 능력을 가진 가족들이 아무도 없어 지순영은 아버지의 약값을 벌기 위해서 또 아버지가 죽은 이후 생계를 책임지기 위해 홀로 일해야 했다. 결국 지순영은 계모와 오라비가 해줏집에 대하여 가지고 있는 욕구불만의 엉뚱한 해소책으로 기능하여야 했던 것이다.

> 공부는 더 할 수 업고 부친은 알아 누어서 허는 수 업시 이 병원의 간호부 견습으로 온 것이라 한다. (……)순영이가 이 집에 삼 년 살 작뎡으로 온 것이라고 하는 말을 듯고 한희는 놀라지 않을 수 업섯다. 그것은 마치 갈보 가튼 것이 몸을 팔아 집안을 구한다거나 부모의 병구원한다는 녯 이야기와 가타얏다.[2]

그녀는 아주 어려서 팔리다시피 남의 집에 보내어져 가정부, 간호부 등의 온갖 궂은일을 해야 했다. 자기 몸 고된 것보다 집안을 위하여 일할 수 있다는 사실에 그녀는 보람을 느끼고 있다. 그런데 순영은 위의 인용에서처럼 그녀의 상황을 비판적으로 바라보는 한희의 도움으로 직업교육을 받아 간호사라는 직업을 가지게 되고부터 자신

---

2) 「사랑과 죄」, 64면.

의 무조건적인 희생에 의문을 품게 된다.

(2) 박춘경 － 『이심』

『이심』은 두 가지 마음을 가지고 있는 박춘경을 중심으로 그녀와 동거인 창호의 파멸을 그려 내고 있는 소설이다. 박춘경은 부모에게 버림받은, 고아 아닌 고아이다. 경제적인 면에서, 춘경의 집안은 구한국시대 원이었던 부친 밑에 오빠들은 은행 지배원이거나 제국대문과생이라는 당대의 인텔리요 중산층들인 '밥술이나 먹을 만'한 형편으로 경제적으로는 부유한 편에 속한다. 어느 날 매우 사소한 일로 인해 춘경과 창호를 둘러싼 스캔들이 일어났는데, 그의 부친은 소문과 남의 말은 여과 없이 믿어 버리고 딸과는 전혀 대화의 통로를 열려 하지 않은 채 춘경을 내친다. 춘경이 자기와 자기 집안의 체면을 손상시켰다는 것에 대한 분노만으로, 딸에 대한 신뢰의 여지나 사후의 대책 없이 자기 집에서 딸을 추방해 버렸던 것이다. 결국 춘경은 집안의 체면을 위해 버려지는 속죄양이었다. 이때 미성년인 그녀를 내쫓는 부친의 행동은 춘경을 무책임하게 방치하여 결국 정상적 삶을 살 수 없게 하는 것에 다름 아닌 것이었다. 쫓겨난 뒤 춘경은 극도의 궁핍을 경험하게 되는데 현실감각 없는 남편으로 인해 춘경이 생활 전선의 제일선에 내몰리게 된다. 그녀의 가난은 부모에게 물려받은 것이 아니어서 당자가 어느 정도 적응이 가능한 가난과는 다른 것이었다. 춘경은 무방비 상태에서 가난으로 내던져진 것이었다. 먹고살아야 한다는 일차적인 명제는 그녀로 하여금 육체적인 거래도 불사하게 만들었다. 그런데 작가는 자신의 목소리를 드러내면서까지 그녀의 탕부 기질과 허영심을 강조하고 그 때문에 춘경의 파탄이 초래된 것으로 설정하고 있다. 작가는 여성의 성욕을 매우 부정적으로 보는 성향을 가지고 있기 때문이다.

(3) 이창호 - 『이심』

박춘경의 남편인 이창호는 양반 가문의 외아들로 젊고 장래가 유망하던 인물이었음에도 춘경과의 사소한 스캔들에 의해 학교와 사회로부터 철저히 추방당하고 가족으로부터도 버림받는다. 학창시절 이창호는 순수하고도 매력 있는 평범한 남학생이었으며 성실하고 운동도 잘하는 건강한 청년이었다. 이렇듯 촉망받던 인물이 버려지는 과정은 매우 우연적이고 사소하기 짝이 없다. 그 역시 춘경과 마찬가지로 완고한 사회와 무책임한 교육제도의 속죄양이었다. 사회생활에 아무런 준비 없이 버려진 창호는 춘경과 동거를 시작하고 사회 부적응자로 살아간다. 학교를 중도에 그만둔 그는 학교 교원이 될 수도 없었고 어중간한 지식에 끌려 사회주의자가 되었다가 마침내 사상범이 되어 수감생활을 경험한다. 이창호가 사회주의자가 되는 과정이 작품 가운데 나타나지는 않지만 당대 부적응자 특유의 방식으로 프롤레타리아 사상에 경도되었을 것으로 판단 가능하다. 출감 후 그가 취직하기는 더욱 어려울 수밖에 없었고 그의 삶은 궁절될 수밖에 없었다. 그의 가난 역시 생래적인 것이 아니었고 이창호에게는 가난에 대한 아무런 대처 능력이 없었다. 그리하여 그는 생계에 극도로 무감각한 삶을 영위하는데 그의 이러한 무능력, 무책임은 아내 춘경으로 하여금 삶을 위해 생활전선에 뛰어들게 한 것이다. 이렇듯 각박한 현실 속에서 그의 성격은 점차 타협할 줄 모르는 외골수로 변하게 된다.

(4) 홍경애 - 『삼대』

홍경애는 작품 『삼대』 내에서 조덕기의 친구로 '아들 세대'에 속하면서도 '부친의 세대'인 조상훈과 연결되는 인물이다. 그녀는 개화기 세대인 덕기 부친 조상훈의 사생아를 낳게 된다. 조상훈은 자식의 친구이자 자신이 딸처럼 뒤를 돌보아 주던 그녀를 능욕할 만큼 경애에 대한 동정심과 욕정을 분별하지 못했던 것이다. 어정쩡한 종교인인 조상훈은 경애를 첩으로 앉히지도 않고 그녀에게 일방적으로 숨어 살 것을 강요한다. 이러한 상훈에 대한 경애의 시선은 합리적이지 못했다. 그녀는 지나칠 정도로 의존적 삶을 살아가는 인물이었던 것이다. 경애는 상훈을 통해 세계를 바라보려 하였다. 그랬기에 상훈의 실체를 알고 나서 가치관에 전반적인 혼란을 경험하는 것이다. 상훈이 경애 자신이 겉으로 보아 오던 것과 같은 교육자요 교인으로서의 '거룩한' 모습이 아니라 술을 탐닉하고 육체적인 욕망을 요구하는 인물이라는 사실에 그녀는 세상 전반에 환멸을 느끼게 된다. 그녀는 자신의 절개를 빼앗은 상훈에 대한 분노를 부자 일반에 대한 적개심으로 치환한다. 그리고 모친을 비롯한 남에게만 자신을 망가뜨린 데 대한 책임을 전가하고 원망하며 술에 의존한 채 냉소적이며 비뚤어진 방식으로 살아가려 한다. 한편 경애의 모친은 딸의 정조와 미래에 무관심했다. 경애 모친은 딸이 정조를 지키는 대신 호구지책을 걱정하면서 사는 것보다는, 교환가치가 있는 정조를 이용하여 돈을 얻어 내는 것이 살아가는 데 더 유리하다고 보았다. 그녀는 딸의 미래에 관한 진지한 고민보다 당장의 돈을 중시하는 가치관을 가지고 있었던 것이다. 경애의 집은 과거에는 잘살았으나 '너무 호활하'고 '살림에 등한'한 성격의 부친이 가족들을 고려하지 않은 채, 의협심으로 재산을 모두 잃었다고 진술된다. 이는 다시 한 번 생각하게 만드는 요소이다. 가족을 고려하지 않고 의협심으로 재산을 탕진한다는 것은 경애의 작품 후반기의 행동과 연관 지어 생각해 볼 때 독립운동과 관련이 있을 수 있다. 그렇다면 경애는 어머니라는 가족 내 무관심의 결과일 뿐만 아니라 사회적, 시대적 속죄양이라 할 수 있는 인물인 것이다.

(5) 이필순 - 『삼대』

『삼대』의 필순은 조덕기의 친구인 김병화가 하숙하고 있는 집의 주인 딸로 조덕기에게 막연하게 애정을 느낀다. 필순의 부친은 본래 학교 선생이었던 인물로 기미 독립 운동 때 연루되어 감옥 생활을 하고 그 이후로는 사회적으로 거세되어 직업을 갖지 못한 채 룸펜 생활을 하며 무위도식하는 일제하의 부적응자 가운데 한 사람이다. 모친 역시 남편의 뜻에 동조를 하는 편이고 가족들은 가난한 삶 속에서 서로 위해 주고 아끼는 편이어서 겉으로는 평화로운 가정처럼 보인다. 그러나 안을 들여다보면, 술로 도피해 버린 호프만콤플렉스의 부친, 그에 불만은 있어도 남편과 뜻만 같이하려는 현실적 감각 없는 모친 사이에서 살림에 대한 현실적 책임이 모조리 필순의 것임을 알 수 있다. 이러한 환경에서 필순은 학업을 중도에 포기하고 공장 노동자가 되어 집안 식구들을 벌어 먹여야 하는 상황이 된다. 굶주린 상황에서도 필순은 한 그릇의 국수 앞에서 부모를 먼저 떠올릴 줄 아는 매우 효성스러운 성격의 인물이다. 그녀는 부모에게든 사회에 대해서든 불만을 갖지 않는다. 수동적으로 돈을 벌라면 벌고 일을 하라면 할 뿐이다. 필순은 사회적으로 거세된 무능력한 부모로 인해 가정을 책임져야 하지만 자신을 그런 상황으로 내몬 사회에 대한 인식 능력은 가지지 못한 인물이다.

(6) 조인숙 - 『진주는 주엇스나』

『진주는 주엇스나』는 조인숙이라는 신여성이 현실에 순응 패배하는 과정을 그리는 작품이다. 작품상의 현재로부터 약 일 년 전 진형석의 집에 들어 더부살이를 시작한 조인숙은 진형석의 도움으로 학교를 다니며 숙식을 하고 있는 상황이다. 그녀는 자신을 결혼시켜 그를 통해 이득을 보려고 획책하는 진형석의 계략을 알고 그의 집을 나가야겠다고 생각하고서도, '밥'은 어떻게 하나 하는 계산을 먼저 할 만큼 타산적인 경제형 인물이다. 계산 빠른 신세대 여성 조인숙이 학문을 위해 자신의 몸을 담보로 내세운다는 것은 전도된 사고방식의 표현이 아닐 수 없다. 그녀는 안일하게 향락을 추구하면서 그것에 대한 책임을 타인에게 전가한다. 인숙은 다음과 같이 자기의 처지를 강변하고 있다.

> 진씨의 사람을 웃고 죽이라는 그 눈총! 거기에서 버서나게 하야 줄 사람은 효범씨밧게 업섯습니다 그러나 두다리는 문은 쯧쯧내 열리지를 안엇습니다 목이 말으도록 불너도 발이 쌔지도록 굴너도 굿게 다치인 돌문짝을 바시기에는 저의

힘이 넘어나 약하엿섯슴니다 그러나 뒤에서는 쏘차옵니다 은혜라는 칼과 재산이
라는 혀(舌)를 가지고 위협도 하고 달래기도 합니다 이째에 이리로 와서 숨으라
고 간절히 손짓을 한 사람이 리근영! 그 사람이엇슴니다 그러나 거기는 마굴이
엇슴니다[3)]

　그녀가 나이 든 리근영의 첩 생활을 결정한 것은 어쩔 수 없는 선
택이 아니라 다만 그녀의 도덕성 부족과 현실 문제를 외면하려는 안
일한 생활태도 그리고 찰나적 향락주의에 말미암은 것일 따름이다.
인숙은 리근영과의 결혼에 서울에서 예식을 거행하는, 첩 이상의 대
우와 독일 유학을 보내 줄 것 등의 조건을 내세우고 있다. 여기에서
인숙이 자신의 몸을 놓고 흥정을 하고 있는 모습을 볼 수 있다. 조
인숙으로서는 진형석에서 리근영으로 상대만 바꾸는 것일 뿐 몸을
이용해 상대에게 경제적인 이익을 챙기기는 일반이다. 공부를 계속
하기 위하여 학비를 대 주는 진형석에게 정조를 내어 주고 또다시
유학을 보내 달라는 조건을 내세워 리근영의 첩이 됨으로써 조인숙
은 주객이 전도된 가치관의 소유자임을 극명하게 보여 준다. 그녀는
자신의 합리화만으로는 부족함을 느꼈는지 후에 이르러는 논리를 확
대하기도 한다. 돈에 눈이 어두워 팔려 가는 것은 자기만이 아니라,
과거로부터 현재에 이르기까지 모든 여성의 문제이니 결혼이라는 것
은 일종의 팔려 가는 것에 다름 아닌 것이므로 자기만을 탓할 일이
아니고 결혼이라는 제도 자체, 모든 여성을 부정하는 수밖에 없다고
하는 것이다. 그녀는 신과 구, 급변하는 가치관하에서 희생되는 인물
로 볼 수 있을 것이다. 그런데 그러한 이야기를 하는 인물이 조인숙
처럼 동의하기 어려운 인물로 설정되어 있다는 것은 작가가 가지는

_____
3) 「진주는 주엇스나」, 45회.

가치관 사이의 분열을 보여 준다. 염상섭은 스캔들 기사를 활용4)한 이 소설에서 '진주는 주었으나' 그 진주를 효과적으로 사용하지 못하는 세태를 풍자적으로 보이고 있는 듯하다. 작가는 외형적으로 나타나는 학력을 위하여 자신의 정조쯤은 대수롭지 않게 생각하는 조인숙이라는 신여성 인물을 통하여 '진주'라는 화려함의 그늘에 대한 통찰을 요구하고 있다고 볼 수 있다. 조인숙은 학력, 세련됨 등 시대적 '진주'를 가지고는 있으나 상황에 대한 무지, 상황 타개의 의지 등은 전혀 갖지 못한 인물인 것이다.

2) 속죄양 인물들의 양상, 공통점과 차이점

이상 인물들의 상황을 간단히 정리하면 다음과 같다.

인물	생계 담당의 책임 유무	상황에 대한 무지 여부	인간적 성격의 파탄 여부
홍경애	의협심뿐인 부친 - 남의 도움으로 살다가 부친이 죽자 생계를 스스로 담당하게 됨 +	상훈의 도움으로 여학교를 마치고 교원이 되어 직업을 가지게 됨. 그에게 있어 문제는 무지가 아니라 의지의 부족임 -	상훈과의 불륜과 그에게 버림받고 그에게 환멸을 느끼면서부터 모든 것에 회의를 느끼고 자포자기하나 후에 극복하게 된다 + → -
이필순	사회주의자로 집안의 현실에 눈을 감고 사는 부모 - 여공생활로 생계 유지 +	자기의 현실을 잘 알고 있음. 그러나 덕기와의 관계에서는 다소 분별력이 흐려지기도 함 -	원래 효성스럽고 부지런한 성격은 그대로 유지됨 -
지순영	부친의 약값을 위해 팔려 가는 상황이었으며 부친의 사후에도 생계를 혼자서 책임짐+	팔려 가는 것에 로맨틱한 상상만 할 뿐 자기 신변의 위협 같은 데도 무지함. 한희의 가르침을 받으며 극복됨 + → -	상황에 순응하던 성격이 적극적인 성격으로 변화함 -

---

4) 김경수, 『염상섭과 현대소설의 형성』, 71~91면 참고.

인물	생계 담당의 책임 유무	상황에 대한 무지 여부	인간적 성격의 파탄 여부
박춘경	집안에서 쫓겨난 뒤 동거하게 된 남편 창호의 무관심으로 생계를 맡음 +	학교를 쫓겨나게 될 때도, 찬규와 죄아에게 농간을 당할 때도, 창호에 의해 팔릴 때도 사리 판단을 하지 못함 +	정조를 빼앗겨서가 아니라 남편에게까지 이해받지 못하고 자식마저 죽자 소외감으로 인해 성격이 파탄에 이름 +
이창호	실질적으로 그에게 생계의 책임은 있으나 무관심, 안일한 현실대응	스캔들에 휘말리고는 무지한 상태에서 상황에 적극적으로 대응하지 못하고 주위로부터 소외당함, 상황 극복 의지 없음 +	상황에 의해 집을 쫓겨나고 뚜렷한 사명감도 없이 사회주의자가 되어 부적응의 삶을 살면서 성격이 변화, 아내를 인신매매할 정도로 성격 파탄+
조인숙	생계를 담당해야 할 가족이 없음 -	그럴듯한 합리화를 곁들일 수 있을 정도로 자기의 상황을 너무나 잘 알고 있음 -	성격의 변화 여부는 나오지 않음 -

인물들의 속죄양적인 면모, 곧 속죄나 대속이라는 행위는 소설에서 부모의 가난을 대신 감당하거나 부모가 책임지기 꺼리는 자신들의 앞날을 준비 없는 상태에서 스스로 일구어 나가야 하는 모습으로 환치된다. 젊은 이 인물들은 모두 학교 등의 배움의 문제에서 속죄양적 면모가 시작된다는 특징을 지니고 있다. 대부분이 어린 나이에 학업을 그만두어야만 했거나 학교로부터 내쳐진 인물들이기 때문이다. 이창호와 박춘경의 비극적인 상황은 그들이 학교로부터 쫓겨나면서부터 시작된다. 지식인 혹은 지식층이란 교육에 의하여 형성되는 것이라는 점을 상기해 볼 때 미처 사회에 나설 준비가 되어 있지 않은 상태에서 학교로부터 버림받는다는 것은 한 인간의 생애에 있어 무시할 수 없는 중요한 요소가 된다. 여기 속죄양적인 인물들이 사회로부터 축출된 것은 집안 어른들의 몰이해, 무사안일의 사고방식 때문이다. 우선 춘경과 창호의 부모들은 자식의 입장을 이해하려고 하지 않았다. 서둘러 못된 자식을 내쫓아 버림으로써 자식을 제

대로 가르치지 못한 자신의 책임을 벗고 싶었을 뿐이다. 그들은 가문의 명예를 자식의 미래와 행복보다 우선하는 잘못된 사고방식을 가지고 있었던 것이다. 필순은 가난하게 된 집안 형편 때문에 공부를 도중하차한 것이어서 공부에 대해 미련을 버리지 못한다. 그러나 필순이 기대하는 학문이라 함은 진리에의 탐구 그 자체가 아니라 호의를 가지고 있는 유부남 덕기와 함께 동경에 가서 공부하는 것이었다. 이는 곧 덕기의 첩이 되는 길을 의미하는 것이라 할 때, 이러한 필순의 면모는 부집존장의 농락물이 된 홍경애나 김의경 같은 인물들과 다를 바가 없다. 그렇다면 필순은 제2, 제3의 홍경애나 김의경이 될 수 있는 상황에 놓여 있다. 배움에서 비롯되는 속죄양의 면모는 왜곡된 지적 욕구를 가진 조인숙에게서 그 극단을 이룬다. 그녀는 입신양명, 곧 몸을 세우기 위해 공부하는 것이 아니라 공부를 계속하기 위해 몸을 이용하는 전도된 가치관을 보여 준다. 그녀에게 공부란 화려한 장식품, 허영심의 충족을 위한 것에 지나지 않았던 것이다. 그녀 스스로는 자신이 리근영에게 팔리다시피 시집가는 것이 마치 사회의 부조리 때문인 것같이 강변하고 있으나 이는 인숙의 자기최면, 자기변호에 지나지 않는다. 그녀의 허영심은 돈 많은 리근영을 선택하지 않고는 충족될 수가 없었던 것이다. 홍경애의 배움도 조상훈의 원조로 된 것이다 보니 공부를 마친 후의 굴절이 예고되어 있다는 것을 알 수 있다. 자신 스스로도 상훈의 은혜에 몸으로라도 갚아야 한다는 강박관념을 가지고 있는 것은 그 증거이다. 지순영의 경우에는 다니던 학교를 그만두고 남의집살이를 하면서부터 위험한 상황에 놓이게 된다.

(1) 공통점 - 가장 아닌 가장

　이들은 대부분 보호자로서 부친이나 모친이 엄연히 있음에도 불구하고 생계를 책임져야 했다. 여기에서 예외적인 인물은 조인숙뿐이다. 조인숙에게는 책임져야 할 가족이 없다. 그녀의 걱정은 오로지 그녀 자신의 '밥' 문제였다. 먼저 순영은 모친과 이복 오빠가 있으나 생활을 그녀가 책임지고 있다. 그녀는 어릴 적 병든 아버지의 약값 대신 남의 집에 팔려 간 경험이 있다. 계모와 이복 오라비 덕진은 고생을 하고 돌아온 순영에게 생계의 책임을 모두 맡긴 채 무위도식할 뿐이다. 더욱이 덕진은 그녀를 자신의 회사 사장인 유부남 류택수에게 소개시키는데, 이는 순영을 다시 팔아 경제적 이익을 보려는 속셈이다. 박춘경은 부모에게 버림받고 어쩔 수 없이 창호와 가정을 이루게 되었는데, 남편인 창호가 생계에 전혀 무관심하자 어린 나이에 생활의 모든 책임을 혼자 지게 된다. 생계를 걱정하는 아내 춘경에게 대해 창호는 굶어도 죽지는 않는다는 식으로 소극적이면서도 무책임한 태도를 보일 뿐이다. 이창호는 자기와 마찬가지로 어려운 생활에 뛰어든 아내를 보호하지 못하고 책임을 외면하였다. 삶의 의욕도 분명치 않고 자존심만 앞세우는 비생활인으로 설정된 이창호는 자식과 아내에 대한 책임까지도 깨닫지 못하는 부유적인 인물이다. 아이를 낳은 춘경을 대신해서라도 생계를 책임져야 하는 상황에서 그는 감옥을 나와서도 생계에 무관심한 것이다. 홍경애의 경우는 부친의 가산 탕진, 외삼촌이라는 친족에 의하여 자행된 횡령, 금전적 은혜를 베푼 이에게 딸의 몸을 묶인 속에 내어 주는 모친 등으로 둘러싸여 있었다. 자신의 일신상의 안위만을 생각하는 모친에 의해 그녀는 생계의 책임을 혼자 짊어지고 있었다. 필순은 부모가 다 살아 있으나 집안의 생계를 담당하여야 했다. 현실 감각 없는 사회주의자로 돌아다니며 술이나 얻어먹고 감옥에 들어가는 일을 밥 먹듯 하는 부친과, 한숨만 쉴 뿐 대책을 마련하지 못하는 모친은 필순이 학교를 그만두고 공장을 다녀 버는 돈에만 의지하여 살아가고 있다. 가장 아닌 인물들이 내몰려 생계를 책임지게 되는 상황이 인물들을 속죄양적 상황으로 모는 것임을 알 수 있다.

(2) 차이점 - 상황에 대한 태도의 차이

이들은 상황에 패배하느냐, 극복하느냐에 따라 두 부류로 나누어진다. 전자에 박춘경과 이창호, 조인숙이 포함된다면, 후자에는 지순영을 비롯하여 홍경애, 이필순이 포함된다.

가) 상황에 패배, 타락하는 인물들

작가는 『이심』의 춘경은 선천적 탕부 기질 때문에 비극적 삶을 살게 되는 것이라고 작품의 곳곳에서 목소리를 드러내고 있다. 그런데 작가는 그러한 본능을 순화시키는 책임을 교육이 맡아야 한다고 이야기한다.[5] 춘경은 자신의 삶에 주도적이지 못한 나머지 파탄에 이르고 만다. 남편 창호의 문제점은 사태를 냉철하게 직시하지 못하고, 곧 아내가 정조까지도 수단화해야 했던 처지를 돌아보지 않은 비정함에서 출발한다. 창호는 자신의 무관심함으로 인해 상처받을 수밖에 없었던 아내를 인정하고 그 상처를 같이 괴로워하기보다 그녀를

---

5) 작가 염상섭은 "一世를 風靡하는 성적 頹的廢(頹廢的) 傾向 - 그 타락은 오즉 그네들의 敎養 向上으로만 겨오 救濟된다."고 말한 바 있다. 염상섭, 「諸家의 戀愛觀」, 『조선문단』, 1925. 7.

부정하여 버림으로써 자신의 책임을 회피하려는 태도를 보인다. 마침내 창호는 아내 춘경을 사창굴에 팔아넘긴다. 가장 믿었던 남편 창호에 의하여 인간 이하의 대접을 받은 춘경의 갈 길은 죽음뿐이었다. 아내를 매매한다는 데에서 창호의 성격의 파탄은 극치를 이룬다. 조인숙의 상황은 신여성과 자본가의 제휴, 결합인 금전결혼이라는 문제이다. 그녀는 그것이 지식인으로서 옳지 않은 일인 것을 알고 있다. 그녀는 결혼을 원하는 리근영에게 이런저런 어려운 조건을 제시하는데 이것은 자신의 심리적 보상을 위해서이기도 하지만, 그 일이 그녀로서도 가능하면 피하고 싶은 일이거나 조금이라도 시간을 지체하고 싶은 일이었기 때문이다. 진형석이 조인숙을 다른 곳으로 시집보내려 하는 데에는 두 가지 계산이 있었기 때문이었다. 곧 껄끄러운 상대인 그녀를 치워 버림으로써 자신의 가정과 지위를 지킬 수 있을 뿐 아니라 그 결혼을 통해 리근영으로부터 삼만 원이라는 거금을 약속받았던 것이다. 이 결혼을 반대한 김효범은 그녀가 그런 배경으로 팔려 가는 것임을 알고 있었기 때문에 그녀를 악의 소굴과도 같은 상황에서 자신의 목숨까지도 걸고 구해 주고자 하였다. 이러한 양대 세력 사이에서 조인숙은 결국 진형석과 리근영이 들고 있는 돈의 미끼에 넘어가게 되는데, 이는 그녀가 상황에 패배한 것으로 볼 수 있다.

나) 상황의 극복 욕망

상황에 맹목적으로 희생되는 것이 아니라 나름대로 그 환경을 벗어나려는 의지를 가지고 마침내 상황을 극복하는 인물에는 지순영과 홍경애, 이필순이 있다.

병든 부친의 약값을 충당한다는 로맨틱한 영웅심에서 시작된 일이었으나 계속되는 가족들의 착취에 순영은 점차 현실의 모순을 발견하고 극복의 방법을 모색하기 시작한다. 염치를 모르는 가족들의 계속적 착취에 그녀는 희생정신, 순박하고 로맨틱한 운명공동체에 대한 허상을 깨닫고 참된 나에 대하여 개안하는 것이다. 그것은 가족들만을 위한 삶이 아니라 자신을 위한 삶을 모색하는 부분, 리해춘과의 사랑을 선택하는 문제 등에서 발견된다. 홍경애는 자신을 속죄양으로 만드는 상황에서 인간답게 살아갈 모든 것을 잃고는 인간에 대한 전반적인 신뢰감을 모두 잃은 채 타락의 길을 걷게 되었다. 그런 그녀는 상훈에 대하여 복수를 꿈꾸기도 하였지만 곧 포기하고 오히려 상훈과 그의 가족에 대하여 연민의 감정을 갖고 그들이 잘되기를 바라기도 한다. 경애는 결국 작품 내에서 두 번의 커다란 성격 변화를 보인다. 상훈에게 실절 후 부정적인 양상으로 변화하였다가 다시 긍정적 방향으로 사고방식이 바뀌게 되었던 것이다. 이러한 성격 변화 여부가 이필순을 지순영, 홍경애와 구별 짓는 요소가 된다. 필순은 팔려 가거나 정조를 잃거나 잃을 위험을 겪는 따위의 극적인 경험이 없어서 그런 성격의 변화를 일으킬 계기가 없었다. 그런데 필순을 보면 경애의 과거와 똑같은 상황이라는 점에 주안해 볼 수 있다. 필순이 경애처럼 성격의 변화를 겪지 않으면 안 되는 삶을 살 수도 있다는 것이다. 하지만 작품 내 강조되고 있다시피 필순이 가지고 있는 자존심이 경애와 비슷한 과정의 삶 속에서도 필순이 속죄양이 되어야 하는 위험한 상황에 빠지지 않게 하고 그녀를 지켜 줄 수 있을 것으로 예상할 수 있다.

속죄양 인물들과 이념
그리고 시대적 의미

단 위에 오른 제물이 불에 태워져 본래의 흔적을 잃는 것과 마찬가지로 속죄양적인 인물들은 삶의 질곡에서 번민하다가 마침내는 성격적 인간적 파탄을 결과하게 되기도 한다. 파르마코스형 인물들은 그 스스로의 도덕성의 유무에 따라 두 가지 양상을 갖게 된다. 고대문학 속의 심청처럼 자기를 희생함으로써 다른 사람을 구원하는 동시에 자기까지도 상승의 결과를 야기하는 이상주의 문학의 경우가 있고, 리얼리즘 문학에서 빈번히 볼 수 있는 것처럼 자기도 패배, 남도 상처받게 되는 것이 그것이다. 후자의 예가 염상섭 소설 속의 박춘경과 이창호, 조인숙의 경우이고 나머지 인물들도 다른 이를 상승시키는 희생의 면모는 없다는 점에서 상섭의 세계관이 이상적인 것은 아니었음을 알 수 있다.

박춘경의 경우, 그녀를 속죄양으로 만드는 것은 학교와 사회의 안정과 부모의 명예라는 문제 위에, 남편과 자식의 생존이라는 지상명제와 그를 둘러싼 남성들의 성욕이었다. 그녀는 가족과 학교의 자구 의식으로 말미암아, 경제적 자립 능력이 없는 상태에서 버림받았다. 먹고살기 위하여 일본인 좌야에게 정조를 팔아야 했는데, 남편 친구까지 그녀에게 금전적, 성적 만족을 요구한다. 그런 상황에서도 춘경이 생을 유지할 수 있었던 것은 그녀의 자식에 대한 사랑과 염려 때문이었다. "道德의 基調는 實로 本能的인 母性愛"[6]에 놓여 있는 것이라는 염상섭의 말처럼 그녀가 자식을 측은히 여기고 있는 부분은 그녀를 비도덕적으로만 볼 수 없게 한다. 살기가 힘에 겨워 그녀

---

6) 염상섭, 「민족, 사회운동의 유심적 일고찰」, 조선일보, 1927. 1. 4.~1. 15.

는 자살을 감행하게 되는데, 그런 춘경을 살려 준 수원집과 좌야의 제휴에 말려, 죽으려던 그녀는 사기 행각에 가담하게 된다. 그러면서 남편과의 심정적 거리는 더욱 멀어지고 그 와중에 자식이 죽게 되자 그녀는 파탄에 이르게 된다.

> 핏속을 휘저어 놓는 춘경이의 빙종한 성질이 한층 노골로 나타났다. (……)요새 는 툭하면 술잔을 들겠다고 하게 되었다. 수원집이, 다아 말릴 만큼 성한 사람 같지 않을 때가 있다. 게다가 술을 아니 먹으면 「칼모친」이나 「아다린」같은 약 을 먹어야만 잠을 자는 버릇이 생기었다.[7]

호프만콤플렉스에, 약물 중독은 그녀의 정신세계가 얼마나 피폐되 었는지를 짐작하게 한다. 여기에서 그녀를 구원해 줄 수 있는 것은 남편 창호의 이해였다. 그런데 믿고 찾아갔던 남편에 의하여 그녀는 창녀굴에 팔리는 신세가 된다. 그녀에게 남은 것은 다시 한 번 죽음 을 감행하는 것뿐이었다.

춘경의 남편 이창호는 자신이 수감되어 있는 동안에 춘경과 좌야 의 성적 거래를 알고 아내에 의하여 버림받았다고 생각해 버린다. 그래서 좌야가 빌려 준 돈은 춘경의 몸값으로 치부하고 어렵사리 빌 려 온 생활비를 창호는 자신의 행색을 비웃는 거지에게 뿌려 주는 행동을 한다. 자신을 우습게 보는 시선을 수정하는 것이 현실적 생 계보다 급했던 그의 객기는 돈의 사회성을 무시하는 태도이며 이를 통해 그의 비사회적인 면모를 볼 수 있다. 그는 자의식 과잉형의 인 물이다. 아내의 부정한 행각에 대하여 생각에 생각을 거듭하다가 마 침내 그녀를 동정의 여지없이 죽음의 길로 몰아넣는다. 이러한 창호

---

7) 『이심』. 283면.

의 파탄에 이른 성격은 퇴학 전의 성격과 좋은 대조를 이룬다. 창호
와 춘경에게 있어 이 세계는 그야말로 '자신을 완전한 희생물로 하
고 마는 조건을 만들어 내는 장소',8) 그것이었다.

조인숙은 효범이나 그녀 스스로 말하는 것처럼 사회제도에 희생된
경우가 아니라, 안이한 향락에 대한 지나친 탐닉으로 파행적 삶을
영위하는 경우이다. 효범과 함께하는 가난한 생활을 그녀는 생각하
기도 싫어한다. 그녀에게 효범은 성욕의 대상이었지 동반자가 아니
었다. 그녀는 금전만능의 사회 속 욕망의 대속 제물이었기 때문이다.
돈만을 앞세운 결혼이 매춘과도 다를 바 없는 타락의 끝9)이라면, 인
숙은 결국 인간적인 파탄에 이르렀던 것이다.

그런데 인물들의 이러한 속죄양의 모습은 한 개인과 가정 내의 문
제로만 볼 수는 없다는 것이 주목을 요한다. 그것은 이상의 여러 인
물들 가운데 가장 비본질적인 속죄양 모습을 하고 있는 조인숙의 경
우에까지 작가가 역사적이고 시대적인 의미를 부여하려고 노력하였
다는 점이다. 작가는 속죄양 인물들을 통하여 당대 사회의 비뚤어진
욕망과 문제점을 부각시키려고 하였던 것이다. 이는 시대적 부정정
신의 소산인 것이다.

지순영, 홍경애 그리고 이필순을 상황으로부터 건져 내는 역할을
하는 것은 공통적으로 사회주의 이념이라는 사상적인 문제이다. 순
영은 사회주의자인 한희와 호연의 영향을 받고 그들에게 자기의 생
을 걸어도 좋다고 생각한다. 상황에 순응하던 그녀의 성격이 변화하

---

8) 로비 매콜리 · 조오지 래닝, 「인물 구성」, 김병욱 최상규 편 『현대소설의 이론』, 대방출판사,
1983, 286면 참조.
9) 오양호, 「신여성의 비극적 생활사」, 소설과 사상, 1995, 봄, 705면 참고.

게 된 데는 몇 가지 요인이 있지만 가장 중요한 것이 한희와의 만남과 그녀를 통한 사회주의 이념의 수혜이다. 이를 통해 그녀는 비로소 자신의 삶에 관하여 적극적이고 능동적인 자세를 갖게 되었던 것이다. 홍경애는 과정이 뚜렷이 드러나지는 않지만 사회주의 이념을 수혜하고 그 운동에 참가하게 되면서 삶의 방향이 바뀌게 된다. 그녀가 상황으로부터 벗어나 적극적인 현실성을 가지게 된 것은 과거에 자기 집 돈을 들고 도망쳤던 외삼촌과의 연계선상에서 피혁, 병화의 사회주의 운동을 도와 가게를 차리고 사회주의자들을 원조하는 일을 하면서부터이다. 이 일을 계기로 경애는 복수를 포기하고 퇴행적 행동에서 돌아서게 되는 것이다. 필순은 덕기에 대하여 다소 맹목적인 지향을 보이면서도 그에게 웃음 한 번 보낼 때도 조심하려고 한다. 필순의 자존심은 그녀로 하여금 가난하지만 부자에 대하여 비굴하지 않고 스스로의 중심을 지키게끔 한다. 이곳이 필순과 경애가 갈라지는 지점이다. 필순의 자존심은 그녀로 하여금 경애와는 다른 삶을 살 것으로 믿게 하는데 필순의 자존심은 부모에게 배운 사회주의 사상에서 비롯된 것임을 알 수 있다. 이들은 모두 사회주의 이념으로 인해 상황을 벗어나거나 벗어날 가능성을 보이지만 하나같이 투사형 인물들이 아니다. 순영은 이념 운동을 위해 상해에 있는 한희에게 가라는 권유 앞에, 그것이 그녀의 정신적 지주나 다름없는 호연의 제안임에도 쉽게 응하려 하지 않는다. 좋아하고 존경하는 호연과 한희의 이념이 수혜된 것일 뿐, 순영에게 있어 이념이란 자기의 미모를 믿고 경박하게 행동하거나 상황에 대한 무지로 인해 속죄양으로 전락하는 일을 막아 주는 구실을 하는 것이 전부이다. 필순의 이념 역시 가정이나 부모를 버리고 몰두할 만큼 전적인 것은 아니었다. 그녀는 이념을 위해 결혼이나 행복 등 소박한 현실적 꿈을 희생하려고 하지는 않는다. 러시아로 가서 공부하고 일해 보라는 병화의 제의를 거절하는 것은 그러한 필순의 의지를 잘 보여 준다. 경애 역시 그러하다. 병화와 피혁을 도우면서 이념과 연계될 뿐 투사로서의 면모는 전혀 없다. 이들에게 있어 이념은 단지 의식의 자각과 자존심을 지키는 부분으로만 나타날 뿐이다. 이것은 상섭이 당시의 사회주의자들에게 기대하는 바를 보여 준다. 상섭은 사회주의를 신봉하더라도 현실의 삶을 도외시하고 살아가는 것보다는 직업을 갖고 살아가면서 삶과 밀접하게 자신의 분수를 지키는 것을 바람직하게 보았던 것이다. 당대 지식인들이라 할 수 있는 이들에게서 세련되고 당찬 당대의 신여성으로서의 면모는 찾아볼 수 없다. 상섭은 신여성의 부박함을 극도로 싫어하는 작가이다. 그런 그가 이념과의 연관성을 갖는 신여성을 긍정적으로 그리는 것은 상섭이 신여성을 비롯한 여성, 아니 모두에게 어느 정도의 이념 주입이 필요함을 강조하며 이는 일제 강점하에 이념의 역할을 인지한 결과라고 볼 수 있다.

결론: 일제 강점기 속좌양 인물의 의미역

한국 현대사에 있어서 1920년대는 역사적인 의미와 문학적인 의미에서 가장 중요한 시기의 하나이다. 이때가 식민지 지배가 본격화되는 시기였으며, 역설적으로 이때가 조선인들의 역사의식과 함께 문학적인 안목이 크게 상승되게 되었다는 사실 때문이다. 이 시기의 문학을 살펴보면, 1910년대와는 본질적으로 구별되는 특징을 가진다. 형식 면에서는 리얼리즘 문학이 본격화되었으며, 내용 면에서도 식민지 지배하의 엄격한 검열이라는 한계를 극복하고 직접적 혹은 간접적인 방식으로 리얼리즘 정신이 구현되고 있다.

여기에서 살펴본 염상섭의 작품 속 속죄양 인물들의 불행은 한 개인의 불행한 삶이 아니다. 그들의 불행은 역사적, 시대적인 의미 속에서 규명되지 않으면 안 된다. 상섭 소설 속에서 속죄양 모티프는 다양한 모습으로 나타난다. 제단에서 불살라져 그 자체는 소멸되는 진정한 의미의 속죄양으로서의 인물, 일순간 속죄양적 역을 담당하지만 사건의 진전에 따라 그러한 상황에서 벗어나게 되는 인물 또한 사회적 모순과 자신의 처지로 인하여 만들어진 속죄양이지만 스스로의 노력으로 극복하려는 인물, 자신 스스로의 타락과 인식의 결여로 사회적 필요악의 대상으로서 희생되는 인물 등이다. 마지막 유형의 인물상의 경우는 순진무구의 존재가 아니어서 가장 비본질적 속죄양이라고 할 수 있는데, 여기에서 속죄양 인물이 가지는 사회적인 의미역에 대한 작가의 의식이 직접적으로 드러나고 있음을 시사받을 수 있다. 작가는 사회적 필요악으로서 인물의 파멸을 그리며 시대를 부각하고 있는 것이다.

염상섭에게 속죄양 인물의 의미는 무엇일까. 식민지 시대라는 것은 틀림없는 부정적 시대이다. 이러한 부정적인 시대는 그것의 해소 곧 식민 상태로부터의 탈피를 위해 무엇인가를 제물로 내세우지 않으면 안 되는 것이다. 여기에 식민지 시대 속죄양 모티프 문학의 의미가 있다. 식민지 시대의 살아 있는 작가 정신은 식민지라는 당대의 부정성을 용납할 수가 없었던 것이다. 부정되어야만 할 식민지 시대, 그것을 위해서 그 시대 속의 인물들을 부정하여야 했다. 인물들을 부정하기 위해서는 부정적 인물들의 뚜렷한 형상화가 필요했고 그래서 상섭은 부정정신의 작가라는 말을 들을 정도로 부정적인 인물들의 묘사에 천착했다. 그리하여 인물들의 타락의 근원이 식민지라는 사회에 있다는 것을 간접적으로 보이고 있는 것이다. 상섭은 이와 아울러 속죄양 유형의 인물들을 많이 설정하여 그들이 상황이나 시대에 의하여 파멸되어 가는 과정을 작품의 모티프로 빈번하게 사용하고 있다. 그의 소설 속에 나타나는 이 속죄양 인물들은 단순한 가정비극의 차원을 넘어서 시대적 의미로 확대 해석되어야 한다고 본다. 상섭은 인물들을 희생시키고 속죄시킴으로 속죄제의 결과, 곧 죄 씻음을 염원하고 있었던 것이다. 이 죄 씻음이란 결국 죄의 결과인 식민지 상태에서 벗어나는 것에 다름 아닐 것이다.

Ⅱ

식민지 치하의
가난과 민중의 삶

서론: 리얼리스트 강경애가 포착한
식민지 치하의 가난

한국문학사에서 강경애는 독특한 의미역을 가진다. 그녀의 문학은 오랫동안 문학 연구자들로부터 제대로 평가를 받지 못하고 외면당해 왔다. 한국문학사의 특수성에 기인한 일군의 불행한 작가들이 있다. 우리 문학 풍토상 경직된 이데올로기에 의하여 좌익 작가의 문학은 연구될 수가 없었다. 뿐만 아니라 시인 백석처럼 문학세계가 좌경화된 것이 아니고 단지 38선 고정화 당시 공간적으로 북쪽인 고향 정주에 있었다는 이유만으로 재북 작가가 되어 남쪽 문학사에서 제외되는 경우도 비일비재했다. 그런 작가들이 빛을 보고 남쪽의 우익 이데올로기에 의하여서만 주도되었던 절름발이 문학사가 온전한 문학사로 기워지고 다듬어지게 된 것은 1988년의 해금 조치 이후였다. 그런데 강경애는 고향은 북쪽이지만 해방이 되기 전인 1944년에 운명했기 때문에 월북 혹은 재북 작가가 아니다. 그리고 카프에 속해 있지도 않았다. 그녀의 문학은 이유 없이 그늘에 가려 있었던 것이다.

강경애 문학에 관한 연구가 본격화된 것은 해금 작가들의 연구와 거의 때를 같이한다. 그것은 혹자의 말처럼 한국문학사에서 월북 작가와 프로작가에 대한 해금이 이루어지고 그들에 관한 연구가 활발해지면서 사회주의 리얼리즘과 그 언저리에 대한 관심이 본격화되고 그에 따른 리얼리즘의 심화된 이해가 이루어지면서 강경애라는 리얼리스트의 진가가 보다 더 뚜렷하게 드러나게 되었던 때문이라고 보는 것이 타당하다.

1920~30년대는 한국문학사에서 아무리 강조해도 지나치지 않을 만큼 매우 중요한 시기이다. 민족 저력의 분출이었던 3·1운동의 잠정적인 실패, 그로 인한 패배주의와 비관주의가 만연했던 문단에서 그나마 외국문학 이론이 원어 그대로 수입되고 문예지, 시지 등 작가의 지면이 많아진 것은 불행 중 다행이라 할 것이다. 그 하나의 예가 형식적 리얼리즘의 정립임은 더 이상 강조할 필요가 없다. 그런데 20년대 후반 우리 문단을 자극한 사회주의 문학을 생각해 보면 1920년대와 1930년대가 단순히 형식적 리얼리즘만의 시기가 아니고 사회주의 리얼리즘이라는 내용적 면에서의 리얼리즘까지도 포함하는 것을 알 수가 있다. 결국 한국문학에서 1920년대와 1930년대는 이 두 가지 리얼리즘의 시험장이었다고 할 것이다.

여기에서는 내용적인 리얼리즘인 사회주의 리얼리즘의 측면에서 강경애의 문학을 살펴보려고 한다. 강경애는 당대 어느 작가보다도 치밀하게 당대의 가난을 묘사하려 하였기 때문이다. 민촌 이기영은 여성과 노동자의 운명을 동일시하고 모두 왜곡과 고립에서 벗어나 해방되어야만 하는 것이라 이야기하면서 다음과 같이 이야기한 바 있다.

> (······)女流作家가 만히 나오는 것도 조흔 일이라 하겟다. 그러나 위에서도 말한 바와 갓치 반드시 그는 푸로作家가 되지 안으면 안 되겠다. 그래서 그는 爲先, 男尊女卑의 封建思想과 싸우고 女子를 家庭地獄과 文盲과 男子에게 隸屬식힌 現代 社會制度에서 解放하려는 鬪爭文藝 다시 말하면 熱烈한 人類解放運動에 合流하지 않으면 안 될 것이다.1)

여류 프로 리얼리스트 작가를 이기영은 가장 기대하였던 것이다. 이런 점에서 보면 강경애가 비록 카프에 속하여 있지는 않았으나 이기영의 기대에 합당한 작가가 아닐까 한다.

기존의 강경애 문학에 관한 연구는 「어머니와 딸」이라든지 「지하촌」, 『인간문제』 등의 작품 연구에만 국한되어 있는 것이 사실이다. 물론 문학적으로 비중 있는 작품에 관해서만 연구하는 것이 그르다는 것은 아니다. 어쩌면 그런 연구 태도가 한 시대의 문학의 흐름을 정리하는 데 더 절실할지도 모른다. 역사는 모든 사람을 해석할 수는 없으며 문학사는 모든 작가의 모든 작품을 대상할 겨를이 없는 것이 사실이기 때문이다. 그러나 한 작가는 작품 하나나 두엇으로 그 전모를 알아낼 수가 없다. 게다가 당시가 문학활동을 하는 것만도 모험과도 같은 일이었다는 것을 염두에 둘 때 당시 작가의 작품 하나하나는 조심스럽게 건져 올려야만 한다고 본다. 그것이 강경애

---

1) 이기영, 「부인의 문학적 지위」, 『근우』 제1호, 1929. 5. 10. 66면.

와 같이 올곧은 작가인 경우에는 더욱 그러하다. 문학사에서 집중 조명을 받는, 당대의 기라성 같은 작가들조차 변절, 친일의 길을 걸을 때에도 강경애는 프로작가도 아니면서 사회의 어두운 부분을 직시할 줄 알았고 그것을 당당히 글로 써 나간 몇 안 되는 작가 가운데 한 사람이었다.

이 글은 강경애의 모든 작품을 대상으로 하여 작가 강경애의 전모를 밝혀 보고자 한다. 그를 통하여 한국 리얼리즘의 중요한 한 부분까지도 암시받을 수 있을 것이다.

체험의 생생한 기록
- 강경애 삶과 문학

강경애의 문학은 관념 속 상상의 문학이 아니라 생생한 삶의 현장 문학이었다고 할 수 있다. 그것은 그녀의 전기를 살펴보는 데에서 뚜렷해진다.

강경애는 1906년 4월 20일 황해도 송화군에서 가난한 농민의 딸로 출생하였고 그것은 가난과 지주에게 학대받는 농민이라는 문학적 모티프를 제공하게 되었다.[2] 그의 부친은 청장년 시절 전부를 지주 집에서 머슴살이로 지내면서 평생 남에게 싫은 소리 한마디 할 줄 모르는 순박하고 정직한 농민이었던 것으로 전해진다.[3] 그리고 늘그막에야 겨우 얼마간의 땅을 얻어 가정을 이루게 된다.[4] 가정의 울타리였던 그는 불행히도 강경애가 네 살이 되는 1909년에 죽고 만다.[5]

---

2) 「어머니와 딸」, 「소금」, 「채전」 등이 여기에 근거하는 작품들이다.
3) 이것은 「해고」에서 김서방의 모습으로 허구화된다.
4) 늘그막의 결혼과 자식 등은 「부자」의 김장사의 이야기와 통하는 것이다.

강경애의 어머니는 병약하고 유순한 여인이었다.6) 그녀로서는 혼자서 어린 딸을 키운다는 것이 불가능했다. 그래서 호구지책을 위해 어쩔 수 없이 장연군 장연7)의 최도감의 후처가 되었다.8) 이러한 어린 날의 가난과 박해 등의 고통은 강경애 작품의 분위기를 일관하는 것이 된다.

강경애가 여덟 살이 되는 1913년에는 최도감이 보다 둔 『춘향전』을 읽으면서 한글을 깨치게 되고 이를 시발점으로 구소설을 독파하면서 동네 사람들한테 불리어 다니며 소설을 읽어 주게까지 되었다고 한다. 이때부터 강경애는 다른 사람들에게 소설을 읽어 주고 이야기를 들려주기도 하는 데 재주를 보이기 시작하였다. 1915년에는 장연여자 청년학교를 거쳐 장연소학교에 입학하고 1921년에는 형부의 도움으로 평양 숭의여학교에 입학하게 되는데 동맹휴학 사건으로 이듬해 퇴학당하게 된다. 여기에서 알 수 있는 강경애의 진보적인 성향은 그녀로 하여금 크고 작은 항일투쟁에 참가하게 만들었다. 강경애의 학창 시절은 어린 시절의 궁핍과 불행의 연속으로 월사금조차 못 낼 정도였다.9) 1923년에는 문학 강연을 하던 양주동을 찾아

---

5) 『인간문제』의 선비네 집을 비롯하여 「부자」, 「소금」, 「모자」, 「지하촌」 등의 작품들에서 부친 부재와 그로 인한 극심한 생활고와 삶의 굴절 양상이 그려진다.

6) 강경애 작품의 '어머니'들의 모습은 하나같이 유순하기만 하다. 최빈곤층의 삶을 다룬 「지하촌」과 같이 한계적인 상황에서도 부드러움을 잃지 않는 '어머니'가 강경애 소설의 어머니상이다.

7) 어떻든 강경애가 개가하는 어머니를 따라 가 살게 된 곳인 장연이 그녀의 여러 작품에서 작품 배경이 된다.

8) 이러한 강경애 어머니의 모습은 남편을 잃고 갈 데가 없어져 중국인 지주의 첩이 되어야 했던 「소금」의 봉염 어머니나 처녀의 몸으로 부잣집 첩이 되어야 했던 「어머니와 딸」의 예쁜이에게서 나타난다. 가난 때문에 남의 첩실이 되었으나 얼마 지나지 않아 거치적거리는 존재로 전락하고 마침내 내쫓김을 당하는 두 여인의 모습은 돈은 있으나 환갑이 지난 불구 늙은이로 후처를 마치 몸종처럼 부렸고 그 딸은 전처소생으로부터 구박받게 만들었던 최도감 집에서의 강경애 어머니의 모습인 것이다.

9) 월사금을 내지 못하는 가난한 형편과 그로 인해 돈에 유혹되는 마음은 콩트 형식의 짧은 소설

가서 자신의 문학적 소질을 길러 달라고 부탁하였다. 그리하여 양주동과 함께 서울로 온 후 강경애는 양주동이 주관하던 금성사에서 기거하면서 동덕여학교에 편입하여 1년간 공부하며 아울러 문학도 공부하게 되었다. 그녀가 문단에 등단하게 된 것은 1924년 강가마라는 필명으로 「책 한 권」이라는 시를 「금성」지에 발표하면서부터이다. 그해 9월에는 양주동과 결별하고 언니가 경영하는 장연 서성여관에서 지내게 된다. 그 이후로 장연에서 굶주린 무산 아동을 위한 흥풍야학교를 개설하고 학생들을 가르치면서 습작을 하기 시작한다.

강경애는 1929년에 근우회의 장연지회 회원이 된다. 근우회는 1927년에 3·1운동 이후 교육 계몽 활동에 치중하면서 점진적 사회 개혁을 추구해 온 자유주의 여성운동 단체와 여성의 경제적 독립과 자본주의 경제 구조의 변혁을 최우선의 목표로 추구한 '조선 여성 동우회'와 같은 사회주의 여성 운동 단체를 통합한 단체로서 1926년 민족 운동의 통합을 위해 조직된 '신간회'에 시사를 얻어 발족된 것이다. 근우회의 창립이념은 여성 전체의 단결과 지위향상으로 페미니즘 운동의 초기 형태라고 할 것인데, 결국 좌파와 우파 사이에 이념과 행동상 많은 차이로 갈등을 보이게 되고 마침내 1928년에는 우파의 대표격 여성들이 근우회를 떠나게 되어 실질적으로는 좌익의 성격이 짙어지게 된다. 그리하여 사실상 어느 정도 강경한 성격을 갖게 된 1929년에는 교육의 성차별 철폐, 여자의 보통교육 확장, 여성에 대한 사회적 법률적 일체 차별 철폐, 일체 봉건적 인습과 미신 타파, 조혼 폐지 및 자유 결혼 등의 9개 행동 강령을 채택한다. 결국 근우회는 반제 반식민의 민족 자주 독립운동과 더불어 반봉건 여성

「월사금」에서 잘 나타나 있다.

해방운동인 가부장적 제도로부터의 여성해방이야말로 민족을 해방시키는 관건으로 보고 여성 운동을 추진하는데, 그것이 일제치하였다는 점을 상기해 볼 때 근우회는 중요한 역사적 의미를 갖는 단체였다고 하겠다. 같은 해 겨울에는 복잡한 개인 사정과 가난 등의 이유로 간도로 가서 무직자로 떠돌거나 일시 강사, 기자 일도 한다.

강경애가 작가적 역량을 발휘한 때는 장하일과 결혼하여 간도 용정으로 이주, 조선일보 지국장을 지내며 『북향』 동인으로 활동하게 되는 1931년에서 귀국하게 되는 1939년 사이라고 할 수 있다. 강경애는 귀국 이후 바로 병 치료를 받아야 할 정도로 몸이 쇠약해 얼마 후(1944년) 귀먹고 눈이 멀기까지 병이 악화되어 운명했다. 짧은 시기에 집중된 그녀의 작품에는 식민지 치하 지식인의 고뇌, 디아스포라 문인의 고뇌 등 여러 특성이 담겨 있다. 그러나 무엇보다도 중요한 것은 그녀가 포착한 일제치하 민중의 고난과 가난이라는 문제이다. 그녀는 올곧게 리얼리스트적 시각을 견지하면서 당대 많은 작가들이 외면한 토착민과 유랑민의 고난과 가난을 밀도 있게 묘사하려 하였던 것이다.

강경애 문학의 특성 – 가난의 포착과 '힘'의 강조

강경애는 다작의 작가는 아니다. 그의 작품은 다음과 같다.

① 1931. 1. 27.~2. 3. 「파금」
② 1931. 8.~1932. 4. 7.~ 10. 「어머니와 딸」
③ 1932. 9. 「그여자」
④ 1933. 2. 「월사금」
⑤ 1933. 3. 「부자」
⑥ 1933. 4. 「젊은 어머니」
⑦ 1933. 9. 「채전」
⑧ 1933. 12. 「축구전」
⑨ 1934. 2. 「유무」
⑩ 1934. 2.~10. 「소금」
⑪ 1934. 8. 1.~12. 22. 『인간문제』
⑫ 1934. 10. 「동정」
⑬ 1935. 1. 「모자」
⑭ 1935. 2. 「원고료 이백원」
⑮ 1935. 3. 「해고」
⑯ 1935. 6.~7. 「번뇌」
⑰ 1936. 3. 12.~4. 3. 「지하촌」
⑱ 1936. 8. 「산남」
⑲ 1937. 1.~2. 「어둠」
⑳ 1937. 11. 「마약」
㉑ 1938. 5. 「검둥이」

이를 다음과 같이 갈래지어 볼 수 있다.

1) 자전적인 소설 – ⑭
2) 비자전적인 소설
  (1) 지식인의 내면풍경 – ① ③ ⑫ ⑯ ㉑, ⑥ ⑬ ⑲
  (2) 하층민의 삶의 현장 – ② ④ ⑦ ⑨ ⑩ ⑮ ⑰ ⑱ ⑳
  (3) 지식인 하층민의 결합과 그로 인한 전망 – ⑤ ⑧ ⑪

강경애의 소설들이 대부분 삶의 생생한 체험을 통한 현장 문학이지만 자전적인 것은 「원고료 이백원」뿐이라 할 것이고 대부분은 비자전적인 소설들에서 직접적 혹은 간접적 방식으로 작가의 체험을 드러내고 있다.

1) 자전적인 소설

「원고료 이백원」은 '나'가 후배 K에게 보내는 편지 형식을 취하고 있다. 사실 강경애는 이 글을 쓰기 몇 달 전『인간문제』라는 장편을 쓰고 그 고료로 이백 원이라는 거금을 손에 쥐게 된다. 그리고 그 돈 때문에 개인적 욕망과 대의 사이에 갈등을 겪었고 그 갈등이 이 자전적 소설을 통해 드러나게 되는 것이다. 돈을 보며 일신의 호사를 꿈꾸던 '나'는 동지들과 그 가족들에게 도움을 주고자 하는 남편과 갈등을 하게 되고 마침내 집에서 쫓겨난다. 그러나 '나'가 집을 나와 거리를 배회하던 잠깐 사이에 둘은 서로에 대하여 생각하면서 이해하고 자기주장만을 고집한 것을 반성하며 타협하게 된다. 이런 자신의 이야기를 후배에게 들려주는 편지 속에서 '나'는 인간은 교환가치보다 사회적 가치를 향상시켜야 하는 필요성이 있음을 역설하면서 돈이 인간의 전부가 아닌 것을 강조한다.

2) 비자전적인 소설

강경애의 소설들을 갈래지어 보자면, 내용 면에서 지식인을 다루고 있는 것과 노동이나 가난 등의 사회적 문제를 피부로 느끼며 살고 있는 하층민의 삶을 다룬 것, 지식인의 정신세계가 노동자의 체험과 만나 노동문제 등의 사회문제를 본격적으로 인식, 저항의 길을 도모하는 것 등으로 나누어 볼 수 있다.

(1) 당대의 지성, 한계의 인정

가) 민중과 괴리된, 이기적인 지식인의 행태

그 하나가 「그여자」의 마리아형이다. ‘장난 비슷이’ 지어 본 정도로 일약 여류문사가 되어 버린 마리아는 쉽게 여류작가 대접을 받게 된 것을 반성해 보는 것이 아니라 오히려 자신의 재주를 과신하고 다른 사람에 대하여 거만하게 되었다. 모든 사람이 자기를 문사로 떠받든다고 생각하는 그녀는 거울을 보며 자기 몸을 더듬는 남자의 손길을 상상하며 쾌감을 느끼거나 ‘과연 내가 사내놈이라도 너를 보면 반하겠다.’ 하며 스스로 만족해하는 나르시시즘의 소유자이다. 그녀는 어느 날 농부들을 대상으로 강연을 하게 되는데 그것은 자기가 원해서가 아니라 학교 교장의 추천 때문이었고 그녀는 마지못해서 그 일을 맡았건 것으로 이야기된다. 결국 그녀는 ‘불쾌하고 꺼름직’한 기분으로 강연장이 있는 얼두거우로 가게 된다. 그녀가 강연을 통해 깨우쳐 주어야 할 대상인 농부에 대하여 그녀는 다음과 같은 편견을 가지고 있다.

> 오직 먹는 것과 애낳는 것 일하는 것 밖에는 아무것도 모르는 듯했다. 좀더 그들 중에서 무엇을 안다는 것을 기어코 지정하자면 고담에 나오는 류충열이나 조웅을 알 법이지 그 외에는 나라가 어찌되는지 민족이 어찌되는지 그저 태평이었다. 뫼산자 보에다 바가지 몇 짝을 달아매고 구럭짐 몇 짐 짊어지고 어린 것들을 앞세우고 나서면서까지도 어째서 자기네는 그리운 고향을 등지게 되나? 어째서 가산을 탕패케 되었나?를 생각해 보지 못하고 다만 운명에 돌리고 못나게 우는 농부들이었다.(……)제일 못난 것이 농부들인 동시에 제일 불쌍한 사람들

이라고 생각되었다. 구하려야 구할 수 없는 그런 불쌍한 인간들로 생각되었던 것이다.[10]

위에서 볼 수 있는 바와 같이 농부에 대한 마리아의 감정은 피상적이고 멸시에 가깝다. 뿐 아니라 마리아는 그들에 대하여 섣부른 동정심을 보인다. 그녀가 농부들을 민족과 조국에 태평스러운 사람들로 인식하는 것 역시 독선과 오만에서 비롯된 선입견 때문이라 할 수 있다. 또 그들이 배우지 못한 데에서 오는 무지를 비웃으며 그들의 의식을 무시하고 있다. 마리아는 배운 자로서 사회적 책임감이라든가 하는 것보다는 못 배운 이들에 대한 멸시를 보이는, 지식인으로서 한계적인 인물이었던 것이다. 그녀에 의하면 농부들은 아는 것이라고는 기껏해야 고전소설 몇 편에 지나지 않으며 조국에서 쫓겨나 간도에서 살아야만 하는 상황에 이르러서도 그 이면에 있는 일본의 침략상을 인식하지 못한다. 이러한 농민들의 무지에 대한 마리아의 태도는 농민들을 동정하고 비웃는 것뿐이다. 마리아는 시대의 선각자가 가져야 할 중요한 의식을 갖지 못한 인물로 그려진다. 그녀는 어쩌다 작가가 되고 민중들을 계몽하는 입장에 서게 된 인물일 뿐 제대로 된 지식인이라기에는 부족한 인물인 것이다. 그녀는 당시 노동자, 농민의 진정한 문제와 맞닥뜨리지 못하고 강연장에서 공허한 소리만 일삼다가 그녀를 인형과도 같이 생소하게 여기는 민중들에 의해 공격을 받게 된다. 그녀는 마치 김동인의 『김연실전』에 나오는 김연실과도 같은 잘못된 지식인의 모습을 구현하고 있다. 「유무」의 '나'도 가난한 사람들에 대하여 값싼 동정 내지는 귀찮은 마

10) 서정자편, 한국여성 소설선1, 갑인출판사, 1991, 117~118면. 당시의 발표지는 미상. 강경애의 작품을 정리해 놓은 책들에서 이 작품은 빠져 있음.

음뿐이기는 마찬가지이다.

> 한편으로 그들이 귀찮은 존재였읍니다. 그것은 말할 것도 없이 그들이 구차하게
> 지난 까닭입니다. 그들이 끼니를 끓이지 못하고 우두먼이 안은 것을 뻔히 알면
> 서 우리만 밥을 지어다 놓고 먹기가 거북스럽고 미안하야 맘놓고 술이나 저를
> 구를 수가 없었읍니다. 나는 때때로 찬밥덩이나 찌개국물이나 먹다 남은 것이
> 있으면 그들을 주었읍니다. 주면서도 내 맘만은 항상 아수하야 어서 그들이 어
> 대로 이사해 갔으면 하였읍니다.[11]

가난한 이웃에 대하여 '나'는 귀찮고 거북스럽다고 느끼고 있다.
대다수가 어렵게 살아갈 수밖에 없는 식민치하에서 어려운 이웃의
문제는 민족의 문제이며 식민지 조국의 문제에 다름 아닌 것이다.
이를 남의 일같이 치부해 버리는 것은 지식인으로서 역사와 민족을
외면하는 이기적인 행위라 할 것이다. 그녀는 자기 혼자만 배불리
살 수 없어 끼니를 못 잇는 이웃에게 먹을 것을 나누어 주는데 그것
이 "찬밥덩이나 찌개국물이나 먹다 남은 것"이다. 그뿐 아니라 그녀
는 계속 "그들이 어대로 이사해 갔으면" 한다. 그리고 마침내 그들
식구가 갑자기 없어졌다가 어느 날 복순 아버지만 '나'의 집에 오는
데 그것에 대해서도 걱정보다는 '무엇을 얻으러 온 것같이 생각'하
고 이전보다 더 불행한 모습으로 찾아온 복순 아버지를 불안과 호기
심으로만 대할 뿐이다. 작가인 '나' 스스로 '나의 붓끝이란 참말 인
생의 그 어느 한 부분이라도 진지하게 그리어' 내기보다 '허위와 과
장'뿐이었다는 말이 그것을 잘 보여 준다. 「동정」의 '나' 역시 소외
계층의 아픔에 동정은 하지만 도와주는 일에는 인색한, 자기는 손해

---

11) 「유무」(『신가정』, 1934), 작가문화, 2006, 8~9면.

보려 하지 않는 이기적인 방관자 입장의 인물이다. 소설가인 '나'는 병으로 몸조리를 할 겸 약수터를 오가다가 포주의 학대에 괴로움을 받는 산월이를 만나게 된다. '나'는 그녀의 처지를 동정하지만 막상 그녀가 어려움을 토로하며 도움을 호소해 왔을 때에는 자기에게 미칠 귀찮은 일을 계산하고 그녀에게 냉정하게 대한다. 포주의 학대에 견디다 못해 도망한 그녀에게 '나'는 왜 경솔하게 탈출하였느냐고 닦달하는 것이다. 그날 밤 '나'의 집을 나간 산월은 마침내 자살하고 만다. 그녀가 자살했음을 알고 '나'는 뒤늦은 울음을 운다. 「그 여자」와 「유무」, 「동정」의 지식인 인물들은 한마디로 자전적 소설 「원고료 이백원」에서 '나'의 남편의 입을 통하여 이야기된 "상판에 밀가루칠을 하구 금시계에 금강석 반지에 털외투를 입고 입으로만 아! 무산자여 하고 부르짖는", 민중과 괴리된 지식인상이다.

　나) 민중과의 소통을 꿈꾸는, 지식인의 행동

　강경애의 첫 소설인 「파금」은 시대를 고뇌하는 지식인이 행동성을 취하게 되는 과정을 보여 준다. 외국 유학생인 형철의 가족은 어느 날 파산하여 간도로 이주하게 된다. 본디 유복했던 양반 가문이었던 형철의 집이 자기 나라에서 살지도 못하고 간도로 쫓기듯 떠나야만 했다. 이것이 당시의 현실이었다. 이러한 절박한 상황에서, 주인공 형철은 간도로 가는 도중 평소에 가끔 치곤 하던 만돌린을 내팽개친다. 나라의 되어 가는 형편이 자기로 하여금 만돌린이나 치고 앉아 있을 수 없게 만든다는 것이다. 그 후 형철의 사고과정의 추이와 간도에서의 삶의 양상 등의 중간 부분은 생략된 채 형철과 그의 여자친구의 사형과 수감으로 소설은 비약적 전개를 보이고 만다. 이는 당시 사회에 대한 상세한 묘사가 불가능하였기 때문에 작가가 선택한 속도의 기법이라 할 수 있다. 어찌되었든 인물들이 사회운동, 곧 반체제 반일적인 운동을 하다가 사형되거나 감옥에 갇히게 되었다는 것 등이 추측 가능하다.

「축구전」은 지식인들이 단체를 이루어 노동자, 농민의 문제에 뛰어들고 그들과 소통을 시도하는 과정을 다소 단편적이긴 하나마 묘사하는 작품이다. 지식인들은 학교 간의 축구 시합을 기화로 시위를 도모한다. 그런데 승호와 희숙의 학교에서는 그것에 소용되는 기금 마련을 위하여 동분서주하며 심지어 여학생들은 경마장 여급 일까지 하고 있다. 그러나 이들의 노력은 수포로 돌아간다. 상대팀에 비하여 열악한 조건으로 분패하고 만 것이다. 패배에 주저앉지 않고 이들은 깃발을 앞세우고 시가를 행진한다. 함께 시가를 행진하는 가운데 이들은 어떤 힘의 위력을 느끼게 된다.

다) 전향 후 소지식인적인 면모, 지식인의 주변

행동하는 지식인이 대승적인 일을 버리고 작은 일에 집착함을 보여 주는 작품이 「번뇌」와 「검둥이」이다. 주인공의 경험을 '나'에게 들려주는 형식을 취한 「번뇌」에서 주인공 R은 옥에서 나와 동지의 집에서 지내다가 동지의 아내를 연모하며 번뇌하게 된다. 이 작품에서는 지식인이 행동화 이후, 옥살이 경험 이후, 사상과 사회운동이라는 초개인적인 문제에서 다시 개인의 문제로 귀의하고 있음을 보이고 있다. 미완의 작품인 「검둥이」도 이러한 경우에 해당한다. 서대문 형무소에서 나온 이후 ×학교 교원이 된 K 선생은 자기가 교장으로 세운 최 교장에게 검둥이라는 개를 빼앗긴다. 그런데 그 일로 주인공은 개에 대한 안쓰러움과 가족들에 대한 미안한 마음을 갖게 되는 것이다. 교장에게 명령받은 연설을 자기가 해야 하는가 하는 문제에 대한 고민은 결국 주인공의 자존심 회복의 문제와 연관된다. 작품의 대부분을 그 고민으로 채운 이 작품에서 결국 인물은 자신에게 맡겨진 연설을 타인에게 전가해 버리는데, 이러한 인물의 행위는 대승적 일을 하던 인물의 초라한 자존심 지키는 방식을 보여 주는 예가 된다. 「젊은 어머니」, 「모자」, 「어둠」 등에서는 행동하는 지식인의 주변 상황을 보여 준다. 여러 작가가 같은 제목으로 연작한 「젊은 어머니」에서 강경애의 작품은 다음과 같은 내용을 담고 있다. 주인공 우희의 남편은 어떠한 일로 집을 나갔고 우희는 남편 없는 집에서 이모저모로 어려움을 겪게 된다. 그 하나가 당국에 의한 영업정지이다. 우희의 남편은 프로 운동과 일정한 연계선상에서 반체제 운동을 하다가 집을 나갔다. 갑자기 집을 나간 남편, 당국과의 갈등을 내포한 남편의 부재는 당국의 탄압으로 이어지고, 그로 인해 우희는 생업조차 어렵게 되었다. 그럼에도 불구하고 두 아이를 데리고 살아가야 하는 것이 우희에게 있어서는 절대 명제였던 것이다. 이러한 상황에서 우희는 사실상 자식과 아내를 버려두고 집을 뛰쳐나간 남편의 뒤를 따르고 싶은 마음이다. 아이들을 보는 우희의 시선이 건성인 것은 그 때문이다. 영업정지에 의한 생활의 막막함은 그런 마음을 더욱 부추긴다. 우희에게 있어 남편이 부재한 '집'은 더 이상 안식처가 아니었다. 생계에의 책임은 그녀에게 집을 구속과 당국에 의한 억압의 공간으로 물리화하게 한다. 그러나 그때마다 "굳센 어머니가 되어 주시오! 굳센 어머니가!"라고 말하던 남편의 말이 우희의 발목을 잡는다. 그녀는 가출하지 않는다. 그녀의 가출을 막기 위한 장치로 남편의 말이 또한 남편의 상황을 전하는 지인이 설정되어 있는 것이다. 이처럼 지식인이 행동성을 보이게 되면서부터 가족이 일차적으로 겪게 되는 생활고는 「모자」에서도 나타난다. 승호 어머니는 백일기침을 하는 아들 승호 때문에 일하던 집에서 쫓겨나게 되고 의지할데가 없어 찾아간 친정집, 큰집에서마저 내쳐진다. 앞부분의 생략으로 승호 아버지의 행적 같은 것을 작품을 통하여 알 수는 없지만 작품의 말미에 승호 어머니가 남편이 반체제 운동을 하다가 죽었다는 산을 찾아가는 데에서, 가족에게조차 냉대를 당하게 된 배경이 반체제 인사에 대한 사회의 냉혹성임을 알 수 있다. 그러나 죽을 수밖에 없는 추운 현실, 곧 차가운 가족들의 대접과 눈 쌓인 산속에서 승호 어머니는 꺾이지 않고 악착같은 삶의 의지를 찾게 된다. 「젊은 어머니」와 「모자」는 주제와 상황 설정 등 여러 면에서 많이 닮아 있음을 볼 수 있다. 두 작품 모두 이념을 가진 지식인이 행동을 한 후 남겨진 가족들의 고생을 그리고 있다. 그런데 특기할 것은 어머니의 끝없는 희생에의 강조이다.

「어둠」은 이와 대조적인 작품이다. 즉 지식인의 행동성으로 인해 겪게 되는 생활고에 가족들은 그것에 동조 또는 후원하는 편이고 미래에 대한 전망을 가지며 삶의 의지를 갖는 「젊은 어머니」나 「모자」에 비하여, 「어둠」은 말 그대로 그냥 '어둠'이다. 믿고 의지하던 오빠, 이념을 가진 지식인이 집을 나간 상태에서 가족들은 어떻게 살아갈 수 있는가. '어둠'일 뿐이다. 오빠가 가출한 뒤 홀로 남은 어머니를 모시고 걱정 속에 살아가는 간호부 영실은 자기의 신체를 지킬 힘도 갖지 못한 상태였다. 그렇기에 유혹하던 의사에게 몸을 농락당하였던 것이다. 의사와의 관계가 어색할 수밖에 없는 상황이 조성되던 어느 날 영실은 오빠의 총살 소식을 듣는다. 충격적인 소식을 차마 어머니에게 전하지도 못한 채 집에 다녀오던 날, 영실은 근무지 이탈이라 하여 병원에서 불이익을 당한다. 자신이 믿었던 의사는 더욱 차갑게 대할 뿐이다. 이러한 상황에서 영실은 그만 미치고 만다. 영실이 미치게 된 것은 정신적 지주였던 오빠의 부재로 인한 정신적 공허감에, 몸을 허락했던 이에 대한 배신감이 더해진 때문으로 해석할 수 있다. 「젊은 어머니」나 「모자」의 남겨진 인물들이 부재한 지식인에 대하여 이해하고 있는 반면에, 영실은 오빠를 정신적 지주로만 생각할 뿐, 사상적으로는 전혀 각성도, 이해도 하지 못하고 있다. 영실이 오빠가 죽자 삶을 제대로 지탱하지 못하는 것은 그 때문이다. 이것이 「어둠」의 세계이다.

(2) 하층민의 삶, 극한의 궁핍

다음으로는 하층민의 굴절된 삶의 현장을 보여 주는 소설들이 있다. 이는 하층민의 삶 자체만 그린 작품들, 하층의 반대 개념이면서 투쟁의 대상인 상층의 존재를 보여 주는 작품들, 의식의 각성의 과정을 드러내는 작품들로 하위분류된다.

가) 가난과 비인간적인 상황으로 얼룩진 하층민의 삶

그 가운데에서 「지하촌」은 가난으로 점철된 하층민의 삶과 고뇌를 나타내고 있다. 「지하촌」의 주축은 칠성이네 가족이다. 가난 때문에 의원에게 외면당해 병을 고치지 못하고 불구가 된 칠성은 그러한 몸으로 홀어머니와 두 동생을 부양하는 가장의 역할을 하고 있다. 들일과 막일로 쉴 새 없이 몸을 놀리는 부지런한 어머니가 있지만 근본적인 생계 해결의 문제는 칠성의 동냥일에 기대고 있을 정도이다. 동생 칠운이는 극심한 가난 속에서도 장난기를 어쩌지 못하는 개구쟁이고 아기인 영애는 너무 어려 어머니의 품에서 쫓겨나야만 함으로 인해 먹지 못해서 갈수록 여위고 피똥을 쌀 정도이다. 이러한 극한 가난 속에서도 칠성의 관심은 온통 옆집 큰년이에게 쏠려 있다. 불구이고 가난하지만 젊은 칠성이었다. 그에게는 이성에 대한 관심이라는 문제가 더 중요했다. 그랬기에 오랫동안 모은 돈을 털어 큰년에게 마음을 표현하려 한다. 당장 시급한 것은 가족들과 자신의 건강을 돌보는 문제였음에도 칠성은 큰년에게 주기 위한 옷감을 사러 가는 것이다. 그러나 옷감을 끊어 오니 임자가 되어 주어야 할 큰년이는 이미 부잣집 노인의 후실로 가 버린 뒤이고 칠성이 돌보지 않은 때문인지 동생들은 눈병에 시달리고 있다. 그런 와중에 어머니의 무지는 막내 영애를 실명으로 끌고 간다. 큰년이나 칠성, 거기에 영애까지 이어지는 육체적 불구의 원인이 되는 것은 바로 일제 식민지 시대라는 시대적 배경 속에서 하층 계층이 겪어야만 하는 가난이다. 이처럼 「지하촌」에서는 '가난'이라는 문제가 대두되지만 그것이 부의 편중, 곧 잘못된 부의 분배라는 문제의식으로는 나타나지 않는다. 「유무」는 '나'의 눈을 통하여 윗집, 곧 복순네 집의 가난한 실상이 나타난다. 복순 아버지는 "일정한 버리가 없이 그저 그날그날 노동이나 해서 돈푼이나 생기면 먹고 안생기면 굶고 지나는" 일용근로자이다. 끼니를 거를 때가 많아 '나'를 다소 부담스럽게 하던 복순이네는 어느 날 '밤도망'을 친다. 그런데 온 가족이 없어진 '방안이 어지러'운 것으로 미루어 짐작할 수 있는 것은 ① 범죄를 저지르고 도망을 갔거나 ② 어떤 문제로 경찰에 구속되는 것 등이다. 그런데 나중에 찾아온 복순 아버지의 다음과 같은 말을 참고하여 보면 ②의 가능성이 더욱 짙어진다.

나는 밤마다 어떤 악몽에 붙잡히우. 나는 이 꿈에 붙잡히지 않으려고 온갖 애를 다 써 보았으나 하등의 효과도 없고 도리어 점점 더하여 가우.(……)언제나 눈을 감으면 벌서 어떤 괴악스럽게 생긴 인간들이 나의 앞에 나타나서 나를 끌고 어떤 암흑의 천지로 가우.(……)그 암흑 천지에 가니 나와 같은 인간들이 얼마던지 있수. 그들도 역시 나와 같이 끌리어 와서 있는 모양이우.12)

위의 악몽 속에서 '나'(복순 부)를 비롯한 많은 사람들은 밤마다 몇 명씩 불림을 당하고 끌려가서 다시는 소식이 없게 된다. 끌려가는 이들은 '생에 대한 애착의 무서운 발악' 같은 음성을 내어, 남은 사람들로 하여금 끌려가면 죽게 되는 것을 암시받게 한다. 마침내 복순 아버지 자신을 불러 나가 보니 칼끝에 팔다리를 버둥거리는 아기를 끼워 죽이기도 하고 자동차에 쇠사슬로 사람을 묶어 놓고 차를 달려 죽이기도 하는 것을 보게 된다. 마침내 복순 아버지 자신의 가슴에 칼이 박혀 소스라치며 꿈을 깨는데 복순 아버지나 그 이야기를 전해 들은 '나'나 그 일이 단순한 꿈이 아닌 것같이 생각된다. 사실 이것은 일본인들의 잔혹한 토벌 광경을 그리는 것이다. 여기에서 복순 아버지의 악몽은 무엇을 의미하는가. 당시 일제가 보여준 잔인한 폭력성은 일반 민중들에게까지 강박관념을 심어주는 것이었다. 결국 'B'라고 지칭된 가해자들의 실체는 당시 기득권자, 일제이며 복순 아버지는 조선의 민중이라고 해석할 수 있다. 「마약」의 보득 어머니는 마약에 인이 든 남편으로부터 중국인 왕서방에게 팔리는 몸이 된

---

12) 「유무」, 21~22면.

다. 중국인의 집에 갇히다시피 되어서도 아들 보득이 자기를 기다릴 것만을 걱정하는 모성으로 죽을힘을 다하여 탈출을 시도하고 마침내 기진하여 집으로 가는 길에서 죽고 만다. 아내를 팔아 그 돈으로 아편을 샀던 남편은 아내를 죽인 혐의로 경찰에 잡히는 신세가 된다.

여기에 포함된 작품들은 모두가 하층민의 삶 그 자체만을 그려 내고 있지만, 그 가운데에서도 「지하촌」은 가난한 형편만이 리얼한 방식으로 묘사될 뿐이고 「유무」는 하층민이 느껴야 하는, 아니 어쩌면 식민지 치하의 모든 국민이 느껴야 했던 억압과 강박 콤플렉스를 나타내고 있으며 「마약」은 그러한 경제적 고통과 정신적 고통을 견디지 못하고 약물에 의지하다가 저지르는 비인간적인 행동방식이 묘사되는 것이라고 할 수 있겠다. 그런데 이들 작품에서는 하층민의 반대축을 이루는 상층이 구체적으로 등장하지는 않는다.

나) 하층민의 가난 – 부의 이원구조에의 인식

하층민의 가난만을 묘사하는 것이 아니라 그 상대되는 상층의 존재를 암시 내지 묘사하는 작품들이 있다. 「월사금」에서, 셋째는 가난하여 월사금을 내지 못하는 형편인데 그런 셋째의 앞에서 새 옷과 돈으로 자기의 부를 자랑하는 경제적 상층이 나타난다. 셋째는 한참을 망설이다가 마침내 봉호의 저금할 돈을 훔칠 결심을 하고 만다. 천진한 어린아이가 행하는, 가난에 대한 소박한 대응방식인 것이다. 여기에서 등장한 '봉호'가 상층을 상징하기는 하지만 그것은 매우 피상적이다. 같은 민족 봉호를 부유하게 설정하는 것은 강경애가 일제 강점기 가난의 구조를 아직 피상적으로 인식하고 있음을 보여 준다. 그 인식의 피상성이 조금씩 걷히는 것은 하층민을 억압하는 계층으로서의 상층이 등장하고 그 억압상이 드러나는 「산남」, 「채전」, 「소금」 등의 작품에서이다.

우선, 「산남」에서는 경제적 상층에 의한 것은 아니지만 가진 힘을 이용만 당하는 하층민의 실상이 암시적으로 드러나고 있다. '나'는 어느 날 친정어머니의 병환 소식을 듣는다. 그래서 어머니가 계신 시골로 가기 위해 버스를 타는데, 가던 도중 길이 험해 차가 움직이지 못하게 된다. 안타까이 발을 동동 구르던 '나'를 비롯한 버스 승객들을 도운 건 산속에 살면서 자기의 병든 어머니를 돌보던 한 사나이였다. 버스 차장은 이 사나이에게 병든 어머니를 병원으로 데려다 준다고 약속하고 도움을 청했었고 그 때문에 산 사나이는 온몸이 피투성이가 되면서까지 차를 잡아끌었다. 그런데 막상 차가 다시 움직이게 되자 차장은 약속을 어겨 사나이의 어머니를 도울 수 없다고 말한다. 사력을 다해 도와준 버스가 병든 어머니를 버려두고 내빼는 것을 보며 허망해하던 사나이의 표정을 '나'는 잊을 수가 없다고 하는 이 작품에서도 아직 가난에 대한 피상적 인식은 여전하다 할 것이다. 「채전」의 주인공 수방은 조선인을 인부로 쓰고 있는 중국인 지주의 딸이다. 수방은 왕서방의 전처소생으로서 식모처럼 자기를 부려 먹는 계모 슬하에서 살고 있다. 자기는 제외하고 새 아내와 그녀의 소생 우방에게만 관심을 쏟는 아버지를 원망도 해 보지만 어린 수방이는 반항을 해 본 일이 없다. 다만 놀고먹는 그들보다 일하고 사는 자기와 인부들이 좋은 사람이라는 인식만 막연히 하고 있는 터였다. 그러던 어느 날 수방은 우연히 듣게 된 아버지와 어머니의 농장 인부 감원 계획을 맹서방에게 이야기해 주었고, 인부들이 단합하여 보장을 전제로 한 노동을 주장함으로써 그 일을 미연에 방지하게 되었는데 수방이는 아무런 이유 없이 며칠 뒤에 죽고 말았다. 이 작품에서는 소박하나마 노동 이론이 등장하고 노동자들의 결속을 통한 힘의 행사, 그로 인해 빚어지는 큰 희생 등이 묘사되고 있는 것을 볼 수 있다. 「소금」은 일제 식민 통치하에서 망국민의 설움을 겪고 있는 한 가족, 봉염 가족의 수난사를 통하여 간도 조선인의 비참한 처지를 보여 주고 있다. 팡둥(중국인 지주)을 만나러 갔다가 별다른 이유 없이 죽임을 당하는 아버지, 아버지 복수를 위해 집을 나갔다가 공산당에 가입하고 활동하다가 사형당하는 봉식, 어머니가 낳은 중국인의 딸을 어머니 없는 집에서 혼자 키우다가 병을 얻어 죽는 봉염, 중국인 지주에게 정조를 유린당하고 아이를 임신한 뒤 쫓겨나 아이를 낳고 자식들마저 죽은 뒤 소금 밀매업을 하다가 순사에게 잡히는 파란만장한 삶을 영위해야 하는 어머니. 한마디로 「소금」은 한 가정의 처절한 파괴를 그리는 작품이다. 그리고 그 파괴의 주범은 가난과 가난한 자를 억압하는 지주이다. 지주의 집에서 지천으로 있는 소금을 보며 봉염 어머니는 "돈? 돈만 있으면 무엇이든지 다 할 수가 있구나. 그 비싼 소금도 맘대로 살 수가 있는 돈, 그 돈을 어째서 우리는 모지 못했는가."라고 울부짖는다. 중국인 지주는 돈이 있기 때문에 자기 남편이 먹고 싶어 하던 소금을 맘껏 먹을 수 있을 뿐 아니라 봉염 어머니의 정조까지도 쉽게 유린할 수가 있었기 때문이다. 봉염 어머니를 유린한 중국인 지주는 "그날 밤 그의 만족을 채운 그 순간부터" "어쩐지 발길로 그의 엉덩이를 냅다 차고 싶게 미운 것"을 느끼며 봉염 어머니를 냉대한다. 「소금」은 가난한 이들에 상대되는 지주를 보다 구체적으로 묘사하고 있는 작품이다. 지주를 가난한 이들을 괴롭히는 인물로 묘사하면서 작품은 '프롤레타리아 = 선, 부르주아 = 악'의 공식을 구현한다. 이 작품은 간도 조선 농민의 비참한 처지를 보여 주면서 빈부의 격차가 불합리하게 심한 것, 중국인 지주에게 유린당할 수밖에 없는 유랑민의 설움을 통해 일제치하 가난의 원인을 그려 내려 한다. 아울러 그런 사회의 일련의 반작용적 움직임, 예를 들면 '공산당'과 같은 반사회 단체의 형성 배경을 드러내고 있다.

다) 하층민의 움직임 – 저항의 가능성

「채전」과 「소금」에서 못 가진 자들의 결속이라든지 저항과 같은 문제가 다소 피상적이고 먼 거리로 다루어지고 있는 반면, 「어머니와 딸」이나 「해고」에서는 보다 구체적으로, 자기의 문제로서 다루어진다.

「어머니와 딸」은 심청 모티프처럼 부모의 생계를 위해 소실로 들어간 뒤 버림받고 마침내 가정까지 파괴되자 타락의 길을 걸었던 예쁜이(어머니)와 어린 남편에게 헌신적으로 봉사하다가 나중에 버림받을 운명에까지 이르고 마는 주옥(딸)의 2대에 걸친 파란만장한 여성의 삶이 그려지는 소설이다. 김창문의 큰딸 예쁜이가 지주 리춘식의 소실로 들어갔다가 낳은 주옥이와 산호주라는 기생이 강수라는 학생과 짧은 연으로 낳게 된 봉준의 사랑을 다루는 이야기이다. 주옥과 봉준은 결혼을 하게 되지만 서로 사랑하는 방식이 엇갈리어 마침내 이혼을 할 지경에 이르게 된다. 이에 주옥은 남자와 여자, 사랑과 결혼 같은 문제보다 더 큰 문제가 사회에 있음을 깨닫는다. 그러나 여기에서 주목해야 할 내용은 하층민 여성에게 굴레 씌워져 왔던 봉건적 인습과 성적, 경제적 억압의 문제와 그로부터의 여성의 해방을 프롤레타리아 계급의 전망에서 찾으려고 한다는 것이다. 문제는 그것이 다소 우연적이고 비약적인 방식으로 이루어진다는 것이다.

「해고」의 김서방 역시 순종적인 하층민으로서 계급적인 전망을 하게 되는 인물이다. 그는 평생 몸 바쳐 일해 온 집에서 하루아침에 쫓겨나는 부당한 대우를 받게 된다. 그런데 그는 여태 그랬듯이 상전의 말에 무조건적으로 승복하는 태도를 보이지 않는다. 갑작스런 해고 앞에서 김서방은 자신에 대한 상전의 부조리한 태도, 해고의 부당성을 인식하는 차원으로 각성하게 된다. 노동의 주체임에도 그 생산에서는 소외된 채 이용만 당하다가 버려지는 상황에서 각성의 계기를 만난 김서방은 과감히 주인 아들에게 반항을 결심한다.

(3) 지식인과 하층민의 연대문제를 다룬 작품들

지식인들과 하층민이 연대하여 노동자, 농민의 문제에 직접 부딪혀 대항하는 이야기로 되어 있는 작품들로는 「부자」, 『인간문제』 등이 있다.

먼저, 「부자」. 힘이 장사여서 '장사'라는 별명으로 불리게 된 김장사는 수절과부를 무력으로 아내로 맞아 살면서 아들 바위를 낳고 선주 집의 일을 돌보면서 살던 어느 날 배의 파선 책임을 물리어 쫓겨난다. 억울해도 저항할 수도 없는 그런 상황에서 김장사는 병까지 얻고 객지로 떠돌다가 선주의 집을 찾아갔다가 희생된다. 김장사의 아들 바위는 일인 밭 개간과 관련하여 이용만 당하고 버려지는 일을 당한다. 그는 일인에게 찾아가 사적인 반항을 하려다가 가진 자들에 의하여 억울하게 희생된 아버지의 일을 떠올린다. 그에게는 스승 홍철이 있었다. 스승은 바위에게 늘 단체의 힘이 중요하다고 가르쳐 왔던 것이다. 하층민을 억압하는 존재로 과감히 일인을 설정한 것이나 단체 행동의 필요성을 깨달아 가는 과정을 보인다는 점에서 이작품은 중요한 의미를 띤다고 할 수 있다. 장편인 『인간문제』의 대략적인 내용은 다음과 같다. 첫째와 선비의 빗나가기만 하는 운명속에 선비는 아버지가 몸 바쳐 일하다 죽은 정덕호의 집에 더부살이처럼 살다가 끝내 덕호에게 유린되고 만다. 선비는 이러한 상황에서같은 운명의 길을 걷던 간난이를 따라 서울로 올라와 노동운동의 현장에 뛰어든다. 첫째 역시 노동자의 길을 걷다가 정신적 스승 신철을 만나 그에게 노동자의 권리와 힘을 배우고 운동을 전개하여 나간다. 거친 노동환경 속에서 선비가 죽고 나서야 그녀를 찾은 첫째는인간의 문제가 무엇인가를 자문하여 본다. 이 작품은 1930년대 식민지 조선의 현실을 총체적으로 반영하는 것으로 우리 근대 소설사에서 중요한, 최고의 리얼리즘 소설 가운데 하나라고 할 수 있다. 그것은 이 소설에서 하층민과 그 노동자화의 과정, 노동자들의 단결, 지식인의 역할 등 다양한 문제가 다루어져 있기 때문이다.

강경애의 소설들을 갈등구조 면에서 정리하여 보면 다음과 같다.

<강경애 소설 갈등구조>

작품명	인물의 갈등구조	시점
파금	일본 : 식민지 지식인	3인칭
어머니와 딸	남 : 여의 문제에서 대사회적인 것으로	전지적 작가
그여자	식자층 : 무식자	전지적 작가
월사금	빈 : 부	3인칭
부자	빈 : 부 / 선주 : 노동자	3인칭
젊은 어머니	사회 운동으로 인한 생활고와 고민(미완)	3인칭
채전	지주 : 노동자	전지적 작가
축구전	노동자 문제로 단결 투쟁	3인칭
유무	악몽, 강박관념	1인칭 관찰자
소금	지주 : 소작인	전지적 작가
인간문제	지주 : 노동자, 농민	전지적 작가
동정	말뿐인 동정의 허울성	1인칭 관찰자
모자	사회 운동으로 인한 생활고, 각박한 주변 인심	전지적 작가
원고료 이백원	소승적 자아 : 대승적 자아 행동으로 보여 주는 동지애의 중요성	1인칭 주인공
해고	주인 : 고용인	3인칭
번뇌	동지의 아내를 사랑하게 되어 번뇌, 개인적 고뇌	1인칭 주인공(액자)
지하촌	빈민들의 삶	3인칭

작품명	인물의 갈등구조	시점
산남	남의 힘을 이용만 하는 이들의 이기심	1인칭 관찰자
어둠	사회 운동으로 인한 생활고, 버림받은 여인의 고통	3인칭
마약	마약을 위해 아내까지 팔아 버리는 비인간적 상황	3인칭
검둥이	학교를 위해 헌신하나 내쳐질 위기(미완)	3인칭

강경애의 소설 대부분이 가진 자 대 못 가진 자의 갈등 속에 노동자 농민 운동의 가능성 내지는 전망을 타진하는 내용을 담고 있다. 그 가운데에서도 가난하고 억압받는 농민들을 위해 보장된 출세 길도 포기해 버린 채 맹렬하게 사상운동을 펼치다가 사형당하고 마는 첫 소설 「파금」은 강경애의 문학적 저항의 가능성을 보여 주는 작품

이다. 이를 통해 지식인 긍정론, '투쟁적 지식인의 대망론'을 외치기도 했던 강경애는 「파금」 이후로는 투쟁적 지식인이 본격적으로 등장하는 작품을 보이지 않는다. 「젊은 어머니」처럼 투쟁하는 지식인의 이면 내지 측면을 묘사하거나 「축구전」처럼 힘의 단결을 상징적으로[13] 뭉뚱그려서 나타낸 것들이 있을 뿐이다. 그러다가 『인간문제』에 이르게 되는데 여기에서도 지식인의 역할이란 지극히 미미하거나 상황에 따라 전향해 버리는 나약한 인간일 뿐이다. 결국 강경애는 지식인들에게는 더 이상 희망을 가질 것이 없고 '인간문제'를 해결할 수 있는 힘은 민중에게 있다고 보았던 것이다. 그러다가 「지하촌」과 「어둠」 등에 이르면 강경애가 일관하여 추구하는 '힘'은 나약해지거나 소멸되는 것처럼 보인다. 이것은 강경애 개인적으로 보면 건강 문제, 사회적으로 보면 전반적 정세의 악화 등의 요인으로 인해 강경애가 견지하려 했던 사회주의 리얼리즘이 낙관적 전망을 잃은 때문으로 해석된다. 그리하여 작가 강경애의 작품에는 전망을 상실한 채 현실세계의 참혹함에 압도당하는 패배주의적인 가난의 묘사가 주를 이루게 되었던 것이다.

---

13) 작품의 내용상 상대 학교는 부르주아를 상징하고 승호와 희숙의 학교는 프롤레타리아를 상징시키려 한 것으로 볼 수도 있다.

강경애 문학의 특성, 하층민에의 집착

1) 근우회와 밑바닥 삶의 경험

강경애의 소설에서, 그녀가 근우회를 이끌었다는 개인 경력의 자취는 두 가지로 나타난다. 하나는 「어머니와 딸」로 대표되는 작품들에서 볼 수 있는 여성 해방 의식이다. 근우회의 주장이 봉건적 억압으로부터 여성의 해방을 포함하는 것임을 생각할 때 부모에 의하여 팔려 가는 여성, 학비를 대면서까지 내조하였으나 마침내 버림받는 여성, 어릴 적부터 보살핀 남편으로부터 외면당하는 여성 등 다양한 여성 문제에 대한 문제의식과 그 대안 제시는 근우회의 영향으로 볼 것이다. 다른 하나는 프롤레타리아 문학적 요소가 내재되어 있는 작품들이다. 「월사금」으로 대표될 수 있는 가난이라는 일관된 주제의식이 그렇고, 「해고」 등에서 볼 수 있는 계급사회에서 천대받는 하층민을 그리고 있다는 것이 그것이다. 일제치하에서 가난하게 살 수밖에 없는 조선인을 그린다는 것은 당시 사회를 직시하고 있는 강경애의 작가의식의 발로라고 하겠다. 리얼리즘 수법으로 가난의 문제를 통찰하면서 마침내는 '인간문제'에까지 질문을 던진다. 버림받은 하층민(「지하촌」, 「해고」 등), 버림받는 여성(「어머니와 딸」, 「어둠」 등)을 심도 있게 다루고 있는 것은 근우회의 이념적 맥락에서 이해될 수 있는 것이다. 특히 여성의 문제를 성차별이라는 문제 포착에만 그치지 않고 계급운동과의 연계 속에서 풀어 갈 수 있다는 전망을 보여 주는 「어머니와 딸」은, 좌파 주도하에 이론을 전개하였던 근우회의 강력한 영향의 소산으로 보는 것이 마땅할 것이다.

강경애는 「파금」, 『인간문제』 등의 작품으로 여성 작가로서는 드문 남성적 작가라는 평을 받았다. 이때 '남성적'이라 함은 대상에 대한 감성적 연민이나 동정을 넘어서 미래에 대한 전망과 함께 힘의 행사를 제시하는 작가적 성격을 지칭한 것으로 판단된다. 물론 문학에 대하여 남성적 문학이니 여성적 문학이니 하는 이분법적 논의는 발상 자체가 성적 차별을 전제하는 것이며, 이는 남성적인 것은 바람직하며 좋은 것이고 여성적인 것은 별로 바람직하지 못하며 지양하여야 할 것이라는 남성우월주의에 빠지기 쉬우므로 지양하여야 할 것이다. 다만 남성과 같은 힘의 강조가 여성 작가 강경애로서 독특하게 나타난다는 의미로 받아들일 수 있으리라 본다. 초지일관 강경애의 작품은 민중의 단결 혹은 민중과 지식인의 연계를 통한 '힘'의 행사를 직접적인 방식으로 혹은 간접적인 방식으로 나타내고 있다.[14] 강경애가 개인적인 문제나 사회적인 악조건으로 인해 상황에 압도되었던 시기에 썼던, 그리하여 가난하고 억눌린 자에 대한 동정이나 연민만을 일구어 낸 듯한 「동정」, 「지하촌」 등이 여기에서 다소 예외적 작품이라 할 것이다. 그러나 이 작품에서도 작가는 민중에 대한 값싼 동정의 허구성과 끝없는 가난을 야기하는 사회적 모순을 자성하거나 고발하고 있는데, 이는 작가가 식민지적 가난과 부조리를 강조하는 장치라고 보겠다.

---

14) 「축구전」에서도 잘 입지 못하고 축구를 하여 지고 만 그들을 동정하는 여인의 남루한 옷차림을 보고 '그들은 순간에 어떤 힘을 불쑥 느끼'게 된다고 하는 부분이 있다.

2) 간도, 그 치열한 삶의 현장에서의 문학

강경애의 소설은 모두 간도에서 쓰인 것이다. 그것은 강경애가 간도 지방의 특수성에 직접 접할 기회를 가졌고 그것을 형상화하기에 진력할 수 있었음을 의미한다. 간도라는 지역은 근대 이전부터, 조선에서 살아가기 힘들었던 조선인의 이민지였을 뿐 아니라 조선의 국권이 상실된 초기부터 민족해방운동의 근거지가 되어 이후 항일 무장 투쟁이 활발하게 전개된 곳이기도 하다. 강경애는 이런 간도의 특수성 속에서 보다 생생하게 민족과 삶의 문제에 맞닥뜨리게 되어 그와 밀접한 관련하에 문학활동을 전개하였던 것이다. 강경애 작품의 인물은 민족과 동포의 아픔을 고뇌하는 지식인상, 궁핍한 삶을 영위하는 하층민들이 대부분이다. 그러한 인물들을 그림으로써, 간도 조선 민중의 궁핍한 삶과 그러한 삶을 강요하는 억압 세력, 그 세력에 맞서 싸우는 항일운동 세력에의 지속적인 관심을 보이는 것이 강경애의 문학적 특성이었다. 결국 강경애가 항일 무장 투쟁 중심지였던 간도에서 작품 활동을 하였다는 것은, 강경애에게 ① 예술적인 면에서나 정치적인 면에서 긴장감을 주었고 그 긴장감으로 인해 강경애의 문학은 민촌 이기영의 말처럼 ② '세계관과 창작적 방법'의 병행 곧 예술적, 리얼리즘적 성취가 가능했으며 그것이 당대 어느 작가에게도 뒤지지 않을 만큼 뛰어날 수 있었던 것이다. 작가 강경애가 식민지 치하 조국의 가난을 보다 뚜렷이 작품화할 수 있었던 것은 그 때문이다.

3) 객관적 입장에서의 객관묘사, 작가 개입의 자제

그런데 강경애를 주목하게 되는 또 한 가지 요인은 상술한 주제의
식과 함께 표현상의 객관성이다. 앞에서 볼 수 있는 것처럼 자기 체
험을 바탕으로 하면서도 조금도 주관적이지 않고 객관적 관찰자 시
점으로 쓰고 있다는 것이다. 물론 「어머니와 딸」에서 "지루하나마
옥의 친덩어머니 이야기로부터 시작하자", "이 부인의 과거를 잠깐
이야기하고 지내가자"라고 이야기하는 부분들이나 『인간문제』에서
원소 이야기를 하는 부분 등에서 작가의 노출이 나타나기도 한다.
그러나 전체적으로는 1인칭 시점인 「동정」, 「번뇌」 등의 경우에까지
작가 자신은 철저하게 뒤로 물러나며 제삼자의 이야기를 관찰하는
관찰자 시점을 취하고 있다. 이러한 점에서 강경애는 객관묘사를 지
향한 작가였음을 알 수 있다. 그리고 그것이 그의 작품을 보다 사실
적으로 만들었음은 두말할 나위 없다.

강점기 노동자 계층의 형성
－ 한설야의 노동자 의식

서론: 일제 강점기, 한설야 소설에 나타난 노동자 계층

1920년대의 한국 문단에 현실 인식의 방법론을 제공한 것은 일제에 의한 전조선인의 무산자화라는 시대적 빈곤의 상황과 함께 세계적인 추세를 받아들여 생겨난 카프였다. 카프는 남쪽 문학사에서 오랜 기간 푸대접을 받아 왔고 카프 작가와 그 작품들은 색안경 너머로만 보여 왔으며 그로 인해 한국문학사는 반쪽 문학사여야만 했던 것이 사실이다. 카프의 의의는 그것이 한국문학의 근대화 운동의 전위였다는 사실에서뿐 아니라 그 역할이 긴 시간, 조직적으로 전개되었다는 사실과 관련될 때 높이 평가된다. 한국문학사에서 1910년대는 민족적, 문화적 허무주의에 빠져 있는 유학생 근대주의자들에 의하여 문단의 선구자로서의 지위가 담당되었던 시대이다. 유학생들이 주축이 된 당시의 근대주의자들은 민족의 현실에 올바른 이해를 갖고 있지 못하였던 것이 사실이다. 그들은 다소 오만한 태도로 민중은 무지몽매하고 자신들은 엘리트이며 선구자라는 분리 의식 속에서, 민중 계몽을 위한 도구로 문학을 사용하거나 과거의 문학을 전면적으로 부정하는 데에 문학적 출발점을 두고 형식상의 새로움에 매달렸던 신문학의 한계를 넘어서지 못하고 있었다. 1920년대의 문학은 문학의 본질적인 것을 소홀히 한 10년대를 극복해야 한다는 과제를 안고 있었던 탓에 문학의 본질이 아름다움인가, 아름다움을 위하여 어떻게 하여야 하는가 하는 문제를 타진하려는 노력을 보이고는 있다. 그러나 '어떻게'라는 과제 수행을 위하여 여러 가지 문학적 장치와 수법을 받아들이고 실험하는 가운데 현실은 외면당하고 있었던 것이 사실이다. 우리의 문학이 현실과 밀접한 관계로 맺어지기 시작한 것은 1920년대 중반, 신경향파와 카프의 등장 이후라고 할 수 있다. 1920년대에 우익 진영의 문학 쪽에서도 '밥'이나 '가난'을 소재로 한 리얼리즘 문학이 많았는데[1] 이것은 일본의 악랄한 착취구조에 의해 조선인 전체에 내려진 심각한 가난이 카프 진영의 현실인식에 자극을 받은 순수문학 진영에 의하여 포착된 때문이다. 당시 한국 문단에 현실 인식의 방법론을 제공한 것이 바로 카프이다. 특히 카프는 문학성보다 현실 인식을 강조할 정도로 현실의 직시에 천착한 단체이고 보면 식민지 치하의 상황에서 카프의 위상은 참으로 중요한 것이 아닐 수 없다. 하지만 카프는 기득권자의 논리와 이데올로기에 의하여 문학사에서 오랜 기간 푸대접을 받아 왔고 카프 작가와 그 작품들은 색안경 너머로

---

1) 이를테면 염상섭의 「밥」, 「이심」 등과 현진건의 「조고만 일」 등의 1920년대 중반의 작품들 가운데 그 예를 들 수 있다(졸저, 『현대소설의 인물묘사방법론』, 학술정보원, 2007, 393면 참고).

읽혔으며 그로 인해 한국문학사는 반쪽 문학사여야만 했다. 게다가 해당 작가들의 문학에 나타난 문학성을 평가하는 데에는 왠지 모를 거부감으로 경직되거나 인색한 것이 사실이다.

일제 강점기에 활동하면서 당시 성립되고 있던 노동자 계층을 보다 집중적으로 문학화한 사람이 한설야이다. 한설야는 함흥에서 보통학교를 다니고 서울의 경성 고등 보통학교에 진학하였다가 다시 함흥고보로 전학하여 졸업하고 동경의 니혼대학 사회학과를 나왔다. 부친 사망 이후 가족이 모두 북만주로 이주하여 살게 된다. 대학 사회학과에서의 수업이 그로 하여금 사회의 부조리를 바라보는 안목과 시각을 깊이 있게 해 주었다면 북만주라는 특수한 공간에서의 삶은 그의 문학을 사회와 밀접한 연관선상에 놓이게 해 주었으리라 판단된다. 한설야는 애초에 이광수의 작품을 문학적 대본으로 삼고 있었다. 그는 처녀작에서 이광수의 「무정」을 모방하였고 이광수가 주재하고 있었던 「조선문단」을 통해 문단에 등단하였다. 그러나 그는 1927년 카프에 가입하고 나서 작품 경향의 큰 변화를 겪는다. 그는 계속 카프 관련 활동을 하면서 여러 신문사를 전전하였는데 카프 검거 사건 이후 친일 행각을 보이기도 하다가 광복 후 월북한다. 한설야는 1차 월북문인의 범주에 포함된다.[2] 한설야는 변증법적인 척도

2) 월북 후에는 이기영과 함께 김일성을 면담하고 이때 김일성으로부터 높은 신임을 얻게 된 것으로 전해진다(이기봉, 『북의 문학과 예술인』, 사사연, 1986, 147면 참고). 그리하여 한설야는 당 문화부장, 문예총 위원장, 문학박사, 교육상, 교육문화상, 작가동맹 위원장, 최고 인민회의부 의장 등 당의 고위급 직책에까지 오르게 된다. 뿐만 아니라 문단적으로도 막강한 힘을 가지고 문단 중진 작가들을 추천하여 소련 고리키 문학 대학에 유학시키기도 하였다(한국 비평문학회, 『혁명 전통의 부산물』, 신원문화사, 1989, 95면 참고). 그런가 하면 1956년 이태준 숙청 때에는 한설야가 직접 나서서 이태준을 '미제의 어용 문학가'로 낙인찍고 '노동 계급의 조직적 문화 대열인 카프를 반대할 목적으로 출현한 부르주아 반동문화의 조직체인 구인회의 조직자이며 그 지도자'이므로 숙청되어 마땅하다고 비난하였다고 전해진다(위의 책, 95~96면 참고). 이른바 「모자」 사건(한설야의 작품 「모자」로 인해 일어난 일로, 이 작품에서 한설

로서 현실의 내재적이고 필연적이며 역사적인 노선을 있는 그대로 보아야 한다는 전제로 문학을 시작하여 계급문학은 언제나 그 주제의 강화와 함께 기교 편중주의의 극복을 위하여 노력하여야 한다고 주장하였다. 그는 내용 형식 문제, 대중화 논쟁, 농민문학론, 사실주의 논의, 창작 방법론 등의 카프 내 이론 정립을 위한 작업에도 적극적이었다. 평론가요, 이론가로서뿐 아니라 작가로서 한설야는 초창기의 관념적이고 감상적 단계를 거치면 사회주의 리얼리즘적 단계를 그 문학적 본령으로 삼는 작가라고 할 수 있다. 그는 카프에 속하여 그 구성과 해체를 같이했던 작가이다. 카프의 성립을 전후한 시기에 경향소설적 성향을 띠었다가 30년대 중반 카프가 해산되던 시기에 이른바 전향소설로서의 길을 걷는 것이 그의 소설의 변모 양상인 것이다.

우리나라 문학에서 노동자가 등장하는 소설은 노동자 계층이 형성되는 1920년 전후에 나타난다. 프롤레타리아의 주체화를 이상으로 삼고 있는 마르크시스트 문학에서 노동자 주인공의 등장은 필연적이며 자연스런 일이다. 한설야가 당시 형성되고 있는 프롤레타리아 계급, 즉 노동자 계층에 관심을 가진 것은 당연한 일이었다. 당시의 작

야는 자기의 조국과 약소민족의 해방이라는 이중 과제를 걸머진 상태에서 있을 수밖에 없는 '일시적인 심리적 갈등의 소산'이라는 전제 아래 소련군의 만행을 정면으로 그려 낸다. 이 때문에 소련은 한설야에게 압력을 가하려고 하였는데 북한과 북한의 공산당은 한설야를 비호하는 입장을 견지하여 북에서의 한설야의 지위를 다시 한 번 확인시키는 계기가 되었다(이기봉, 앞의 책, 149면 참고.)에서도 알 수 있듯이 한설야에 대한 당의 신임은 절대적인 것이었다. 그러나 화무십일홍이라는 말처럼 한설야의 반석 같은 지위도 1961년이 되면 흔들리기 시작한다. 당시 그는 문예총 중앙위원장으로 있었는데 '종파주의자', '복고주의자', '일제시대 군수의 아들', '부화방탕' 등의 죄목으로 숙청대상이 된다(한국 비평문학회, 앞의 책, 98면 참고). 그러나 한설야의 숙청은 해방 후 신진문인들이 교육을 받고 성장할 때까지만 해방 공간의 문단계를 이끌도록 이름 지어진 자의 자연스러운 귀결이었다. 새 세대의 성장으로 더 이상 이용가치가 없어졌기 때문에 낡은 시대의 인텔리인 그는 버려져야 했던 것이다.

가들 가운데에는 이북명처럼 본격적으로 노동자만 다루고 있는 작가도 없지 않다. 한설야의 작중인물들 가운데 노동자와 농민이 차지하는 비율이 비교적 높다. 그리고 그 가운데 12편 이상에서 노동자들의 문제가 천착된다. 이 작품들을 통하여 일제 강점기 노동자층의 형성과 전개를 알 수 있다. 곧 농민층 분해 등으로 인한 노동자화의 과정, 착취 구조 속의 노동자들 삶의 굴절상, 노동자들의 단결 과정, 투쟁력 약화의 단계 등이 드러난다.

노동자화의 과정 − 일제에 의한 삶의 터전 파괴와 농민층 분해

노동자소설은 사실상 한설야의 소설에서 관념성을 제거하는 돌파구가 된다고 볼 수 있다. 대부분의 작가들이 그러했던 것처럼 한설야 역시 초기에는 관념적 소설이 대부분이었던 것이다. 한설야의 노동자소설 가운데에서 노동자화의 과정은 두 가지 양상으로 나타난다. 그 하나는 파산형이고 다른 하나는 농민층의 분해형이다.

1) 파산형 − 「그 전후」

「그 전후」의 B는 보통의 낭만적 삶을 꿈꾸는 여성으로 그녀의 남편은 그녀에게 '살진 주인을 바라는 강아지 심리'를 가졌다고 비난한다. 행동가인 남편은 이념의 선구자로서 그녀에게 의식을 불어넣으려고 애를 쓰지만 B는 그러한 남편의 말이 '생소한 외국어'처럼 낯설고 그 길은 마치 앞 못 보는 장님의 어둠 속에 놓인 것처럼 아득하기만 하다. 남편은 그러한 아내를 참을 수 없어 집을 나가 버린다. 남편이 없는 사이에 B는 남편의 말을 하나하나 떠올리며 각성하게 된다. 집이 파산하고 시아버지마저 세상을 떠나면서 호구지책을 위협받는 지경에서 B는 죽음의 유혹도 잠시 받지만 그 극한의 의식 속에서 생의 의미를 깨닫게 되는 것이다. B는 사회에 나가 일을 하면서 자본주의 사회에서 더 큰 자본에 흡수되는 소자본가의 비애를 깨닫고 안이하고 수동적이었던 이제까지의 삶을 벗어나 적극적인 삶을 영위하기 위하여 노동자로 다시 태어난다. 남편이라는 울타리가 없어진 상태로 세상에 내던져진 상태에서 B의 의식이 성장한다는 설정이다.

① ××방직 공장에는 새로 드러온 한 녀공이 잇섯다. B엿다. 허영과 공상은 완전히 물너갓다. 자긔는 신녀성이거니 설마 굼긔야 할가 하든 어리고 약한 날의 그는 아니엿다. '죽음'과 '삶'은 안(裏)과 밧(表)과 가치 등을 맛대고 잇는 판이라 되지 안은 망상을 할 틈이 업섯다.[3]

② 「이걸로는 살아갈 수 업다. 아이가 알는데 약 한첩 못 쓰고 또 죽일가 바」
「차라리 죽는 게 낫지. 새벽부터 밤까지 일하고 단 사십 젠……」
이런 소리가 하루 얼마인지 알 수가 업다. 틈만 나면 모여 안저 되푸리하는 소리들이다. 이런 불행의 소리도……×××××××××××엿다.
「졸지 말아…… 저긔서 무얼 해…… 연도말(年度末) 상금이 나올텐데 부즈런이 일들 해」
공장 감독은 로동의 밀도(密度)를 될 수 잇는 대로……. 녀공들은 자동인형과 가치……

---

3) 「그 전후」, 김외곤 편, 한설야 단편선집(이후 '선집'이라 함) Ⅰ, 태학사, 1989, 75면.

①에서는 절망적 현실 속에서 쓰러지지 않은 B가 과감히 노동자가 되었다는 것을 알 수 있다. 소심하고 약한 성격의 그녀가 생활전선에 직접 가담하게 되면서 현실 대응 방식이 완전히 바뀌게 된 것이다. B는 낭만적인 기질을 가졌었던 '그 전'과 달리 '그 후'에는 "망상을 할 틈이 업"다. "천당이 야단 낫답데. 신수 조와 회당 출입이나 부즈런히 하고 자동차 타고 구경 삼아 긔도 댄니는 무리들만 천당에 처모라 너으니 다른 수만은 녀석들이 분해서 견딜 수가 잇나" 같은 말은 남편이 들려줘도 B가 알아듣지 못하던 말이다. 삶과 죽음의 첨예한 대립 상황에서 현실에 뛰어들면서 B는 현실의 모순을 직접 피부로 느끼게 된다. 그리고 과거 남편이 들려준 말을 되새기며 의식의 상승을 경험하는 것이다. ②에서는 이제까지 환청과도 같은 남편의 말에 의하여 의식이 깨어 가던 B가 이제는 노동의 문제를 뚜렷이 직시하게 되는 것을 보여 준다. 저임금뿐 아니라 보다 밀도 높은 노동력 착취로 이중 삼중으로 노동자들을 착취하기 위하여 '년도말 상금'이라는 미끼를 내걸기까지 하는 공장 간부들의 만행 속에서 노동자는 극도로 허덕인다. 공장 감독은 노동의 밀도를 높이기 위하여 직공들을 마치 생각도 인권도 없는 자동인형처럼 다루고 있는 것이다. 이러한 부조리한 현실 속에서 저도 모르게 나오는 불평의 소리는 의식화 과정의 중요한 한 단계일 것이며 그렇기 때문에 공장 감독은 그것마저도 봉쇄하려고 한다. 파산과 노동자화의 과정에서 주인공은 보다 현실적인 감각을 가진 개인으로 성장하게 하는 계기가 되었다.[4]

---

4) 여주인공의 이름을 B로 한 것은, 만일 이것이 모델 소설이라면 그 모델의 프라이버시를 위해 서일 수도 있겠고 다른 한편으로는 작가가 애펠레이션에 신경을 쓰고 싶지 않아서거나 새로운 것에의 경사 현상이라고 파악할 수 있다.

2) 농어민층의 분해 - 「한길」, 「과도기」

우리나라의 농민문제는 특수성을 갖는다. 우리나라는 자본주의의
발전 도상에서 일제에 의해 식민지를 경험하게 되는데 일본 제국주
의는 농민층 분해에 혈안이 되어 있었기 때문이다. 1910년 8월 29
일 조선의 자주권을 강탈한 일제는 조선을 식민지화하면서 바로 대
대적인 토지조사 사업을 실시한다. 그들은 무모하게 발발시킨 전쟁
을 감당하기 위하여 모든 산업의 수요를 군수산업에 집중시키고 그
로 인해 일본의 식량난은 극심해졌다. 일제는 그 부족을 식민지에서
의 착취와 수탈로 메우려고 동양척식회사를 확대 운영하는 한편, 산
미증산정책 등의 수립을 통해 조선미의 수탈을 교묘한 방식으로 자
행했다. 뿐만 아니라 그들이 조선에 실시한 단작형의 식민지 농업
경영은 농민들에 대한 착취의 극한을 의미하는 것으로 산업적 자율
적 재생산구조를 원천적으로 봉쇄함으로써 농민으로서 살아가는 것
자체를 위협하는 조건이 되었다. 그런가 하면 1932년부터는 농촌진
흥운동과 자력갱생 사업이라는 허울 좋은 단어 뒤로 더욱 가혹한 착
취를 조선 농촌에 가했다. 이것은 조선 농민의 잉여 노동력을 최대
한 착취하는 것으로 식민지적 종속성의 관철을 위하여 일제가 실시
한 장치였다. 수리조합 사업 역시 대지주에게 토지가 집중되도록 함
으로써 자작농은 소작농이 되고 소작농은 농촌 과잉 노동인구로 정
체될 수밖에 없었다.5) 그런 과정에서 조선에서 더 이상 살아갈 기반
을 잃은 많은 농민이 '만주 드림'을 가지고 만주로 이동해 가게 되

---

5) 김명인, 「1930년 전후의 농민 운동과 그 소설적 형상화」, 임헌영 김철 외, 『변혁 주체와 한국
문학』, 역사비평사, 1990, 185면 참고.

었다.

「한길」의 상황은 조선 이농민의 이국땅에서의 노동자화 과정이다. 조선에서 대지주에게 부치고 있던 땅을 빼앗기고 만주로 옮겨 간 C는 식민지 치하의 백성이라 중국인들로부터 '뒤 없는' 설움을 당할 수밖에 없다. 조선에서 살 수가 없어서 만주로 갔고 더 이상 농민으로서 살아갈 수가 없을 한계상황에서 C는 노동자의 길에 들어선다. 공사장에서 품을 팔지만 품삯조차 제대로 받지 못한다. 할 수 없이 '만만듸' 버팀을 각오하고 집으로 와 보니 춥고 배고파 쌀을 얻으러 갔다가 한길에서 얼어 죽은 아내를 보고 그는 그만 망연해한다.

> 그러나 C는 그후 얼마 아니하야 눈물의 고개를 넘어 불평의 바다에 떳다. 그의 설움을 누를 만한 온정은 다른 대에는 업섯다. 다만 그것을 눌너낸 것은 오즉 그의 불평이엿슬 뿐이다. 이것이 업섯드면 그는 설움에 미첫거나 죽엇거나 하엿슬 것이다. 그러나 그는 살어 내엿다.[6]

여기에서 주인공 C는 처한 현실에 눈물짓고 주저앉지 않고 서러움을 불평으로, 곧 저항정신으로 승화시키고 있다. 그래서 힘 있게 마음을 다잡고 "일천의 벗 – 온 로동자"와 함께한 길을 찾아 살길을 모색한다.

일제의 해악은 농촌에만 국한되는 것이 아니고 어촌에까지 미친다. 근대화라는 미명 아래 삶의 터전을 송두리째 흔들어 놓은 것이다. 「과도기」는 「한길」에서와 같이 낯선 곳 이국땅에서 그것도 한길에서 너무나 허무하게 죽어 버린 아내로 상징되는 조선 이농민의 비참함이 마침내 그들로 하여금 다시 고향으로 돌아오게 하는 것으로

---

6) 「한길」, 선집 Ⅰ, 147면.

시작된다. 그러나 돌아온 고향은 이미 그들이 생각하던 고향이 아니고 마치 타향처럼 낯설기만 하다.

> 고향은 알아볼 수 업게 변하엿다. 변하엿다기보다 업서진 듯햇다. 그리고 우중충한 벽돌ㅅ집 쇠집 굴뚝 - 들이 잠뿍 드러섯다. 「저게 무슨 긔게ㅅ간인가?」「참 원 저 검언 게 다 뭐유? …… 아, 저ㅅ족이 창리(그들이 살든 곳)가 아니우?」7)

돈을 벌어 돌아오리라는 희망을 가지고 떠난 조선 이농민들은 그 꿈이 부질없다는 것을 깨닫는 데에 오랜 시간이 걸렸다. 창선 부부의 경우도 4년간이나 걸렸고 할 수 없이 무일푼의 몸으로 그래도 고향에서야 다시 시작할 수 있으리라는 생각으로 돌아왔다. 그런데 그들의 고향은 이미 와해되어 버렸다. "변하엿다기보다 업서진" 것이다. 일제는 우리 농민들을 살아가지 못하게끔 착취하고 내쫓고 돌아올 기반마저 파괴해 버렸다. 그들의 고향 박탈 과정은 창리라는 한 마을을 돈 몇 푼에 사고 어업을 생업으로 살아가는 그들을 고기도 잡히지 않는 그 옆 구룡리로 옮겨 살게 하면서 시작되어 갑자기 전혀 낯선 곳으로 둔갑시켜 이질감을 형성시키는 것으로 이어졌다. "인천 만한 항구"를 만들어 준다고 토착민들을 혹하게 해 놓고는 "구수한 흙냄새 나는 마을"에다 "맵짠 쇠냄새 나는 공장과 벽돌집"을 난립해 놓고 "농군은 산비탈 으슥한 곳으로 밀려" 내어 버려 그야말로 주객을 전도시켜 버렸다. 시골구석에까지 뻗치는 일제의 마수를 알지도 못한 채 쫓겨나야만 했던 농어민들은 자연히 실업자가 된다. 창선 역시 예전에 했던 고기 다루는 일을 하려고 고향으로 돌

---

7) 「과도기」, 선집 Ⅰ, 127면.

아왔고 그것만이 눈에 선한데 그 일을 할 수가 없어 당황해한다. 새로 생긴 공장에서 "게트림을 하면서 턱으로 사람을 부르"는데도 그에 응할 수밖에 없는 것은 이 때문이다. 자존심이 상하는 일이어서 내키지 않지만 그렇다고 이대로 굶어 죽을 수만은 없는 일이다. 주인공이 공장으로 가냐 마냐 갈등하는 문제는 그야말로 '과도기의 공포와 설움'이다. 얼마 지나 이 고장의 젊은이들은 상투를 자르고 공장으로 갈 수밖에 없는 상황이 된다. 창선도 "요행" 공장 노동자로 뽑혀 일하게 되었다. "상투짜고 감발치고 부삽 들고 콩크리 - 트 반죽하는 생소한 사람이 되엿"다. 일제에 의한 일차 생산업자 농어민층의 분해와 그 속에서 '과도기'적 운명을 모색하지만 구조적으로 노동자가 될 수밖에 없으며 착취당하는 삶을 시작하게 된다는 것을 보여 주는 것이 「과도기」의 세계이다.

> 이 작품은 현실에서 분열된 관념과 떨어진 묘사의 세계를 단일한 '메커니즘' 가운데 형성하려고 한 최초의 작품이다. 그것을 가능케 한 것은 신경향파 시대와 근본에서는 같으나 그러나 그것보다는 일층 명백한 경향적인 정신이다. 그러므로 「과도기」는 그 양식에 있어서만 아니라 실로 그 정신에 있어서도 분명히 새 시대의 문학이다.[8]

임화의 이 말은 「과도기」가 형식상의 새로움뿐 아니라 정신 면에서 경향적임을 높이 평가하는 것이다. 여기에서 '관념'이라면 박영희류의 관념성 표백이고 '묘사'는 세태묘사에 집착하는 최서해류의 것이다. 임화는 그 둘의 변증법적인 합이 한설야의 문학이라고 보고 있다.

---

8) 임화, 「소설문학 20년」, 동아일보 1940. 4. 20.

한설야는 경제적 파산과 농어민의 삶의 터전 자체의 붕괴로 인하여 소시민, 농어민이 노동자가 되는 과정을 「그 전후」, 「한길」, 「과도기」 등의 작품을 통하여 보여 준다. 다음으로 그러한 노동자들의 피폐된 삶을 그리고 있는 작품들이 있다.

노동자 삶의 포착 - 노동자, 그 비인간적 착취의 대상

한설야의 초기 관념기의 작품 「주림」에서 그 한 가지 예를 찾을 수 있다. 주인공 경일은 공장 직공으로 같은 공장에 다니는 C와 벽 하나를 사이하고 살고 있다. 경일은 C를 좋아하지 않는다.

> 저갓흔 뚝매로는 도저히 대적할 수 업는 험하고 동시에 술책과 흉계가 만은 사람이엿다. 제맘에 틀니는 사람이면 얼마던지 공장에서 내좃는 흉한 사람이엿다. 주먹과 술책으로 만은 부하를 움켜쥐고 동시에 감독이나 관리자에게는 찰거머리와 가치 딱 드러붓헛다. 알낭알낭하면서도 한편으로는 녹녹지 안은 위엄을 보여 감독까지 그를 미우는 것은 피하려 하엿다.[9]

C는 약한 자에게는 강하고 강한 자에게는 약한 사람으로 처세술이 뛰어난 사람이다. 그런데 경일이 C에 대하여 갖는 증오심과 저항심의 근간은 공장 내에서의 문제가 아니라 C의 아내로 인한 것이다. 이는 경일의 관심이 노동자나 노동의 문제가 아닌 것을 말해 준다. C가 경일, 자기에게는 없는 여자, 아내를 소유하고 있다는 것에 대한 강한 질투심과 해소할 길 없는 정욕이 경일로 하여금 극도의 절

---

9) 「주림」, 선집 Ⅰ, 52면.

망감과 피곤함으로 삶에 지친 모습으로 쓰러지게 할 뿐이다. 노동자 경일이 그런 이유로 C에 대해 원망을 한다는 설정은 작가 한설야의 한계라 할 피상적인 현실 인식의 결과라 할 것이다. 자기보다 강한 자에 대한 원망을 갖게 되는 동기도 치졸하고 그가 원망을 하는 대상인 C 역시 공장 간부도 감독도 아니라 같은 노동자라는 것은 그의 원망이 노동문제를 떠난 것이기 때문이다. 이는 한설야가 이광수에 심취하면서부터 문학활동을 시작하여 감상적이고 관념적인 형태를 벗어나지 못하고 있었던 때문이라고 볼 수 있다. 그의 생애를 살펴보면 나름대로 소설 체계를 갖추기 시작한 이 무렵에 한설야는 극도의 생활고를 겪은 것을 알 수 있는데 그렇기 때문에 작품에서 한탄조로 감상조로 자신의 처지를 비관하고 있다.

노동자들의 삶을 비본질적인 것에 치우쳐 왜곡시키기까지 한 것은 「주림」에 국한되고 「사방공사」에서부터는 농민이 하루하루 연명하는 일용근로자가 되어 품을 팔고 그것까지 중간자들에게 착취당하는 실상을 그리는 등 농민과 노동자의 삶이 보다 리얼한 방식으로 묘사되고 있다. 「사방공사」의 배경은 함경도 K 평야로, 여기에서 농민들은 수리조합이 들어서면서 3분의 1이 넘는 밭을 논으로 바꾸는 작업을 강요당한다. 농군들은 대개 겨울이면 재충전의 시간을 갖게 되는데 자꾸만 부담되는 세금과 소작료와 빚으로 농민들은 겨울 한 철도 쉬지를 못하고 품팔이 노동이라도 서로 하려고 아수라장을 이룬다. 수리조합에서는 농민들에게 조합비를 받고도 또 논으로 만드는 작업까지 농민들이 직접 하게끔 한다. 기한을 정해 놓고 그때까지 마치지 않으면 더 많은 돈을 내어야 하기 때문에 농민들은 작업을 열심히 할 수밖에 없다. 그런데 농민들에게는 그 외에 내어야 할 빚이 많고 그 때문에 현찰이 생기는 막노동도 안 할 수 없다. 일거리는 적은데 일할 노동자들은 많으니 같은 노동자 농민끼리 '생존 전쟁'을 불사한다. 일을 하겠다고 쫓아오는 사람들을 일본인 십장은 모래를 뿌려 제지하기도 하고 노동자들은 그 고통을 감수하면서도 하루의 일자리를 보장하는 부삽을 잡으려고 노동자들끼리 싸우기도 한다. 이렇듯 고용자에게 유리한 노동 현장에서 노동자들은 여러 가지 불이익을 당한다. 만일 일하는 도중 잡담이라도 하면 십장으로부터 심한 체벌을 받는다. 보장 없는 안전사고도 많이 일어나게 되어 기관차와 모래차를 연결하다가 손이 끼어 다치기도 하고 차바퀴에 깔리기도 하며 굴러 떨어진 바위 조각에 깔려 목숨을 잃기도 한다. 고용자들은 한정된 인원으로 무리하게 공사를 진행하는데 그 와중에 사고도 빈번하다. 그때 인부들은 삼십팔 전의 일당을 쪼개어 모금을 하는 반면에, 사고를 야기한 고용자 측은 이 핑계 저 핑계로 치료비에 인색하게 군다. 고용자들의 이기성은 여기에 그치지 않아서 수수료라는 명목으로 하루 이 전씩을 떼기까지 한다. 이러한 고용자 측의 부당성을 노동자들은 '육신으로' 배워 간다.

「삼백 육십 오일」은 또 다른 착취가 그려진다. 함경남도 흥남에는 흥남 질소 비료 공장이 들어선다. 한설야는 자신의 고향에 인접한 이곳의 이 사건에 지대한 관심을 가지고 현지로 가서 취재까지 한 것으로 알려지는데 소설 「삼백 육십 오일」은 본격 노동자소설로서의 면모가 나타나는 작품이다. 일제의 토지매매과정을 취재하여 「과도기」로 소설화한 한설야는 토지가 매매된 뒤 낯선 모습의 노동자들로 살아가는 조선 민중이 의식을 갖게 되고 단결하게 되는 과정을 「씨름」, 「삼백 육십 오일」을 통하여 그려 낸다. 질소 비료 공장의 또 다른 착취란 산업 합리화라는 이름 아래 자행되는 것이다.

> 「그걸 누가 몰으나 전년에 사백 명이나 추리고 찝허가고 요새 또 삼백 명이
> 나…… 누굴 심봉산 줄 아늬」
> 「이 놈아 그 뿐인줄 아늬…… 아직도 금년 안에 육백 명이란다……」
> 「육백 명?」
> 알콜스키는 기여들어가는 괴상한 소리를 지르며 눈을 흡뜬다.
> 「그게 산업 합리화란 게다. 둘이 하든 걸 하내 하고 힘은 터럭 구멍 하나만치도
> 안 남기고…… 또 잇다 삭전……」10)

여기에서 '산업 합리화'란 사람을 기계처럼 보는 태도를 말한다. 연료가 들어가야 하는 기계를 아끼고 그 대신 사람의 노동력을 최대한 이용하려는 것이다. 마치 방전하여야 하는 건전지처럼 노동자들에게서 최대한 힘을 짜내고 월급은 가능한 한 줄이며 착취하는 것, 이것이 바로 노동력의 적체된 상황에서 가진 자, 일본 제국주의자들이 보이는 만행이었던 것이다. 생산 터전을 파괴하여 잉여 노동력을 야기하고 그 남아도는 노동력을 자기들 마음대로 부리는 것이다. 둘이 하던 일을 한 사람이 하게 들볶아도 얼마든지 있는 노동자들의 수요, 「사람 상한다. 이놈의 합리화!」라고 외치면서도 계속 그 일에 매달려야만 하는 노동자들, '쎈틀'의 역할을 하다가 다친 사람에게 걸레와 기계기름으로 응급처치 하고 다른 사람이 오기 전에는 병원에도 가지 못하게 하는 비인간적인 처사. 이것이 '삼백 육십 오일', 1년 내내 그들을 옥죄이는 삶인 것이다. 마침내 노동자들은 이런 회

---

10) 「삼백 육십 오일」, 선집 I. 197면.

사에 대항하기 위하여 5월 초하루(메이데이)를 디데이로 정하고 봉기를 준비하게 된다. 그러나 그날이 되기도 전에 많은 이들이 감옥으로 잡혀가거나 공장 측은 여전히 일 못 하거나 비협조적인 분자들을 가려내느라 여념이 없다.

> 그리고 난 뒤로는 알맹이 빠진 것가티 풀이 죽고 말앗다. 다시 그 전과 가티 춰서지면 멧날 멧달이 걸려야 할지 모른다. 더욱 압흐로 작고 추려낼 테니 생각하면 한심한 일이엇다. 그러면 엇더케? 「날마다 날마다의 ××이 업시는…….」 이것이 그들이 육신으로 배운 새지식이엇다. 「그럿타. 그래야 그날도 우리의 ×이 될 수 잇다」11)

　결전의 날을 잡아 투쟁을 하려 했으나 그것이 회사 측의 선수 치는 행위로 인해 무산된다. 노동자들로서는 일순간 맥이 빠지는 것도 사실이다. 그러나 다시 마음을 다잡아 전열을 가다듬어 본다. 인간으로서 살아간다는 것은 쉬운 일이 아니고 결코 남의 도움으로 되는 것도 아니다. 인간을 인간 이하의 기계 부속품처럼 여기는 '산업 합리화' 시대에 고용 노동자들이 존엄한 인간 정신을 지키려면 지속적으로 투쟁정신을 고취하여야 할 것이고 그래야만 '그날도 우리의 힘이 될' 것이라는 것을 인식한다.

　「삼백 육십 오일」에서는 착취로 굴절된 노동자들의 삶에 단결을 꾀하여야 한다는 필요성과 시도가 엿보인다. 그리고 노동자 단결 과정의 문제는 「합숙소의 밤」 이후 여러 작품에서 천착된다.

---

11) 「삼백 육십 오일」, 선집 Ⅰ, 199~200면.

노동자들의 단결 과정과 그 의미

착취구조가 보이고 처음으로 노동자들이 단결을 꾀하는 것이 나타나는 것은 만주에서의 삶을 그린 「합숙소의 밤」이고 바로 그 뒤 작품 「인조폭포」이다.

만주에서의 극한 추위와 노동자 감독의 착취 속에 한 노인이 남몰래 도망하려다가 붙잡혀 뺨을 얻어맞는 사건이 생긴다. 여기의 노동자 감독은 벌이를 뒤로 숨기거나 벌이를 못 해 오거나 하면 상대가 누구건 간에 모욕적인 폭행을 가하는 사람이다. 주인공 '나'는 다소 영웅의식도 가지고 있고 어느 정도의 리더십도 가지고 있는 인물인데, 그러한 감독의 만행을 "더 큰 책임"과 "더 유용하게 쓰고 십흔 새 생각"으로, 그러나 '방관'한다. 그러고는 자식만 한 감독에게 뺨을 맞아서 울고 있는 그 노인에게 다가가 집으로 갈 노자를 건넨다.

① 그는 일은 바 「하눌」이 오늘날 누구의 손에 잇는지 몰운다. 알앗스면 내 손을 굿게 잡고 말아슬 것이다. 그리고 그 자리에서 마지막 길을 밟는대도 웃고 모든 한을 풀 수 잇섯슬 것이다. 그러나 그는 끗까지 불상한 늙은이엿다. 모르는 것이 그를 얼마나 불상하게 하엿느냐. 제 ××××××××× 손에노코도 그 손을 굿게 잡아 흔들지 못하는 그가 과연 얼마나 불상하냐[12)

② 「××××××××××××××××× 아니면 ××이 잇슬 뿐이다.」 나는 이 귀에 길이 나도록 외인 소리 - 일과와 가치 웨친 소리를 다시 끄내엇다. 그리고 오늘 저녁의 새 일과를 나는 부르지젓다. 「…… 그 늙은이를 보지 안엇느냐. 그것은 우리의 산 표본이다……」 나는 「늙은 표본」이 주고간 가지가지의 사실을 곳 오늘밤의 교재로 하엿다.[13)

---

12) 「합숙소의 밤」, 선집 I, 108면.
13) 「합숙소의 밤」, 선집 I, 108~109면.

①에서 말하는 '하늘'이란 노동자의 단결과 의식화라고도 할 수 있다. 노동자들의 단결 여부가 '나'의 손에 달려 있다는 부분에서, '나'가 어떤 존재인지를 가늠할 수 있다. 전 노동자의 대표자라고 할 수도 있고 어려운 이들을 구원해 줄 영웅적인 존재일 수도 있다. 어려운 삶에서 민중들은 영웅을 기다리고 있는 것이다. 그러니 영웅적인 존재가 필요하다. 한설야가 영웅을 설정한 것은 그 때문으로 볼 수 있다. 그러나 이 영웅 같은 존재 '나'는 너무 상징적인 인물처럼 그려지고 관념의 차원에 그쳐 버리고 있다. 사마리아 여인을 만나는 예수를 흉내 낸 듯한 이 대목에서 '나'는 하늘이 자기의 손 안에 있다고 함으로써 노동자의 승리에 대한 전망을 보이려고 한 듯하다. 그러나 노인이 뺨을 맞는 것을 보고도 못 본 체하는 행동이나 자신이 어떤 꿈과 능력을 가진 사람인지 모른다고 하여 노인을 불쌍히 여기는 행동은 그의 영웅적 성격을 약화시키는 장치라고 판단된다. ②에서는 그러한 '나'의 한계점이 더욱 두드러진다. ①에서 어려운 이를 도와 집으로 가게 한다는 점에서 그럴 듯한 면모를 가진 것으로 보였던 '나'는 그 어려운 이에 대한 감정의 정체를 알게 한다. 다른 사람의 아픔에 동참하는 동류의식이 아니라, '나'는 그들보다 우월하다는 우월감으로 행동한 것이다. 노인에게 노자를 주어 집으로 돌아가게 하는 동정은 베풀었지만 그러한 그의 비참함에 그는 끝까지 주변적 인물이며 노인의 아픔을 하나의 제물로 삼아 다른 이들을 교육시키려 할 뿐이다. 결국 '나'는 '더 큰 책임'이라는 명목하에, 의식과 실생활에 구별을 지으려 하는 방관적인 인물에 지나지 않는다. 그러나 이 작품의 '나'라는 상징적 인물을 통하여 한설야는 다소 감상적인 방식으로라도 자신이 살고 있는 암울한 시대를, 노동자들의

미래를 통하여 낙관하고 싶었던 게 사실일 것이다. 여기에서 주목할 것은 인물의 추상성을 넘어서 노동 현실에 대한 묘사이다. 이것은 이후 여러 작품에 밑거름이 되는 것이다.

「인조폭포」의 '나'는 「합숙소의 밤」에 등장하는 노인과 같은 역할을 하는 인물이다. 노동자들이 어떠한 목적하에 의식을 가지고 단결하는 과정에서 '나'는 동료들을 저버리고 사소한 정에 끌려 도망해 버린다. 노동자의 리더 격 인물은 「합숙소의 밤」과는 달리 1인칭이 아니고 H강 철교 공사 노동자 C라는, 3인칭의 인물이다. 인칭의 변화에서 감상적 영웅심리가 극복되고 있는 것을 볼 수 있다.

> 조선사람이 만으니까 엇전지 업든 긔운도 더 나고 뒤ㅅ대가 튼튼해낫다. 더욱이 조선 로동자의 두목인 C이라는 사람은 얼마나 우리의 맘을 튼튼히 괴여 주엇는지 모른다. 우리는 ……를 압세우고 ……. 사이를 걸어가는 것만치나 호긔가 낫섯다. 홍은 만주 온지가 근 이십년이나 됨으로 아조 지나 사람 가티 중국말이 능통하엿다. 그리고 키는 륙척이 넘음즉하고 긔운은 황소와 가티 세엿다. 세 사람 네 사람이서 겨우 드비적그리는 세멘트통을 외억개에 간난 손자나 올여 노트시 훌적 걸쳐노코 발 하나 빗죽하지 않는 장골이엿다. 게다가 사람을 억어하는 소박하고도 우렁찬 솜씨가 잇서서 실로 범에게 날개 도친 것 갓햇다. 그는 말과 턱으로 남을 부리며 후리는 것이 아니라 제 팔다리와 제 온 몸으로 사람의 압흘 서서 몸소 지도하고 명령하는 사람이엿다. 한 말로 끈치자면 그는 무섭고도 정 드는 사나히엿섯다.[14)]

「합숙소의 밤」에서 모습이 암시되었던, 한설야가 생각하는 이상적 지도자상이 보이는 부분이다. 그는 ① 객지 생활을 하고 있는 조선 노동자 '우리의 맘을 튼튼히 괴여' 주며 ② 중국말까지도 능통하여 우리 민족을 업신여기는 중국인들에게 당당하고 조금도 뒤처지거나

---

14) 「인조폭포」, 선집 Ⅰ, 115면.

눌리지 않고 ③ 육체적 조건도 좋아서 키도 크고 힘도 센 장사이며 ④ 소박하고도 우렁차게 사람을 압도하는 리더십을 가지고 있고 ⑤ 자기가 직접 노동의 대열에 참가하여 다른 이의 모범이 되는 사람이다. 그는 다른 사람들에게 강조하기를 이국 만주 땅에서 살아남아야 한다는 것, 그를 위해서 악착같이 일을 해야 하고 정신을 차려야 한다고 하는데 그의 이런 말은 진심으로 조선인들을 아끼고 근심하는 데에서 나온 것이다. 그래서 모든 조선인들은 그의 말을 한 대의 담배 맛보다도 더 맛있게 느끼며 심지어 그가 하는 욕설까지도 "눈물겨운 감상"으로 고맙게 여길 정도로 그를 중심으로 단결하며 서로 "간격 업는 친분"을 느끼고 있다. 그러한 상황에서 그를 따르던 구성원 가운데 하나인 '나'는 유곽에서 고향 친구 은순을 만나 그녀로부터 고향으로 도망가자는 제의를 받게 된다. 결국 죽어도 고향에서 죽으리라는 결심으로 동지고 리더고 모두 버리고 도피 행각을 하다가 붙잡힌다.

> ① 나는 꿈이 깨인 것 갓햇다. 은순이를 데리고 가령 조선으로 도라갓다면 무슨 소용이랴. 도리혀 크고 무거운 고통이 등을 누르고 목숨을 노릴 거시다. …… 외로운 내 한몸을 …….지 안으리라고 엇지 단언을 해내랴. [ ]라는 단 좁은 생각은 결코 나……. 할 수 업는 때이다.[15]

> ② 「아니다. 그런 발나마치는 재간은 그만두고 내 손을 잡아라」
> 무쇠 「크 로 - 브」가튼 손이 내 압헤 내밀 다. 나는 부지중 내 손을 내밀어 힘잇게 잡앗다. 커다란 그의 손은 「스파나」가티 지긋이 내 손에 무거운 힘을 주엇다. 나는 날듯한 생각이 번쩍하며 그의 손을 잡아 흔들엇다. 내 눈에서는 새알 만한 눈물이 뚝뚝 떠러젓다.[16]

---

15) 「인조폭포」, 선집 Ⅰ, 122면.
16) 「인조폭포」, 선집 Ⅰ 124면.

①에서 '나'는 중요한 시기에 단결의 의미를 잊고 자기 한 몸만 도피하며 일신의 안위를 도모하려 했던 소자아적 생각을 후회한다. 거기에는 조선으로 돌아간대도 상황이 더 나을 것 없을 것이라는 계산이 전제된다. 이 논리에 의하면 그는 만일 상황이 나아질 수 있다면 지금 후회하고 있는 소자아적 행동을 다시 시도할 것이라는 결론이 나온다. 그렇다면 '나'의 후회가 한계가 있는 것임을 알 수 있다. 게다가 '나'가 갑자기 꿈이 깨이는 것처럼 현실을 깨닫게 되는 계기가 경찰서에 다녀와서라는 점은 그가 다분히 타율성을 못 면하는 인물이라는 것을 보여 주고 그것이 작위적으로 이루어진다는 점은 이 소설의 리얼리즘적 밀도를 다소 약화시키는 것이 된다. ②는 그러한 '나'를 받아들이는 C의 포용력을 보여 준다. 용서를 바라는 열 마디 말보다 「크로 - 브」 같고 「스파나」 같은, 노동의 상징같이 굳센 그의 손을 맞잡는 행위로 의지를 보여 달라는 것이다. 「합숙소의 밤」에서도 강조되었던 손을 잡는 행위는 모든 노동자의 단결력을 의미한다고 할 수 있다.

「씨름」은 노동자 단결의 문제를 스포츠라는 매체를 통해 형상화하는 작품이다. 주인공 명호는 「인조폭포」의 C의 또 다른 모습으로 그리 가난하지는 않은 농가에 살면서 야학도 설치하고 조합도 만들려 도모하는 의식을 가진 인물이다. 자작농에서 소작농으로 다시 순 소작농으로 무너져 가는 농촌 현실 속에서 명호는 노동자화했던 것인데 그는 노동자들의 단체 행동의 필요성을 깨닫고 다음과 같은 과정을 거치며 노동자들을 규합하려 한다.

① 내호 공장으로 들어가자 목도판에서 패를 모으고 세력을 잡기를 도모함

② 우선 목도판의 일인 십장「요시다」의 안하무인격 전횡이 거슬려 노동자들의
단결과「요시다」파 횡포의 제압이라는 두 가지 일을 계획함
③「형제노름」을 꾸미고 제일 연장자를 장백으로, 명호 자신은 부장백이 되어
실무를 맡음
④ 고향의 소작 문제에 관여하여 일익을 함으로써 농민과 노동자의 연대를 꾀함
⑤ 씨름대회를「요시다」패 제압과 모든 노동자 단결을 위한 계기로 삼음
⑥ 노동회라는 범노동자 단체를 조직, 확장함

「인조폭포」의 C처럼 명호 역시 장사 같은 힘과 영도력, 의식, 포
용력을 고루 갖추고 작품 내에서 훌륭한 지도자상 외의 다른 면은
전혀 보이지 않는다는 점에서 평판형 인물이라 할 수 있다. 다분히
작품을 교조적으로 만드는 요소인 것이다. ④에서는 명호가 이끄는
노동자 단체인 '형제노름'이 창리의 '수리조합'과의 연계를 결과하여
농민이 노동자에 대해 또 노동자가 농민에 대해 가질 수 있는 이질
감 대신 친근감을 갖게 하였다는 것을 알 수 있는데 이는 작가가 노
동자뿐 아니라 농민까지 포함하는 개념으로 모든 프롤레타리아의 연
맹을 이상적으로 생각하고 있음을 보여 준다. ⑤와 같은 씨름대회는
명호의 승리를 모든 노동자의 승리로 확산시킨다는 의미를 갖기 때
문에 단결의 과정에서 중요한 역할을 한다. 씨름이 진전되면서 노동
자 모두가 자기의 힘을 명호에게 보태어 주고 싶다고 생각하고 그
과정에서 물리적 힘 이상의 힘이 하나로 모아지게 되는 것이다.

> 「늬들 세상이구나,」 혹 속으로 「흥,」 하고 우습게 생각하는 사람이 업는 것이 아니
> 나 그러나 그들의 눈에 띄일 만치 내놋는 사람은 하나도 업섯다. 그랫다가는 당
> 장 주먹 벼락이 떠러질 것 갓햇기 때문이다. 삼년 전까지 엇줍지 않게 보아 넘
> 구던 로동자들을 지금 이러케 무서워 할 쯤 해서는 래년, 후년, 후후년 쯤에는
> 엇지될는지를 알 수 업는 것이다.17)

노동자들에게는 '웅변보다도 글보다도 미인보다도 재간보다도' 힘이 가장 중요한 것이 아닐 수 없다. 그렇기 때문에 씨름대회는 이러한 노동자들의 마음을 묶는 데 중요한 장치가 된다. 이제 다른 사람들이 보기에 노동자들은 두려움의 존재이다. 노동자들의 위세는 세월이 흐르는 것과 같이 변화하는 것이다. 그러한 노동자들이 단결하여 요시다 패까지 압도하는데 이것은 노동자들의 단결은 큰 힘을 가질 수 있음을 강조하는 장치로 볼 수 있다. 「씨름」 역시 상징성이 크고 주 생활터전에서의 일이 아닌 씨름장을 무대로 하는 등 리얼리티를 손상시키는 부분이 많은 작품이다. 「합숙소의 밤」에서와 마찬가지로 노동자의 단결을 강조하고자 하는 작가의 의도가 큰 나머지 리얼리티의 밀도는 약해졌던 것이다.

「공장지대」에서는 산업화로 인한 노동자들의 도시 집중현상과 그들이 생존권을 보장받기 위하여 조합을 만들고 힘의 결집을 도모하는 과정이 그려진다.

> 우리는 일상의 모든 문뎨를 모으고 얽어서 ×우는 것뿐이다. 온 우리의 동무의 요구와 일치식히면세 그럼으로 우리는 우리가 우리의 손으로 짓고 잇는 긔록을 한편의 글로나마 적어서 온 우리 무리에게 보고할 필요가 잇는 것이다. 압흐로 우리의 긔록은 계속될 것이다.[18]

노동자들의 단결이라는 것은 착취구조에 대한 반항이고 당시의 착취구조는 일제와 긴밀한 연계를 가지고 있는 것이라 할 것이므로 전 조선인이 무산자화, 프롤레타리아화인 식민지 치하에서 이것은 단순

---

17) 「씨름」, 선집 Ⅰ, 157면.
18) 「공장지대」, 선집 Ⅰ, 174~175면.

한 노동자 문제 수준을 넘어서는 것이다. 노동자들의 일상에 부딪히는 문제들과 요구를 모아서 싸울 것을 결의하는 위의 부분은 인간답게 살 것을 선언하는 것에 다름 아니다.

장편 「황혼」에서 한설야는 이러한 노동자들 단결 과정을 농민의 반항을 주제로 했던 신경향파 단계와 농민이 몰락하고 노동자로 변화하는 과정을 보인 계급문학 초기 단계와 함께 그려 내고 있다.[19] 안중서의 방직 공장 노동자들은 열악한 노동 조건에도 불구하고 새로운 삶의 터전을 가꾸려는 의욕에 불타는 인물들이다. 농민으로서 착취를 견디다 못해 공장에 들어온 이들은 여러 불평등한 대우를 감내하려고 애를 쓴다. 그러다가 차츰 자신들이 처하여 있는 현실적 모순이 계급적 불평등 구조에 기인한 것임을 인식하고 상호 연대성을 확립, 단결하여 자본가 계급과 기득권자들에게 저항하는데 그것이 점점 조직적 노동운동의 형태를 띠게 된다.

1920년대 후반에서 1930년대에 이르는 시기에는 일제의 식민지 공업화 정책에 의하여 노동자층이 양적으로 크게 성장하고 그로 인하여 노동자들은 「씨름」에서 암시되는 바와 같이 스스로 단결하여 막강한 힘을 확보할 수 있음을 깨닫게 된다. 노동자계급은 자신들의 문제를 스스로 해결할 수 있는 방법을 알고 실천하였다. 일제 강점기 많은 소시민들이 전향, 친일의 길을 걸을 때도 계속해서 자신들의 길을 고수하며 그것이 민족 해방 운동과도 연관을 맺을 수 있었기 때문에 일제 강점기 노동자의 의미는 중요한 것이다. 그리고 그것을 천착해 들어간 작가 한설야의 작가의식 역시 전위적인 것이었다.

---

19) 권영민, 「노동문학의 가능성과 한계」, 『월북 문인 연구』, 문학사상사, 1989, 57면 참고.

전향 혹은 노동운동의 내면화

노동운동가의 변절은 한설야의 경우 두 가지 양상으로 나타난다. 그 하나는 「교차선」에서 예를 찾을 수 있다. 노동운동의 정신적 스승, 이 경우는 애인을 잃은 뒤 변절하는 경우이다. 다른 하나는 수감 경험을 한 후 소시민으로 전락하여 버리는 경우이다. 전자가 이념과 반대선상에 있는 인물에 몸을 내줌으로써 몸과 마음의 완전한 변화, 전향을 물리적으로 증명하려는, 전향의 적극적 양상이라고 한다면 후자는 이념이라는 형이상학적 수준에서 생활수준으로 내려앉은 경우로, 전향의 소극적 양상이라고 할 수 있다.[20]

1) 전향의 적극적 양상 – 전향은 성적 외도로 치환

「뒤ㅅ걸음질」의 단발랑 C는 의식적인 면에서 '뒷걸음질'하여 당시 몰지각한 신여성들의 전철을 밟음으로써 전향의 양상은 보이지만 노동자가 아니므로 「교차선」을 살펴보기로 한다. 은순은 영리한 여자로 직공들 사이에 칭찬이 자자한 편이다. 그런 그녀는 재선을 알게 되고 의식의 문제로 깨여 가면서 사랑도 알게 되었다. 그러나 재선과 자기의 동생 철순이 영어의 몸이 되자 공장 내 반계급주의 인물인 일본인 감독의 정부가 된다. 그것은 당연히 이전의 동지들이었던 노동자들의 분노를 산다. 「구주댁이 나오신다」, 「성냥굽에 회칠이냐 개대가리……」, 「망난일세 망종일세 구구댁일세」, 「돗꼬쇠(돗

---

20) 김윤식, 「한설야론」, 『현대문학』, 1989. 8. 478면 참고.

꼬이쇼) 쪼이나 쪼이나……」 등등의 놀림까지 받는다. 여기에서 전향을 하게 되는 심리적 갈등이라거나 다른 이들에게 지탄을 받으면서 어떤 심정으로 그들을 대하는지 하는 은순의 심정은 전혀 묘사되지 않는다.

> 이편에서는 캣취가 여러 번 기회를 보다가 올은손을 허공에 올여 한참 뺵뺵 돌리드니 죽어라 하고 볼을 탁 내쓰앗다. 볼은 보기 조케 은순의 등통을 디려갈겻다. - 스트라익 원…… 그 소리가 채 떠러도지기 전에 엇던 녀공의 손으로부터 사그막지가 쌩하고 날아갓다. 이번은 삐삐죽거리는 엉덩이에 가서 드러마잣다. - 스트라익 투……「오라잇」「베리 나이스」[21]

손테니스를 하고 있던 직공들에 의해 은순이 징계를 받는 장면이다. 그들이 치는 공은 은순의 '등통'에, '삐삐죽거리는 엉덩이'에 가서 "디려갈"기기도 하고 "드러"맞기도 한다. 은순의 신체를 묘사하는 언어에는 작가의 혐오의 염이 묻어 있고 공이 날아가 맞을 때 작가는 통쾌한 듯한 단어를 구사하는 것을 볼 수 있다. 여기에서 전향자에 대해 한설야가 갖는 저항감, 혐오감의 정도가 보인다.

2) 소극적 전향의 모습 - 소시민적 삶에의 침잠

「철로교차점」의 경수는 지난날 그가 벌였던 활동들과 그에 따른 씩씩하고 활발한 시절의 의기가 노동자의 삶 속에서 "인부로서의 노동에 되살아나는 것"을 느낀다. 그는 이념이 타의에 의해 꺾인 대신

---

21) 「뒤ㅅ걸음질」, 선집 Ⅰ, 213면.

참노동자로서의 길을 다짐해 본다.

> 흙냄새 나는 제 몸이 향기를 풍기는 유두분면(油頭粉面)의 한가한 미인을 쓰쳐
> 도 아무런 개렴ㅅ증을 느끼지 않고 기름진 신사에 좋다고 차링과 겨루어도 억
> 개가 떠지는 일이 없다.[22]

룸펜이었던 경수는 이제 노동자로서의 삶을 당당하게 여길 정도로
삶에 정착하였다. 노동의 신성함을 깨달으며 그럭저럭 자족하며 소
시민으로 살아가던 어느 날 그 마을에 '후미끼리', 곧 철로교차점이
없기 때문에 아이가 죽는 사건이 일어난다. 그런데 경수는 그 사건
을 계기로 투쟁에 대한 의지를 되살린다. 아이가 죽은 사건 앞에서
경수는 당사자가 자기 아이가 아니라는 데에서 느꼈던 안심감이 이
율배반적인 것이라고 깨닫는다. 그래서 철로교차점 설치에 보다 더
적극적으로 나서고 그 과정에서 예전의 자신의 모습을 되새기게 된
다는 것이다. 「숙명」의 치술은 감옥을 다녀온 후 더욱 내향형의 인
물이 되는 예이다. 한설야가 전향한 이후에 쓴 전향소설들은 대개
세태소설적 면모를 보이는데 「숙명」도 그러하다. 노동자 치술이 딸
계월이 갇혀 있는 여우와 팔려 간 닭에 대하여 느끼는 동정심을 생
각하여 이미 팔아 버린 닭을 다시 사오려 한다는 이야기이다. 이러
한 소시민적 생활사 속에 묘사되어 있는 치술은 살기 위해 온갖 궂
은일을 마다하지 않는 아내와는 달리 무능력하고 현실감 없는 자포
자기식의 인물이다.

---

22) 「철로교차점」, 선집 Ⅰ, 293면.

① 「글세 어서 갔다 와요. 으 - 흠」

하고 자리에 누운 채로 턱이 물러나게 기지개를 켜며 그것이 재미 있다 하
듯이 손끝 발끝을 가불까불 놀리면서 흐늘어지게 느물거리고 있다.(중략)
「내 어째 식전 초망부터 화가 난지를 알지 - 엉뎅이가 가뿐해야 화도 안
날텐데. 흐흐흐」23)

② 치술은 제 몸을 돌로 칵 메따박고 싶도록 어디랄 게 없이 군질군질한 것을
느꼈다. 어째서 살려고 살려고 버티고 버티다가 뼈가 휘어지더라도 버티는
그런 근기가 없을가. 치술이 자신도 그렇게까지는 오죽지 않은 위인을 아니
나 워낙 해바래기처럼 때를 만나야 기를 펴고, 안해와 같이 언제 어느 때
무슨 일에든지 줄기차게 나가지 못하는 것이다.24)

①에서 전향 후 치술은 흡사 문어처럼 "흐늘어지게 느물거리고"
있는 것으로 묘사된다. 아내에게 갔다 오라고 하는 것은 바로 담배
심부름이다. 끼니 준비에 여념이 없는 아내에게 "손끝 발끝을 까불
까불" 하는 나태한 자세로 누워서 담배를 사 오라고 한다. 게다가
그 부당성을 지적하는 아내에게 치술은 부부관계를 하지 않았기 때
문에 아내가 자기에게 히스테리를 부리는 것이라며 놀림조로 대응한
다. 한마디로 치술은 삶의 공간에서 부유하는 인물인 것이다. 치술인
들 아픔이 없을 수는 없다. 그런데 그것은 아내가 사람들 목도리감
이 될 운명에 놓여서도 달아나지 않고 가만히 갇혀 있는 여우를 가
리켜 "어리무던하고 어리석기를 누구와 같다"고 자기를 빗대어 말하
자 ②와 같이 느끼는 것으로 나타날 뿐이다. 치술은 무기력한 생활
인으로 전락해 버린 자기 자신을 자탄하면서 고깃간에 팔아 버린 닭
을 사 오려는 결심을 통해서나 답답한 현실에 대한 돌파구를 만들어

---

23) 「숙명」, 선집 Ⅲ, 14면.
24) 「숙명」, 선집 Ⅲ, 19~20면.

보려고 한다. 현실에 소극적이고 패배적인 작가의 면모가 치술을 통하여 나타난다. 전향자에 대해 한설야가 갖는 저항감, 혐오감의 정도는 전향을 성적 외도로 치환시킨 1)의 부분에서 볼 수 있었는데, 그러한 가치관을 가진 한설야였기에 스스로도 소시민적 전향의 수준을 택했던 것으로 보인다.

결론: 강점기 작가가 포착한 당대 노동자의 문제점과 해결 방식

이상에서 한설야의 노동자소설 속에 나타난 작가 의식의 양상을 대략적으로나마 살펴보았다. 그것은 농어민으로서의 삶의 붕괴로 인한 노동자화의 과정과 노동자들의 척박한 삶을 조명하고 노동자들의 단결을 강조하는 단계, 수감 경험 후 전향하고 투쟁력이 약화되는 단계로 나누어 볼 수 있다. 그는 당대 노동자의 문제점을 폭넓게 인식한 작가이다. 강점기를 살았던 한 작가가 실제로 현장을 발로 뛰면서 구축했던 노동자 문학의 의미는 매우 크다. 전체적으로 보아 형식적 리얼리즘의 밀도가 떨어지는 부분이 많은데 이는 그가 가진 사회주의 리얼리즘의 영향으로도 볼 수 있다. 중요한 것은 '있는 그대로'의 삶이 아니라 '있을 수 있는, 일어나야만 하는 현실의 극복'이라고 본 때문이라는 말이다.

Ⅳ

격동의 시대와 문학

식민지 지식인의 **행동 양상**
– **최남선의 만주행**을 중심으로

| 서론: 일제 말 만주와
| 만주행의 의미 일찍부터 우리 민족은 한반도를 기

점으로 하되 동북아에 널리 진출하여 살아온 것으로 알려진다. 중국
에 조선인이 발견되는 것은 이미 17세기 말이며, 광서 11년(1885년)
봉금령이 해제되면서 중국 내 조선족의 인구는 급속히 늘어나게 되
었다.1) 이때까지의 이주가 자의적 성격이 강했다면 조선인이 중국으
로의 이주를 본격화하게 된 일제 강점기, 구체적으로는 러일전쟁을
계기로 간도문제에 개입하게 된 일본이 청과의 사이에 맺은 간도협
약(1909년) 이후의 이주는 비교적 타의적 성격이 강했다.

---

1) 여진족은 후금 건국 후 중심지를 중원으로 이동하고 자신들의 시조가 살았던 간도를 신성한
   지역으로 추앙하려 그곳은 어느 민족도 들어와서 살 수 없다는, 봉금령을 내린다. 후금을 이어
   받은 청나라의 봉금령 해제(1867년) 후 삼정 문란으로 고통받던 조선인들이 간도로 건너가게
   되었던 것이다(김도형, 「식민지시기 재만조선인의 삶과 기억; 한말, 일제하 한국인의 만주 인
   식」, 연세대학교 국학연구원, 『동방학지』, 2008, 4면 참고).

당시 우리 민족은 일제의 가혹한 학대를 피하고 빈곤에서 벗어나기 위하여, 조국의 멸망을 분히 여기고 불구대천의 의지를 키우기 위하여, 전날 사대의 의리를 지켜 살아온 중국을 귀의할 곳으로 여긴 때문 등 다양한 이유에 의해 만주로 주거를 옮기는 이들이 많았다. 만주 이주민은 1910년 즈음 20만 정도에서 1930년 즈음 60만, 1944년 즈음 약 170만으로 급등하게 되었다.2) 간도와 동변도로만 이주하던 것이 점차 만주 전 지역으로 확산되었고, 일제 이전 함경도 평안도 조선 북부 농민들 주축이던 것이 점차 조선 전역의 농민들을 아우르게 되었다.3)

국책에 의해 이루어진 만주행은 농민과 지식인의 경우로 나누어 살펴볼 수 있는데 농민들의 이주를 진행한 배경에 수전 개발, 벼농사 등 노동력 착취, 일본 국토 확장을 위한 인력 확보 등 직접적인 목적이 있었다면 조선인 이주의 조직적 진작과 만주 홍보와 관리를 위해 간접적인 방식으로 이론가, 지식인의 동원이 필요했다.

당시 많은 지식인들은 일제가 획책한 조선인 만주 이주정책에 동원되었다. 농경사회 속 정착 생활이 익숙한 우리 민족으로서는 유목민족들과 달리 터전을 버리는 만주행 자체가 결코 용이할 수 없었다. 당시 우리 민족에게 만주는 위험한 곳, 알 수 없는 곳에 지나지 않

---

2) 중국의 조선인 이주는 매우 많았다. ① 청조 이전에 이주한 조선인은 한족, 만주족 등 여러 민족 속에 융합되었다. 이들은 중국 조선족의 일부로 되었으며 현재 중국 조선족의 0.1% 정도이다. ② 청조 말기부터 1910년 이전 중국으로 이주한 조선인은 약 26만 명 ③ 1910년 한일합방 이후 40년대까지 49만 명 정도(1910~1915년 6년 동안 222,718명이 이주/1917~1922년 6년 동안 190,666명이 이주/1925~1928년 4년 동안 65,704명이 이주). 약 100여 년 동안 216만 명이 중국으로 갔고 광복 후 100만 명 정도가 한국으로 돌아왔다(권영호, 「중국 조선족의 변화 그 뒤에 한국이 있다」, 『연변통신』 홈페이지 http://yanbianforum.com/index.html).

3) 김기훈, 「1930년대 일제의 조선인 만주 이주 정책」, 전주사학전주대학교 역사문화연구소, 『전주사학』, 1998, 205~206면 참고.

았기에 더욱 그러했다. 그러나 멀지 않아 만주는 기회와 가능성의 땅으로 둔갑된다. 만주는 친근한 땅 – 우리 역사의 옛 땅, 항일운동의 근거지, 밀려난 농민이 살아갈 수 있는 곳, 조선인 자본가나 일반인 모두에게 부를 축적하고 출세할 수 있는 새로운 기회의 땅으로 인식되어 갔던 것이다.[4] 그 인식의 과정에 지식인들이 만들어 낸 만주 이미지의 힘이 컸다.

지식인들은 수동적으로 일제의 국책을 홍보하는 수단이 되기도 하였으나 점차 그를 내면화하기에 이르렀다. 국책으로 강요되는 만주이주를 당연한 것으로 이론화하는 과정에서 자신들도 꿈을 꾸기 시작했다. 당시 조선의 형색이 어려웠던 만큼 새로운 땅에서 새로이 시작할 수 있을 것이라는 일종의 만주 드림을 갖게 되었다. 만주를 일종의 엘도라도로 인식하면서 그들은 정치적 새로움과 경제적 새로움을 그곳에서 일구고자 했다.

그러나 지식인들이 만들어 내고 홍보하여 온 이론과 만주에서의 삶은 판이했다. 일제가 주장했고 자신들이 내면화해 온 오족협화, 동아신질서론 등의 지배이데올로기가 실상과 다름을 작가들은 날카롭게 인식하게 되었다. 내면화해 온 지배이데올로기의 이율배반이나 모순을 파악하게 되었던 것이다.[5] 이런 한계적 상황에서 지식인들의 행동방식은 어떠했을까 하는 의문에서 본 연구는 시작된다. 이를 해

---

4) 김도형, 앞의 글, 24면. 당시 만주의 의미는 위험하고 '구렁' 같으나 조선인이 새로운 식민지의 지배자로서 인식할 수 있는 공간, 5족이 평등하다는 등의 허구를 통해 형성된 미래와 기회의 공간으로, 1930년대 후반 조선인의 식민지적 주체의 정체성을 형성한 기표이기도 하였던 것이 사실이다(배주영, 「1930년대 만주를 통해 본 식민지 지식인의 욕망과 정체성」, 일지사, 『한국학보』 112, 2003, 35~57면 참고).

5) 서영인, 「일제말기 만주담론과 만주기행」, 한민족문화학회, 『한민족문화연구』 23집, 2007. 11, 210~234면 참고.

결하기 위하여 국책 홍보에 지식인이 동원되는 양상을 좌담회를 통하여 살펴보고 최남선을 중심으로 하여 만주로 간 지식인의 글쓰기와 관련한 행보에 관하여 살펴보기로 하겠다. 1차 자료로는 『삼천리』를 주로 활용하였다. 14년간 152호를 발간하고 많은 호응을 얻어 일제 하에서 가장 대중적인 성공을 거둔 잡지로 평가되는 『삼천리』는 김동환이 조선일보사 사회부 재직 기간에 창간한 잡지이다. 값싸고 모든 계층이 볼 수 있으며 민중에게 이익이 되는 잡지를 지향하며 창간한 이 잡지는 발행인의 사명감이 들어 있고 사회부 기자 특유의 안목이 들어 있는 매우 다양한 성향을 담고 있는 잡지라 할 수 있다. 30년대 중반부터 친일지로 변절함으로써 비판의 대상이 되기도 하지만 당대 시대상을 살펴볼 수 있는 살아 있는 자료로서의 가치, 당시 주요 인물들 동정 연구의 중요한 자료, 언론과 문인들의 활동과 작품을 실은 원자료로서의 가치 등은 인정하지 않을 수 없다.

만주행과 지식인의 동원

오족협화니 신질서 등의 지배이데올로기와 그에 복무하는 대중매체의 선전과는 달리 만주개발은 일본의 이익에만 부합하는 것이었고 만주의 삶은 철저한 민족적 차별 하에서 구획된 삶이었다.[6] 재만 조선인들은 중국인 지주의 수탈과

---

6) 당시 만주로 건너간 조선인 농민은 일본에 의한 피해자임에도 불구하고 만주 현지의 원주민 입장에서는 일본국 '보호'를 받으며 일방적으로 수전 개간을 강행하는 난입자, 가해자였으며 이러한 복잡한 상황 속에서 조선인은 중층적으로 고통받으며 살 수밖에 없었다(신승모, 「식민지기 일본어문학에 나타난 '만주' 조선인상」, 동국대학교 한국문학연구소, 『한국문학연구』 제34집, 2008. 6, 405면 참고).

학대, 조선인 국적 문제, 마적들에 의한 습격 등으로 어려운 삶을 영위하였던 것이다.

> 듯는 바와는 아주 달녀 락망하고 엇지할바를 생각지 못할 쑨이요 혹은 만주에서 버러먹기가조타는 말만듯고 이곳으로 드러와서 가지각색의 고생을당하며 오도가도 못하고 엇어먹으면서라도 고향으로도라가겟다하며 혹은 구걸하는자가 노소를 물론하고 다수에 이릅니다.[7]

위의 글에서 밝히고 있는 것처럼 또한 안수길의 『북간도』 등 여러 문학작품을 통하여 볼 수 있는 것처럼 재만 조선인들은 보호해 줄 국가 없이 표류하며 살아야 했다. 중국인의 세력하에서는 중국인에게 수탈당하고 일본인 득세 시에는 또 그들의 눈치를 보며 전전긍긍해야 했다. 그러나 일제에게 있어 만주는 반드시 개발되어야 할 새로운 국토였기에 이런 현실은 축소, 은폐되어야 했다.

만주국이라는 괴뢰국을 건설한 일제는 그곳에서 이전의 대만, 조선 지배방식과는 다른 방법을 고안해 냈다. 그들은 친일매판세력을 육성하고 그 세력을 이용해 내면적 규율을 해 나가는 간접지배 방식을 펼쳤다.[8] 아울러 이주자들에게 보조금을 지급하거나 이주 관장회

---

7) 김상옥, 「조흔생활을 꿈꾸면서 만주로 오려는 교우들께」, 한국천주교중앙협의회, 『경향잡지』, 1934. 9. 491면.

8) 임성모, 「만주국 협화회의 대민지배정책과 그 실태 - 동변도치본공작과 관련하여」, 동양사학회, 『동양사학연구』 제42집, 100~102면 참조. 이 글에 의하면 당시 협화회란 '민족협화를 추구하는 만주 민중의 자발적 대중조직이라는 외피를 쓰고 항일민주운동에 대한 계급적 민족적 분리 분열정책을 통해 만주 민중을 지배 체제 안으로 획득해 내는 데 주력'한 조직이다. 일제는 36년 9월, 조선민 개척을 본격적으로 추진하기 위해 선만척식주식회사(서울), 만선척식주식회사(신경) 등의 만주 이민 담당회사를 세우기도 하였으며(김도형, 앞의 글, 22면 참고) 만소 국경을 지킨다는 명분을 내세워 신경에 제국육군의 통수, 치안 유지, 국방 등 일본의 만주에 대한 최고의 정치기관인 관동사령부를 설치하기도 하였다(조진기, 「일제의 만주정책과 간도문학」, 배달말학회, 『배달말』 27집, 2000, 225면 참고).

사를 설립하는 법을 제정하는 등 조선인과 일본인의 이주를 국책으로 고양하면서 만주의 활성화에 공을 들였다. 지식인들에게 조직적으로 만주 여행을 시키고 기행문을 쓰거나 좌담회를 통해 홍보하게 한 것은 국책이민을 위한 일제의 지식인 동원의 방식이었다.

1933년 9월 『삼천리』를 보면 만주 기행 결과의 보고로서의 좌담회를 볼 수 있다.9) 이광수와 김형원 두 인물의 만주견문을 보고하는 「재만동포문제좌담회」는 '여정', '그곳 조선사람들은 과연 행복한가', '재만동포의 생업은', '조선인의 기관으로', '만주이주민의 각오', '기타잡감'의 여섯 항목으로 되어 있다. 김동환이 본사 측 질문을 하고 이에 대하여 두 사람이 답변하는 형식으로 된 이 글을 보면 만주 이민의 정책적 장려 구조의 일면이 드러난다.

> 본사 측 (······) 두 분(이광수, 김형원 ─ 인용자 주)이 그 該博한 豫備知識과 卓越한 眼識을 가지고 南北 滿洲, 蒙古, 間島 等地를 ──히 踏査하고 도라오섯스니, 여러분의 말슴이야말로 가장 正確한 滿洲의 姿態를 보여 주시는 것이 될줄 압니다. 다만 여러 가지 周圍의 事情이 잇서 하고 십흔 말슴을 다할 수 업는 點이 잇슬줄 압니다. 그러나 三千里讀者는 遣間의 淸濁을 다 짐작할 줄아니, 安心하시고 하실수잇는 程道안으로 滿洲同胞의 生活眞狀을 말슴하여 주시오(1933. 9. 『삼천리』, 654면)(밑줄 ─ 인용자).

밑줄 친 부분을 통해 알 수 있는 것은 매체를 통해 할 수 있는 말과 할 수 없는 말이 따로 있다는 것, 만주의 상황이 그리 좋지 않다는 것을 질문자가 이미 알고 있다는 것이다. 만주 동포의 생활상을

---

9) 당시 좌담회는 국가라는 제도를 받아들이고 연습하는 장이었으며 일본이 자신이 포착한 세계상의 변화를 실험하면서 좌담회 참여자들의 신체에 각인시키는 장이었다(신지영, 「전시체제기(1937─1945) 매체에 실린 좌담회를 통해 본, 境界에 대한 감각의 재구성」, 국제한국문학문화학회, 『사이 間 SAI』 제4호, 2008. 1, 193~194면 참고).

묻는 김동환에 대하여 김형원은 경호 등의 이유로 인하여 만주의 일면만을 보고 제대로 보지 못했다고 하고 이광수는 "風光이 참으로 아름답고 土地는 肥沃하여 可謂千黑沃野라 하겠더구만, (……)團體員이 만코, 匪賊의 危險이 잇서서 左右에 巡警의 護衛 밋헤서 보앗스니까 實로 在灣同胞問題를 中心삼고 見聞 이약이할 거리는 적슴니다(656면)."라며 다소 긍정적 부분을 내비치면서도 제대로 볼 수 없었음을 밝힌다. 국책적으로 단체로 기획된 여행에서 그들은 만주의 실제는 접할 수가 없었고 보여 주는 것만 보아야 했고 따라서 그들의 논의는 피상적일 수밖에 없다. 이것이 일제의 기만적 국책 장려 방식을 잘 보여 주는 장면이다. 재만 조선인의 행복에 관한 논의 부분에서 두 사람은 다음과 같이 말한다.

① 地元住民이라 하면 조선사람이다하리만치 주민의 擧皆가 朝鮮사람이더구만요. 그래서 <u>商租도 朝鮮사람속에, 土地의 耕作開墾도 거지반 朝鮮사람 손에 잇더구만. 뭐間島는 朝鮮의 延長입데다.</u> (……)哈爾賓 等地에 朝鮮人 無職業者가 엇더케도 만흔지 놀라워요. 그것이모다 尺分업시 드러가서 生活의 根據를 엇지못한 이들이지요. 만날 無職業으로 도라다니는 이가 八割이나 된다든가요(1933. 9, 『삼천리』 657∼659면)(밑줄 - 인용자).

② 大體로 <u>朝鮮사람들은 平地에 살기를 실허하여서 작고 山間으로 기어들어 山岳의 한쪽 귀퉁이에 옹기종기 十戶二十戶씩 집을 짓고 모여사드군요.</u> (……)<u>匪賊이 오면 미처 軍隊에 알니기 前에 被害를 보고만다고 하더구만</u>(……)<u>朝鮮 사람 중 一部分이 突然히 滿洲國人을 함부로 멸視하여 가금 不和를 이르켯는일이 잇나봅데다.</u> (……) <u>資本가지고 드러간 사람은 거기 相應하게 다 돈을 모으고 地盤을 닥고 안젓섯지만 赤手空拳으로 드러간 사람은 밤낮 건달로 도라다니는 것이 滿洲더구만.</u> (……) <u>이제는 商租權도 解決되어, 土地所有에 對한 朝鮮人의 恒久的 權利도 確認밧게 되엇스니까, 이제부터는 가서살맛이 잇슬줄아러요.</u> 그런데, 形便이 그러키야

하겠지만 <u>移住農民들이 단돈百圓이라도 資金을 만들어가지고 드러가서 土地를 사서 農事짓기를 하엿스면</u> 조켓습데다.(⋯⋯)이러케 自作農中心으로 農事지어야하겟더구만. 小作農을 지어서야 언제 生活에 餘裕가 잇겟서요. <u>아무리 肥沃한 滿洲쌍</u>이라할지라도 -(1933. 9, 『삼천리』, 656∼658면) (밑줄 - 인용자).

①에서 김형원은 상조나 토지개간 등에 아무런 문제가 없어 간도가 조선과 다를 바 없다 하면서도 재만 조선인 가운데 부적응자도 있음을 지적함으로써 만주 이주가 녹록하지 않음을 지적하고 있다. 이로써 알 수 있는 것은 김형원이 만주 이주를 표면상으로는 긍정하는 듯하나 대책 없는 이주에 관해서는 경계하고 있다는 것이다. 파스큘라 창립멤버이기도 했으며 『중외일보』, 『동아일보』, 『중앙일보』, 『조선일보』, 『매일신보』, 잡지 『생장』 등의 기자와 편집장을 역임한 김형원은 비록 전향을 하기는 했지만 은연중 국책에 반하는, 비교적 사실에 가까운 진술을 하고 있음을 알 수 있다.[10] 문제는 이광수의 답변 부분이다. ②에 의하면 이광수는 오히려 조선사람들이 만주국민을 멸시하는 문제나 행정이 닿지 않는 산간에 거주하는 탓에 문제가 있을 뿐, 다른 문제는 없다고 진술하고 있다. 문제가 조선인들에게 있으며 조선인들만 잘하면 아무런 문제가 없다는 논리인 것이다. 이광수는 또 만주에서 조선인들이 행복하기 위해서는 자본을 통해 자리를 잡아야 한다고 덧붙이고 있다.

조선인이 그곳에서 무엇을 하여 먹고살 수 있는가에 관한 논의 중

---

10) 물론 그는 결국 1939년 정인섭, 이태준, 이광수, 김동환, 김억, 유진오, 이태준 등과 함께 조선문인협회 발기인을 지내는 등 조선총독부의 통치에 적극 협력했다. 조선문인협회는 위문대 모집, 문예의 밤 행사 등을 통하여 친일·반민족적 행위를 일삼았다. 이들의 활동을 통해 국민문학 건설, 내선일체 구현, 총력전 적극협력 등 활동이 이루어졌고 많은 문인들이 변절하게 되었으며 한국어문학 말살정책도 전개되었다.

에 이광수는 우선 요리업과 매춘업을 들고 있다.

> 都會地에 잇는사람들의 生業은 大部分이 人肉장사와 密輸入業이고, 近來에
> 旅館業者가 만히 생기엇다고 합데다.(……) 朝鮮人料理業者가 업는 곳이 업서
> 요. 料理業을 開始만 한다면 成功한다니까. 그것은 中國女子는 더럽고 그래서
> 모다 朝鮮女子를 歡迎한다는데. 그런까닭에 엇든여자는 하로, 서른다섯명의 男
> 子를 접하엿다고 합데다. 그러니 돈을남지 안켓슴니까(1933. 9. 『삼천리』, 657
> 면)(밑줄 - 인용자).

이후 이광수는 이런 수단을 통해 부자 된 이들의 이야기를 나열한
다. 성매매업을 공개적으로 인정하는 것도 문제인데다가 그것의 속
된 표현인 '인육장사'라는 말을 아무렇지도 않게 사용하고 그를 통
한 수익을 긍정한다. 특히 하루에 35명의 남자를 상대하는 여인 이
야기를 하는 부분에서는, 마치 성실한 근로자가 정당한 대가를 얻는
경우를 말하기라도 하듯이 자못 존경스런 어투로 이야기하고 있음을
볼 수 있다. 문제는 여기에 그치지 않는다.

> 그러고는 阿片密賣業인 모양인데. 그것은 滿洲國政府에서 이제는 阿片專賣令
> 이 實施되어 그 장사는 업서지는 모양입데다. (……) 人肉장사 다음에 歲月이 조
> 흔 것이 阿片장사엿다고하는데 只今은 國家에서 阿片專賣를 하니까. 例컨대 哈
> 爾賓서도 密賣業子를 다업새고 그대신 公賣者 三十餘名을 認可하엿는데 그중
> 에 朝鮮사람이 셋이까엇다든가요(1933. 9. 『삼천리』, 657면)(밑줄 - 인용자).

특히 만주에서 아편은 이주민으로서의 어려운 삶을 살아가는 한
어두운 방편이었다. 당대 만주인의 50프로 이상이 아편중독자였으며
이로 인해 조선 이주민들은 이주해 간 곳에서 그들을 상대로 숙박요
리점을 경영하며 아편밀매를 공공연히 하였던 것이다.[11) 인용 부분

에서 알 수 있는 이광수의 견해는 첫째, 많은 조선인들이 아편을 통하여 돈을 벌고 있으며 이는 계속되어야 할 것 둘째, 그러나 일본이 아편 금지 정책을 펴서 그것이 점차 불가능해지고 있는데 이는 아쉬운 일이라는 것이다. 이 부분에서 우리는 이광수의 전도된 가치관을 단적으로 볼 수 있다. 염상섭의 『이심』·현경준의 『유맹』·강경애의 「마약」 등을 비롯한 당대 여러 문학작품을 보면 아편을 가까이하여 육체적으로나 정신적으로 피폐해지고 그들로 인해 사회가 혼란스러워지는 경우가 많이 등장한다. 이는 당대에 아편의 폐해를 작가들이 인식하였음을 잘 보여 주는 것이다. 당시에도 아편에 대한 사회적 인식이 결코 긍정적일 수 없다. 일부 아편을 통한 부의 축적을 인정하는 사람도 있었지만[2] 당대 선각자요 계몽주의자였던 이광수 역시 이를 긍정하는 것은 그의 배금주의적 가치관의 단면을 잘 보여 준다. 둘째, 체제에 대한 근시안적 태도가 문제이다. 영국제국이 중국과 인도를 지배하기 위한 방편으로 아편을 사용했던 것처럼 일본은 식민국들을 규율하기 위하여 겉으로만 아편을 금지하고 사실상으로는 아편 생산을 독려하는 정책상 아이러니를 보였다.[13] 아편은 한 인물의 경제적, 사회적 토대를 무너뜨리고 현실의 치열한 인식을 불

---

11) 남춘애, 앞의 글, 403면 참고.

12) 『삼천리』의 대담 「만주 가서 돈 벌나면?」에서 김우금은 다음과 같은 궤변을 늘어놓는다. "아편을 팔고 요리업을 하여 돈을 모흔다고 불순한 것은 아닙니다. 우리가 청렴하고 그런 업을 아니한다고 그곳에 그것이 성행되지 안는 것은 아니니까. 이러케 하야 돈을 모아 가지고 내 돈 업는 우리 동포가 사업을 하는 것이 그를 것이 업슬 것으로 압니다."(36년 8월의 『삼천리』, 136면) 수단과 방법을 가리지 않는 돈벌이에 대한 고양은 당시 가치관 혼란의 상황을 잘 보여 준다. 그다음 달 『한민』(1936. 9. 30.)의 「재외 부정업자를 숙청하자」라는 글에서는 이런 세태를 김우금의 예를 들며 비판한다. 이는 '왜놈(일본인)이 깔아 놓은 죽음의 궤도를 밟는' 일이라 보면서 '오직 개인적으로는 타락될 뿐이요 민족적으로는 치욕을 더할 뿐이요, 국제적으로는 화근만 묻혀놓을' 일이라고 강력히 비판하였다.

13) 남춘애, 「해방 전 중국 유이민 소설에 나타난 아편의 의미」, 한국문학이론과 비평학회, 『한국문학이론과 비평』 제37집, 2007. 12, 405면.

가능하게 하는 것이기 때문에 제국으로서는 피식민인들의 규율에 효과적인 방법으로 사용될 수 있었기 때문이다. 여기에서 이광수가 보고 있는 것은 당국자들에 의한 겉으로 드러나는 정책, 허울 좋은 정책에 지나지 않는 것을 알 수 있다. 정책 이면의 지배이데올로기를 보지 못하는 것은 그의 근시안적 시각의 소산이다.

이 글의 마무리는 두 사람의 만주에 대한 감상적 의견으로 이루어진다. 특히 이광수는 그곳에 버들이 많음을 강조하면서 조선과 다를 바 없다고 말하고는 다음과 같이 말한다.

> 아모 근심도잇고 그저 그속으로 <u>定處</u>업시 <u>彷徨</u>하고 십흔생각이 불길가치 이러납데다. <u>漂泊! 그는 쌍이 좁은 半島</u>에서 할것이 아니라 <u>滿洲벌판</u>가튼데서 맛볼 말인듯 합데다(1933. 9. 『삼천리』, 659면)(밑줄 – 인용자).

여기에서 볼 수 있는 것은 이광수가 독자들에게 뚜렷한 현실인식을 가지고 역사와 사회를 바라보기보다 현실 부유, 현실 도피적 생활태도를 종용하고 있다는 것이다. 당시 만주에서의 '표박'은 부적응을 말하는 것이었다. 부적응자의 '표박'을 낭만의 수준으로 몰아가고 넓은 곳에서 안빈낙도하듯 '표박'할 것을 종용하는 그의 논리는 치열한 삶의 현실성 획득을 도외시하고 지배이데올로기에 대한 순응을 고양하는 천박한 현실 인식의 소산이다.

이러한 대중매체들의 강화방식, 국책에 의한 만주 고양 방식에 의하여 당시 조선과 일본에 만주 붐은 대단하였던 것으로 보인다. 당시 만주에 대한 관심은 생각보다 전폭적인 것이었다. 일본에서도 '관광낙토'로서의 만주가 강조되고 다양한 관광 상품과 이벤트가 개발

되면서 보이는 만주 연출에 힘을 쏟았다.[14) 조선의 경우 '제국에 의해 체험된' 방식의 체험 전유를 통해 만주 진출의 밝은 전망을 공론화하고15) 그 경제적 가치를 강조하였다.

수동적으로는 조선인의 일제 국책에 의한 강제적 이주가 있겠지만 한편으로는 나름대로의 만주 드림을 가지고 적극적으로 현실을 타파해 보려는 이주가 있었다. 후자의 경우 만주에만 가면, 그곳은 직접적 식민정책이 구현되지 않기 때문에 새로운 삶을 영위할 수 있을 것이라는 기대, 만주에서 새롭게 시작할 수 있을 것이라는 환상이 있었다. 지배이데올로기의 세뇌는 치밀했다. 지식인들조차, 상상된 만주에서 자신의 꿈이 펼쳐질 것이라 생각하며 기대하였을 정도이니 일반 대중이 기만당하기는 훨씬 수월했다.

식민지 지식인의 고민과 글쓰기 그리고 만주

1938년 5월 『삼천리』를 보면 「당면의 등장인물 ― 최남선씨 건국대학교수로 신경으로 가는 심경 타진」이라는 글이 있다. 최남선은 그로부터 한 달 전에 건국대학교

---

14) 까오유엔, 「'낙토'를 달리는 관광버스」, 요시미 순야 외, 연구공간 수유+너머 '일본 근대와 젠더 세미나팀' 옮김, 『확장하는 모더니티』, 소명출판, 2007, 210~243면 참고. 이에 발맞추어 일본문학계에서도 30년대 후반부터 만주 관련 문학작품들을 양산하여 국책사업에 보조를 맞춘다. 39년 2월의 '대륙개척문예간담회'의 창설은 그러한 경향을 본격화하였다(신승모, 앞의 글, 398면 참고).

15) 김려실은 만주사변 이후 가속화된 일본의 식민주의와 더불어 중국 및 일본의 신생식민지를 평가절하 함으로써 대동아공영권에서 조선이 2인자가 되려고 시도한 변칙적 민족주의나 국제주의를 '인터/내셔널리즘'이라 명명하면서, 개인에게 반도인의 사명이니 만주 드림을 심어준 것은 만보산사건을 부풀려 내셔널리즘을 자극한 신문이나 왕도낙토 · 오족협화 이데올로기하에서 일본에 동화되는 식민지 인물상을 교묘하게 강조하는 영화 등 대중매체와 유언비어의 역할이 컸다고 주장하였다(김려실, 「인터/내셔널리즘과 만주」, 상허학회, 『상허학보』 13집, 2003. 8, 389~418면 참고).

교수가 되어 신경으로 간바, 그가 떠나기 며칠 전『삼천리』사 기자
(김동환)와 인터뷰를 한 내용이 발표된 것이다. 이 글에서 기자가 밝
히고 있는 것처럼 그의 만주행은 당시 정황상 매우 자연스러운 일이
다. 그에게 만주는 낯선 곳만은 아니다. 우선 당시 만주국 외교부 국
장인 박석윤(전매일신보부사장)은 최남선의 매부이고 만주국 정부의
중직과 협화회의 간부를 겸하는 진학문, 협화회의 김경린, 만선일보
사의 편집국장 염상섭, 편집부장 박팔양 등 그의 많은 지인들이 이
미 만주에서 활동하고 있었다. 게다가 그가 전공한 동양사를 살려
대학에서 강의할 수 있게 되었으니 본인으로서는 더 바랄 나위 없이
좋은 기회라 할 것이다. 이 인터뷰 기사에서 두 사람은 상반된 태도
를 보인다. 인터뷰이인 김동환은 떠나는 그에게 소감을 묻는다. 새로
생긴 만주국 건국대학교 교수로서, 개인 연구실과 4∼500원이나 되
는 보수를 받게 되어 얼마나 좋은가, 그 심경을 이야기해 달라고 자
꾸 채근한다.16) 그런데 이에 반응하는 최남선의 태도는 시니컬하기
만 하다. 새로운 세계를 접하는 설렘이나 지위 상승에 대한 기대감
같은 것은 전혀 없이 주변에도 별로 알리지 않고 조용히 떠난다고
이야기한다.

---

16) 최남선과 건국대학 관련한 기사는 『삼천리』에 3번 실리게 된다. ① 같은 제10권 제5호
(1938. 5. 1.)에 「機密室, 朝鮮社會內幕─覽室」이라는 소식란에 한 번 더 소개되고 ②
제10권 제8호(1938. 8. 1.)의 「機密室(─우리 社會의 諸 內幕─)」, ③ 제11권 제1호
(1939. 1. 1.)의 「機密室, 우리 社會의 諸內幕」 등이 그것이다. ①에서는 "崔南善參議
가 大學 敎授說 史學家 崔南善씨는 금번 中樞院 參議를 사임하고 滿洲國의 建國大學
교수로 가기로 되엇다는데 담임 학과는 아마 동양사 방면인 듯 하다" ②에서는 "부임한 뒤
벌서 2개월. 주로 거기서는 동양사 강좌를 맡고 있다는데 금년 여름 방학에는 서울에 도라올
듯 하다" ③에서는 월급이 밝혀진다. "中樞院參議를 그만두고 지금은 滿洲國의 건국대학
교수로 가 있는 崔南善氏는 학교에서 교수로써 매월 800원 그리고 서울 每日新報社에 執
筆원고료로 하여 매일 8원식 합계 240원을 밧어 합하야 1, 040원씩 밧는데 이 밖에 최근
에 滿鮮日報의 就任하엿음으로 거기서도 보수를 밧기로 되엇다고 傳한다." ③에 의하면
최남선의 보수는 김동환이 알고 있는 것보다 훨씬 많은 액수임을 알 수 있다.

당시 최남선의 심리적 상태는 어떠했던 것일까. 왜 그는 별다른 심경 노출을 하지 못하는가. 그의 말문을 열고자 김동환은 박연암집을 내던 광문회 시대의 이야기를 꺼내기도 하고 중추원에서의 활약상을 환기시키기도 한다. 그러나 최남선은 여전히 아무런 반응을 보이지 않는다.

광문회 고전 번역 사업은 1910년 을사보호조약 즈음 나라의 위험을 느낀 최남선이 민족정신 진작을 위해 벌인 작업으로, 국망 후 문화유산의 유실과 일본으로의 반출, 일본에 의한 고전의 왜곡과 오용 등에 대한 선각자 최남선의 현실 대처 방안으로 확대되었다.17) 『택리지』, 『경쇄유표』, 『열하일기』 등 국보급 고전 35종 59책을 펴냈고 사전 편찬 사업도 시도한 바 있다. 사학도인 그의 저술은 우리 국토와 역사에 관계되는 것이 많은데, 특히 백두산, 묘향산 등의 명산과 대동여지도 등의 자료, 개천절의 의미 등에 천착하였다.18) 12살이 되던 1901년 『황성신문』에 「대한흥국책」19)을 투고했다고 전해질 정도로 글과 매체에 관심과 재능을 보인 최남선은 일찍부터 출판에 뜻을 두었다. 청소년기 대부분을 보낸 일본에서 귀국하던 1906년 일본으로부터 인쇄기를 도입하고 바로 다음 해부터 신문관을 세우고 활동을 개시할 정도로 행동력도 가지고 있었다. 그는 나라의 성쇠가

17) 박천홍, 「근대 출판의 선구자 육당 최남선」, 문학과지성사, 『문학과사회』 2007년 가을호 제20권 제3호 통권 제79호, 2007. 8, 421～423면 참고.

18) 이는 그가 국토를 '문자 아닌 채 가장 명료하고 정확하고 또 재미있는 기록'으로, 이곳저곳에 살아 움직이는 언어로서, 무궁무진한 책으로 파악했기 때문이다(오문석, 「민족문학과 친일문학 사이의 내재적 연속성 문제 연구 – 최남선을 중심으로」, 한국문학연구학회, 『현대문학의 연구』, 2006년, 355～356면 참고).

19) 이는 너무 이른 나이의 글이라 누락된 듯하다. 최남선 연보나 전집에도 실린 바 없으며 언론재단 홈페이지의 고문서 코너의 황성신문 데이터베이스 자료를 통하여 논설란을 모두 뒤졌지만 찾을 수 없었다(http://www.mediagaon.or.kr/jsp/search/SearchGoDirMain.jsp?code=HSS).

소년과 청년의 성공에 있다고 보고 이들에 대한 교육과 계몽 그리고 출판활동에 앞장섰다. 종합월간지인 『소년』(1908), 『청춘』(1914) 등을 창간한 것이나 안창호와 청년학우회 설립(1909) 등이 그 좋은 예가 된다.

이것이 민족의 정신과 뿌리에 관한 사업이었다면 중추원 사업은 철저한 반민족 행위였다. 중추원은 조선사편수회 활동과 함께 최남선의 대표적 친일활동의 근거인 셈이다. 1910년 9월 30일 칙령 제355호로 공포되고, 10월 1일자 시행령 '조선총독부중추원관제'에 의하여 설치된 중추원은 '매국 인사'에 이어 『친일인명사전』의 두 번째 항목이 될 정도로 심각한 친일 행위 기관이다.[20] 이는 일제의 식민지배를 정당화하고 정책을 뒷받침하는 식민 통치의 파트너 역할, 일제의 내정개혁을 수행하는 조선총독부 자문 역할을 수행[21]하는 기관이었으나 친일세력 우대와 한국인 의사 반영의 유명무실한 기관이었을 뿐이다. 3·1운동 이후 한일합방 협력자뿐 아니라 새로운 친일세력들이 기용되는 분위기[22]에서 최남선이 기용되었던 것이다.

그리고 보면 기자가 거론한 광문회와 중추원 활동이란 양립할 수

[20] 이용창, 「일제 식민잔재와 친일문제」, 한국국학진흥원, 국학연구 제7집, 2005. 12, 313면 참고. 여기에서는 매국 인사, 중추원 활동 인사, 일본제국의회 의원, 관료, 경찰, 군장교, 판검사, 친일단체 간부, 종교인, 문화예술인, 교육 학술인, 언론 출판인, 전쟁협력자 등으로 나누어 보고 있다.

[21] 이용창, 위의 글, 12, 316~317면 참고. 이는 조선 총독의 자문이 있을 경우에 응하여 의견을 개진하는 기관으로 심의, 의결기관인 대한제국시대의 중추원과 구별된다. 대한제국시대의 중추원은 갑오개혁 때 군국기무처의 발의로 1894년 6월 28일 의정부 관제를 제정할 때 의정부에 부속한 기구로 문무음 자헌 이상의 실직이 없는 사람을 單付하여 고문에 대비하고 결원을 기다려 송보한다는 기관으로 '정부 자문 겸 해임관리의 대기소와 비슷한 기관'(김신재, 「독립협회의 중추원 개편운동과 그 성격」, 경주사학회, 『경주사학』 제10집, 1991. 12, 187면 참고)이었는데, 일제는 같은 이름으로 꼭두각시 기관을 마련하여 국민을 미혹하려 하였다.

[22] 여박동, 「조선총독부 중추원의 조직과 조사편찬사업에 관한 연구」, 일본연구학회, 『일본학연보』 제4집, 1992. 8. 18~29면 참고.

없는 상이한 가치관의 소산이라 할 수 있다.23) 두 가지 활동은 도저히 동위선상에서 논의할 수 있는 성질의 이야깃거리일 수 없었고 따라서 최남선은 침묵할 수밖에 없었다. 최남선은 두 일의 모순성과 민족 대표자였던 자신의 변절에 대하여 어느 정도 괴로움을 느꼈던 것이다.

> 나는 도무지 世上에 對하야 말하고 십은 생각도 아니납니다. 가게 되면 가는 것이요, 잇게 되면 잇는 것이요, 깁부고 슬프고가 잇겟습니까.(……)詩로 노래를 짓고십은 心境도 못되어 近作이 업소이다.(……)世上에 向해서 쓰지 안키로 생각하엿기 아직 沈黙을 지키겟소이다(1938년 5월 『삼천리』, 668~669면).

그러던 그가 만주로 간 뒤 크게 변화한다. 활발히 글도 쓰고 활동도 하는 것으로 보인다. 최남선의 만주 내 활동을 저술과 출판을 중심으로 알아보자.

만주로 간 작가들의 글쓰기
– 최남선의 경우를 중심으로

일제의 표적이 되어 수감되었던 최남선은 출감 후 다시 출판사 동명사를 창립하고 1924년에는 명동에서 『시대일보』를 창간한다. 진학문, 박석윤, 염상섭이 참여한 『시대일보』는 발매부수 2만 부를 돌파하여 단시일 내에 대중적인 지지를 얻은 바 있었다. 그러나 일제의 방해로 『시대일보』뿐 아니라

---

23) 물론 그의 저술 등 활동이 민족적인 것과 친일적인 것이 충분히 착종될 만한 것이었음을 생각할 때(오문석, 앞의 글, 339~343면 참고) 여기에서의 활동이 모두가 친일적이었다고 주장하기에는 난점이 있을 줄로 안다.

'조선 중심 인문과학 통속 잡지'임을 내세우며 의욕적으로 발간한 『괴기』 등 모두 실패하게 된다. 계속된 사업의 실패는 가난이 익숙지 않았던 최남선으로 하여금 현실과 타협하게끔 하였다.[24] 그런데 민족 지도자에의 바람과 친일이라는 현실의 괴리 속에서 최남선은 조선에서의 삶이 불가능하게 되었다. 1925, 1926년에 걸쳐 「불함문화론」과 「단군론」 등 역사적 저술을 하면서도 최남선은 시는 쓰지 못한다. 외부적 환경의 열악함뿐만 아니라 변절과 민족의 경계에 놓인 그의 엉거주춤한 자세 때문에 그는 시를 쓸 수 없었던 것이다.[25] 뿐만 아니라 그는 식민지 지식인으로서 경성제국대학 중심의 학계로부터도 철저히 외면당해 왔다. 그로서는 학계와 사회 모두에 외면되는 현 상황을 벗어나기 위하여 만주행이 필연적이었다.[26]

1) 지식인을 부르는 만주의 구조

1938년 만주 신경으로 간 최남선은 1939년 4월부터 건국대학의 교수가 되어 1942년 9월까지 그곳에서 근무한다. 그가 몸담았던 건

---

24) 『시대일보』의 실패가 최남선의 친일로의 전향의 한 원인이 되었다고 볼 수 있다. 비슷한 시기에 『삼천리』 창간을 하며 손해를 무릅쓴 김동환과 매우 대조를 이루는 부분이다. 그의 본격적 친일로의 전향을 노래 지을 수 없다던 그가 1937년 창작한 시국가요에서 찾는 이들도 있다(구인모, 「최남선의 '시국가요'와 식민지의 정치의 미학화」, 국제어문학회, 『국제어문』 제42집, 2008. 4, 273~305면 참고).

25) 『불함문화론』은 단군조선을 출발점으로 하여 조선사를 넘어 아시아 전역 내지 세계사의 광활한 범주로 확대시키는 이론이다. 불함문화권은 조선과 일본을 중심으로 형성·발전하였으며 두 민족이 비록 혈통적으로 같지는 않으나 문화적으로는 본시 같은 뿌리에서 나왔다는 결론이다. 이는 육당이 단군이 사실이 아니라는 당대 저명한 동양학자 시라토리를 체계적으로 반박하는 글로서 사실상 최남선의 친일과 민족의 분리를 불가능하게 하는 저작이다(오문석, 앞의 글, 347~359 참고).

26) 강해수, 「최남선의 "만몽(滿蒙)" 인식과 제국의 욕망」, 역사비평사, 『역사비평』, 2006년 가을호(통권 76호), 58~59면 참고.

국대학은 만주국 통치의 수요에 의해 관동군의 지시, 찬성으로 잉태된 기관이다. 당시 일제는 만주에 있던 중화민국시기에 건립된 대학들에 대해 폐교, 승인, 개편 등 조치를 취했는데 한편으로는 전쟁 수요 등 정책적인 이유로 새로운 대학을 신설하기도 했다. 건국대학이 바로 그것이다.27) 국무총리 직속으로 만주의 다른 대학보다 높은 지위를 차지했던 건국대학은 학생들에게 무상교육 외에 보조금까지 지급하면서 국책에 맞는 사상 교육 담당자, 만주국 운영에 필요한 고위급 관리양성기관에 힘을 쏟았다.28) 최남선은 건국대학의 유일한 조선인교수였는데 이는 그가 학술적 시위용으로나 전향의 모델케이스로 작용할 수 있다는 선전효과에 기인한 바 크다. 그는 건국대학 교수로 있으면서 강의는 한 학기만 하고 나머지는 저술 활동이나 1940년 10월 30일에 조직된 동남지구 특별공작후원회본부 같은 외부 활동을 한 것으로 알려진다. 이는 일본 관동군의 반공·선무공작 등을 지원하며 독립군과 항일 빨치산을 상대로 한 귀순공작을 주 임무로 하는 단체였다. 이를 통해 알 수 있는 것은 건국대학 교수라는 직함은 조용히 학문만 할 수 있는 것이 아니라는 것이다. 그런 그는 그해 「만주풍경」 기획의 글을 『매일신보』에 연재한다. 「特異한 地勢」, 「'窩集'의 點考」, 「樹海의 無盡藏」, 「湖澤으로도 勝地」, 「遼野의 生命的 呼吸」로 이루어진 이 글을 보면 그가 만주의 여기저기를 애정을 가지고 열심히 관찰하고 있는 것이 느껴진다.29) 되살아난 것

---

27) 박은숙, 「"만주국" 건국정신과 육당의 불함문화론」, 한국어문학연구학회, 『한국어문학연구』 제51집, 2008. 8, 321~322면 참고.

28) 박은숙, 위의 글, 324~327면 참고.

29) 『매일신보』, 1938. 10. 4.~18. 고려대학교 아세아문제연구소 육당전집편찬위원회 편, 『육당최남선 전집』 10 - 論說·論文2, 현암사, 1974, 287~293면 참고.

은 지리적 관심의 부활뿐이 아니다.

> 그런데도 滿洲國 또는 本 大學에서는 여러 가지의 意味에 있어서 滿蒙文化
> 의 體系的 연구는 매우 중요한 일이 아닐 수 없다. (……)滿洲의 協和國에서
> 는 歷史的 諸民族이 現實的 構成分子로 되어 있어, 時間과 空間이 한 덩어
> 리가 되어 있는 듯하며, 現在 本 大學에 있어서는 이른바 五族 – 더구나 그
> 背後에 過去의 온갖 傳統을 이어받고 있는 諸分子 – 이 마음을 같이하고 어깨
> 를 나란히 하여 똑같은 영광을 누리려 하고 있다. 滿蒙文化의 연구 및 그 建
> 立을 위하여 最上의 條件이 갖추어져 있는 셈이다.[30]

위는 그가 건국대학에서 강의한 만몽문화사의 강의록이자 친일적
인 문서이다. 문제는 이 글이 이전의 『불함문화론』과 별다른 차이를
보이지 않는다는 점이다. 스스로 자신 있게 밝혀낸 우리 역사에 관
한 자신의 정리된 이론과 함께 위의 부분에서 볼 수 있는 현실에의
긍정, 자신이 속한 건국대학과 그 이념에의 맹종까지 담고 있으니
그야말로 그의 이론은 민족과 친일의 경계를 줄타기하는 것에 다름
아니다. 어떻든 그는 다시 활발히 글쓰기를 시작한다. 그리고 이러한
개인적 글쓰기에 안주하지 않고 만주 내 언론 조성에도 관여하기 시
작한다.

2) 만주, 지식인의 문화 출구

일제에 의해 자신의 뜻인 저술과 출판의 길을 봉쇄당한 최남선이
할 수 있는 일이라곤 이민지에서라도 출간에 관여하는 것이었다.

---

30) 최남선 「滿蒙文化」, 위의 책, 1974, 316면.

당시 『삼천리』의 주간 김동환은 다음과 같이 진술한 바 있다.

듣기로 滿洲國은 僞善 言論을 統制히야 詩文誌로는 滿鮮日報 一社主義로 進한다 한다. 또 學校敎育도 中農重商主義로써 實務敎育에 一貫할 方針이 라 한다. 이렇게 말하는 言論 一社主義나 敎育의 中農商方針은 但只 滿洲 國施政上의 그 一例에 不過하다. 그러나 <u>彼에 없는 地方自治機關과 中樞院 各道 與官制</u>를 가지고 있어 이미 어느 정도의 <u>政治的 自由</u>를 가진 我朝鮮에 있어선 二千萬人民의 意思를 尊重하는 意味에서라도 現有 <u>三民間紙</u>만은 어 <u>디까지든지 許與할 寬容</u>을 가지기를 바란다. 단 <u>非國民的 態度에 對히야 一 時的 膺懲을 加함은 此는 例外</u>겟지만 要건대 言論과 敎育에 있어서는 幸혀 꿈에라도 滿洲國과 我朝鮮을 混同말기를 바란다(1937. 1. 『삼천리』, 390~ 391면)(밑줄 – 인용자).

이 글을 쓴 시기는 김동환이 수감 후 아직 본격적인 친일로의 전회를 보이기(1938년 5월) 이전이다. 그럼에도 불구하고 이 글에는 식민주의자의 지배이데올로기의 내면화 양상이 잘 드러난다. 이 글에는 우선 만주와 조선의 차별성이 강조되어 있다. 조선에는 어느 정도 정치적 자유가 있다는 부분이 그것이다. 그러면서 세 개의 민간지 체제를 계속 유지하도록 일본이 관용을 베풀어 주기를 바란다고 하였다. 주목할 것은 '비국민적 태도'를 보였을 경우에는 일시적으로 응징을 가하여도 할 수 없는 일이라고 서술하는 부분이다. 이를 보면 언론 장악을 통하여 일본이 시도한 조선인 호도가 얼마나 심각한지 알 수 있다. 지식인 김동환이 식민지 체제와 일본의 언론 장악을 당연시하고 있으니 말이다. 그럼에도 불구하고 일제는 40년에 이르러 『동아일보』와 『조선일보』 등 일간지를 모두 강제 폐간시킴으로써 한국의 자율적 언론의 길을 완전히 봉쇄하였다. 할 수 없이 일제 말 언론인들의 관심은 만주의 『만선일보』 쪽을 향하였다.

국내뿐 아니라 만주에서까지 우리나라 근대 미디어 탄생에 일본의 제국주의적 영향력은 매우 컸다.[31] 이 무렵 일제는 국가적 통신기관인 동맹통신사를 완성하면서 만주국에도 국가적 언론통제기관인 홍보협회를 결성하였고 일본 내각 직속으로 정보위원회를 설립하는 등 일본-만주-한국 언론의 전체적인 통제시스템을 가동시켰다. 이민지에서 조선에서는 불가능했던 지적 사회적 표현의 통로로 만주 언론을 형성하려는 조선인의 노력은 만주국을 만드는 과정에서 친일의식을 고취시키고 한인사회를 구체화하기 위해 언론을 통제하려는 일본의 욕구와 맞물려 신속히 이루어졌다. 만주국 내에서 인쇄 작업은 용이할 수 없었고 근대적 시설과 장비, 활자, 숙련된 인쇄공 등 고도의 자본력이 수반되어야 했기 때문이다.[32] 만주에 언론이 형성되기 시작한 것은 3·1운동 직후로[33] 『만몽일보』와 『만선일보』를 중심으로 재만 조선인 통합 역할의 언론이 형성되었다. 『만몽일보』는 1933년 8월 자본금 30만 엔을 지원받으며 장춘에서 출발하였는데 3년 뒤에 선우일이 세웠던 『간도일보』를 인수하면서 확장, 다시 1년 뒤에는 『만선일보』로 제호를 바꾸게 된다. 제호를 바꾼 데에는 일제가 장악하는 곳이 만주-몽고뿐 아니라 '조선'까지 포함함을 가시화하려는 의도가 있었던 듯하다. 리용석이라는 회령공립보통학교 부훈도

---

31) 손석춘, 「한국 공론장의 갈등구조-근대신문의 생성과정을 중심으로」, 한국언론정보학회, 『한국언론정보학보』 통권 27호, 2004년 겨울, 167면 참고.

32) 김봉희, 「근대인쇄문화의 도입과 발전과정에 관한 연구」, 서지학회, 『서지학연구』, 1994년, 107면 참고.

33) 1919년 7월 봉천에서 발행되기 시작한 『만주일보』가 그 시작이며 『간도시보』, 『동만통신』 그리고 이 둘의 통합인 『간도신보』(1921년)는 무가지로서 이민자들에게 배포되었다(정진석, 『언론과 한국현대사』, 커뮤니케이션 북스, 2001, 360면 참고).

출신, 함경북도 도의회 의원과 간도임업회사 사장을 역임했던 사업가, 정치인을 사장으로 내세우며 『만선일보』는 일본 당국으로부터 연 64,000엔이라는 많은 보조금을 확보한다. 여기에는 화려한 만주국 간부들의 관여도 한몫했다. 사설 위원이었던 김경재는 과거 『독립신문』 기자, 사회주의 운동가로 1926년 조선공산당에 입당했다가 수감 후 전향한 인물이다.34) 만주에서 일제의 간첩 조직인 민생단을 조직하여 일제에 부역한 것으로 유명한 만주국 외교부(폴란드 주재 총영사)의 박석윤35)과 출판사를 같이 경영하는 등 최남선과 비슷한 길을 걸었던 총무청 참사관 진학문36)과 군인이었던 민정부 척적사의 윤상필37) 등 명예객원의 만주국 정부와의 관련성으로 인해 그리고

---

34) "씨는 2년전 출옥한 사회운동가. 씨의 부인은 연전 숙명여자고보를 마친 뒤 조선주보 여기자로 문명을 날리고 있는 규수시인 차묘석씨로 쓰윗홈은 숭삼동 청채밧 옆에 있다"(「신여성들은 남편의 밥과 옷을 지어본 적 잇는가? 업는가?」라는 글에 실린 김경재의 소개이다. 『삼천리』 제1호, 1929. 6. 12, 104면) 만주국 협화회 수도본부의 간부를 역임한 그는 1940년대 초기에 가네자와 히데오라고 창씨개명을 하였고, 상하이로 건너가 친일신문 『상해시보』 사장을 지낸다. 「協和會와 朝鮮民族의 舞臺」(『삼천리』 제10권 제5호, 1938. 5. 1.)라는 글에서 김경재는 '協和會는 건국 정신 체득자의 집단', '協和會는 滿洲帝國 정부의 정신적 모체이다.'라는 주장을 하며 만주와 만주국의 이데올로기 홍보에 열을 올리기도 하였다.

35) 박석윤은 최남선의 동생인 치설경의 남편으로 조선총독부의 후원으로 도쿄 제국대학을 졸업하고 영국 케임브리지 대학교에 유학, 경성일보사의 부사장을 역임(30. 2.~32. 9.)하였다. 귀국 후 『시대일보』, 『매일신보』 등 언론을 통해 조선총독부에 적극 협력했다. 일제의 만주 침략 이후 조선인과 중국인들 간의 이간을 위한 밀정 조직 민생단 창단에 앞장서 조선인 독립 운동가들을 압박했다. 만주국 수립 후 만주국 외교부의 공무원으로 임명되어 밀정 활동을 계속했다.

36) 진학문은 10대 초반이던 1907년부터 일본에 유학하여 게이오의숙과 와세다 대학, 도쿄 외국어학교 등에서 두루 수학했다. 귀국 후 경성일보사에 입사하여 기자가 되었고, 『아사히신문』에서도 근무했다. 『동아일보』가 창간될 때는 조선총독부와 지금주 김성수 사이를 매개했고 동아일보사의 초대 정경부장, 학예부장, 논설위원을 맡았다. 최남선과 함께 주간지 『동명』을 창간해 주간을 맡았고, 1924년부터 일간지 『시대일보』로 개편, 발행하였다. 1930년대 중반에 관동군 촉탁을 지내고 1936년에 만주국 국무원 참사관에 임명되면서 공식적인 활동을 재개했다. 일제 말 만주에서 『만몽일보』, 『만선일보』에 가입하고 만주국협화회 산하의 친일 단체에 가담한 것이나 1941년에 조선총독부 중추원의 참의직에 임명된 것 등 최남선과 겹치는 부분이 많다.

37) 윤상필은 대한제국 말기에 일본에 유학하여 군인이 되어 여러 곳에서 복무하다가, 만주사변을 계기로 관동군 사령부에서 근무하였다. 만주사변 때 만주 침략 정당화를 위한 연설회와

그들의 장기적 정책홍보의 수단으로 사용되었기 때문에 신문은 비교적 안정된 출간이 이루어졌다. 1940년에 한국과 일본에서 일어난 언론사 통폐합에도 불구하고 『만선일보』는 부인기자와 일반기자 모집까지 할 정도로 번성하였고 마침내 중국의 상해, 한반도 목포에까지 지사를 두게 되었다. 총독부 기관지가 된 『매일신보』와 같이 해방될 때까지 발행될 수 있었다.

친일파, 전향자, 만주국 간부들이 중심이 되었기에 비교적 안전할 수 있었던 『만선일보』는 당시 문화적 숨통 역할을 했음을 부정할 수 없다. 염상섭을 편집국장으로 하던 무렵을 기점으로 『만선일보』는 서울 기자들을 받아들여 진용을 강화하여 지면을 늘리고 조·석간으로 발행하게 된다.38) 이런 분위기에서 조선 지식인들은 『만선일보』로 향하였다. 만주행이 당시 조선인이 갖는 만주 드림을 보여 주는 것이라면 특별히 언론인의 만주행은 국내에서 불가능해진 언론이 만주에서 어떠한 형태로나마 가능할 것이라는 사실에 대한 기대감을 보여 준다. 『만선일보』가 수많은 조선 지식인, 문인이 거쳐 가는 곳이 되었던 것은 그 때문이다. 최남선, 진학문, 염상섭으로 이어지는 조선의 『동명』-『시대일보』 구성원의 재결합은 그 단적인 예이다. 그렇다면 그에 관한 좀 더 정치한 논의가 필요해진다.

강연에 참가했다. 1934년에 관동군 참모부 제3과 소속으로 복무하면서 현역 군인 신분으로 만주국협화회의 본부이사가 되었다. 최남선, 이범익, 이선근 등과 함께 만주국협화회의 핵심 인물 중 한 명으로 활동하면서 『만선일보』에까지 영향력이 미쳤다.

38) 「기밀실, 우리 사회의 제내막」(『삼천리』 10권 12호, 19면)의 언론계, 사상계 소식란을 보면 "滿洲國에선 오직 朝鮮文新聞으로는 유일기관인 滿鮮日報는 이번에 社內陳容을 일신하고 滿鮮일대에 향하야 약진을 試하리라" 하면서 "이번 기구개정의 요령은 現에 建國大學 교수로 있는 崔六堂이 名은 고문이나 社是決定에 多分의 통제권을 가지는 지위에 있게 되고 協和會首都本部 간부로 있는 金璟載씨가 촉탁으로 社說班의 1인이 되고 그 밖게 外交部 朴錫胤氏 또 內務部 秦學文氏 또 關東軍의 尹相弼氏 등이 모다 명예객원격으로 모다 집필하게 되어"라고 밝히고 있다.

일찍부터 출판에 눈을 떴던 최남선이 근대를 상징하는 출판에 매료된 것은 어쩌면 당대 진보적 지식인이 피할 수 없는 일이었는지 모른다. 당시 조선인의 측면에서 지식인의 욕망 추수 현상을 무조건 친일로만 보는 문제는 재론되어야 하며 당시의 문화를 파시즘과 친일이라는 틀로만 보아서도 안 될 것이다. 그가 막힌 상황에서 벗어나 다른 방법으로 근대 상징에 손을 뻗히려면 필요한 것이 만주국 정책에 따르는 일이었다. 이제 중요한 것은 그가 역사 관련 담론에 민족적 진리를 숨기려고 했던 것이 사실이라면 만주 내 출판물과 문학작품에서도 드러내지 못하고 표현된 민족정신을 찾아내는 일이 아닐까 한다. 우리 문인들의 만주활동의 복원이 시급한 것은 그 때문이다.

결론: 만주행 지식인과 일제 강점기 글쓰기

이 논문은 일제 말기 만주로 간 지식인, 문인들의 문학적 활동을 복원하고자 그 기반을 탐색하려는 작업이다. 일제 말 조선인을 앞세워 대륙으로 영토를 확장하려는 일본 제국주의에 의해 조선인의 만주 이주가 시작되었다. 물론 그 이전에도 만주 이주는 이루어져 왔으나 일제 말에 이르러 보다 본격적이고 계획적인 이주정책에 의해 많은 조선인이 만주로 가게 된다. 이러한 일본의 만주 이주정책에 조선의 지식인들이 동원된다. 대륙의 홍보와 선전에 근대장치를 활용할 줄 알았던 일제는 여러 매체에서 좌담회, 이벤트 등을 통해 지식인을 동원하고 만주 이주의 붐을 형성하였다. 그리고 많은 지식인들이 만주행을 택했다. 만주행에 동원된 지식인들은 자신의 논리에 스스로 설득되었다. 만주에 가면 꿈을 이룰 수 있다고 말하다 보니 스스로도 그럴 수 있으리라 믿어졌던 것이다. 많은 지식인이 만주를 예찬하고 만주 드림을 보이는 것은 바로 그 때문이라고 판단된다. 그러나 직접 겪어 본 만주는 꿈의 실현과는 무관했다. 내면화해 온 지배이데올로기의 이율배반이나 모순을 파악하게 되었던 것이다. 이때 지식인들이 택한 것은 현실과의 타협점이었다. 그것은 일제에 의해 마련된 글쓰기 장치를 활용한 글쓰기였다. 지식인들은 한계적 상황에서 글쓰기에 몰두했다. 만주 이주 후 지식인들의 글쓰기 활동은 개인적 작업을 넘어서 언론의 형성에까지 이르게 된다. 당시 그들의 글쓰기는 조국과의 연결 끈이었다. 또 그들의 글과 활동에 『삼천리』 등 조국의 매체들도 촉각을 곤두세웠다. 이렇듯 영향을 주고받으며 말없는 대화를 하며 조선 내외의 매체들은 존재하였던 것이다. 당시 이민지에서의 조국과 연결 통로인 신문 등 언론매체는 친일의 성격을 띠지 않았더라면 나타날 수 없는 것이었다. 일본의 자본을 빌려서라도 지식인들은 조국을 떠난 이민지에서의 글쓰기를 시도하고자 하였던 것이다. 이에 관한 좀 더 정치하고 의미 있는 연구가 계속되어야 하리라고 생각한다.

겹동의 시대와 문학

강점기 매체와 토론
- 잡지에 게재된 만주 담론을 중심으로

| **서론: 표현과 조선,**
| **토론과 좌담** |

일제 강점기 잡지를 보면, 토론회에 비해 좌담회 게재의 빈도가 상당히 높다. 이렇듯 좌담회가 토론회보다 유행하고 매체를 통해 널리 유포된 현상은 토론과 좌담의 차이점과 관련이 있다.

토론이란 상대의 말을 듣고 현장에서 그에 부연하거나 이의를 제시하는, 듣기와 말하기 동시 구현의 복합적 언어활동이라는 점에서 일방적 말하기인 연설과 다르다. 토론은 자신 주장의 근거뿐 아니라 상대의 주장에까지 정통하여야 하는, 전반적 스키마가 만들어졌을 때 효과적일 수 있기 때문에 고도의 지적 작용이다. 토론을 통해 생각의 변화를 일으키거나 보다 섬세한 주장을 만들어 나갈 수 있기 때문에 토론은 과정의 미학이기도 하다. 오늘날 교육에서 토론의 중요성을 강조하는 것은 주체의 자각 면에서 복합적 언어활동인 토론이 매우 유용함을 인지했기 때문이다.

조선시대에 이미 토론이 있었다.[1] 주로 한정된 공간에서 왕과 주요 대신 등 제한된 인물들 중심으로 토론의 형태를 볼 수 있다. 여말선초 시기를 '말의 정치적 발견'이라 하는 것은 이 시기 왕조차 복종하게끔 하는 '국가의 최고의지'로 공론을 인식하며 공론정치를 이상으로 하였기 때문이다.[2] 조선 전기 '조선시대 왕과 사대부들이 함께 경사(經史)를 강론하고 국정을 논의했던 제도'인 경연 제도 역시 경전에서 찾은 주장의 근거들을 중심으로 정치적 쟁점을 토론하는, 중요한 토론 문화적 전통이다.[3] 중국의 한나라에서 비롯된 유교 경전 강의 관례가 제도화된 경연 제도를 우리나라가 받아들인 것은 고려 중기였으며 조선시대에 가장 중요한 정치협의기구로 발전하였던 것이다. 토론정치는 후에 붕당정치로 발전하게 된다. '당쟁'으로 흔히 표현되는 우리의 붕당정치는 "토론정치의 朝鮮朝的 표현"이었으며 "당시의 朝鮮朝 사회가 취할 수 있었던 최선의 言路"였다.[4] 그렇다면 조선 후기의 탕평정치와 세도정치는 공론 제거와 언로 차단, 곧 "특정한 '진리'에 의해 정치로부터 '말'을 배제해 가는 과정"이

---

1) 대화와 토론이 학술적으로 사용된 예도 찾을 수 있다. 한문 논변이나 고소설을 보면 사상적 깊이가 있는 철학적 내용, 토론거리가 담긴 내용이 빈번하다. 이는 당시 토론이 민간에도 어느 정도 생활화되어 있었음을 반증하는 것이다(이강엽, 『토의문학의 전통과 우리소설』(태학사, 1997), 275~280면 참고).

2) 김영수, 「조선 공론정치의 이상과 현실(Ⅰ)」, 한국정치학회, 『한국정치학회보』 제39집 제5호, 2005. 12, 8면.

3) 신동은, 「조선 전기 경연(經筵)의 이념과 전개」, 한국학중앙연구원, 『정신문화연구』, 2008 봄 호 제32권 제1호(통권 114호), 2009. 3, 57면 참고.

4) 신복룡, 「黨爭과 植民地 史學」, 한국정치학회, 『한국정치학회보』 제24집 특별호, 1991. 3, 399면.

었던 것이다.5) 조선시대 한정된 계층을 중심으로나마 존재했던 우리의 토론적 전통이 발전을 이루기 위해서는 근대까지 기다려야 했다.

우리의 근대는 유난스런 혼란기였다. 기존 중화질서를 대신하여 새로이 등장한 만국공법 등 국제적 변화는 국내의 변화를 요구했고 민중들의 의식 구조도 자극했다. 그러나 국권이 상실될 지경에 대내외적으로 혼란을 겪던 당시 우리나라는 그러한 국제적 변화를 담지하고 개혁할 주체가 없었다. 그 혼돈기의 텅 빈 지경을 선각자의 연설과 토론만이 메웠다.6) 선각자들은 문명개화, 언론자유 등을 외치면서 만국공법에 기초한 세계질서의 변화를 연설과 토론회를 통해 전파하고 일상 속 변화를 주도하였다.7) '신분의 상하고하와 지식의 많고 적음에 상관없이 누구나 자신의 주장을 당당하게 펼칠 수 있는', '토론과 연설의 시대', 조선인에게 낯선 시대가 도래했다.8) 협성회와 독립협회의 토론회는 이러한 분위기에서 자주독립과 근대화를 배우고 토론하고자 하는 민중의 열기와 만나는 장이었다.9) 그러나

---

5) 김영수, 「조선 공론정치의 이상과 현실(Ⅰ)」, 한국정치학회, 『한국정치학회보』 제39집 제5호, 2005. 12, 12면 참고.

6) 신지영, 「연설, 토론이라는 제도의 유입과 감각의 변화」, 한국근대문학회, 『한국근대문학연구』 제6권 제1호, 2005. 4, 10면 참고. 이 글에 의하면 당시 연설과 토론은 근대적 시공간 감각, 주체 형성, 신체적 말하기 방식 등에 변화를 가져왔다.

7) 서재필과 독립신문이 조선에 가져온 변화는 컸다. 미국에서 돌아온 서재필은 '문을 열어 놓고 서로 의논하여 만사를 작정하고 실상과 이치와 도리를 가지고 햇빛 있는 데서 말도 하고 일도 하는 것이 나라가 중흥하는 근본'이라는 생각으로 토론회를 열었다. 신문이 등장하고 새로이 정보를 얻을 수 있게 된 민중들이 거리에서 정보에 관하여 담소하기 시작했다. 정보를 얻기만 하는 것에서 나아가 조선인들은 신문사로 투고하거나 사람들과의 논쟁을 통해 능동적인 독자가 되어 갔다. 이 시기 토론과 연설 그리고 선각자들의 활동에 관해서는 허구 형식으로 쓰인 이황직, 『독립협회, 토론공화국을 꿈꾸다』((주)웅진싱크빅, 2007, 72~157면)를 참고했다.

8) 정우봉, 「연설과 토론을 통해 본 근대계몽기의 수사학」, 한국고전문학회, 『고전문학연구』, 2006. 12, 414~415면 참고.

9) 문학을 보더라도 개화기에는 시대적 특징으로 인해 논쟁적 토론 대신 문답이나 연설의 형식이 많았는데 「금수회의록」과 같은 개화기 토론체소설을 보면 진정한 의미의 토론으로는 부족하지만 새로운 시도가 나타난다. 발언을 할 수 있는 토론회를 설정하고 토론의 시간과 공간을 명

강점하 근대인의 자기표현 욕망은 곧 일제의 도전을 받게 되고 우리의 근대적 정신, 자기표현 욕망이 전통과 결별하며 만들어 낸 발언권은 외압에 의해 빼앗기지 않으면 안 되었다. 독립협회 등 민중을 대변하는 청년 지식층들이 가세하여 반정부적 성격을 구체화하면서 일본정부의 탄압 대상이 되었던 것이다.10)

토론과 모임을 억압하는 시대적 흐름과 달리 이 시기 잡지에는 좌담회가 빈번히 게재된다. 이는 마치 조선인에게 자유로운 토론의 장이 열려 있는 것처럼 보이게 한다. 당시 폭발적으로 등장한 근대토론으로서의 좌담회는 어떠한 의미를 갖는 것이며 일제 강점기 좌담회에서 조선인은 무엇을 이야기할 수 있었는가. 여기에서는 일제 강점기 잡지에 실린 우리의 근대 토론의 한 형태인 좌담회를 통해 조선인의 표현 의지와 외압이 만나고 상충되는 지점을 구체적으로 확인하고자 한다. 다양한 좌담회를 대상으로 하되 논의의 집중성을 위하여 만주 문제를 다루는 좌담회로 제한하여 살펴보고자 한다.11) 일

___

시. 대화에 구어체를 사용하는 등 소재상의 변화가 형식상의 변화도 이끌었음을 알 수 있다(이강엽, 『토의문학의 전통과 우리소설』(태학사, 1997). 277~309면 참고).

10) 최원식, 『한국 계몽주의 문학사론』, 소명, 2002. 222~223면 참고. 신문에서 소설의 수준으로 끌어들이고자 했던 대화·토론 양식과 전기 양식은 우리 근대계몽기를 특징짓는 글쓰기 양식들이었는데 모두 한문학적 전통과 무관하지 않으며 당대 현실에 대한 적극적인 개입이라는 현실적 필요에 부응하는 것이었다. 이는 식민지 권력의 검열 강화와 같은 외부적 요인에 기인하여 급속히 몰락한다(김재영, 「근대 계몽기 '소설' 인식의 한 양상」, 국어국문학회, 『국어국문학』 제143호, 2006. 9. 448~450면 참고).

11) '한국사데이터베이스'의 '한국근현대잡지자료'에서 '좌담회'를 키워드로 검색한 결과, 좌담회 형식의 글 201건이 검색되었다. 그중 '만주' 문제를 다루고 있는 좌담회가 19건이었다. 일제 강점기 좌담회에 관한 연구로는 신지영의 「전시체제기(1937-1945) 매체에 실린 좌담회를 통해 본, 境界에 대한 감각의 재구성」(국제한국문화학회, 『사이 間 SAI』 제4호, 2008. 1. 191~228면)이 있다. 이 글은 전시체제기 일본인, 조선인들이 함께 개최한 신문 잡지 좌담회들은 조선에서 조선의 지식인들을 통해 일본 제국주의가 자신들이 받아들인 세계관을 조선에 뿌리내리게 하려는 것이었다고 주장하면서 보편과 특수라는 경계를 조선인들과 일본인들이 어떻게 사유하였는가 하는 것에 대하여 집중하고 있다.

제 강점기 '만주'는 환위이민정책에 의하여 국책을 실현하는 대표적인 장이었기 때문이다.

근대와 매체, 좌담회

우리나라에서 '토론', '토론회'라는 단어가 제일 처음 등장하는 것은 『독립신문』이다.

> 요전 일요일 오후에 독립협회 토론회에서 처음으로 토론회를 열고 문제를 내여 회원들이 강론ᄒᆞᆫ디 문제인즉 죠션에 급션무ᄂᆞᆫ 인민의 교휵으로 작정 홈이 문제를 ᄀᆞ지고 우편은 리경직씨와 죠병건씨가 의론ᄒᆞ고 좌편은 빅셩긔씨와 리건호씨가 연셜ᄒᆞᆫ 후에 회원 에 여럿이 좌우편을 도아 연셜들을 ᄒᆞᆫ디 민우 ᄌᆡ미잇고 학문샹에 유죠ᄒᆞᆫ 말들이 만히 잇더라[12]

독립협회 회원들이 인민의 교육이 당시 조선의 급선무임을 인식하고 그것을 주제로 좌우편을 나누어 토론하였음을 알리는 이 기사에서 중요한 것은 이러한 활동이 매우 재미있었다는 논평 부분이다. 일반인의 자유로운 의사표현이 얼마나 신선한 충격과 흥미를 주는 일이었는지를 잘 보여 준다.

사전적 정의에서 둘 사이 뚜렷한 차이가 명시되지 않는 '토론'과 '좌담'은 당시 분명히 다른 의미로 사용되었다. 둘 이상 인원이 모여 특정 주제에 관하여 의견을 나누는 것은 마찬가지지만, 서재필이 민중들에게 가르쳤던 토론이란 '찬성과 반대의 양편으로 나뉘어 내 주장을 말하고 상대방 주장을 반박해 가는 것'[13]인바, 좌담과는 구분

---

12) 『독립신문』, 1897. 8. 31.

된다. 토론과 좌담의 차이는 논리 유무, 공수 여부, 의견 차이 유무로 볼 수 있을 것이다. 토론이 보다 논리적으로 상대를 설득하는 적극적 말하기이며 의견 차이를 가진 이들 간 공격과 방어 형태로 이루어지는 것을 전제한다면, 좌담은 논쟁이 필수적이지 않다. 토론을 탄압하고 좌담을 허용한 것은 적극적 의사 표명을 조선인에게 허용하지 않으려는 일제 식민 교육의 의도와 무관하지 않다.

일제의 문화 통치 이후 조선에는 일시적이나마 잡지와 신문이 폭발적으로 많아지게 되었다. 이때부터 근대 저널리즘이 형성되고 저널의 복판과 주변이 만들어지는데 좌담회가 그 복판을 차지할 정도로 유행했다. 내용 전문이 매체에 실리는 경우가 거의 없고 실릴 경우 설문의 형식에 불과한 토론14)에 비해, 좌담회는 오히려 근대매체를 통해 고양되고 있음을 볼 수 있다.

기록에 의한 최초의 '좌담회'는 다음과 같은 기사에서 볼 수 있다.

> 동아일보 1921 - 08 - 08 03 04 開會前에 禁止, 녕변에서의 동경유학생 텬도교강연 마침내 좌담회로

천도교 강연이 일제에 의해 불가능해져서 좌담회로 변경하여 행사를 치렀다는 기사이다. 일제가 전문적 강연을 통해 조선인이 배우고

---

13) 이황직 『독립협회, 토론공화국을 꿈꾸다』, (주)웅진싱크빅, 2007, 73면.

14) 『동광』 제28호(1931. 12.)의 「제씨 性에 관한 問題의 討論」(其一)(其二)를 보면, '토론'이라고 밝히고 있음에도 불구하고 설문이나 앙케이트에 지나지 않는다. 『별건곤』 제16·17호(1928. 12.)에 「男女大討論, 子女結婚에 干涉을 할가 自由로 둘가」, 「誌上討論: 現下 朝鮮에서의 主婦로는 女校出身이 나흔가 舊女子가 나흔가?!」, 두 개의 토론이, 『별건곤』 제18호(1929. 1.)에 「男女討論 女子斷髮이 可한가 否한가」, 「新春誌上 男女大討論: 現下의 朝鮮家庭 한집에 姑婦同居가 可한가 否한가」 두 개가 실려 있지만, 모두 찬반 형식의 글을 순서에 맞게 나열한 설문 형식의 글에 불과했다.

깨우치는 것을 막으려 한 상황에서 열린 것이 좌담이었다. 강연이 일정한 주제에 관하여 전문적 소양을 가진 인물이 내용을 전달하는 것이라면 좌담회는 전문성과는 상관없이 모인 사람들이 의견을 나누는 것에 불과하다. 강연 대신 좌담이 가능했던 것은 이 때문이다. 당시 좌담회가 자주 열렸던 것도 같은 맥락에서 이해 가능하다.

근대잡지의 좌담회에서 다루어진 내용으로는 농업, 경제, 군사, 정치 등을 다룬 것에서 여성, 교육, 결혼제도 등 사회문제에 이르기까지 실로 다양하다. 매체에 실릴 것을 전제로 하는 만큼 당시 핫이슈에 집중되어 대중적 흥미를 포착해 내고 있다. 유명 인사들이 섭외되어 돈을 버는 문제, 농업의 실질적 문제 같은 당시 큰 관심사를 다루기도 하고 여성이나 여류작가에 대한 품평회 같은 주제도 다루었다.

주목할 것은 전쟁을 겪는 백성의 자세를 가르치거나 만주로의 관심 이동 등 일제의 지배에 용이한 방식으로 조선인을 규율하고 있는 좌담회들의 존재이다. 전자가 비교적 직접적 방식으로 생활방식을 변화시키려 한다면 지배이데올로기와의 직접적 관계가 은폐된 채 진행되는 것이 후자에 속하는 좌담회들이다.

강점기 좌담회의 '만주'

당시 신문에서 만주는 다음과 같이 형상화된다.

> "只今까지 精神옵시심어오던모를한무쇪들고 <u>두둑한배를쑥내밀고</u> 期米取 引所의 仲介人처럼 한손을 <u>우리 車에 向하야축내밀면서 썰썰우스니모든 農夫가다 한번式도라다보고우섯소</u>그엽헤는목덜미가부둥부둥한 黃소가 논쑥을입으로어르만지면서 꼬리를 툭툭치는것을보왓소"15)(밑줄 — 인용자)

이 기사에서 만주는 모든 곳이 풍성하여 사람이나 가축 모두 유유자적 여유 있게 살아가게 하는 곳처럼 그려진다. 그런가 하면 「滿洲란 엇던 곳」(김시영, 『동아일보』 1924. 3. 3.)이라는 글처럼 만주가 '고조선 고구려 발해 누대의 地이'고 '우리 祖先의 혁혁한 사적'이 있는 곳임을 강조하는 글도 종종 발표된다. 이들은 만주가 조만간 '자는 사자의 개안'이 이루어질 가능성의 땅으로 전망하고 있는 것이다.

당시 잡지들의 만주 관련 담론 형성 양상을, 잡지 게재 좌담회 중심으로 고찰해 보기로 한다.

1) 타자로서의 '만주' — 『동광』, 『별건곤』의 만주 담론

『동광』과 『별건곤』에 실린 '만주' 언급 좌담회는 다음과 같다.

① 『별건곤』 제35호(1930. 12.) 不景氣는 언제까지 繼續될가?
② 『별건곤』 제48호(1932. 2.) 그들이 본 日中衝突, 中國人 移動座談會

---

15) 「滿洲 가는길에」, 『동아일보』, 1920. 6. 23.

③『동광』제35호(1932. 7.) 新聞經營·編輯座談會

『별건곤』의 성격은 경제적 피폐상이 심하던 당시 시대성과 깊은 관련을 갖는 잡지이므로 다루는 내용 역시 경제와 밀접하였다. 일제는 조선을 계획적으로 착취하기 위해 조선에 자본주의적 경제구조를 이식하였고 강점기 조선사회는 식민지자본주의의 구조로 편성되었다. 농가는 구조적으로 미곡상품화를 통한 대일 이출의 장으로 전락되면서 대다수 영세농가들은 소작료와 조세, 시장경제에의 부적응 등으로 적자상태가 심화되었다. 농가는 자생력을 잃고 전체 경기변동과 농업정책에 심각한 영향을 받게끔 되었다.16) 『별건곤』의 발행은 이러한 위기감을 감지한 결과였다. 이는 새로이 등장한 노동자 계층과 전통적 농민 계층을 대상으로 그들에게 직접적 정보를 주기 위한 잡지였다. 그러다 보니 좌담회 역시 경제적으로 민감한 문제를 다룰 수밖에 없었다.17)

①의 좌담회에서는 본사 측인 차상질, 채만식, 박로아와 함께 동아일보와 조선일보의 경제부장 서춘과 배성룡, 보성전문과 연희전문의 교수 홍성하와 손봉조가 초대되어 불경기의 원인과 조선과 일본의 농업관계의 긴밀성, 일본의 산미증식 계획의 모순성, 불경기 개선 방안 등 폭넓은 이야기가 나누어진다. 이를테면 산미증식에 대한 다음과 같은 논의는 주목을 요한다.

---

16) 이송순, 「일제하 1930·40년대 농가경제의 추이와 농민생활」, 역사문제연구소, 『역사문제연구』제8호, 2002. 6, 80～81면 참고.

17) 김진량, 「근대 잡지 『별건곤』의 "취미 담론"과 글쓰기의 특성」, 한국어문학회, 『어문학』통권 제88호, 2005. 6, 337면 참고. 그렇기 때문인지 잡지 전체 좌담회의 반 정도에 해당하는 것이 농촌경제에 관한 것이다.

蔡 産米增殖에 대한 내막을 폭로할 수 업슬가요.

徐 뭐 말해야 隔靴搔痒이지요…… 산업 부문에 잇서서 공황으로 말미암아 소공업자들이 파멸을 당하는 것과 마찬가지로 농업 공황에 잇서서도 소농들이 파멸을 밧게 되는데 이번 불경기가 다시 恢復이 된다 하드래도 현 資本主義 經濟制度 밋헤서는 好景氣의 기간은 극히 짧고 不景氣는 길고도 범위가 넓게 되는 것은 각종 산업이 전반적으로 발달이 되이 만치 필연적 경향이라 하겟지요. 그런데 資本主義 工業國에서는 산업 순환이 전기티 회복이 된다면 실업자들이 덜어는 공장 노동자가 되고 일반 소비력도 향상되여 다소 경기도 조와지겟지만은 조선은 일반 공업국이 회복된다 하드래도 8할이나 되는 우리 농민이 공장 노동자로 변하기는 어려운 일이닛가요. 하여간 조선사람들은 쌀, 콩, 좁쌀과 가튼 농산물의 공황이 거처저야 살게 되지요. 원래 공업에 잇서서는 트라스트를 만들어서 價格協定을 할 수 잇서 물가하락을 어느 정도까지 조절할 수도 잇지만은 농업은 특수한 성질을 가지고 잇는이 만치 가령 품질이나 생산율이 平年作 이상이라 하드래도 도저히 공업 생산품의 비율을 따라 못가닛가요(70면, 밑줄 – 인용자).

채만식은 일본의 산미증식 정책이 조선을 식민화하는 구조를 갖는 것임을 폭로하고자 한다. 이에 서춘은 그것이 '신 신고 가려운 곳 긁기', 곧 별 효용 없음을 지적하면서도 조선에 실시하고 있는 일제의 농업정책의 모순점을 조목조목 정확히 짚고 있어 어느 정도 폭로하고 있음을 보게 한다. 이 글에서 만주 관련 담론은 다음과 같다.

洪 그런데 금년에는 北間島가는 男負女載群이 작년보다 엇던가요.

裵 작년보다 훨신 덜하지요.

洪 덜하면 살기가 나흔 게지요. 정 죽을 지경이 되여야 봇짐지고 일어서닛가요.

徐 그럴 터이지요. 이번 불경기는 (조선의) 쌀 팔수 잇는 놈들의 문제이지 업는 사람들은 위선 먹기라도 하닛가 흉년든 것보다는 낫겟지요(75면, 밑줄 – 인용자).

불경기로 힘든 상황이지만 먹고사는 데 지장 있을 정도는 아니어서 만주로 가는 이들이 적다는 사실적 서술과 묘사는 일제 정책과는 다소 무관한 듯 보인다. 이 글에 의하면 만주는 '정 죽을 지경이 되어야' 가는 곳일 뿐이다. ②는 만주 문제를 노농 계층이 쉽게 이해하도록 하기 위해 기획된 글로 보인다. 작자 미상으로 전도사, 만두집과 요리점, 호떡집의 주인들, 목수 등의 인물들을 허구로 등장시켜 일본의 중국 진출 야욕에 대한 문제를 인지시키고 있다.

記 『張서방! 열빈루 복해헌(悅賓樓 福海軒)을 일본사람이 삿다지.』

張 『그랫다지요. 집만 파랏지요.』

記 『얼마에 파랏누.』

張 『북해헌은 7천원. 열빈루는 13만원이라든가요. 우리 잘 몰라.』

記 『당신들은 엇재 고향으로 도라가지 안 엇소.』

(중략)

誰 『중국서 오는 신문을 관청에서 압수하야 보지 못하고 여기 신문은 전부가 거짓말이요.』

王 『우리 신문 안 봐. 돈 주어야지. 그리고 거짓말뿐이니까.』

記 『그럼 일본과 중국이 만주에서 싸우는 것은 아러?』

王 『알지.』

記 『엇더케 해서 아러?』

南 『헤 - 체. 그거 몰르겟소.』

記 『싸워서 엇더케   서.』

南 『우리 몰라.』

記 『誰서방은?』

誰 『온지 얼마 안 되여서 소식 모릅니다.』

記 『자기 나라 일을 모르면 엇더케 해?』

王 『모르는거 엇더케 해?』

張 『아모리 싸운대도 우리 중국은 싸울 생각 업서.』

記 『만주가 거의 일본군인의 손에 점령되엿스니 엇저누.』

南 『만주 뺏겨도 조와. 중국은 아직도 대국(大國)이니까.』

記 『흰소리 마러. 일본이 벌서 금주(錦州) 금주 아라 잇지? 금주를 점령하얏스

니 이러다가는 래일 모래 천진(天津) 북평(北平)까지 점령할 것 아니야?』

南『몰라몰라. 다 거짓말.』

記『만몽독립운동이 잇서. 만주하고 몽고하고 중국에서 따로 독립한다는데 말이야. 그것을 엇더케 생각해.』

誰『우리 몰라요. 그러치만 그것은 개수작이야. 독립하지 못해.』

劉 (五行略 − 원문)(8∼9면, 밑줄 − 인용자)

　실제가 아니고 허구로 만든 좌담회이다 보니 글쓴이의 의도가 직접적으로 반영되고 있다. 이 글은 일본의 야욕을 경계하고 그러한 일본 등 국제 정세에 지나치게 어둡고 태평한 중국의 무지를 꼬집기 위하여 기획된 것으로 판단된다. 이 역시 만주 담론과는 무관하다.

　수양동우회 기관지였던 『동광』은 발행 초기 안창호 글을 계속 실으면서 민족 문제에 비상한 관심을 두지만 비정치적인 글을 게재하였던 잡지이다. 여러 어려움으로 1927년 휴간되었다가 속간된 1931년 이후에는 정치·경제 분야 등 시사성 있는 글을 중심으로 실었다. 그런 분위기를 반영하는 것이 ③의 『동광』 좌담회이다. 이는 동아일보의 3명(동아일보의 편집국장대리 설의식과 원세훈, 편집국장 이광수), 조선일보의 기자 1명(홍종인), 변호사 1명(이인), 교육가 1명(협성실업학교 교장 김려식), 동광 측 2명(주요한과 이종수)들을 대담자로 호출하여 조선의 신문의 경영과 편집이라는 문제를 다루고 있다. 그 주요 안건은 신문경영실패의 원인, 신문의 사명, 조간과 석간, 신문편집과 배열의 문제, 순조선문으로 하는 문제 등이다. 이 글에서는 만주는 간단히 '만주사변'을 예로 들고 지나갈 뿐 만주 담론은 없으며 신문 경영의 문제가 중점적으로 다루어졌다.

元. 자동차 許可도 팔 수 없는데 公公한 신문기관의 版權을 팔다니……

李仁. 許可制이면 신문이나 자동차이나를 물론하고 그 인격을 보아서 許可를 해주는 것입니다. 讓渡의 對象도 그 讓渡받을 사람의 인격을 보고 주어야 할 것입니다.

××. 이번 朝鮮日報사건을 볼 것 같으면 當局에서는 朝鮮언론를 無視하거나 朝鮮민중을 賤視하거나 사건의 중대성을 인식못했거나 셋중의 하나입니다. (중략) 朝鮮사람이 신문에 실패하는 또 한가지 원인은 신문에 대한 경험이 전연 없다는 것이지오. 신문을 어떠케 하여야 할지 전연 경영방침을 모르는 사람이 실패안할 理가 잇습니까? 그들 중에는 國士的氣魄이라던가 큰 뜻이라던가를 가진 이는 적고 신문사 사장이나 되면 一國의 總理代臣이나 한 듯이 생각할 爲人들이 많앗습니다. 신문에 망한 사람을 全部 합하면 30명은 되리다.

(중략)

朱. 話題를 돌립시다. 朝鮮에서 신문을 경영하는 이유가 어디 잇겟습니까. 다시 말하면 현재 朝鮮신문이 민중에서 害毒을 주는가 이익을 주는가 하는데 대해서 말슴하여 주십시오. 己未年 당시에 三신문이 생겨날 때에는 경영자나 記者가 좌우를 막론하고 일정한 主張밑에서 발행해왓다고 생각되는데 今日에 와서는 그 의미가 달러젓다고 생각됩니다.

元. 日本서는 議會를 淨化한다고 하지마는 朝鮮서는 신문의 使命을 淨化해 야지오. 乙巳이전의 신문이야 민중이 一種의 聖經으로 알지 않엇습니까. 己未 年에 朝鮮사람이 東亞日報를 기대한 것도 普通이 아니엇습니다. 그런데 지금 은……

李仁. 그대에야 報導기관 이외에 참으로 聖經의 역할을 하엿지만.

春. 지금도 報導기관 이외에 일을 하지오.

朱. 결국은 許可制인 까닭에 道理가 없어…… 當局에서 안된다 하면 별 수 없고 그 許可를 받고야 나는 신문이니 별 수가 잇나……

薛. 신문은 일반 민중의 聖經이엇다고 하지마는 그것은 신문기업하고는 모순됩니다. 상품으로는 인기를 끄러아하고 聖經은 거울이 되어아 하니 聖經과 상품이 모순되는 것과 같이 신문이 「뉴쓰」 本位로 되고 상업화함을 따라 물론 10년간에 그만한 變遷이 잇엇지오(41면, 밑줄 - 인용자).

당시 조선일보는 발행 초기부터 겪어 온 경영난이 악화하여 역사가이자 기자 출신 사장인 안재홍에 이어 임경래에게 판권이 넘어간 상태였다. 임경래는 '금광왕'이라고 일컬어지던 인물인데 조선일보 역사에도, 사전에도 빠져 있다. 이는 그가 조선일보에 관여한 기간이 짧은 때문이기도 하지만 도덕성이 검증되지 않은 인물 임경래를 조선일보 사주로 인정할 수 없다는 도덕적 결벽증에 기인한 것으로 보인다. 이렇듯 신문기관 판권이 돈만 있으면 주어지는, 이른바 자본 만능주의에 대한 사회적 반대가 만만치 않았다.[18] 이는 신문의 사회적 책임과 사명감을 인식한 결과로 판단된다. 이상의 논의에서 생각해 볼 문제가 있다. 하나는 신문의 상업성 논쟁이고 다른 하나는 허가제에 대한 괴리감이다. 신문 판권을 돈만 있다고 하여 아무에게나 주면 안 된다는 것은 상업성에의 부정인데 나중에는 또 인기를 끌기 위해 상업화를 부정할 수 없다고 이야기하는 자가당착을 보인다. 또한 허가를 아무나 해 주어서는 안 된다는 논리는 허가제가 반드시 제 역할을 해야 한다는 것인데, 허가제로 인해 신문의 재량권이 없어지는 것은 신문의 기능을 방해한다고 부연기도 한다. 당시 등록, 게재물 등 다양한 층위의 허가제에 관한 고민을 보여 주는 부분이다.

인용문 중 발화자가 '××'로 되어 있는 인물이 있다. 그는 조선일보의 판권 양도의 일을 통해 일제의 오류를 지적하고 신문 경영에는 '국토적 기백'이나 '큰뜻'이 전제되어야 한다고 날카로이 주장한다.

18) '임경래'와 조선일보에 관한 신문기사를 검색해 보면 다음과 같다. 『동아일보』 1932년 6월 5일자를 보면 「朝鮮日報 發行權 問題와 事件關係의 主張」이라는 제호 아래 조선일보사 대표자인 안재홍이 떠나면서 편집 겸 발행권이 지난 30일 임경래에게 넘어갔으나 사원과 이사들은 신문발행을 거절하고 이사회에서는 사옥과 집기 사용권을 임에게 허락하지 않는 등 분규가 계속되고 있음을 게재하고 있다. 그리고 아울러 상무이사 한기악, 임경래, 경무국 도서과장 등 여러 사람의 입장을 싣기도 하고 사원회 주최로 진상비판 연설회도 열렸다고 밝히고 있다. 33년 3월 23일 방응모에게 발행권을 인가한 이후 여러 신문에 실린 임경래의 모습을 보면 각종 사기와 도박에 연루되어 있었고 마침내 사기사건 피의자로 서대문형무소에 있던 중 폐결핵을 앓아 보석된 상태에서 죽기에 이른다(『동아일보』, 1937. 6. 15). 이로써 임경래의 사기성 농후한 성격을 알 수 있고 보면 많은 이들의 저항이 타당하였다고 판단된다.

그의 발언은 다분히 민족적이며 반일적 발언이 아닐 수 없어 실명을
거론하지 않은 듯하다.

> (신문사가 돈을 소비한다는 문제로부터 朝鮮日報版權이 林景來氏한데 넘어갓
> 다)하는 문제에 관하야 한참동안 논평이 계속되고 (1) 신문발행권을 抵當의 대
> 상물로 하는 것의 不可, (2) 신문사의 책임자의 인물문제 등의 이얘기가 잇엇으
> 나 <u>사정상 揭載치 못한다</u>(40면, 밑줄 – 인용자).

필자가 잡지에의 게재를 망설이고 있음을 보여 주는 부분이다. 이
후 말미에서도 "말슴하신 全部를 실리지는 안햇으니 海諒하십시
오."(45면)라고 밝힌다. 이는 이 자리에서 그 외에도 많은 이야기가
오갔으나 실릴 수 없었다는 것이다.

이상으로 알 수 있는 것은 『동광』과 『별건곤』의 좌담회가 일제
지배이데올로기를 직접적으로 구현하고 있는 양상은 그다지 뚜렷하
지 않으며 이들에게 만주는 단지 타자에 불과하다는 사실이다.

2) 국책 호응으로서의 '만주' – 『삼천리』의 만주 담론

20년대식 낙관과 달리 30년대 초반에 이르면 만주 관련 기사는
점차 부정적인 방향으로 변화한다.[19] 이런 상황이고 보니 만주 담론
은 좀 더 체계적 방식으로 구획될 필요가 있었는데 이에 앞장선 것
이 『삼천리』였다. 삼천리사가 다루는 주제를 보면 당시 시대상과 정

---

19) 『조선일보』 1931년 7월 22일자를 보면, "부속지(附屬地) 내의 전 실업자가 약 이천륙백여
명에 달하야 전주민의 팔할인데 그중 일본인은 한사람도 업고 중국인은 이할오부(二割五分)
로 그 외에는 전부 조선인으로 지금 구직에 방황하고 잇다하며 재만동포 오만명중 약 오분강
(五分强)의 실업자인데 그들 생활문제는 실로 곤난한 처지에 잇다"고 밝히고 있다.

확히 대응되는 것이 많다. 이는 주관인 김동환의 재빠른 현실적 대응 능력을 보게 한다. 그는 당시 시대가 바라는 담론, 지배이데올로기에 편승하는 방법에 기민하게 반응할 수 있었던 사람이었던 것이다. 1933년 1월의 『삼천리』에 임원근의 「滿洲國과 朝鮮人將來, 滿洲國紀行(其二)」을 실은 것을 통해 그 단서를 찾을 수 있다. 임원근은 남조선노동당 위원장을 지낸 허헌의 사위로 1921년 7월 김단야, 박헌영 등과 함께 고려공산청년동맹을 결성하는 등 사회주의 활동을 하다가 두어 차례 수감된 이래[20] 전향한 인물이다. 그는 전향 실증을 위해 국책적인 글을 쓴 듯하다. 이 글의 작위성은 기행문 형식의 글에서 만주국과 만주국 협화회(협화회의 강령, 조직, 근본정신, 슬로건, 형식적 역원 등)에 관한 소개가 반 이상 차지한다는 점에서 드러난다.[21]

'만주' 키워드로 검색한 『삼천리』 좌담회가 모두 만주 관련 담론 형성에 기여하는 것은 아니다. 이 중에는 만주를 화가 나서 가는 곳, 마적들을 죽인 곳 정도로 이야기하고 있거나[22] 더 단순히 지명으로서 언급,[23] 만주사변 언급,[24] 문화적 교류의 대상으로 언급[25]하는

---

20) 그는 1930년 1월 1일 서대문형무소에서 출감하였다(「元브의 鐵窓 二人이 出獄」, 『동아일보』, 1930. 1. 1).

21) 그러나 본래의 목적과 달리 이 글은 만주 이주민이 피난민처럼 살고 있음도 아울러 묘사함으로써 임원근의 날카로운 기자적 시각의 잔재를 확인하게 한다.

22) 『삼천리』 제6권 제9호(1934. 9.)의 『運命과 死生觀』座談會.

23) 『삼천리』 제7권 제10호(1935. 11.)의 「現代 『長安豪傑』 찾는(座談會)」. 이 글에서는 동경에서 만주를 가는 손님들을 잡기 위하여 댄스홀이 필요하다고 이야기하는 도중에 만주가 거론된다. 그 외에 『삼천리』 제7권 제11호(1935. 12.) 『夫婦座談會 - 二十年만에 新婚氣分나신다는 呂運亨氏 夫妻』, 『삼천리』 제8권 제1호(1936. 1.) 「人氣歌手座談會」, 『삼천리』 제12권 제8호(1940. 9.) 「滿洲國 名優를 歡迎하는 座談會」 등에서도 만주는 지명으로서만 언급된다.

24) 『삼천리』 제7권 제6호(1935. 7.)의 『女性을 論評하는』 男性座談會.

25) 『삼천리』 제12권 제10호(1940. 12.)의 「十二月의 三千里文壇」.

데 그치는 경우가 많다. 이들을 제외하고 만주 문제를 직간접적으로 다루고 있는 좌담회는 다음과 같다.

① 『삼천리』 제5권 제9호(1933. 9.) 「在滿同胞 問題」 座談會
② 『삼천리』 제7권 제9호(1935. 10.) 「大戰急來와 極東形勢」 =座談會=
③ 『삼천리』 제8권 제8호(1936. 8.) 「滿洲가서 돈 벌나면?, 諸 權威 모혀 圓卓會 열다」
④ 『삼천리』 제10권 제11호(1938. 11.) 「國境 現地」座談會
⑤ 『삼천리』 제11권 제1호(1939. 1.) 「『戰爭文學』과 『朝鮮作家』 - 戰爭과 文學과 그 作品을 말하는 座談會」
⑥ 『삼천리』 제12권 제3호(1940. 3.) 「總督府記者 座談會」
⑦ 『삼천리』 제12권 제3호(1940. 3.) 「戰爭 長期化 家庭 生活」 主婦 座談會
⑧ 『삼천리』 제12권 제8호(1940. 9.) 「關北, 滿洲 出身 作家의 『鄕土文化』 를 말하는 座談會」
⑨ 『삼천리』 제13권 제1호(1941. 1.) 「山西 武漢의 實戰에 參加했던 歸還 志願兵의 奮戰 回憶 座談會」

특히 ⑥과 ⑦은 같은 호의 것으로, 한 호에 좌담을 두 개 싣고 있을 정도로 삼천리가 좌담 형식의 글을 선호하고 있음을 보게 한다. 이들을 비롯하여 ②, ④, ⑤, ⑧, ⑨의 좌담은 전쟁기 국민을 호출하는 양상을 잘 보여 주는 것들이고 ①과 ③만이 만주 담론 형성에 기여하는 좌담회이다. 여기에서는 ①과 ③을 중심으로 만주 담론 형성의 양상을 살펴보겠다.

(1) 만주로의 주의 환기 – 「在滿同胞 問題 座談會」(『삼천리』 제5
   권 제9호, 1933. 9.)

여기에 초대된 이들은 이광수, 김형원, 송진우 등인데 송진우는 불
참했다고 밝혀져 있다. 이 좌담회는 다음과 같은 흐름으로 되어 있다.

   1. 여정
   2. 그곳 조선사람들은 과연 행복한가
   3. 재만동포의 생업은
   4. 조선인의 기관으로
   5. 만주이주민의 각오
   6. 기타잡감

사회자인 김동환은 재만 동포가 100만이 넘은 상황을 언급하고
국내 인사 중 신뢰할 만한 이광수와 김형원이 답사를 다녀와 정확히
만주의 자태를 보여 주리라 기대한다고 시작한다.

같은 호의 소식난인 「三千里 壁新聞」(32면)을 보면 송진우와 이
광수는 지국장 회의를 겸하여 각지를 다닌 것이 나와 있다. 송진우,
김형원, 이광수는 모두 대련의 박람회를 기회로 신문협회 대회 참여
차 단체로 만주 여행을 갔던 것이다. '여정' 부분에 의하면 20여 일
이 소요되는 이 여행은 실로 바쁜 스케줄로 진행되었다. 세 사람의
공통 구간은 "南大門을 떠나 육로를 取하여 安東縣을 거처 鐵으로
유명한 鞍山을 보고, 그리로 石炭의 撫順, 奉天, 大連, 旅順을 거
처 다시 奉天으로 新京으로 哈爾賓"까지이고 하얼빈에서 송진우,
이광수는 "더 蒙古와 西伯利亞 쪽이라 할 齊齊哈爾와 洮南"로,
김형원은 북회부의 일행이 되어 "吉林서 부터 위험지대라 하는, 敦

化까지 敦化에서 局子街, 龍井을 거처 국경의 灰幕洞, 南陽坪을 둘너 終端港으로 유명한 極東 제1의 軍港의 稱이 잇는「羅津」"을 거치게 되었던 것이다. 이렇듯 바쁜 스케줄은 여행자로 하여금 한곳에 머물러 문제점을 포착할 여유를 갖지 못하게 하고 대신 만주의 규모만을 강조하여 압도하려는 의도 때문일 것이다.

조선인의 행복 가능성을 타진하는 순서에서 김동환이 묻는 것은 재만 조선인의 생활의 향상 여부와 생명재산의 안전성 여부, 현지인과의 화목 가능성 등이다. 이에 대하여 김형원과 이광수는 다음과 같이 답한다.

응답자	생활수준	안전성	현지인과의 관계
김형원	답 없음	위험 없다. 산간벽지는 위험할 듯	주민의 거개가 조선인
이광수		산간벽지로 들어가는 조선인, 만주국인에 대한 조선인의 멸시에 문제 있다.	곧잘 어울려 사는 듯

두 사람 모두 만주 이주민의 생활수준의 향상 여부에 대해서는 답을 피하고 있다. 이는 그들이 이주민의 생활수준에 대하여 부정적으로 생각하고 있음을 암시한다. 그들은 줄곧 만주가 위험하지 않으며 그러한 인식은 산간벽지로 들어가 위험을 부르는 조선인의 생활방식 때문에 생겨난 것이라고 강조한다. 주민 대부분이 조선인으로 어울려 살아가는 데 아무런 난점이 없음도 아울러 강조하고 있다.

조선인의 주된 생업에 관해 묻는 김동환의 질문에 대하여 두 사람의 답변을 요약하면 다음과 같다.

이광수	농민이 8,90퍼센트를 이룬다. 도회지에서는 인육장사와 밀수입업, 여관업자, 아편밀 매업, 목재업, 잡화장사 등 다양하다.
김형원	창기업, 아편밀매업, 요리집. 조선인에 의한 수전 경작을 보고 유쾌했다.

김형원은 이광수의 말에 동의하고 창기업과 요리업이 많다고 슬쩍
넘어가 버린 뒤 조선사람의 수전 경작 상황을 긍정적으로 보고 있는
반면, 이광수는 다음과 같이 부언한다.

> 참 나는 이번 거름에 朝鮮人의 人肉市場에 참으로 놀낫슴니다. 奉天, 吉林,
> 哈爾賓, 新京 等 곳곳에 조선인 요리업자가 업는 곳이 업서요. 料理業을 개시
> 만 한다면 성공한다니까. 그것은 중국여자는 더럽고 그래서 모다 조선여자를 환
> 영한다는데. 그런 까닭에 엇든 여자는 하로, 서른 다섯 명의 남자를 接하엿다고
> 합데다. 그러니 돈을 남지 안켓슴니까. 奉天서는 人肉장사를 하여 20만원 돈을
> 모은 當者도 잇고, 다른 곳에도 數3만원, 10여 만원식 모은 성공자들이 잇다고
> 해요. 그러고는 아편 밀매업인 모양인데, 그것은 滿洲國政府에서 이제는 阿片
> 專賣令이 실시되어 그 장사는 업서지는 모양입데다(49면, 밑줄 - 인용자).

당시 조선의 대문호이며 신문사 편집국장을 지냈던 사람의 안목이
라고 보기에는 지나칠 정도로 치졸한 금전 만능주의적 가치관을 보
여 준다. 돈을 벌 수만 있다면 여성이 성을 팔든 다른 이의 건강을
해치는 아편업이든 무방하다는 인식의 소산인 것이다.

김동환은 아울러 광산, 임업, 축산 등 자원을 활용하는 일을 조선
인이 할 수 있는가, 목재를 가져다가 축재를 할 수 있는가 묻는다.

> 金炯元 - 잇기야 만치만, 조선사람 차례에까지 와야지.(……) 모를 말이예요, 그
> 걸 조선사람들이 갓다가 팔나고 그냥 내버려 두엇겟서요? 나도 北大營을 구경
> 하엿슴니다만은 - (49~50면).

사회자의 의도는 소문으로 전해지는 만주에 대한 헛된 바람을 확인하고자 하는 것이었다. 그리고 그에 김형원이 적절히 반응하고 있는 것이라고 판단된다. 이것은 다음 질문인 조선인 관리에 대한 질문과 응답과정에서도 잘 볼 수 있다. 만주국 정부와 협화회에 조선인 관리가 있느냐는 질문에 김형원은 하급관리가 소수 있을 뿐이라고 하고 조선사람의 실제 기관으로는 행정기관으로의 민회가 있을 뿐임을 보여 준다. 이 두 응답에 이광수의 답은 빠져 있다. 이광수는 김형원 정도의 안목이 없거나 불리한 상황을 만들 수 있는 답변을 피하고 있는 것으로 보인다.

만주 이주를 고양하는 이 좌담에서 중요한 부분은 '만주 이주민의 각오' 부분이다. 이 부분에서 김동환의 질문은 만주로 가는 것이 행복할 것인가, 안주의 땅이라 하여 시베리아로 갔던 이들도 만주로 돌아오는가 등 두 가지로 나타난다.

첫 번 질문에 대하여 두 사람 모두 입을 모아 '돈을 가지고 가면' 행복할 수 있으리라 강조한다. 이때 이광수는 막연히 100원이라도 돈을 가지고 갈 것을 재차 강조하는데 김형원은 생활의 근거를 얻지 못해 무직자로 떠도는 인물이 8할이나 된다며 무분별한 이주를 분명히 경계한다.26) 두 번째 질문에 대하여 김형원은 만주의 장점인 넓고 비옥한 땅과 적은 인구밀도를 강조하면서 치안만 보완된다면 가능성 있다고 말하는데, 이는 만주의 치안을 자신하던 앞의 논리와

---

26) 이 좌담에서 김형원은 이광수에 비해 보다 다양하고 진지하게 의견을 피력한다. 김형원은 당시 '每申, 東亞, 朝鮮, 時代, 中外 할 것 없이 신문이 없어서 못 돌아난 觀이 잇다 싶'을 정도로 '삼십 몇 살이라는 세월은 실로 신문사 밥으로 달아진' 인물이었다(아연자, 「문사기자 측면관」, 『동광』 제26호, 1931. 10, 65~69면). 비록 전향하기는 했어도 못 가진 자, 노동자에 대한 의식을 가진 김형원이었기에 보다 진지한 의견 피력이 가능했으리라 본다.

모순을 보이는 부분이다.

마지막으로 그 외 하고 싶은 말을 쓰는 부분에서 이들은 모두, ①
만주에 버들이 많아 조선 선조들의 족적을 느끼게 되므로 친숙하다,
② 만주 벌판 같은 곳에서 표박하며 살고 싶다, ③ 광활한 땅에서
원시적 정조를 느끼게 되었다고 이야기한다. 나머지는 만주 담론에
서 계속 강조하던 바이지만 특히 ②의 논리는 조선인으로 하여금 현
실성을 탈각하게 하는 진술이 아닐 수 없다.

이들이 강조한 것처럼 당시 만주에서의 삶을 위해 돈은 중요한 문
제였지만[27] 그것만을 강조하며 돈만 있으면 만주에서 행복이 이루어
질 듯이 표현하는 것은 문제가 있다. 당시 만주로 가는 사람들은 조
선에서 살기 어려울 정도로 가난한 경우가 대부분이고 "제土地날갈이
가잇는자들이全家産을팔아가지고北間島移民을募集해가지고가"(「北
間島가는同胞들」, 『동아일보』, 1927. 03. 22.)는 경우가 많았다. 부
유한 사람들까지 포함 무조건 만주로 갈 것을 부추기는 이들의 주장
은 조선의 경제를 지배자들의 입맛대로 조종 가능한 수준으로 전락
시키고 새로이 만주의 경제를 편성하려는 지배이데올로기의 구현을
위한 것으로 판단된다.

---

27) 32년 4월에 발행된 『동광』에서는 만주에 갈 때 반드시 돈을 가지고 가야 함을 다음과 같이
표현한다. "「漫然渡滿者」라는 새 文字가 생겨낫다. 무엇을 가르켜 漫然이라 하는가. 결국
은 돈 안가지고 가는 사람을 가르킨 것이다. 滿洲도 별 수 잇나. 돈 가진 사람과 돈 안가진
사람의 문제는 그대로 잇다."

(2) 만주 이주 독려하기 - 「滿洲가서 돈 벌나면?, 諸 權威 모혀 圓
卓會 열다」(『삼천리』제8권 제8호, 1936. 8.)

이 좌담의 참석자는 만주산업주식회사장 공진항, 화북산업주식회
사장 김우금, 조선산금대행조합회사중역 이성환, 조선매약주식회사
매부장 김정형 등 경제인을 비롯하여 조선서적인쇄주식회사상무 방
태영, 조선일보사외보부장 홍양명, 만몽일보경성지국장 장영순 등의
언론 출판인들로 망라되어 있다. 참석자가 많은 만큼 삼천리사에서
도 주간 김동환을 비롯하여 정수일, 박상희 등이 합석하고 있다. 다
룰 주요 안건은 우리나라와 만주와의 산업관계, 간도연장주의에 대
하여, 계획이민과 자유이민, 위정당국에의 요구 등이다. 먼저 김동환
은 다음과 같이 시작한다.

> 金東煥(本社主幹) (전략)여기 와 주신 여러분으로 말삼하면 대체로 ① 南北滿
> 洲, 또는 外蒙, 華北, 其他 中國 各地에서 或은 농장, 광업, 공업 할 것 업시
> 모든 산업부분에서 경영 혹은 실제상황을 골골루 체험하신 터이라 이에 대한 포
> 부가 만흐실 줄 암니다. 그래서 이에 대한 모든 것을 말삼하여 주십소사 하는
> 것이다. 더구나 朝鮮 內地에서 그곳으로 ② 이주한 동포가 이미 2백만명에
> 달하고 또 해마다 6, 7, 8만명식이 남부녀대로 고토를 떠나 滿洲 荒野로 정처
> 업시 간다는 것과 또 토병(土兵)의 박해, 지방 관헌의 가렴주구(苛斂誅求), 지
> 방의 압박 등 이중 삼중의 위협을 밧고 잇다는 것도 듯습니다. 그러면 이 가장
> 우리 朝鮮과 밀접하고 또 긴밀하기가 격장한 한집가튼 만주와 우리와의 지리적
> 또 산업적으로 큰 해(害)가 될 줄 암니다. 그럿타면 이와 가튼 련환적(聯環的)
> 으로 ③ 중대 긴밀한 관계를 가진 피차(彼此)의 관계를 여하히 하여야 할지 이
> 여러 가지 점에 대하야 이모저모로 툭 터러노코 말삼하여 주시옵소서. 더구나
> 今年이 본사 창간 ④ 8주년인 만큼 이번에 단연히 뜻을 決하여 다른 신문 잡
> 지사에서 하지 못한 것을 先着하려하는 의미도 여기 잇고 또 말삼하여 주시는
> 분들도 이 가튼 뜻을 가지시고 알알 삿삿치 말삼하여 주섯스면 합니다(128~
> 129면, 밑줄과 번호 - 인용자).

①은 좌담 출석자의 선정 동기를 설명하는 부분이다. 만주 지역 산업 경험을 가진 이들을 대상으로 하였다고 하여 이 좌담이 단순한 현상 담소가 아니라 비교적 실제적인 목적하에 이루어질 것임을 잘 보여 준다. ②에서는 만주 이주민들의 당시 상황에 대한 인식을 보이고 있다. ③은 이 좌담의 목적이다. 좌담의 목적이 애초에는 '만주로 가서 돈 버는 방법'에 있지 않았음을 알 수 있다. 좌담 진행 중 논의가 돈 버는 방법으로 가게 되었음을 알게 한다. ④는 출판사 자체의 야망을 표현하는 부분으로, 특종을 내고 싶은 욕망을 보인다.

이에 대하여 공진항과 이성환이 적극적으로 좌담에 임하고 있다.[28] 먼저 공진항은 아직 치안이 불안하고 만주의 사정이 어렵지만 발전 중에 있다고, 이성환은 광업과 농업 면에서 밝은 전망을 보이고 있다. 이민을 권하는 것이 좋으냐는 김동환의 단도직입적인 질문에 대하여 이들은 다음과 같이 대답한다.

> 孔鎭恒 나도 李선생의 말삼과 동감임니다. 사실로 우리는 「살 수 업서 방랑의 길로」라는 예전의 생각을 버리고 ① 가장 진지한 태도로 「우리가 살든 땅을 도로 차저 간다」는 심리상 시정을 바라는 바임니다. 그리고 ② 朝鮮 재벌에 원하는 것은 금후는 될 수 잇는대로 투자하라는 것을 권하고 십습니다. 의무로라도 투자를 하라는 것이 나의 주장임니다.
> 李晟煥 더구나 우리가 滿洲로 진출하기를 권하는 의미는 ① 지대가 광활하고 도처에 옥토가 잇스며, 200년 간을 시비치 안터래도 좃타는 지질학자의 명언도 잇는만큼, 우리는 노력만 제공하면 이 天賦의 부원개발이 가능한만큼 또 더구나 인구의 분포 상태로 보아 ② 朝鮮 내에서만 跼蹐하지 말고, 광활한 신개척지로 나아가 살아 보는 것도 근대 신인의 할 바라고 봅니다. 또 ① 소작 제도로 보아

---

28) 공진항은 기업가인 동시에 고려시보를 발행하고 조선일보 취체역(이사)을 역임하였던 인물이고 이성환 「먼저 農民부터 解放하자」(『개벽』 제32호, 1923. 2.) 등 농촌 관련 글을 많이 썼던 인물이다.

서 南滿은 4대 6, 北滿은 3대 70이니, 지주와 소작인의 비율로 보더래도 朝鮮보다 유리한 처지요, 역사적으로도 앗까 말한 바와가티 ① 고토와 달음 업슴으로 이에 착목할 것인데, 다만 문제는 치안이라고 하나, 이것도 집단적(間島와 가티)으로 살게되면 해결 될 것이니 이런 의미에 잇서서 나는 間島 延長主義를 제창하는 바이외다. 즉 우리는 滿洲의 흙덩이와, 우리 살(肉)과 반죽이 되어야 한다는 친밀을 가짐이 가장 간절한 문제인 줄 암니다(132면, 밑줄 – 인용자).

밑줄 친 부분의 ①과 ②는 각각 만주의 장점을 강조하고 만주 이주와 투자를 독려하는 부분이다. 두 인물 모두 적극적으로 만주는 우리의 고토, 광활한 옥토, 소작제도의 유리함 등 장점이 많은 곳임을 이야기한다. 이성환과 공진항은 이 글에서 고옥의 "대문 우에 붓터 잇는 용, 호, 의 그림", "만족은 그것이 무엇에 쓰는 것인 줄도 몰으고 그대로 흙속에 던저 둔" 돌절구, "가옥제도, 침방, 긔타 습관이 우리 동포의 그것과 조곰도 틀임이 업"어 우리 선조들의 땅임을 알 수 있는 만주의 친숙성을 강조하고 있다. 아울러 조선인들은 조선이라는 땅덩어리를 벗어나 호연지기를 누리며 사는 것이 어떠냐며 권유한다. 조선을 벗어나 표박할 것을 추천하던 이전 좌담의 이광수와도 비슷한 맥락이다.

돈 버는 방법에 대하여 공진항은 조선 재벌들은 '의무로라도' 투자를 할 것을 강조한다.

李晟煥 이것에 대하야 말하라는 전제로 먼저 우리는 두가지를 생각할 필요가 잇습니다. 즉 치안 문제인데 제1은 匪賊 문제와, 제2는 日蘇 전쟁 그것입니다. 그런데 匪賊 문제 지금 日滿 관계로 보아 문제가 되지 안코 제2는 이것 역시 다소의 지역적 분쟁은 잇슬지 몰라도 蘇聯 현하 정세로 보아 문제 삼을 것이 업슬 것 갓습니다. 그럼으로 투자 관계의 「열쇠」는 이 두 문제인데 이것이 문제가 되지 안흐면 우리는 투자에, 그다지 겁낼 것이 업습니다. 그럼으로 나는 자본

동태로 보든지 또는 지금의 북만 사정으로 보든지 <u>지금 건너가야 할 것으로 봄</u><u>니다. 지금이 가장 진출하기에 편리한 가능성을 다분이 가지고 잇나 봅니다. 토</u><u>지를 사 가지면, 當年에 그 자본을 빼낼 수 잇습니다. 즉 당년 수확을 가지고</u><u>土價를 빼내고 제 2년 채부터는 수익으로 볼 수가 잇습니다.</u> 그만큼 유리하기때문에 투자열이 고취되는 터입니다.

孔鎭恒 내가 <u>토지를 재작년에서 사서 지금 北滿에서 경영하고 또 이어 매수하</u><u>엿는데 개간한 것은 그 당년에 그 토지 수입으로 지금을 건것고 작년에는 다소</u><u>水敗를 보앗스나 상당한 수익을 보앗습니다</u>(134면, 밑줄과 번호 – 인용자).

이들은 만주의 치안이 문제될 것 없다고 하며[29] 투자한 해에 바로 이익을 챙길 수 잇으므로 바로 지금 투자할 것을 강조한다. "투자할 때는 잇 때인 줄 압니다."(135면) "투자가로 보더래도 朝鮮 사람의 투자할 시기는 잇때이라고 봅니다. 좀 더 잇서서 치안이 완전히 해소 되엇다는 소문만 잇으면 大阪, 東京 등지 대재벌이 진출하면 우리는 그때 진출하재도 불가능하고 또 이익이 업슬 것입니다."(137면) 이라고 계속 강조하여 바로 지금 하지 않으면 안 될 듯이 부추기고 있다.

이런 식으로 두 사람만 대화하자 김동환이 옆의 다른 사람들을 채근하고 화북산업주식회사장인 김우금이 말문을 연다.

金友琴 (전략) 이 일대에 잇는 朝鮮 사람은 사변 이전에 벌건 주먹으로 들어가서 주거한 사람인데 그런데 20만 원 가진 사람이 7명이나 잇고 20년 이상 주거한 사람은 거의 만원 이상은 모다 가지고 잇습니다. 그래서 우리는 「그 나라돈으로 우리 사업을 하자」는 뜻으로 50만원을 거출하야 華北産業株式會社를 창설하야 10년 계획으로 농업을 경영하고저 하야 우선 100호 이민을 하랴고

---

29) 여기에서 이성환과 김우금은 권총의 위협(경비의 삼엄함으로 인한)을 두 번씩 만나서 "滿洲를 가면 밤늦게 외출을 아니한다." "하마터면 꼭 죽을 것인데 천행으로 살어낫다"(142~143면)고 하여 앞에서의 좌담 내용과 대치되는 진술을 하고 있다.

합니다. 이 華北기후는 全羅道 기후와 근사한데 大幸山이 남북으로 박혀있서 가장 온화합니다. 그래서 나는 華北이민이 가장 우리로서는 적당하다고 봅니다. (중략) 이론과 실제는 다릅니다. 우리는 <u>의지만 튼튼하고 실천성이 풍부한 사람이면 기술이 업고 무식하여도 돈 모흘 수 잇스니 華北이 조타고 생각합니다. 아편을 팔고 요리업을 하여 돈을 모흔다고 불순한 것은 아닙니다. 우리가 청렴하고 그런 업을 아니한다고 그곳에 그것이 성행되지 안는 것은 아니니까,</u> 이러케 하야 돈을 모아 가지고 내 돈 업는 우리 동포가 사업을 하는 것이 그를 것이 업슬 것으로 압니다(135면, 밑줄 - 인용자).

그는 두 가지 주장을 펴고 있다. 하나는 그곳에서 자수성가한 사람들이 돈을 모아 사업을 하자는 것이고 다른 하나는 돈을 벌기 위해 화북 이민이 유리하다는 것이다. 문제는 김우금의 배금주의적 태도가 매우 비논리적 근거에 기초한다는 것이다. 뒤에 김정형이 "과거 우리 동포가 아편매매를 할 때에 과실도 잇섯지만 그것을 憑藉하여서 藥種商 허가를 아니해 준다는 것은, 너머 지나치는 일"이라고 말하는 것으로 아편업이 당시에도 중대 범죄였음을 알게 한다. 그럼에도 김우금은 우리가 안 한다고 하여 아편업이나 요리업이 없어지지 않을 것이므로 우리가 만주로 가서 서둘러 하여 돈을 벌자고 하는데, 이는 수단은 상관없다는 물신주의적 사고를 보여 주는 동시에 범죄라도 합리화하는 논리상 오류를 보여 준다.

다음으로 김동환은 계획이민과 자유이민, 남북만과 화북 어느 쪽으로의 이민이 좋은가 의견을 묻는다. 그러자 여태 입을 다물고 있던 조선일보사외보부장인 홍양명이 자유이민은 생존경쟁력이 낮고 계획이민은 두호를 받지만 실패라며 이민 자체에 대하여 문제를 제기한다. 이성환은 홍양명의 이와 같은 의견에 동의하면서 계획이민의 실패의 원인을 다음과 같이 분석한다.

李晟煥 (전략)그 원인은 거기에 속한 이민은 아조 農隷化되기 때문이니 즉 잇 때까지 그녀들의 계획하여 온 것을 보면 빠른 기간에 자작농을 맨드러 주어써 토지에 애착심을 갓게 하면 조흘 것을. 그 농민 심리를 무시하고 공연히 장기간을 두고 농자 기타를 대어주나 이것을 통솔 감독하는 비용 더구나 그 회사간부 급의 비용만 적극적으로 증가됨으로 정작 농민에게로 갈 이득까지 말살되기 때문에 실패로 들어간 것이다. 지금 새로 설립하기로 된 朝滿拓殖會社가 어떠한 획책으로 나아갈지는 모르나 전철을 다시 밟는다면 이것 역시 실패이겠지오. 그럼으로 우리로 말하라면, 자유이민을 권하여 그 노비 혹은 기타 자금을 보조하여 주어 구석구석으로 숨여 들어가도록 지도 장려함이 조흘 것이라고 봅니다 (137면, 밑줄 – 인용자).

이성환은 계획이민이 농민을 노예화한다고 문제 제기하면서 자유이민을 권유하고 이주민들이 만주의 구석으로 스며 들어가 땅을 차지하라고 권유한다. 그런데 이는 지배이데올로기와 다소 상치되는 부분이다. 특히 일제의 통치가 미치기 어려운 구석으로 가는 것을 부정하였던 이광수의 논리와 대치된다.

다음으로 이들은 만주국 정부, 관동군, 각 이민주관처, 조선총독부 등 위정당국에 대한 요구사항을 이야기하게 된다.

孔鎭恒 – 토지소유권 제한을 풀어 달라.
李晟煥 – 차별대우를 철폐하고 이민 후 관리대책을 밝히라.
金友琴 – 국적 문제 해결하라.
金正炯 – 약재상을 허가해 달라.

그러자 앞서 이민 자체를 문제 삼았던 홍양명은 이 요구에 다음과 같이 반응한다.

洪陽明 그 방침을 세우는데 자기들의 입장만 좃토록 하지 말고, 재유 우리 동

포나, 朝鮮내지에 잇는 우리 동포들의 진정한 부르지짐, 그것을 잘 斟酌하여서 방침을 세워주는 것이 가장 필요한데, 원 그럴지가 문제죠(139면).

이는 일제가 자신들의 입장에서 조선에 대한 방침을 세우는 데 대한 불만 표현인 셈이다. 여기에서 홍양명만 이런 식의 문제 제기를 할 뿐 대부분은 국책을 지지하는 논조를 보인다.

김동환은 「재만동포 문제 좌담회」의 좌담 초입에서 "주위의 사정이 잇서 하고 십흔 말씀을 다 할 수 업는 점"이 있으리라는 것을 전제하고 나중에 '記者附記' 부분에서는 "이번 좌담회에선 정치적 시사적 사실은 전부 빼엿"(51면)다고 이야기한다. 이런 부분은 좌담에도 검열이 존재했음을 보여 준다. 그런데 이 상황에서 이광수와 김형원이 하고 싶은 그러나 검열 때문에 하기 어려운 말이 과연 있었을까는 의문이다. 이광수나 전향한 김형원이 반체제적 발언을 하였으리라 보기는 어렵기 때문이다. 김동환은 출판인으로서 대단한 수완으로 다른 잡지들이 폐간되는 상황에서 300면 가까운 양의 잡지를 발행하고 있다. 독자 대중의 취미에 맞고 또 시류에 영합하는 글을 게재하여 『삼천리』의 인기를 이끈 당사자이다. 그렇다면 그는 당시 많은 독자들의 관심을 끌기 위하여 트릭을 부리고 있을 수도 있다. 앞서 살펴본 『동광』 좌담식 표현, 검열 의식한 표현을 일부러 하고 있을 수도 있다는 것이다. 다음 「滿洲가서 돈 벌나면?, 諸 權威 모혀 圓卓會 열다」에서도 이상한 점이 발견된다. 참석자 중 만몽일보 경성지국장 장영순은 한마디 언급도 없다. 김동환은 참석자가 이야기를 하지 않으면 채근하여 말을 하게 하는 인물이다. 『만몽일보』의 경성지국장쯤 되는 이가 만주에서의 성공 비결에 대해 아무 말도 하지 않을 수 있을까? 그렇다면 그는 자리에 없을 수도 있다. 「재만동포 문제 좌담회」에서 불참자 송진우는 앞에 밝혀져 있는데 그렇다면 장영순의 부재는 왜 언급하지 않았을까. 장영순은 글이나 다른 좌담회에서도 별로 보이지 않는 인물이다. 부재하거나 좌담에 관여하지 않은 인물 장영순을 굳이 적음으로써 『삼천리』는 국책지인 『만몽일보』와의 친밀도를 강조하고 잡지의 성격을 명시하고 있는 것이다.

결론: 조선의 좌담회, 표면과 이면

　　　　조선의 지식인들은 난생 처음 만나는 공적 자리에서 자유로이 말하는 토론의 장에 흥미를 보였다. 그런데 우리의 근대매체에 실린 공적 말하기로서의 토론은 좌담회의 형식이 대부분이었다. 이는 좌담회가 적극적 의사표현인 논쟁을 필수로 하지는 않으며 일반인에게 주제를 환기시키는 정도의 자유스런 의사소통 방식이었기 때문이었다. 서재필이 조선인에게 가르치고 싶어 했던 토론이 논리적이고 적극적인 의사표현으로 주체의 각성을 전제로 하는 양식이라면, 좌담은 반드시 논쟁이 없어도, 적극적인 표현이 아니어도 되는 것이었다. 황국신민화 교육이 목표하는 바는 피식민지 인들의 적극적 자기각성의 말하기가 아니었고 감시하고 규율할 근거로서의 말하기 정도면 족했다. 당시 매체를 통한 좌담회 개최와 게재가 고양된 이유는 바로 그 때문이다. 그런가 하면 매체는 지배이데올로기의 검열을 의식하면서 좌담회를 게재했다. 검열은 매체의 존폐와 직결되는 문제가 되므로 이에 매체는 자유롭지 못했다.

좌담회는 할 수 있는 말과 그렇지 못한 말을 구분하고 식민지 백성임을 신체에 각인하는 장이 되었다. 결국 지배이데올로기는 지식인 규율을 위한 수단으로, 매체는 지배이데올로기에 영합함을 보여 주기 위한 방편으로 좌담회를 사용하였던 것이다.

만주 관련 좌담회 중 『동광』과 『별건곤』의 것에 비해 『삼천리』에서는 국책적인 내용을 많이 다루고 있었다. 좌담회를 가장 빈번히 개최한 것도 『삼천리』이었다. 좌담회란 참석자에게 지급되는 비용, 장소 등 여러 가지 면에서 어느 정도의 물적 토대를 전제로 할 수밖에 없다. 『삼천리』의 김동환은 거의 모든 좌담에 참여하여 주제를 흐트러지지 않게 집약적으로 이끌고 참석자의 고른 참여를 독려하는 등 사회자로서의 뛰어난 수완을 발휘한다. 그렇다면 수완가 김동환은 좌담을 통해 당시 근대매체가 해야 하는 것이 무엇인가를 파악하고 자유스런 말하기라는 좌담의 특성을 살려 지배이데올로기에 봉사하게 되었을 것이라는 추론이 가능하다. 『삼천리』 좌담회의 1/3이 만주 관련 담론을 다루고 있다는 것은 이러한 관점에서 설명될 수 있다. 『삼천리』는 만주 관련 좌담회를 통하여 만주에 대한 정보를 원하는 독자의 요구를 수용하는 동시에 지배이데올로기를 홍보하고 선전하면서 친일 잡지로서의 역할을 본격화하기 시작하였다고 볼 수 있다.

격동의 시대와 문학

한국전쟁기 인간의 재발견 문제
– 삶의 정당성으로서의 휴머니즘

서론: 휴머니즘과 한국문학

우리가 휴머니즘을 거론할 때 그것은 기본적으로 인간성의 해방과 옹호를 이상으로 하는 사상 또는 심적 태도를 의미한다. 이는 인간과 인간성을 존중하는 것을 본질로 하여, 인간을 억압·구속함으로써 인간성을 말살시키려는 모든 장애로부터 인간을 해방시키려는 것이며 사실상 인류역사상 어느 시대, 어느 곳에서든 다양한 형태로 존재해 왔다고 할 수 있다. 일례로 동양사상에서 유교의 '인'이나 우리나라의 '홍익인간', '인내천' 등이 그에 입각한 사상들이라고 할 수 있는 것이다.

백철은 「현대비극과 휴머니즘」에서, 현대의 비극적인 역사는 2차에 걸친 세계대전과 20세기를 풍미하는 불안·불행의식에 기인하는 것이며 누적한 기계의 무게에 눌려 신음한 상태에 다름 아닌 것이라고 정확히 지적한 바 있다. 그리고 이러한 현대의 비극성이 문학에 반영된 것이 비트제너레이션, 실존주의 문학, 안티노벨까지 포함하는 의미에서의 니힐리즘과 미학적 형식주의이며 휴머니즘의 새로운 현상이라 할 네오휴머니즘이라고 하였다. 그에 의하면, 현대의 비극상은 "現代라는 기계문명의 역사가 인간을 배신한 때문에 야기된 현상"이기에 "필연적으로 현대의 文藝思潮는 그 背信된 기계문명에 대한 眞摯한 인간적인 반응과 克服의 思潮"이어야 하는 것이고, 그렇기 때문에 현대문학은 보다 더 일반적으로 그 휴머니즘의 선에서 움직여 왔다. 이때 백철이 주목하는 휴머니즘은 현대적인 휴머니즘 가운데에서도 니체, 사르트르류의 실존주의적 휴머니즘이라 할 수 있다. 니힐리즘과 데카당티즘과는 구별될, 건전한 성질의 것으로 인간 신뢰의 태도, 남을 위한 희생의 정신, 부정한 현실조건에 대한 분노의 정신 등을 함축한 사르트르와 까뮈의 휴머니즘, 그러면서도 동양적인 인과 인내천, 홍익인간과 깊숙이 연관되는 휴머니즘을 그는 주장하고 있는 것이다. 그에 의하면, 한국의 50년대 젊은 작가들의 작품에 주제적인 면에서 유일한 공통성은 "人間 信賴 人間 相互의 동정과 理解를 비극의 밑받침으로 하는" 휴머니즘이며, 이 휴머니즘의 등장이 전후의 우리 문학을 성장시키는 역할을 하는 것이다. 백철은 이 휴머니즘이야말로 우리 작가들이 "처음으로 자기의 것을 쓰고 있는" 것이라고 하면서 보다 많은 시인과 작가가 참여하기를 권장할 만큼 한국문학에 있어서 휴머니즘의 의미를 주목하고 있다.[1] 그러나 휴머니즘은 가치적인 고매함에도 불구하고 개념의 추상성, 현실에서의 애매함, 다양함 등으로 인해 추상화되고 오히려 사회적

---

1) 「현대 비극과 휴머니즘」, 자유문학, 1960. 2, 12~16면 참고.

모순을 은폐하는 지배이데올로기가 되어 현실을 왜곡할 위험이 있다. 이는 우리가 문학 속에 구현된 휴머니즘을 연구하는 경우 조심히 다루지 않으면 안 되도록 만든다. 전후 작가 추식이 구현하는 휴머니즘은 어떠한 성질의 것인가.

전쟁문학은 흔히 "전쟁을 소재나 직접적인 배경으로 삼은 것"과 "세계대전 직후의 문학적 풍토, 흔히 아프레게르, 앵그리 영맨, 비트 제너레이션, 질주족, 47그룹의 문학 등의 전후문학적 분위기와의 관련을 연상시키는 일면을 포함하는 것"으로 나누어 볼 수 있다.2) 이는 전시문학과 전후문학이라는 용어로도 나타낼 수 있다. 전자가 작전지역에서 적과 전투를 벌이는 모습이라든가 적과의 우연한 조우, 피난생활의 빈곤과 어려움, 부역자 그리고 포로생활 등의 이야기를 그리는 것이라면, 후자는 전쟁으로 인한 후유증의 문제에 파고드는 것이다. 우리나라 1950년대를 얼룩지게 했던 한국전쟁은 전후방이 따로 없고 전투종사자나 민간인의 구별이 따로 없는 현대전의 진면목을 알 수 있는 전쟁이었다.3) 그렇기 때문에 한국전쟁은 보다 폭넓은 전쟁 후유증을 야기할 수밖에 없었던 것이다. 따라서 전쟁이 끝난 자리인 후방의 후일담이 주를 이루고 전후의 상황과 부조리에서 온 허무주의와 불안, 심층심리에 정신적 외상을 근간으로 한 상흔의 기록이 된다.4)

전후 한국소설 속의 정신적 상흔의 일례가 그려지는 것이 부친의

---

2) 김만수, 「1950년대 소설에 나타난 한국전쟁의 형상화 방식」, 『한국전후문학의 형성과 전개』, 태학사, 1993, 160면 참조.

3) 위의 책, 161면 참고.

4) 이런 점에서 한국의 전쟁문학은 대개 전후문학이라고 하는 것이 타당하다(신경득, 『한국전후소설 연구』, 일지사, 1983, 7~9면 참조).

부재현상이다. 일제하의 문학에서 빈번히 나타나던 고아의식은 해방 후 다시 한 번 맞이한 민족 전반의 총체적 혼란기에 역시 이어지게 되어 전후의 한국소설 속에는 한 집안의 정신적 가장으로서의 부가 부재하는 것이다. 이것은 지나치게 어머니에게 고착하는 이른바 '어머니 콤플렉스'로 나타난다.

> 한국 전후작가가 지나치게 어머니에게 固着하는 현상은 결코 바람직한 것이 못 된다. 왜냐하면 소외의 극복이 휴머니즘과 과학정신이며 또한 아버지의 발견은 합리적 사고의 결과이며, 그것이 전후소설에 영향을 주었을 경우, 새로운 삶의 빛이 되겠기 때문이다. 이러한 정신을 상실할 때, 이것은 극복하기 힘든 疏外現象이 성립된다. 그래서 소설의 주인공들은 자신이나 意識靑年을 불문하고, 조용히 살고 싶다는 靜寂主義에 安住함으로써, 愚衆들의 愚行을 연출하게 된다. 이것도 도피의 메커니즘이다.[5]

곧 전후소설의 경우 작가가 입은 수많은 정신적 상흔 때문에 또는 그 외상이 깊으면 깊을수록 작가가 창조한 주인공들은 종종 정적주의와 허무주의에 침몰하게 된다는 것이다. 이러한 비인간적 상황에서 야기되는 인간소외의 문제는 무조건적인 도피보다는 극복할 방법을 모색하고 합리적인 사고를 찾는 것이 필요할 것이다. 전쟁문학이 전쟁을 소재로 하는 소재적인 차원에서 벗어나 전쟁을 통하여 전쟁의 비정함, 잔인함을 고발하고 그에서 다시 한 걸음 더 나아가 인간 존중의 휴머니즘의 전통에 접맥될 때 의의를 갖는 것은 바로 그 때문이다. 휴머니즘이 문학에서 의미를 갖게 되는 것은 휴머니즘 자체가 아니라 그것이 진정한 리얼리즘문학을 위한 하나의 내적 계기가 될 때이기 때문이다.[6]

---

5) 위의 책, 242면.

전후 시기 작가 추식의 주된 관심
– 삶의 정당성으로서의 휴머니즘

1950년대는 한국문학

사에서 매우 중요한 시기이다. 우리 민족의 발전적 전환점인 광복을 맞아 악몽의 식민지 상태를 벗어나 식민 이전의 상태로 – 설령 그것이 완전할 수는 없다 하더라도 – 환원하기 위하여 몸부림쳐야만 했다. 의식적으로라도 과거와 당시를 이어, 단절된 것으로만 느껴졌던 우리의 전통도 면면히 이어 가야 했고 민족사의 정통성이라는 당면 과제를 풀어 나가야만 했던 것이다. 그것만도 버거운 민족에게 다시 닥친 또 하나의 문제는 바로 역사상 미증유의 불행 곧 민족상잔인 한국전쟁의 발발이다. 이렇듯 당시의 문학을 압도하는 비문학적 요소 – 그것이 이념의 문제든 민족이라는 문제든 – 들로 인하여, 그 위에 바야흐로 자라기 시작한 한국문학이라는 나무는 자기 뿌리를 굳히기조차 힘겨워하지 않을 수 없었다. 그러나 시대를 풀어 나가는 열쇠의 역할을 해야 하는 문학으로서 당시라는 시대를 아파하고 외면하고 있을 수만은 없었다. 어쩌면 그것이 바로 전후문학의 생존 이유이며 배경일 수도 있는데, 한국 전후문학은 한국전쟁이 갖는 역사적 특수성으로 인하여 더욱 특별한 성격을 띠게 되었던 것이다.

---

6) 한수영, 「1950년대 한국소설 연구」, 한국문학연구회 편, 『1950년대 남북한 문학』, 평민사, 1991, 67면 참조.

1) 추식의 전기적 고찰[7)]

전후작가 가운데에서도 추식은 가장 정리, 연구가 안 된 작가 가운데 한 사람이다. 여기저기 부분적으로 산재한 기록들이 있을 뿐, 그의 자세한 학력이나 경력 등은 거의 알려져 있지 않다. 산재한 기록들을 토대로 작가 추식의 면모를 정리해 보면 다음과 같다.

추식은 1920년 9월 9일 청주에서 부 추팔봉, 모 김갑연 사이에서 4남매 중 장남으로 태어났다. 본명은 추성춘으로 조선 총독부와 도청 등에서 근무한 일이 있고 연극에 심취하여 이동극단까지 조직하기도 했으며, 교편생활과 공장 일, 독립신문ㆍ호서신문ㆍ중도일보ㆍ연합신문 등에서 신문기자 등의 일을 했었다. 홍익대학 문학부를 졸업(1951)한 후, 1955년과 1956년 현대문학에 「부랑아」와 「모오든 나는 오라」가 추천되면서 문단에 등단한 추식은 1957년 「인간제대」로 한국문학가협회의 제3회 문학상을 수상했다. 문학에 대한 그의 작가적 태도는 그의 단편집 말미의 글 「제1차 재산 정리」[8)]에서 볼 수 있다.

① 文學은 나의 伴侶다. 아니 나는 文學의 그늘 밑에서 살아야만 될 것으로 안다. 文學은 나의 脫出口이기도 하다. 窒息을 免해 주기 때문이다.

② 정상적으로 뻗었다면은 山林技師가 되어 있어야 할 사람이다. 소위 朝鮮總督府官吏에서 無名劇團 俳優가 되면서부터 나는 文學을 해야겠다는 생각을 가졌었다. 演劇俳優가 마땅찮아 訓長질을 始作했지만 그 亦 天職으로

---

7) 이에 관해서는 전집의 뒷부분에 정리해 놓은 것과 권영민의 『현대한국문인연구』(민음사 간)를 크게 참고함.

8) 추식 『인간제대』, 일신사, 1958, 263~264면.

삼을 것이 못되어 外地로 放浪하다가 手織工場을 차려 보았다. 나의 先親은 農事가 싫어서 精米所를 차렸었고 그것이 안 되어 蓋瓦工場으로 돈을 벌었고, 끝장에는 1933년식 「빅크」自家用으로 家山을 蕩盡한 다음에는 아무것도 없었다. 나는 할짓 다하면서도 「小說家」라는 일꺼리는 남겨 두었었기 때문에 참 多幸한 일이다.

③ 나는 演劇俳優니 訓長이니 手織工場長 新聞記者 따위의 여러 「秋湜君」을 한데 모아 놓고 한바탕 웃었다. 그리고 「이제는 우리가 올 데까지 온 모양이니 딴짓은 하지 말자」고 相議했다.(……)또 하나의 秋湜은 新聞記者질을 하지만 오래잖아 돌아올 것이다.

①에서는 전후의 숨 막히는 상황에서 그 돌파구로 문학을 하게 되었다는 데에서, 추식이 작가가 된 것은 대안 없는 자구책에 다름 아니었음을 잘 알 수 있다. 여기에서 추식의 전후작가로서의 요소가 증명된다. ②는 추식의 이력이 자신의 고백을 통해 정리되는 부분이다. 추식은 여러 가지 일을 편력한 끝에 가산을 탕진하여 모든 것을 다 잃게 되는데 그 이후 최종적으로 소설가로 복귀하면서 잃을 수 없는 직업이 있다는 것에 안도하고 있다. 그리고 ③과 같이 결심하고 있다. '딴짓은 하지 말자'고. 신문기자라는 직업마저도 추식에게는 소설가라는 직업을 위해 포기할 수 있는 것이다. 그에게 있어 소설을 쓴다는 것은 질식할 듯한 삶을 극복하는 방법이기도 하면서 여러 가지 삶의 방편 위에 있는 절체절명의 문제였던 것이다.

데뷔 이래 추식은 6~7년간의 사이에 19편의 단편을 비롯하여 세 편의 장편을 남기는 왕성한 활동을 하였다. 이 시기가 우리 문학사에 있어서 미증유의 아픔을 겪고 난 시기였으며 그것의 문학화가 매우 중요한 시기였다는 것을 고려해 볼 때 이 시기에 유독 왕성하게 활동을 한 그는 중요한 의미역을 갖는다. 추식이 1950년대에 비해서 다른 시기에는 활동이 뜸하다는 것은 그가 그 시기에만은 펜을 놓을 수 없었음을, 글을 쓰지 않고는 살 수 없는 절대적 상황임을 인식하고 있었음을 잘 보여 준다. 그러므로 전후문학을 거론할 때 추식의 문학은 제외될 수 없는 중요함을 가지고 있다. 전쟁을 소재나 주제로 뚜렷하게 부각시키고 있지도 않고 전쟁을 넘어서는 새로운 영웅의 출현 등을 모색하는 고전적 전쟁소설과는 달리, 전쟁의 후유증과 그로 인한 인간 생존의 비인간성 그리고 인간 본연의 자세에의 희구 등을 그리는 면에서 추식은 탁월한 문학적 재능을 보이고 있다고 할 수 있다.

그러나 기이하게도 추식의 소설은 문학사에서 제대로 조명을 받지 못하고 있다. 작품 수가 적고 본격적인 활동 시기가 짧기는 하지만 그 작품의 문학성과 문제성을 짚어 본다면 결코 간과하여도 좋은 것이 아니다. 그런데도 그에 관한 연구는 1950년대라는 시대의 광범위한 연구 가운데 「인간제대」가 간헐적으로 거론되거나 50년대 활동한 문인을 나열하는 가운데 그의 이름 두 글자가 오르내리는 것이 고작이다. 그것은 그가 50년대 이후에 상업주의 문학에 봉사했었기 때문에 아카데미즘적 결벽성으로는 꺼리게 만든다는 사실과도 어느 정도 연관이 있으리라 본다.

2) 작품의 경향

추식은 1955년 6월부터 1962년 「가시내선생」까지의 6, 7년 사이의 시기에 단편 20편과 장편 4편을 남기고 있다. 전후 시기에 그가 집중적으로 작품 활동을 하였다는 사실만으로도 그가 전쟁문학, 전후문학과 떼어 놓고 생각할 수 없는 작가라는 사실이 뚜렷해진다. 장편소설의 경우는 추식 특유의 인기작가적 요소로 통속소설적 요소를 가지는 부분이 많다. 시점 면에서 보면 일인칭과 전지적 작가 시점이 주로 쓰이고 있으며 삼인칭 시점을 쓰는 경우에는 주 화자가 바라본 타인의 이야기가 대부분이다.

1960년대 이후의 창작 활동을 보면, 단편은 「온선생」(『현대문학』 1964. 6), 「다락 속의 서노인」(『현대문학』 1965. 1), 「합의서」(『현대문학』 1966. 1), 「나용전」(『현대문학』 1970. 2), 「과막여설」(월간문학 1970. 2), 「잡초」(『현대문학』 1979. 7), 「무골충」(『문학사상』 1980. 9.) 등이고 장편은 『봄눈이 녹듯이』(1962), 『오팔청춘』(1964), 『미완성부대』(1964), 『사랑은 열 두 고개』(1965), 『인간입대』(1965), 『언덕 위의 저 목장』(1976) 등이 있어 50년대에 비하면 왕성하지 못한 것을 알 수 있다. 그리고 그가 장편소설 속에서 통속소설적인 요소를 보인다는 것과 한국문학에서 흔히 단편이 순수문학으로 인정된다는 사실[9]을 염두에 둔다면 60년대 이후 장편에 치우친 그의 문학적 행보가 그를 통속소설 작가로 보이게 할 수 있었다. 그는 사실 이 시기에 상업주의 문학이라 할 방송극본과 시나리오를 많이 쓰고 있다.

초기소설이라 할 50년대 소설이 추식으로서는 문학의 본령에 해당

---

9) 한국문학사의 특수성으로 인해 한국문학의 순수문학적 본령은 장편소설이 아닌 단편소설에 놓인다. 1920년대의 한국문단은 동인지나 잡지를 통하여 단편이 많이 발표되었고 반면 당시의 장편소설은 신문 연재로써만 발표되었는데 신문 연재소설이란 대중의 인기에 영합하려는 성향으로 통속소설과 동일시되곤 하였기 때문에 장편소설=통속소설이 공식처럼 간주되었던 것이 사실이며 이러한 경향은 1960년대까지 한국 문단을 지배해 왔다(졸저, 『한국 현대소설의 인물묘사 방법론』, 도서출판 박이정, 16면 참조).

하는 것이며 그것이 초지일관하게 휴머니즘을 다루고 있다는 것을 감안하여, 그의 1950년대 소설을 고찰함으로써 1950년대 한국 전후 소설에 나타난 휴머니즘의 구체적 양상을 살펴보는 데 목적을 두고 있다.

▌추식의 전후소설
▌- 휴머니즘 모색의 몸부림

추식에 관한 본격적인 연구는 거의 없다고 하여도 과언이 아니다. 몇몇 평론가들에 의하여 단편적으로 이야기될 뿐이다. 그 가운데 몇 가지를 추려 보면, 추식은 '인간성의 추구'와 함께 '선량한 휴머니티의 옹호'의 작가[10]이고, '인간답고자 하는 서민이 좌절하는 과정' 곧 인간의 모습을 상실하고도 목숨을 이어 가게 되는 문학 속의 인물들을 통하여 '인간조건의 탐구'와 '휴머니즘의 모색'을 넘어서 '항변과 휴머니티를 발견'하게 하는 작가[11]라는 것 등이다. 김동리는 그가 호평을 받게 된 이유에 관해 '작품에 내포된 작자의 극한의식' 때문이라고 하면서 이것이 그의 작품에 공통된 요소로서 그의 작품세계의 본질을 이루고 있는 것이라고 하였다.[12] 이는 극한 상황에서의 생존 방식과 인간애의 희구라는 말이니 그도 위의 논자들과 견해를 같이하고 있음을 알 수 있는 것이다. 추식에 관하여 언급하고 있는 이들은 추식의 소설 속

---

10) 구창환, 비인간사회의 인간성 추구, 추식 · 박경수, 『한국문학 전집24』, 삼성당, 1988, 546면 참고.

11) 김영기, 「선량한 인간 탐구의 미학」, 『현대 한국 단편문학17』, 금성출판사, 1984, 332~337면 참고.

12) 김동리, 「인간제대에 寄함」, 단편집 『인간제대』(일신사, 1958), 서문.

에 일관되게 제기되고 있는 휴머니즘의 문제에 주목하고 있음을 알 수 있다. 당시 휴머니즘의 의미는 사람이 사람으로서 살아가기 위한 방법 모색에 다름 아니었음을 생각해 볼 때, 작가 추식이 삶에 얼마나 충실한 작가였는지를 알 수 있다.

추식 소설 속의 휴머니즘은 크게 두 가지 경향으로 나누어 고찰해 볼 수 있다. 주인공이 미성년자로 설정되고 있는 경우와 성인의 주인공을 등장시키는 경우가 그것인데 각기 비인간적인 삶을 강요하는 전후의 환경하에서 굴절되어 가는 인간 군상들의 모습과 인간 존재의 근본 문제를 조금은 다른 시각에서, 다른 방법으로 타진하고 있는 것을 보게 된다.

1) 미성숙한 아이들과 역설적 휴머니즘

추식 소설의 한 특징을 이루는 것은 성인이 아닌 주인공을 설정하여 그 안에서 역설적으로 휴머니즘을 강조하는 것이다. 그것은 「부랑아」, 「기적궁」, 「죄」, 「꽃제비」, 「통로」 등의 작품에서 찾아볼 수 있다.

(1) 뒤틀린 인간성, 휴머니즘의 무정부상태의 경고 – 「죄」

「죄」(『사상계』 58호. 1958. 5.)의 경우를 보면, 「죄」의 '나'는 자신의 죄를 전혀 모르는, 도덕적인 면에서 무지의 극치를 이루는 인물이다. 인간 세계에서 사형되어 절대자 앞에 서 있으면서도 '정직한 나'를 운운하고 있다. '나'는 책을 훔친 일이 있는데다 자살한 친구

철균의 여자인 진숙과 문제를 일으켜 '절도'와 '풍기문란'이라는 죄명으로 퇴학처분을 선고받았다. 그리고 가출하여 진숙과 살림을 차리고는 학적을 위해 어머니 정부의 돈으로 다른 학교에 들어간 뒤 술을 입에 대기 시작한다. 그 학교에서도 패를 만들어 패싸움을 하고 부인을 윤간하는 등의 일탈 행동을 서슴지 않다가 마침내는 어머니의 정부를 권총협박 끝에 죽여 사형당한다. 「폭행」, 「강탈」, 「난음」, 「아편」, 「폭음」, 「방탕'」 등의 문자로 일반인에게 표현되는 행동을 '우리들의 일상행동'이라고 할 만큼 부도덕적인 '나'는 그것을 '핵전쟁의 예고를 받은 인간들'의 위기의식, 세기말적 종말의식과 연계하며 합리화하고 있다.

'나'의 그릇된 생활태도의 근저에는 부모에 대한 비정상적인 관념이 자리한다. 이름난 기생이었던 어머니는 아버지가 죽자 그전부터 알고 지내던 정부인 은행 지점장과 아무렇지도 않게 새살림을 차린다. 그런 어머니의 모습에서 '나'는 그릇된 이성관과 왜곡된 성관념을 형성하게 된다. 뿐만 아니라 '나'의 아버지에 대한 관념 역시 매우 부정적이다. 일찍 아버지를 여의고 어머니의 정부로서, 말하자면 아버지이면서 아버지가 아닌 사람을 통하여 형성되는 '나'의 부친관은 '나'에게 매우 일그러진 성인관을 형성했다.

> 아버지라는 그이는 내가 하는 말은 죄다 귀찮고 나의 행동은 모두가 그냥 장난으로만 여겼으니까요. 그이와는 무슨 일이고 서로 상의해 본 적이 없었습니다. (……)아버지들에 대한 얘기는 그만둡시다. 자식들의 인격을 정충(精蟲)과 똑같이 생각하는 아버지들(……)13)

---

13) 「죄」, 356면.

이러한 진술을 통해 알 수 있는 것은 '나'가 가지고 있는 부친과의 단절감과 부친 부재의식이다. '나'는 고아가 아니면서 고아의식을 가지고 있음을 알 수 있는 것이다. 자식을 인격으로 생각할 줄 모르는 것이 부모들이라는 인식은 '나'로 하여금 건전한 인간관을 형성하지 못하게끔 한다. 즉 부모에 대한 부정적 인식은 어른 일반에 대한 부정적 관념으로 확대되기에 이르는데 그것은 철저하게 이중적 생활을 하는 P 선생과 K 선생의 모습에서 비롯된다. 결국 '나'에게는 제대로 된 인간관을 심어 줄 어른의 모델이 없음을 알 수 있다. 부모를 비롯한 어른들에게서 올바른 인격을 배우지 못했으며 그들에게서 배운 것처럼 '나' 역시 인격을 무시하므로 '나'는 지식을 사고파는 물건 이상으로 보지 않으며 부친의 위치에 있는 사람에게 아무런 죄의식 없이 총을 들이대고 마침내 살인까지 한다.

어른들에 대한 불신은 그릇된 성관념까지 갖게 만들고 만다. '나'의 성에 대한 관념은 어른들에 대한 반발로 인해 더욱 극단적으로 비뚤어져 있다.

> 생리적인 욕구를 억제시키는 방법과 젊은이들의 성교가 죄가 되는 내력을 우리는 모릅니다. 그것을 알고 싶었지만 그것을 알려고 하는 것조차 죄가 되니 우리는 젊다는 것이 모두가 죄입니까?(……)그 많은 월간 잡지들은 우리를 죄인으로 만들면서 돈벌이를 하고 있지요.14)

이것은 미성년자들의 성에 대한 호기심을 무조건 금기시하는 어른들에 대한 항변이다. 젊은이들이 성교를 해서는 안 되는 이유도 모르는 채, 그 이유를 가르쳐 주지도 않고서 무조건하고 죄악시하는

---

14) 「죄」, 357면.

어른들의 행위와 아울러서 젊은이들에게 불건전한 호기심을 불러일으키면서 돈을 벌고 있는 잡지들까지 비판하고 있는 것이다. 이렇듯 왜곡된 성에 대한 관념은 '나'와 친구들을 「흥정하지 않는 강간」에 흥미를 갖게 만들고 이것은 결국 여인을 윤간하는 행위로 나타난다. '나'는 또다시 '어른들은 돈으로' 흥정하는 것을 흥정하지 않는 방식으로 하는 것일 뿐이라고 매우 당당하게 말하고 있다. 이런 '나'에게 있어 성교는 '환상'이고 술은 그 다음가는 것이다. 술을 먹게 되면서부터 '나'의 생활은 더욱 비이성적이고 파괴적인 면으로만 치닫게 되어 패싸움과 윤간 등은 일상의 수준이 되어 버린다. 그런 '나'는 인간의 죄를 심판하는 신 앞에서 '죄명을 붙일 아무런 요소도 없는 내 육체를 태우게 둔 당신은 무엇입니까?'라고 항변할 만큼 떳떳하다.

인격을 무시하고 인간성을 모르는 주인공은 폭력과 방탕, 살인으로 이어지는 일련의 범법 활동에 대하여 아무런 죄책감을 갖지 못하고 있다. 마땅히 인간으로서 가져야 하는 기본적인 양심과 관념을 소유하지 못하는 인물의 모습은 인간이 인간성을 잃었을 때 얼마만큼 비참한 지경에 이르는지를 역설적으로 보여 준다. 이를 통해 인간성 없는 상황이 얼마나 끔찍한 상황을 만드는가, 휴머니즘의 무정부 상태에 대한 작가의 경고를 알 수 있다.

(2) 한계상황, 통로가 폐쇄된 휴머니즘 - 「통로」

「통로」(『자유문학』 35호. 1960. 2.)는 시간적 배경이 뚜렷이 드러난 몇 안 되는 작품 가운데 하나이다. 공산주의의 선동에 속은 재일교포 북송선 1호(소련 국적의 수송선 238세대 975명)가 일본 신사항을 출발하여 북한에 가게 되는데 이는 일본정부가 한국 측의 어필을 받아들이지 않고 무시한 행동이어서 이에 분노한 반공청년회 회원들이 1959년 12월 14일 일본정부를 규탄하는 시위를 시청 앞에서 벌였다. 이 시위 사건이 이 작품에 명시되어 있는 것이다. 그러니까 사건과 작품의 거리가 3개월 정도로 밀착되어 있음을 알 수 있다.

이 작품의 미성년 주인공인 경식은 누나를 임신하게 만든 강가를 찾아가 수술비 조로 약간의 돈을 얻어 내지만 그 돈을 취직 부탁조로 친구에게 주고 그것이 수포로 돌아가자 또다시 돈을 얻으려고 강가를 찾아가는 길에 데모대에 휩싸인다. 그들을 진압하던 경찰은 경식이 시위의 성격에 맞지 않는 인물이라는 사실만으로 그를 소매치기로 단정하여 버린다. 경식의 유일한 혈육인 누나도 경식을 믿을 생각은 하지 않고 경찰과 마찬가지 시선으로 경식을 '선도'하려고만 할 뿐이다. 나중에 경식이 소매치기배가 아니라는 것이 밝혀지지만 이미 마음에 상처를 입은 경식으로서는 '어떤 길을 어떻게 뚫고 나가야 할지' 모르겠다는 절망감만 더해진다.

> 이길로 나간다면 당장 돈이 필요했고 직장이 갖고 싶고 姜哥를 때려잡아야만 마음이 갈앉을 판이다. (……)두 주먹을 다부지게 쥐어 보는 수밖에 없었다. 주먹을 쥐고 부들부들 떨고만 있을 수는 없었다. 책상을 후려쳤다. (……)경식이는 이상한 발작증을 일으킨 것이다.[15]

살기 위해, 게다가 사생아를 가진 누나를 위해 경식은 돈이 필요하다고 생각한다. 그를 위해서는 직장이 있어야 한다고 생각한다. 그런데 잡힌 몸이 되고 보니 원인 제공자인 강가가 원망스럽다. 그러

---

15) 「통로」, 40～41면.

나 강가를 때려잡고 싶어 하는 것은 사실 엉뚱한 화풀이에 다름 아니다. 물론 자기가 소매치기로 오인되기까지에는 강가와 누나 사이를 오가야만 했던 일이 큰 원인이 되기는 하지만 엄밀히 말해서 강가는 경식의 요구대로 돈을 이미 준 사람이고 보면, 누나와 아무런 상의 없이 낙태를 위한 돈을 받은 경식으로서는 그를 '때려잡을' 만한 명분이 없다. 그가 강가를 원망하는 것은 누나로 하여금 사생아를 갖게 했다는 사실이어야 하지만 그러나 경식은 다짜고짜 낙태를 빌미 삼아 강가로부터 돈을 얻어 내는 데 분주했다. 누이가 낙태를 원하는지, 강가를 찾아가 돈을 받아 와도 좋은지 하는 것을 경식은 알아보았어야 하는데 무조건 돈만을 강가에게 요구하는 행동은 강가와 누이 사이를 더욱 소외시키는 것이다. 경식이 강가에게 받은 돈은 결혼의 가능성이 없는 누나와 태아를 위해 썼어야 했다. 강가는 경식의 누이가 임신한 사실을 알게 되면서 그녀를 만나지 않는 대신 다른 여자와 만나는 무책임한 성격의 사람인 것을 경식은 강가의 사무실에서 확인한 바 있다. 강가에게서 받아 낸 돈을 취직을 위한다는 불확실한 가능성에 투자해 버리고 그것이 물거품이 되자 명목 없이 다시 강가를 찾는 경식의 비굴한 행동은 상황에 대한 무지로 인한 것이다. 경식의 상황 판단 미숙성은 자기를 소매치기로 보는 주위의 시선으로 인해 더욱 강화된다. 그리하여 아무런 대책이 있을 수 없는 공격적이고 파괴적인 행동을 하게 된다. 이런 경식의 태도는 세기말의 젊은이들의 불안의식이 공격적인 행동으로 나타나는 것과 같은 것이다. 당시 한국의 정세는 전쟁이 끝났다고는 하나 사실은 불안정한 휴전 상태이고 사회적으로 보면 내외적으로 복잡다단했었기 때문에 상황 판단력 없고 불확실한 미래에 절망하기 쉬운 젊은 이들은 공격적이고 파괴적인 성향으로 흐르기 쉬웠다. 게다가 가난한 아이들을 무조건 불량시하고 그들의 말은 믿어 보려고도 않는 경찰 담당자들의 태도는 미혼모가 될지도 모르는 누나를 돕기 위해 학교도 그만두고 직장을 구하여 성실히 살아 보려고 노력한 경식의 자존심에 치명적인 상처를 입혔던 것이다. 한 인간이 인간으로 제대로 보이지 않는다는 것, 하물며 누이조차 그 형제를 믿지 못한다는 것은 상호간에 신뢰가 있어야만 살 수 있는 인간 경식으로서는 견디기 힘든 상황이 아닐 수 없고 인간 존재에 대한 짙은 회의까지 수반하게 되는 것이기도 하다. 인간성의 마모, 이것이 당시 사회에 만연된 풍조였을 것이고 작가는 그런 사회에 개탄하고 있으며 그런 현실로부터 탈출구, 통로는 만들어져야 한다고 역설하고 있는 것으로 파악된다. 개인의 인간성이 의심받는 사회, 서로를 신뢰하지 않는 사회는 통로가 막힌 공간과도 같다는 것이 추식의 인식이었던 것이다.

(3) 인간성의 상실 또는 역설적 휴머니즘 - 「기적궁」

「기적궁」(『문학예술』 31호. 1957. 11.)에서 전쟁은 철부지들의 말다툼을 비극으로 연결시켜 버린다. 13세에 봉순은 피난길에 오빠와 말다툼을 하면서 어이없게 가족과 헤어지게 되었다. 그 후로 봉순이는 어린 나이에 온갖 풍상을 겪게 된다.

그 하나는 전쟁 중 무도덕의 상태에서 난음의 기억이다.

> 창배, 윤식이, 경수 그리고 봉순이까지 네 사람이 한 이불 속에서 지낸 일이 옳거니 그르거니 따져 본 일도 없으니까 말이다. 그 무렵에는 별 수가 없었다. (……)저이들끼리 칼부림까지 해 가며 싸우지만 않았다면 지금까지도 그 짓을

하고 있었을는지도 모른다.[16]

　다른 하나는 후에 어머니를 우연히 만나 어머니를 찾아 남포하숙집을 떠났을 때의 일이다. 그녀가 찾아간 어머니의 집에는 의부와의 사이에 6살짜리 아이까지 있는 상황이었다. 자신을 잃어버린 오빠나 어머니가 엉망진창인 자기와는 달리 아무렇지도 않게 가정을 꾸리고 심지어 어머니는 의부와의 사이에 새로 딸아이까지 낳아 기르고 있다는 데에서 봉순은 소외감을 느낀다. 거기에다 자기의 직업적인 특수성 때문에, "어쩌면 저 사람(의부)과도 같이 놀은 일이 있지 않을까" 하는 노이로제에 시달리다가 그녀는 결국 어머니와 헤어져 다시 창녀촌으로 돌아온다. 돌아온 봉순은 그 후로 독주를 마구 들이키는 버릇이 생긴다.

　이런 과거 때문에 그녀의 성격은 매사에 시들하고 내성적인 편이다. 다른 창녀들이 모두 거절하는 절름발이 군인을 받아들인 것도 그러한 시들한 인생관 때문이었다. 그녀는 늘 죽음을 생각하고 산다. 상이군인이 살림을 차리자고 하였을 때에도 "살림을 차리든가 죽든가" 결정을 해야겠다고 마음먹는 것이다. 그녀는 스트레스를 호전적인 성격으로 밖으로 표현해 내는 영자와는 달리 안으로 눌러 버리고 잠으로 견디거나 술을 마시는 버릇이 있다. 손님을 맞이해서도 잠만 자던 봉순은 돈을 돌려 달라는 손님의 요구에 맞상대를 않고 술을 들이마실 뿐이다.

　소주를 꿀컥꿀컥 삼키고 꼬라지는 것이 되려 편했기 때문에 봉순이는 가끔 그짓

---

16) 「기적궁」, 69면.

호프만콤플렉스는 봉순이에게는 화를 안으로 눌러 버리는 하나의 방법이었던 것이다. 그러고는 그 손님에게 아무 소리 없이 받은 돈을 모두 돌려줘 버린다. 그녀는 제대로 생각하는 것조차 귀찮아한다. "남이 좋다고 하면 글러 보이고 글르다고 하면 좋아보이기도 했다. 그런 뼈물어진 생각이 언제부터 어째서 생겼는지는 몰랐다."고 하고 있다. 창녀로서 애를 밴 옥선이에게 대한 카운슬링도 무성의하게 해 넘길 뿐이다.

자포자기의 상태로 하루하루를 살아가던 굴절된 봉순의 삶이 연명조차 힘들게 된 것은 창배와 오라비를 만나게 되면서이다. 우연히 만나게 된 과거 난음의 상대 창배는 또다시 봉순을 상대로 욕정을 풀려고 한다. 봉순은 단연히 거절하지만 어쩔 수 없이 창배와 '만나놀'게 된다. 그리고 나면 또다시 소주를 들이키는 것이다. 무엇인가 맺힌 욕구불만과 화를 그녀는 술로 도피하려고 하는 것이다. 그리고 그런 어느 날엔가 봉순은 술김에 닥치는 대로 손님을 받았다. 술기운으로 '닥치는 대로' 받았기 때문에 오라비인 봉식을 손님으로 받았으며, 평소에는 묻는 말도 제대로 대답을 않는 성품이면서도 술기운으로 "공연히 횡설수설하면서" 접대하다가 상대가 오라비 봉식임을 알게 된다. 봉순은 결국 "생전 복구할 수 없는 손해" - 곧 근친상간이라는 무서운 일 - 를 입게 되었던 것이다.

흥컨히 거여 있던 수십 수백만명의 썩은 정액이 불에 끄슬리면서 고약한 냄새를

---

17) 「기적궁」, 72면.

풍기는 것이었다.(······)이튿날 신문은 개운하게 타버린 그 자리에 현대적인 「아파트」가 오층으로 세워질 것이라고 보도했다.18)

생존이 불가능하게 된 오누이에게 남은 것은 죽음이었다. 전쟁으로 인한 가족의 비극을 끝장내는 것은 불이었다. 전쟁은 봉순이라는 한 철부지 소녀를 염세주의자로, 창녀로, 근친상간이라는 부도덕의 한계점까지 몰아넣고는 죽음으로까지 몰아넣었다. 작가 추식은 전쟁으로 망가져 버린 한 소녀의 죽음을 다룬 이 소설을 통해 강하게 역설적인 휴머니즘을 보이고 있다.

(4) 무도덕, 어렴풋한 휴머니즘 － 「꽃제비」

「꽃제비」(『지성』 3호. 1958. 12.)의 주인공은 조카 창식의 소매치기 버릇을 고치려고 하는 평범한 고등학교 선생이다. 어느 날 조카 창식이 찾아오고 시키는 대로 하겠다는 창식의 순종적인 태도에 무력한 '나'는 히스테리를 느낀다. '나'는 과거 취직자리도, 학적도 마련해 주겠노라는 '무력한 허세'를 부려 본 것에 부담을 느끼고 공연히 창식에게 화를 내기도 한다. '나'의 아들이 그에게 좋지 않은 영향을 받기 시작하는 것을 보고 어떻게든 창식을 돌려보내야 한다고 생각하기도 한다. 그러던 어느 날 창식이 군밤장사를 하는 것을 보고 '나'는 치사한 계산속에 오히려 홀가분함을 느끼며 그가 "장사아치로 성공한 사람"이 되기를 바라기도 한다. 매사에 창식과는 다른 처조카 해석에게는 아내와 '나' 모두 다르게 대접하게 된다. 스스로도 불쾌해하지만 어쩔 수 없는 일이다. '나'는 모범생인 해석과 친하

---

18) 「기적궁」, 74면.

게 지내며 창식이 좋은 영향을 받을 수 있을 것으로 생각하며 어느 정도 안도감을 갖는다. 그러나 이런 '나'의 바람과 달리 해석과 창식의 사이는 표면적으로만 친한 것이었을 뿐, 창식은 여전히 꽃제비로서의 근성을 가지고 있었기에 창식은 다시 경찰서에 가는 신세가 되고 만다.

> 창식이는 이상했다. 참 이상했다. 녀석을 줄창 보았지만 그렇게 툴툴 털고 나서는 것을 본 적이 없다. 나를 보고 고개를 돌리는 것이 아니라 무엇이 그렇게 떳떳한지 보아달라는 듯이 뚜벅뚜벅 걸어와서는 (……)그렇게 당당한 녀석 앞에서는 나는 기가 솟지 못한다. 19)

경찰서에서 창식의 모습이다. 오히려 데리러 간 '나'를 기죽게 만드는 '꽃제비' 창식의 당당한 태도는 창식이 죄 앞에서 그리고 그 죄를 가리는 장소인 경찰서라는 곳에 대하여 아무런 죄책감을 가질 줄 모르는 인물임을 알게 한다.

조카가 소매치기, 꽃제비라는 사실에 '나' 역시 선입견을 가지고 그를 대할 뿐 그에게 친근감을 느끼지 못하였다. 창식에 대한 '나'의 태도는 다음의 몇 가지 일로 잘 알 수 있다.

첫째로 '나'는 창식의 취직 부탁에 넌더리를 낸다. 이것은 미스 한이 '나'에게 역시 취직자리를 부탁했을 때의 태도와 비교되는 것이다. 창식이 직장을 구하려고 하는 것은 악의 구렁텅이에서 벗어나고자 하는 노력이다. 그것은 창식의 외삼촌인 '나'에게 남의 문제라고 생각할 수 없는 것이었음에도 '나'는 냉정하기만 했다.

둘째로 '나'는 조카 창식이 소매치기라는 사실 앞에서 다른 사람

---

19) 「꽃제비」, 237면.

과 똑같이 그에게 선입견을 가지고 있다. '나'가 창식을 만나자 무심코 시계를 들여다보고 라이터를 견제하는 등의 행동은, '나'에게 있어 창식은 조카이기 이전에 소매치기로 인지되어 있음을 알 수 있다.

셋째로 '나'는 아내와 마찬가지로 처의 육촌 처남 해석과 창식에 대하여 차별대우를 하고 있다. 창식과 '나'의 아이가 놀 때에는 어떤 악영향이라도 받을까 봐 전전긍긍하면서 해석에게는 반찬 한 가지라도 더 챙겨 주려고 하고 있다.

미성년자가 주인공인 경우 추식은 역설적인 방향으로 휴머니즘을 추구하게 되는데, 창식이 소매치기라는 일에 대하여 아무런 죄책감이 없다는 점에서 「죄」의 주인공과 공통점을 가지면서 그를 통해 역설적인 휴머니즘 추구가 확인된다. 창식은 특별히 작품상에 드러나는 동기 없이 직업을 가지고 성실하게 살아 보려고 노력하는 인물로 그려지고 있지만 죄책감이 없는 그로서 성실은 무의미한 것이 되고 만다. 아무리 성실하게 살려고 군밤장사를 해 보기도 하고 학교도 다니려고 해 보지만 기본적으로 자기가 한 일에 대하여 혹은 소매치기라는 일에 대하여 죄의식을 갖고 있지 않았기 때문에 창식은 다시 죄를 짓게 되고 또 경찰서에서도 당당할 수 있는 것이다.

이렇듯 '나'에게 창식은 어울리지 않고 동정의 여지가 없지만 '나'는 조카에 대하여 어쩔 수 없이 혈육애를 가지고 있다. 창식이 온 어느 날 '나'는 라이터가 없어진 것을 발견하고 놀라게 되는데 나중에 아내가 창식의 손버릇을 의식하고 위치를 옮겨 놓은 것임을 알고 나서 '나'는 '거기서 모욕을 당한 것은 나뿐'이라고 고백하는데 이것은 '나'가 자신을 조카 창식과 같은 선상에 놓고 있음을 보여 준다. 이것은 일종의 동일시이며 가족들만이 느낄 수 있는 공동 책임 의식이다. 또 창식의 존재란 '나'에게 부담스런 것일 수밖에 없는데 그런 창식이 밤을 사러 간다고 집을 나가고 오래 소식이 없자 걱정을 하는 데에서 '나'의 조카에 대한 관심과 사랑을 알 수 있다. "하필이면 왜" "밥상을 받았을 때 그 생각이 들었는지 알 수 없는 일"이라고 하지만 이것 역시 '나'의 거부할 수 없는, 핏줄에 대한 애착에서 비롯된 조카에 대한 동정심이다. 밥상을 받고서 본능적으로 자기 조카 창식이 끼니나 거르지 않는지 삼촌인 '나'는 걱정을 하게 되는 것이다. 추식은 이렇듯 어울리지 않고 좋아할 수도 없는 사람들 사이에서 형성되는 휴머니즘을 강조하고 있다.

(5) '부랑아'의 휴머니즘 발견 - 「부랑아」

추식의 처녀작인 「부랑아」(『현대문학』, 1955. 6.) 그 주인공 박달은 "불에 지진 강아지" 같던 전쟁고아이다. 그를 구해 준 아주머니가 하고 있는 하숙일을 돕기 위해 그는 "치사스럽게 하숙가자고 하면서 손님들한테 진드기처럼 디룽거"리는 일을 하며 먹고살았었다. 그러다가 어느 날 박달은 시골아이 하나를 집에 데리고 왔는데 그가 손님들 주머니를 털어 도망가 곤욕을 치른 경험이 있다. 박달은 이후 그에 대한 복수심으로 '삘기새끼'를 잡기 시작하게 된다. '삘기새끼'란 "박달이 정거장 마당에 나돌기 전부터 쪼무래기 패들만이 통하고 있는 「변」"으로 서울에 갓 올라온 시골뜨기를 가리키는 말이다.

> 「삘기새끼」를 잡는 재미가 여간 고솝하지 않다.(……)기저구 보퉁이 만큼한 보따리를 보물처럼 껴안고 기차에서 나리는 시골띠기를 후미진 골목으로 끌고 가서 호주머니에서부터 배에 둘른 전대ㅅ속까지 발라내는 것이 「삘기새끼」를 잡

는 작난이다.[20]

　서울에 갓 올라온 순진한 시골아이들에게 박달은 "나도 고학생이
다"라고 하여 믿게 하고 "바로 요기야 헐값으로 재워줄게", "우리집
에 있는 어느 회사 상무한테 소개해서 취직도 시켜줄게" 등의 말로
속여서 가지고 있는 것을 모두 빼앗는 사기 행각을 일삼게 된 것이
다. 박달이 이런 일을 하게 된 이유는 시골아이에 대한 분풀이를 하
자는 심사도 큰 것이지만 이에 못지않게 어른들의 작용도 큰 것이었
다. "불에 지진 강아지 같은 것을 키워 노니까 어떠니" 하며 자꾸
생색을 내며 보상을 요구하는 주인아주머니와 남을 속이면서도 아무
런 양심의 가책도 없이 넉살좋게 살아가며 오히려 박달을 닦달하는
'상무'라는 사람이 바로 그들이다. 특히 '상무'는 박달에게 다른 사
람에게 피해를 입히는 것이라도 살아가기 위해서라면 문제시되지 않
는 것이라는 그릇된 인생관을 심어 준다. "남색방(男色房) 지하실에
서 노오란 꿈을 찾는" 부랑아 전쟁고아들의 집단, 물질만능주의의
표본 같은 상무와 아주머니가 있는 하숙집, "형사들을 두려워한다거
나 돈을 잊어버리고 울고불고 하는 아낙네들을 조금이라도 측은하게
여기"지 않는 꽃제비들을 보면서 성장하는 박달에게 인간성은 논리
이전의 것이 될 수밖에 없는 것이다. 이러한 박달에게 인간에 대한
따뜻한 감정이 일어나게 하는 계기가 생긴다. 그것은 바로 혼인 빙
자 금품갈취 사건으로 병이 든 여주색시에게 한 식구이던 식모와 주
인아주머니마저 냉혹하게 대하는 데에서부터이다. 전염된다는 이유
로 접촉을 꺼리는 주위 사람들과 여인숙의 색시가 아픈 틈에 자신이

---

20) 「부랑아」, 203면.

'색시'가 되어 보겠다는 욕심에 급급한 그 집 식모의 무관심 속에 여주색시는 홀로 병을 앓고 있었다. 그 무렵에 박달은 공포와 가책을 경험하게 된다. 가끔 꿈에 나타나는, 자기를 누르는 괴물의 구두 바닥으로 가위를 눌리곤 하는 것이다. 점점 '삘기새끼'를 잡는 일이 시들해지고 상품성이 없다고 주인에게 외면되어 홀로 누워 앓고 있는 여주색시를 간호하는 데 시간을 보내게 된다. 그러면서 여주색시와 박달 사이에 정이 들게 된다. 박달은 병든 여주색시 곁에서 인간을 느끼게 되고 잔심부름, 군것질 거리를 사 주면서 행복감마저 느낀다. 아무런 조건 없이 박달은 여주색시를 좋아하게 되는 것이다. 처음으로 박달은 인간 사이에 존재하는 훈훈함을 느끼게 되었고, 그녀가 잠 오는 약을 먹고 죽은 뒤에는 진정으로 깊은 슬픔에 빠지게된다. 사람이 자살해 나간 집의 독을 가신다고 쑥을 태운다, 무당을 불러 집가심을 한다고 법석만을 떠는 다른 사람들을 보면서 박달은 그곳을 떠나 처음으로 "사람들이 살고 있는 틈새에 가서 꼬옥 끼어 살고 싶"다고 생각한다. 사람에 대한 애정을 경험한 박달에게 휴머니즘이 없는 그들은 더 이상 사람으로 보일 수가 없었다. 박달은 이제 사람을 사기의 대상이나 혐오의 대상이 아니라 참으로 정을 나누고 기대어 살 수 있는 대상으로 여기게 되었던 것이다. 전쟁고아로서 주위의 무관심과 냉대 속에 인간성을 맛보거나 배울 겨를이 없던, 그야말로 부랑아에 지나지 않는 한 소년이 한 사람을 사람으로 진정 아끼게 되면서 비로소 휴머니즘을 깨닫고 '인간'을 찾아가는 과정이 바로 「부랑아」의 세계이다.

「죄」의 '나'나 「꽃제비」의 창식을 비롯한 아이들이나 「인간제대」에서 작품상에 잠깐 지나가는 역할을 하는 젊은 학생들까지 포함해서 추식 작품의 젊은이들은 하나같이 죄책감을 모르는 인물들이다. 그들의 공통점을 보면 한결같이 그들에게 모범을 보이고 잣대가 될 만한 또는 그들을 가르칠 만한 '어른'이 없다. 대부분이 고아이거나 고아와 다름없는 상태이고 고아가 아니더라도 도덕의 표준이 될 만한 진정한 부모나 어른을 갖지 못하고 있는 것이다. 이것은 1950년 대라는 혼란기에 미성년자들을 진정으로 가르치고 선도할 만한 표준적이고 정상적인 어른이 없다는 추식의 상황인식을 보여 준다. 이 부류의 작품들에서 추식은 역설적 형식으로 인간성을 추구해 나가고 있다.

2) 성숙한 어른, 휴머니즘 회복에의 희구

성숙한 주인공이 등장하고 그들의 눈을 통해 휴머니즘이 모색되는 것은 추식 소설의 보다 많은 부분을 차지하는 것인데, 이것은 보다 더 진지하게 문제를 직시하고 있다는 특성을 갖는다.

(1) 인간 존재에 대한 회의 또는 뒤틀린 인간성

이것은 앞에서 살펴본 미성년자 주인공이 등장하는 소설군의 주제의식과 연계되는 것이라고 볼 수 있다. 여기에서는 인간의 존재에 대하여 회의적이거나 인간성의 왜곡이 두드러지고 있다. 주인공은 자기 자신을 비롯한 주변 인물들에 관하여 분노하기도 하고 자기 자신에 대하여 매우 냉소적인 태도를 가지고 있다.

「모오든 나는 오라」(『현대문학』 14. 1956. 2.)의 경우, 아침에 이

불 속에서 잡념으로 시작하는 '나'의 주된 관심은 자아의 분해와 분열이라는 문제이다.

① 또 하나의 나가 이꼴을 보고 냉소하지만 그것은 상관없다. 역시 분해된 처지에서의 '나'기 때문에 제삼자에게 보여 주는 나의 인격은 아니다. 나의 인격을 나에게 감출 수는 없다.[21]

② S의 내장에 묻혀 있다가 금시 이탈된 그 물체를 나는 그대로 버릴 수가 없었다. S는 모두 내것이었기 때문이다. 그런데 그것을 덥숙 움키지 못하게 했다. 내가 말이다. 나 이외에는 아무도 없었으니까 그때 나의 행동을 제지한 것은 분명 나였을 것이다. S의 체온을 삼키려던 내가 있고 그것을 말린 내가 있고 또 지금 남의 일처럼 그것을 생각해 보는 내가 있으니 어느 것이 나인지 알 수가 없다.[22]

③ 정작 비행기가 거드름을 빼고 활주로에 나려앉자 신문기자인 나는 온데간데 없었다. 유리창에서 제비발 같은 쪼무래기들 손이 흔들리는 순간이었다. 좀처럼 나는 돌아오지 않았다. 「엄마」「아빠」소리가 뒤엉키고 「카메라맨」들이 함부로「후랫쉬」를 터트리는 속에 끼어 있는 덩치만의 나는 전 혈관이 팽창해지는 것 같고 견뎌내지 못할 이상야릇한 발작이 시작되었다.[23]

④ 신문기자가 아닌 「나」가 자꾸만 나의 하는 일을 가로챈다. 이래서는 안 되겠다. 이제부터는 신문기자만이 있어야 하겠다.[24]

⑤ 그와 나 사이에는 피차간에 존경하자는 것이 그와 나 이외의 또 닮은 그와 나 사이에 약속되어 있기 때문이다.(……)다만 보이지 않는 소망이 있을 뿐이다. 그의 소망이 곧 나의 소망이고 보니 그와 나는 하나일는지도 모른다. 그러나 현재 우리는 육신이 갈려져 있기 때문에 그는 보도가에 쭈그리고 있

---

21) 「모오든 나는 오라」, 129면.
22) 「모오든 나는 오라」, 130면.
23) 「모오든 나는 오라」, 135~136면.
24) 「모오든 나는 오라」, 137면.

고 나는 돌칭칭대를 올라서는 것이다.[25]

⑥ "무관의 제왕이란"
하면서 위엄성 있는 어조로 신문기자는 언제나 공명정대하여야 한다고 사회
명경(社會明鏡)이 되기를 원하던 사장과 ××은행 간부와 교분이 있다고
해서 세상을 놀라게 한 대의옥사건을 취재보도한 나를 죄인 다루듯 하는 사
장과는 도저히 한 사람으로 인정할 수가 없다.[26]

①~④는 정신분석학과 연관이 깊은, 자아의 분열 문제이다. '나'
를 객관적인 시선으로 파악하고 냉소할 수 있는 '나', '나'의 행위를
하게 하고 막기도 하는 '나'가 실제의 '나'와 충돌하는 것이다. 이러
한 자아 분열 의식은 추식 본인의 것이다. 추식의 글 가운데에 다음
과 같은 부분이 있다.

나는 演劇俳優니 訓長이니 手織工場長 新聞記者 따위의 여러 「秋湜君」을
한데 모아 놓고 한바탕 웃었다. 그리고 「이제는 우리가 올 데까지 온 모양이니
딴짓은 하지 말자」고 相議했다.(……)또 하나의 秋湜은 新聞記者질을 하지만
오래잖아 돌아올 것이다.[27]

추식 자신이 거쳐 왔거나 지금 하고 있는 여러 가지의 일이 자신
의 여러 모습이고 그것은 각기 하나의 인격체처럼 그는 보고 있다.
각기 다른 인격인 것처럼 존재한다는 것은 서로 충돌도 가능한 것이
고 그것은 분열의식으로 이어지게 된다. 이러한 의식이 「모오든 나
는 오라」의 세계인 것이다. ⑤에서는 ①~④와는 대조적으로 타인

---

25) 「모오든 나는 오라」, 132면.
26) 「모오든 나는 오라」, 133면.
27) 추식, 『인간제대』(일신사, 1958.) 後記.

속에서 '나'를 발견하는 것이다. 땅바닥에 쭈그리고 누워 있는 거지와 자기 자신 사이에 동질성을 인식하고 '피차간에 존경하자'는 묵계가 '그'와 '나' 사이에 존재하는 것처럼 느끼고 있다. 그리고 '그'나 '나'나 소망이 같다는 점에서 '그'와 '나'는 육신만 갈려져 하나는 보도 가에 하나는 돌층층대를 오를 뿐, 하나일지도 모른다고 생각한다. ⑥은 인간의 양면성을 분열된 자아로 파악하고 있는 것이다. 당위성과 상황논리로 이율배반적인 사장의 모습은 '나'의 눈에 도저히 한 사람으로 비칠 수가 없는 것이다. 사람의 육체가 하나라고 해도 통일성이 없으면, 일관되지 않으면 독립된 하나의 개체로 볼 수 없다는 것이다.

'나'가 매사에 이러한 분열의식을 심각할 정도로 가지게 된 배경에는 개인적인 원인과 시대적인 원인이 있다.

> 참 개운하다.(……)나는 내가 얼마나 외로운가를 차근차근히 찾아볼 수가 있다. 나는 내가 감내할 수 없을 만큼 벅찬 외로움 속에 휘감긴다.(……)내가 이렇게 되기를 원한 적은 한 번도 없을 것이다.[28]

첫째로 개인적인 원인을 찾아보면 '나'의 고아의식이다. '나'가 원하지 않았음에도 불구하고 '나'는 오늘날 '이렇게 되'어 버리고 말았다고 한탄하고 있다. '나'는 외로워지기를 원하지 않았다. 그와 반대로 '나'는 어머니와 헤어지지 않으려고 했다. 어릴 적에 어머니의 병을 고치기 위해 특효약이 된다는 거머리를 잡으러 다녔는데 갖은 애를 다 썼지만 거머리는 잡지 못하고 끝내 어머니는 죽고 만다. 어머

---

28) 「모오든 나는 오라」, 128면.

니와 헤어지고 겪을 외로움을 막기 위하여 '나'는 필사적인 노력을 경주했지만 결국 '나'의 의지와는 달리 외로운 몸이 되고 말았다. 거기에서 오는 극도의 외로움, 고아의식은 '나'를 분열시키기에 이르렀던 것이다.

다음으로 시대적인 원인을 살펴보겠다. 당시의 시대에 대한 작가의 해석에 의하면, 위기의식을 조장하는 영화포스터를 그려 놓고 그 비인간적인 광경을 구경시키며 사람들은 돈을 벌려고 한다. 인간성이 끼어 들어갈 틈이 없는, 세기말과 전후의식에서 기인된 혼란을 돈과 연결시키고 있는 상혼에 '나'는 염증을 느낀다. 그러한 시대에 주인공은 심한 소외감을 느낄 수밖에 없는 것이다. 뿐만 아니라 인간을 생각하지 않는 비인간적 행정은 '나'를 더욱 소외시킨다. 신문기자인 '나'는 부랑아들을 싣고 가는 쓰레기차를 보게 되었다. 그것은 도시의 문제아인 부랑아들을 조직적으로 처치하는 행정적 조치였다. 부랑아들을 실어다가 먼 곳에 갖다 버리는 행정은 부랑아를 쓰레기 취급 하는 행위이고 인간을 무시하는 것이다. 문제성을 가진 미성년자들을 인간쓰레기시하는 이러한 것은 눈 가리고 아웅 식의 행정이고 문제의 회피일 뿐이며 사회문제 해결에 아무런 대책도 될 수 없는 것이다. "서울의 사치품인 부랑아"들을 없애기 위하여 "수백 명의 무적자(無籍者)들에게 고향이라고 하는 것을 만들어" 엉뚱한 곳에 내다 버리는 행정은 인간성을 조직적으로 관제적으로 무시하는 행동이다. 이런 비인간적 행정이 신문기자인 주인공의 날카로운 비판을 피할 수 없게 되지만 그들로부터 발뺌하는 소리만 듣는다.

일찍 어머니를 여읜 고아로서, 가치관이 혼란스러워지고 나라의 행정조차 공공연한 비인간성을 보이는 시대를 살면서 '나'는 자기 자신을 통일시켜 완전한 조화된 객체로 본다는 것이 힘겨웠던 때문에 고통스러웠던 것이다.

「인간제대」(『현대문학』 31호, 1957. 7.)는 제목에서부터 인간성의 말살로 인간임을 포기한 인물의 이야기일 것이 암시된다. 주인공 '나' 박명철은 군대에서 제대한 후 군대에서의 제대가 마치 인간으로서의 제대인 것처럼 아무것에도 적응하지 못하는 인물이다. 공동묘지 같은 중남동 ××번지에서 창녀들을 상대로 머리를 해 주면서 돈을 버는 아내에게 빌붙어 살면서 이부자리에 누워 공상만 할 뿐인 '나'는 우리나라 1920, 1930년대의 지식인, 룸펜인텔리와 닮은 모습을 하고 있다. 해방이 되었으나 산업화와 도시화가 제자리를 잡기 전 다시 전쟁이라는 시련을 겪으면서 모든 것이 혼란스러운 시기에 시대에 약삭빠르게 적응하지 못하는 '나' 같은 인물이 설 자리는 여전히 없었던 것이다. '나'의 하루는 아내와 실랑이를 하고 나와 서울역 대합실로, 남대문으로, 파고다공원으로 이유 없는 배회로 채워진다. '나'가 군대에 있는 동안만 기거하겠다며 이사한 창녀촌에서 아내는 행실이 이상해졌는데 '나'는 군대 가기 전 "그때는 그런 생각을 통 갖지 않았었"다. 그런 '나'가 아내와 늘 실랑이를 할 정도로 사이가 좋지 않게 되고, 아내를 의심하고 미워하고 늘 죽이고 싶어 하게 된 것은 '나'의 성격이 군대라는 환경에 의하여 변화된 때문이다.

'나'라는 인물은 군대를 떠난 이후로 부유하는 인물이니만큼 그와 군대와의 연관성은 심각한 것이었다. 군대에 들어가 질서와 율만을 강조하는 군사주의적 사고에 길들여지고 제대 이후 그 후유증으로 사회에 부적응자로 처지게 된다. 그러한 것은 다음과 같은 군대 후유증 혹은 전쟁 후유증에서도 볼 수 있다.

첫 번째로 명령에 대한 노이로제 문제이다. '나'는 현실에 적응 못하고 부유하는 인물인 만큼 현실을 떠나고 싶어 하는데 그것도 명령에 의하여 떠나고자 한다. '나'는 누군가가 기차에 오르라고 명령해 주었으면 하고 바란다. 심지어 경멸의 대상이 되어 버린 아내에게서라도 "만약 나를 기차에 오르라고 해 준다면 지금까지 품고 있던 그녀에 대한 모든 감정을 풀 수 있을 것"이라고 생각하며 명령을 기대하는 것이다. 이것은 바꾸어 말하면 '나'가 혼자서는 아무런 결정도 내리지 못하는 인물이 되고 말았음을 알게 하는 부분이다.

두 번째로 '나'는 파고다공원에서야 심리적 안정감을 느낀다는 사실이다. '공원으로 발을 들여 놓기만 하면 마음이 놓인다. 군대에 있을 때 척후를 나갔다가 전우들이 기다리는 중대본부로 무사히 돌아왔을 때의 기분과 같으다'고 할 정도로 안도감을 느낀다. 자기가 적응하여 살아가지 못하는 바깥세상은 승산이 없는 전쟁터와 같다고 생각하여 두렵게 느끼고, 낙오된 인물들이 모여드는 파고다공원에서만 숨을 크게 쉴 수 있다고 생각하는 것이다.

세 번째는 '나'의 소외감이다. 이러한 사회에 대한 부적응으로 나타나는 군대후유증은 '나'를 소외감에 빠지게 한다. 예의를 모르는 '오가마누라'와 그 외 사람들이 있는 골목 안에서부터 "내가 집에서 무슨 짓을 하고 나왔든 간에 그까짓 것은 아랑곳없"이 여전한 거리에까지 모두가 '나'를 소외의식에 빠지게 하는 것이다. 그것은 '나'가 길을 걷다가 '인간가족'이라는 포스터를 보고 "아내와 단 두 식구인데도 한 가족이라기보다 서로 원수처럼 겨누고 있는데 무슨 소리냐 말이다. 그럼 세계의 모든 인간들은 한 가족이 될 수 있는데 나와 아내의 단 두 사람만은 그 속에서 빠졌단 말인가" 하고 생각하는 부분에서 잘 나타난다. 인간의 기본적 생활조차 보장되지 못한 상황에서의 코스모폴리타니즘이란 설득력을 가지지 못한 허구에 지나지 않는다는 것을 알 수 있게 한다.

작품에 나오는 '나'의 하루 중 '나'는 전공 선발시험을 볼 때 유일하게 "전신에 생맥이 도는 것 같고 가슴에 약간 고동이 생기"게 된다. 그 정도로 '나'는 취업을 갈망하는 사람이다. 그런 '나'의 기대와는 달리 낙방하고 무기력함과 처참함에 몸을 떤다. 그리고 그 자리에서 새삼 '나'는 인간이라는 것, 실존의 인간과 부딪치게 된다. '나'는 "눈앞에 흘려 있는 직업을 놓쳤다는 서운한 생각보다도 동물원의 원숭이가 아니라는 것을 분명 느꼈기 때문"에 울고 싶은 것이다. '나'의 불행을 구경거리로만 보고 즐기는 사람들 사이에서 '나'는 다시 소외감을 느끼고 뭇사람들 틈새에 가 끼어 버리려 한다.

무엇보다 '나'에게서 전쟁 후유증의 면모가 가장 구체적으로 나타나는 것은 동료 - 군 생활을 같이했고 지금은 '나'처럼 직업도 없고 게다가 아내마저 없는 - 를 만났을 때이다. 둘은 모두 시간을 주체하지 못하고 있다. 술을 마시니까 비로소 "우리에게는 아무런 소용이 없던 '하루'라고 하는 시간이 점점 삭으러갔다."고 느낀다. 두 사람은 모두 자기들이 군대에 있을 시간이 좋았다고 회상하고 있다. 말할 것도 없이 전시에 군인은 가장 절실한 존재이다. 두 사람은 모두 군대에서 자신들이 무언가 중요한 일을 하고 있으며 그를 통해 어느 정도 보람을 느꼈던 것인데 문제는 그들이 그 장을 떠나 새로운 자리로 옮겨서는 적응을 하고 있지 못하다는 데에서 있다. 군대에서 자신들은 중요한 존재였는데 그런 자신들을 몰라보는 사회에서 그들은 "이처럼 괄시를 당하면서 살아간다는 것은 우리 젊은 핏기

(血氣)에 대한 모독이라는 결론밖에” 내리지 못하는 것이다.

네 번째 볼 수 있는 현상은 ‘나’의 매사에 대한 살의이다. 소외감은 ‘나’에게 살의로 변이되어 나타난다. 사람에 대한 살의는 전쟁 후 유증의 모습이기도 하면서 부유적인 인물로서 삶에의 의욕을 잃은 탓이기도 하다. ‘공동묘지’에 살면서 삶의 의욕을 잃은 ‘나’는 종종 아내에게 “날 그저 지려 죽일려고 하지 말고 차라리 잠을 잘 때 도끼로 대가리를 바숴라. 그럼 시원하게 죽을 것 아냐” 하고 말하고는 한다. ‘나’는 ‘아내가 도끼를 들고 덤빈다면은 머리를 내밀는지도 모른다’고 생각하면서 “아내가 그런 짓을 않으니까 내가 아내를 죽이기라도 해야 할 것만 같으다”고 생각하기까지 한다. 아내에게 대한 다음과 같은 행동은 그 일면을 보여 주는 것이다.

> 북데기단 같은 머릿채를 움켜잡고 추슬르자 썩은 고주박처럼 넘어박혔다. 그렇게도 맥살없이 쓸어지는 것이 또 밉살맞어서 닥치는 대로 옆구리를 두어번 거더차자 「캑캑」하면서 그대로 끼물을 킨 것이다. 꼬락서니를 볼수록 울화통이 치밀어 견딜 수가 없었다. 이번에는 송장처럼 뻗은 아내를 삭 깔고 앉아 손아귀로 목덜미를 지긋이 눌렀다. 그러자 아내는 눈을 헤멀거니 뜨고 이를 보도독 갈았다.[29]

아내에 대한 ‘나’의 행동은 책임전가적인 성격이 크다. 곧 자기 자신이 아무것도 할 수 없게 되고 모든 것에 의욕을 상실하게 된 책임을 ‘나’는 아내의 탓이라고 돌려 버리고 싶은 것이다. 맥없이 쓰러지는 아내의 모습을 보면서 ‘나’가 더욱 분노하는 것은 전가된 책임을 안고 구타당하는 아내를 자기와 동일시했기 때문이다. ‘나’는 아내의 약한 모습을 보면서 갑자기 아내를 자기 자신으로 생각하고 무력한

---

29) 「인간제대」, 113면.

자기 스스로에 대한 참을 수 없는 분노를 발산하게 되는 것이다. 이런 현상은 '나'가 집으로 돌아오는 길에 집근처 뒷골목에서 놀다 가라고 권하는 소년에게 대해서도 나타난다. 이유 없는 분노의 발산으로 소년을 친 뒤에 그 입에서 나오는 '사람' 소리가 우습고 듣기 싫어 소년을 더 때리게 되는데 이것은 '나'의 자조와 자학심리의 표현에 다름 아니다. 소년이 순간적으로 자기와 동일시되고 자기는 '사람'이 아닌 것 같은 인식하에 '나' 자신인 소년 역시 사람이어서는 안 되기 때문에 '나'는 소년을 용서할 수가 없는 것이다. 마찬가지로 '공동묘지' 같은 세상에 사는 이상 소년은 '나'이고 '나'는 소년이기 때문에 여기에서 소년을 구타하는 행위는 '나'가 '나'를 때리고 있는 것이다. 이것이 심리학에서 말하는 사도마조히즘의 일종인 것이다. '나'의 타인에 대한 이런 분노는 골목 안 사람들에 대하여 '성냥을 드윽 거대서 몽땅 불살라 버렸으면' 하는 생각까지 하게 하는가 하면 사회일반인들에 대하여 다음과 같이 생각한다.

> 그런 녀석들은 모조리 죽여 업새야 할 것 아닌가?(……)나는 아내를 죽이지 않은 것을 또 후회했다. 늙은이도 몰라보는 그따위 부랑학생녀석들을 모조리 때려 눕히지 못한 것을 분하게 생각하는 그 시간에 말이다. 아내와 부랑 청년들과 무슨 연관성이 있느냐고 묻는 자가 있다면 나는 그 자를 또 죽일려고 덤빌 것이다. 도대체 내 신경이 어떻게 엉크러지는 것인지 분간을 할 수가 없었다. 나는 영감과 작별했다. 그와 더 오래 있으면 또 무슨 생각이 떠오를는지 모르기 때문이다.30)

'나'가 영감과 오래 있어 떠오를까 봐 겁이 나는 생각이란 바로 그를 죽이고 싶은 생각일 것이다. 자기가 싫어하는 인물이 아님에도

---

30) 「인간제대」, 120∼121면.

그런 생각이 들 것 같다는 데에서 '나'의 주변에 대한 살의는 절정을 이룬다. 전쟁이란 사람이 죽고 죽이는 것이 합법적인 것으로 느껴지게 하는 것임을 생각해 볼 때 천성이 원만했던 '나'가 자꾸 살의를 갖게 되는 것은 전쟁의 후유증으로 인간의 존엄성 의식을 상실하게 된 때문이라고 판단된다.

그런데 주인공이 가장 죽이고 싶어 하는 것은 아내이다. 상황으로 인한 자학이 아내에게 욕을 하는 행동으로 전이되곤 하는데 이것은 무기력하고 무능력한 자기 자신을 미워하는 '나'가, 자기가 잘해 주지 못하여 미안해해야 하는 대상인 아내에 대하여 미움을 투사하는, 왜곡된 감정의 표현일 것이다. 그것은 아내가 미운 이유에 대하여 주인공이 굳이 구구하게 핑계를 대고 있는 행동에서도 암시받을 수 있다. '나'는 내게 불리한 일이 생길 적마다 아내를 욕하는 버릇이 있는데 그 이유를 아내가 "다른 여자들처럼 거리를 미화(美化)시킬 줄도 모르고 날송장처럼 자꾸만 야위어 가는 철부지"이기 때문이라고 나는 핑계를 대고 있다. '나'의 아내에 대한 심정은 아내 살해의 혐의를 받고 경찰서에 간 '나'의 말에 잘 나타나고 있다.

> "나는 정신분열을 이르킨 것이 아닙니다. 확실히 아내를 죽였습니다. 나는 분푸리를 그녀에게 했습니다. 인간대열(人間隊列)에서 제외된 것이 하도 억울해서 말입니다."[31]

인간의 대열에서 제외된다는 것은 휴머니즘을 문제 이전의 것으로 만드는 상황이다. 이러한 상황에서 억울한 분풀이를 아내에게 해 대

---

31) 「인간제대」, 129면.

는 '나'의 비인간적이고 충동적이기만 한 행동들은 「인간제대」의 주제를 잘 설명하고 있는 것이 된다.

「왜가리」(『현대문학』 69호. 1960. 9.)의 주인공인 '나'의 별명은 툭하면 마구 소리를 지르기 때문에 '왜가리'이다. 그러나 '나'는 별명처럼 "자신이 흐뭇하도록 소리를 질러 본 일"은 없고 '목소리가 꽥 삘겨저 나오다가는 되들어가' 버려 자신의 속조차 후련하지 못하다.

이 작품도 위의 「인간제대」와 같이 어느 날 하루에 일어나는 일을 다루고 있다. 그것은 다음과 같이 '나'의 화를 돋울 만한 여러 가지 일들이 점층적으로 나열되는 형식으로 서술된다.

① '나'는 비가 오는 줄 모르다가 출근 준비를 마치고 난 후에 비 오는 것을 발견하고 속이 상함
② 넥타이가 제대로 매어지지 않아서 또다시 화가 나 '무엇인가 하나 집어 동댕이쳤으면 후련해질 것 같은 것을 그대로 참'자니 성질이 끓어오름
③ 바쁜 출근 시간에 밥을 재촉하는 데 대한 느릿한 아내의 대답에 또 한 번 비위가 거슬림
④ 식전에 아들을 구타하는 아내의 행동에 분노함
⑤ 출근길에 택시를 잡으려고 하다가 택시들로부터 무시당하고 흙탕물을 뒤집어 쓰기까지 하는데 여기에서 '나'의 화는 더욱 치밀어 오름
⑥ 회사로 가서 축적된 화를 아랫사람에게 투사함
⑦ D신문사 주필이었던 이의 부정적 청탁 장면에 분노함
⑧ 사장에게 불려가 「동지적인」, 「계산과 타협」으로 살자는 제의를 받지만, 타협은 하지 않으면서도 사장에게 직언도 하지 못하고 나옴

위의 내용을 보면 주인공은 사소한 일에 화를 내는 성향의 인물이다. 특히 식전에 아들을 구타하는 아내에게 분노하여 아내를 다시 구타하는 주인공의 행위는 모순적이다.

"아유. 이 잡아먹을 놈의 자식!" 펙펙 등가죽을 조지는 듯 준이 놈은 "엄마 앙 그르께……"비명을 올리면서 싹 싹 비는 것이었다.(……)아내의 멱살을 뒤에서 잡아 추슬렀다. "아이쿠!" 아내는 벌떡 나자빠지면서 비명을 올렸다. 그러면서도 눈알을 히멀거니 뜨고 바라보았다. 죽일테면 죽이라는 듯이…… 사실 죽일려고 마음먹으면 까짓 어려울 건 없지만 그럴 필요까지는 없었다.(……)아내는 뒷마루로 기어가 쓰러진 채였다. 불쌍한 것 같기도 했다.[32]

　이 경우 자식에 대한 안쓰러움이 아내에 대한 분노로, 그것이 다시 아내를 죽이고 싶은 마음으로까지 발전된 것이다. 그러나 ①~④에서 볼 수 있는 것처럼 '나'가 보이는 화의 원인은 극히 사소하다. 이런 정도의 분노로 살인욕구까지 갖는 것은 지나친 것이 아닐 수 없다. 사람을 죽이고 싶은 마음이 너무 쉽게 드는 것은 인간 존엄성이 무시되는 시기, 전쟁 직후 시기의 하나의 특징이라고 할 것이다. 그러나 '나'는 아들 준이에 대해서는 젖은 옷을 갈아입히고 비옷까지 챙겨 학교에 보내는 아버지로서의 모습도 가지고 있다. 사랑스런 자식과 분노의 대상인 아내, 계기가 불분명한 분노는 비뚤어진 인간성의 반영이 아닐 수 없다. 그런 '나'의 분노는 회사로 가서 아랫사람에게 투사된다. '나'는 아랫사람을 야단치다가도 먼저 누그러지곤 한다. 그것을 '나'는 왜가리 구실을 못 한다고 생각하는데 해소되지 않는 욕구불만을 성질을 부려야만 해소될 것으로 생각하면서 "성품이 요 몇 해 동안에 괴상하게 비뚤어졌"고 "막되어 버렸으니 슬픈 일"이라고 고백하기도 한다. 결국 그는 가치관 상실 시기의 희생양이었던 것이다. ④에서 아내에게 화를 쏟아부었던 주인공은 다시 그 분노를 투사할 대상을 찾는다. 그것이 '나'가 해방 직후에 있던 D신

---

32) 「왜가리」, 13~14면

문사 주필이었던 늙은이이다. 그는 어느 놈한테 단단히 얻어먹은 것처럼 인사 청탁을 하고 있다. 틀림없는 부정의 냄새가 나는 그 늙은이에 대하여 '나'는 그의 "모가지라도 바싹 졸르면서 「이 구데기 같은 인간아!」 하고 욕찌거리를 퍼붓든가 「얼른 죽어버리라」고 악담이라도 했어야 내 속이 후련할 것이지만 그걸 꿀꺽꿀꺽 참고 견디"느라 스트레스가 점점 쌓여 간다고 말한다. ⑧에서는 소위 '기자 정신'을 버리고 타협할 것을 종용하는 사장과의 대화가 그려진다. 이 사장의 말에 아무런 대항을 못 하고 물러 나오는 '나'는 그야말로 내강외유형의 인물이라 할 수 있다. '나'는 자기 집 외의 장소에서는 이상한 위험성을 느끼면서 자기 성질을 죽여 가며 견디고 집에서만 처남이건 누구건 가리지 않고 화풀이의 대상으로 삼는 것이다. 그런데 ⑦, ⑧에서 그의 분노의 저변에 무엇이 있는지를 짐작할 수 있다. 곧 부조리한 청탁이 오가며 기자정신마저 거래를 해야 하는 혼탁한 사회에 대한 분노였다고 볼 수 있다. 전쟁 직후라는 카오스의 시기에 화를 잘 내는 혼돈스런 성격의 '왜가리'를 통해 답답한 사회에 대한 고발이 이루어지고 있다.

그런데 "앞이 어떻게 될 것이라는 것을 잘 알면서도 제 성깔만 내세우는" 아둔한 '왜가리'인 '나'는 기자정신을 빼앗으려고 할 때는 하지 않던 사장에 대한 분노를 가불을 해 주지 않는 상황에서 표출한다. 그리고 사장실까지 들어가 행패를 부리려 하는 것이다. 바로 이러한 순간에 데모대의 외침을 듣고 기자의 본능을 발휘한다. "사진부! 사진부에 빨리…… 사진부! 데모 사진을 부탁합니다. 푸라카드를 뚜렷이 나타내도록!" 이것이 바로 1960년 3월 이승만·조병옥에 의한 3·15 부정선거에 대한 반대 시위였던 것이다. 이 작품도 실제 사건과의 거리가 6개월 정도에 그칠 만큼 밀착되어 있음을 알 수 있다. 여기에서 작가는 신문기자의 근성을 살려 그 사건을 보다 구체적으로 다룸 직한데 추식은 이것을 작품의 흐름을 급전 혹은 미완성으로 끝내 버리는 소도구로만 사용하고 있다. 여기에서 리얼리즘에 입각한 사건 포착과 기록을 포기하고 인간의 심리와 휴머니즘에만 포커스를 잡고 있는 추식의 의도가 확인된다.

「도묘기」(1958. 2.)의 '나' 역시 약한 상대에게, 그것도 좋아하는 상대에게 갑작스레 살의를 느낀다. '나'가 살의를 느끼게 되는 것은 정옥이와 여류소설가 사이에서 소외감을 느끼는 순간이었는데 '나'는 그런 소외감의 순간이 "가장 조심해야 하는" 순간으로 그때 자칫하면 "내가 살인을 할 수 있는 기회가 될지도" 모른다고 생각한다. 그러나 그 살의는 고양이를 훔치는 행동으로 전환되는데 '나'는 본래 고양이라는 동물을 어릴 때 싫어했던 강첨지라는 사람과 동일시하며 싫어하는 습성이 있다.

아내가 있는 '나'가 정옥이와 여류소설가 사이를 질투할 정도로 정옥이를 좋아하고 있다는 것이라든지, "전쟁은 사내들에게 용맹을 강요한다. 그 대신 계집들에게는 고독을 준다. 어느 편이 더 큰 손해를 보느냐"는 식의 사변적인 대화가 난무되는 술자리 정경이 나열되는 것에서 자칫 휴머니즘이라는 추식의 일관된 주제가 이 작품에서는 예외적으로 흐려지는 듯한 것을 느끼게 된다. 그러나 주인공이 정옥이와 처음 친해지던 날 둘이 비밀 털기를 시작하면서 알게 된 그녀의 과거에서부터 휴머니즘의 문제가 드러나기 시작한다. 그녀의 어머니는 가야금 연주로 남자의 호의를 사고 정옥이를 갖게 되었다. 열 살쯤 되던 해 어머니 가야금을 뜯어 버리는 정옥의 행동은 그렇게 생겨난 자신의 존재에 대한 강한 부정의 표현이다. 자신은 인생에 불필요한 '잉여의 정리'로 보는 것이다. 이에 "정옥아 얘, 인간은 모두 잉여의 정리를 부인할 순 없다"며 여류소설가도 맞장구친다. 잉여의 정리는 자식을 잉여, 곧 있으나 마나 한 존재로 봄으로써 인간의 가치를 부정하는 것이다. 그렇다면 인간성 역시 부정될 수밖에 없는 것이다. 그러나 마침내 정옥이는 어머니에 대한 혐오로 싫어해 왔던 시조를 다시 부름으로써 어머니에 대한 미움 해소의 가능성을 보여 준다. 어머니의 행동을 따라 한다는 것은 어머니를 부정하지 않겠다는 것이 되고 어머니 때문에 부정했던 자신의 존재까지도 긍정하게 되는 것이다. 자신을 긍정하는 행위는 나아가 인간에 대한 긍정이 될 수 있다. 어머니의 긍정, 그것은 모든 인간과 인간성의 긍정의 출발점이 되기 때문이다.

(2) 인간이란 무엇인가 또는 인간의 조건

추식의 작품들에서는 인간이란 존재에 대한 혹은 인간으로 존재하기 위하여 필요한 조건에 관한 타진이 부분적으로 혹은 작품 전체에서 나타나고 있다.

우선 「곰선생」(『현대문학』 24호. 1956. 12.)에서는 인간의 존재에 필요불가결한 요소로 사랑을 꼽고 있다. 청광학원에서 교사생활을 하는 강한수는 교사라는 직업이나 자신을 곰선생이라 부르는 학생들에게 만족하며 살아가는 인물이다. 그런 그에게 아쉬운 것이라면 이성의 문제이다. 어느 날 교장이 품위유지비 조로 내어 준 목돈을 가지고 곰선생은 이발을 하고 창녀를 찾는다. 그런데 이것은 곰선생의

"별르고 별르던 소원"이었던 것이다.

> 지홧장만 가지면 모든 예의와 절차를 생략하고 하나의 소망만을 살 수 있는 시장
> (市場)이 있다는 말을 들은 일은 있지만 그렇게 신기한 일은 생전 처음 보았다.33)

그런 관계로 알게 된 창녀 혜숙을 곰선생은 단골로 찾게 된다. 계
속된 창녀에 대한 지출로 곰선생의 형편은 조금 못해졌지만 곰선생
은 보다 중요한 것을 알게 된다. 여성에 대하여 지나칠 정도로 황공
스러워하고 떨기까지 하던 처음의 기색이 사라지면서 소심함, 협심
증의 성격이 변화하게 되었던 것이다. 그런데 차츰 곰선생은 혜숙에
대하여 창녀와 손님 관계 이상의 무엇을 소망한다. 그것은 바로 가
족 관계였다. 혜숙이 잉태한 불행의 씨앗과 그녀 자체를 곰선생은
가족으로 받아들이고 싶어 한다. 그리고 이것은 "곰선생으로서는 아
주 골수에 맺친 심정"이었다. 곰선생의 이성에 대한 동경은 단순한
성적 욕구를 넘어 사랑, 가족에 대한 갈증이었던 것이다.

> 밤중에 오줌이라도 마려워서 어쩌다 잠이 깨었을 때 그닷 무슨 생각이 나기 시
> 작하면 아무리 억세게 자신을 꾸짖어도 억누를 수가 없다.(……)"어머니……"
> 아무리 생각해야 무슨 수를 발견하지 못했기 때문에 그는 그만 비명을 올리고
> 말은 것이다.34)

곰선생은 가족이 부재한 데에서 극한의 외로움을 느끼고 있었던
인물이다. 곰선생은 가족을 갖는 것이 최대의 소원이었던 것이다.

---

33) 「곰선생」, 94면.
34) 「곰선생」, 92면.

혜숙이의 두툼한 귓밥과 쌍가풀진 눈동자가 그대로 그려놓을 수 있을 만큼 뚜렷하게 나타난다. 구수하니 기름냄새가 풍기는 장판방을 엉금엉금 기어 다니는 어린 것을 그려본다. (……)도배지를 사러 나갔다가 몰래 호주머니에 사 넣고 온 「딸랭이」를 꺼냈다. (……)어린 것을 얼르는 시늉을 하면서 달랑 달랑 손을 흔들다가 그만 픽 웃음보를 터트리고 말았다.[35]

한편, 창녀 혜숙 역시 정이 많은 여자였다. 그녀는 우연한 기회에 선금을 받고 중령이라는 남자의 아내 노릇을 하게 되었었는데 혜숙은 그에게 단순한 거래 이상의 감정을 갖게 된다. 그녀는 남자에게 정을 붙이게 되면서 자기에게 푼돈을 요구하는 남자에 대하여 그가 자기를 진정한 아내로 인정해 주는 것만 같아 짜릿한 행복감을 느끼기까지 한다. 그러나 그 남자가 사실은 중령도 아니며 자기의 푼돈을 노리는 협잡꾼에 지나지 않는다는 것을 알자 혜숙은 신속히 몸을 뺀다. 그녀는 "그대로 붙어살아 밧자 내게 돈이 없구 얼굴에 주름쌀이나 잡혀 바, 내신세는 그 만이지 머야" 하는 판단을 하고 계약결혼을 파기하게 되는데 여기에서 혜숙이 앞뒤 계산을 할 만큼 영리한 면을 가진 여자임을 알 수 있다. 그리고 나서 그녀는 염세주의자가 되기도 한다. "에에 퇴퇴…… 마음속으로 사랑? 흐 흐…… 사랑도 실트라아 도은도 실트으라 속이고 속는 세에상 믿을 것이 무어냐……. 호 호 호" 하는 것이 곰선생을 만나기까지 혜숙의 태도였다. 그런 그녀가 곰선생에게 다시 마음을 열게 된 것은 그의 진심을 알게 되었기 때문이다. 물론 혜숙이 곰선생과 결혼을 결심하게 된 것에는 자기의 불행을 바라는 다른 사람들에게 대한 오기도 작용한 것이었다. 그렇지만 곰선생과의 결혼을 결심하게 되면서, 혜숙은 새 생

---

35) 「곰선생」, 104면.

활에의 기대에 다소 들뜨게 된다. 그래서 곰선생과의 새로운 생활 기약을 위하여 혜숙은 자기가 가지고 있는 불행한 아이를 지울 것과 곰선생에게 새 양복 한 벌을 해 줄 것을 결심한다. 낙태해야만 곰선생과 자신이 행복할 수 있으리라고 생각했던 것이다. 가짜 중령과의 결혼을 과감히 청산했던 것처럼 영리한 혜숙은 다시 자신이 가지고 있는 영리함을 십분 발휘하여 아이를 과감히 없애려 한다. 물론 이것은 위에서 본 것처럼 간절히 가족을 원하는 곰선생의 심정을 혜숙이 헤아리지 못한 소치이다. 결국 결혼생활에 장애가 될지도 모르는 아이를 낙태한다고 찾아간 병원에서 혜숙은 죽고 결혼식 당일에야 곰선생은 혜숙의 주인집 여자로부터 그 말을 전해 듣는다.

이 소설에서 추식이 보여 주는 문제의식 역시 휴머니즘과 거리 먼 것이 아니라고 본다. 상식적으로 볼 때 혜숙은 상처뿐인 여인이다. 사기꾼과의 결혼으로 몸도 마음도 피폐해질 대로 피폐해지고, 게다가 그 사기꾼의 아이까지 임신한 혜숙에 대한 곰선생의 애정은 실로 휴머니즘 정신이 아닐 수 없다. 가족이 그립다는 것은 말을 바꾸면 진실한 사랑의 대상이 그립다는 것이니 곰선생이 진정 구한 것은 인간애요, 인간성이었던 것이다. 곰선생의 사랑의 대상인 가족에 대한 소망을 송두리째 빼앗아 간 것은 진정한 사랑을 알지 못하고 생명의 존엄성을 알지 못한 혜숙의 약삭빠른 행동이었다. 인간에 대한 사랑에 앞선 혜숙의 타산과 이기성은 그녀를 구원하기는커녕 그녀를 죽이고 말았던 것이다.

「황색시인」(『신태양』 53호. 1957. 2.)은 방교장이라는 초점화자를 설정한 상태에서, 홍모라는 인물에 대한 이야기가 그려지는 작품이다. '황색시인'이라 함은 홍이 황색을 좋아하고 시어로 혹은 시의 모티프로 노란색을 즐겨 사용하고 있기 때문이다. 그는 늘 독설로 일관하며 방교장의 시를 놀려 대는 인물인데 한번은 방교장이 그에게 꼼짝 못하는 사건이 생긴다. 홍이 전매특허처럼 쓰는 '노오란'이라는 구절을 방교장이 자기의 시에 사용한 것이다. 그 후부터 홍은 매일 방교장의 이불 속을 파고드는 등 거머리처럼 붙어 방교장을 귀찮게 한다. 그러던 중 그가 술을 마시고 와서 방교장에게 교원자리를 부탁하는데 방교장은 술을 끊을 것과 자기 작품에 대한 건방진 태도를 고치는 조건으로 '동지적인 결합체'라고 자부할 만한 자기 학교의 선생 자리를 내주게 된다. 그러나 선생이 된 후에도 홍은 그 버릇을 고치지 않아 방교장을 난감하게 한다. 홍선생의 방교장에 대한 무례함은 교장이자 선배시인에게 예우를 하지 않고 방교장의 호의를 무례히 악용하여 방교장의 집을 제집처럼 찾아들며 취업 후에도 방교장과의 금주 등의 약속을 이행치 않는 것에 그치지 않는다. 학교 급사인 숙이와 결혼의사를 밝히면서, 방교장이 반대의 뜻을 보이자 방교장이 숙이를 '노후의 오락'의 대상으로 또 "공기돌처럼 가지고 놀아보자는 악취미에서 사랑하"기 때문이라는 폭언도 서슴지 않는다. 학교에 꼭 필요한 숙이가 그만두게 된 사건에 책임을 지고 학교를 그만두라는 방교장에 대하여 숙이를 그만두게 한 것은 자기가 아니라고 버틸 정도로 홍선생은 파렴치한에 가까운 인물이다. 홍선생의 안하무인격의 무례함은 방교장에게만 국한되는 것이 아니고, 처가와 그 외 동료에게까지 행해진다. 단칸방인 숙이의 집을 처가집이라고도 않고 자기 집이라고 우기며 동료 선생들을 데리고 가서는 결혼 전인 숙이에게 마구 호령하기도 하고 그녀에게 상머리에 앉아 술을 따르라고 하며 노란 저고리를 입으라고 하여 작부처럼 취급하기도 한다. 그런가 하면 미래의 장모에 대하여 사위 친구 대접이 부실하다고 떼를 쓰기도 한다. 또 그런저런 사정을 눈치채고 돌아가려는 동료들에 대하여 그런 행동은 자기의 인격을 모독하는 것이라며 욕설도 서슴지 않는다. 한마디로 홍은 인간으로서의 예의염치를 하나도 모르는 비인격적인 인물인 것이다.

그런데 이 작품의 무게는 이러한 방약무인하고 안하무인격의 홍이 인간성을 회복하게 되는 것을 포착하고 있다는 데에 놓인다. 그로부터(학교를 그만두고 송별회의 난동 이후 모두와 헤어진 후) 2년이 지난 어느 날 방교장의 둘째 딸 결혼식에 홍은 아이를 업고 나타나는데 그의 모습은 모두가 놀랄 정도로 변화되어 있었던 것이다. 홍과 같이 오지는 않았지만 홍의 말을 통해 그려지는 그와 그의 아내 숙이는 모두 예의염치를 아는 사람이 되어 있었다. 그의 변화를 정리해 보면 다음과 같다.

① 우선 청하지 않은 경조사에까지 굳이 와서 인사를 하는 행동. 자신을 초청하지 않은 것을 기분 나빠 하는 것이 아니라, "신문에서 보구 알았습니다. 전 주소를 몰라서 청첩장도 안 보냈지요?" 하면서 공손하게 인사를 한다.
② 자신을 놀리는 이전의 동료들에게 대한 관대성
③ 과거를 부끄러워하고 있음을 보여 줌. 그의 말에 의하면, 그의 아내 숙이도 선생들을 뵐 면목이 없어서 오지 못했다고 하는데 여기에서 그녀 역시 지난날의 무례함을 부끄러워하고 있음을 알 수 있다.
④ 성실한 생활 자세를 갖추고 있음. 그는 이미 생활인이 되어 있었던 것이다. 쥐덫공장을 경영하고 있다는 그는 더 놀다 가라는 주위의 권유에 "한 개라도 더 만들어야지요." 하면서 일어날 준비를 한다.
⑤ 타인에 대한 배려, 사랑. 이것이 위의 변화의 배경까지도 알게 하는 것이라고 생각되는 것인데, 그것은 다름이 아니라 자식을 생각하고 아끼는 것이다. 술을 잘 마시던 그를 기억하는 선생들이 술을 권하자 끊었다고 하면서 잔만

받아 놓고 그 대신 오색가지로 물을 들인 꽃떡을 한 개 집어서 어린것 손에
들려 주는 행동은 그의 자식 사랑의 일면을 확연히 보여 주는 것이다.

이런 홍에 대한 방교장의 반응은 남다를 수밖에 없다.

> 방교장은 참 반가왔다. 반갑다는 것은 홍군이 돈을 벌게 됐다는 것을 말하는 것
> 이 아니다.(……)허허 웃었지만 웬일인지 눈시울이 시근거렸다.[36]

방교장이 반가워하고 눈시울까지 적시며 감동하는 것은 비인간에
서 인간으로 회귀한 한 인물에 대한 정감의 표시이다. 그는 무례하
고 방자하기 이를 데 없는 홍에 대해서도 그 정도로 애정을 가지고
있었던 것이다. 그런데 사실 홍의 인간성 회복은 방교장의 충고나
동료의 조언과는 무관한 것이다. '황색시인'의 변화는 "개인주의와
이기주의 그리고 자유주의와 심미주의의 인간이 평범한 생활인으로
변질되어 가는"[37] 것이지만 그런 변화의 기반은 자식에 대한 애정이
라고 볼 수 있다. 홍을 변화하게 했던 자식에 대한 애정, 그것이 인
간성의 근본임은 「곰선생」의 주인공의 경우와 마찬가지다. 누구도
가르치지 못했던 삭막한 시대의 인간성 회복이 자식과 생활을 통해
이루어진다는 것은 추식 휴머니즘의 한 열쇠가 되는 것이다.
　「귀순어머니」(1957. 8.)에서는 학교 선생인 주인공에게 미국인의
첩 생활을 하는 귀순어머니가 접근을 해 오고 주인공 역시 그에 다
소 유혹을 느끼고 쩔쩔매게 되는데 알고 보니 사실 그녀의 모든 행
동은 혼혈아인 자기의 딸 귀순이를 학교에 보내려는 것에 지나지 않

---

36) 「황색 시인」, 171~172면.
37) 김영기, 앞의 글, 339면 참고.

았다는 이야기이다. 여기에서 귀순어머니는 자기 자신과 같은 여성들은 "여성에서 한 걸음 벗어난, (……) 그런 중성적인 여성들에게는 애정이라고 하는 따분한 어휘는 소용이 없"고 "신체의 구조를 이용해서 생활과 향락까지라도 얻"는 것에 지나지 않는 부류의 인물이라고 이야기한다. 그리고 자신이 학교를 나와 첫사랑에 실패한 얘기에서부터 육이오 피난살이, 양첩이 되어야 했던 경위를 주인공에게 구구히 설명한 뒤에 다음과 같이 이야기한다.

> "(……)특수여성들은 여성의 위치에서 차츰 멀어져서 중성화한다고 했지요? 그런데 애정이나 반항, 그리고 시기적인 감각까지도 없어졌던 그런 중성적인 테두리에서 다시 여성의 위치로 돌아오는 수가 있어요.(……) 선생님이 제 청을 들어주시느냐 안 들어 주시느냐 하는 두 가지 중에 달려 있어요"38)

바로 이 대목에서 '나'는 그녀의 '청'이 자기에게 대한 사랑의 요구쯤 될 것으로 오해하고 "전신의 피가 머리맡으로 뿜겨 오르는" 것을 느끼는데 마침내 알게 된 귀순어머니의 청이란 딸 귀순이를 학교에 다니도록 해 달라는 것이었다. 그녀가 말한, 곧 "중성적인 테두리에서 다시 여성의 위치로 돌아오는" 길이란 '나'의 오해와는 달리 자식에게 대한 지극한 모성애였던 것이다. 스스로의 치부를 다 드러내면서까지 '나'에게 자식의 학교 문제를 부탁하는 귀순어머니의 모습은 자식에 대한 극진한 애정을 보여 준다. 이 작품 역시 인간은 생존하기 위하여 가족에 대한 사랑이 무엇보다 중요한 것임을 알게 하는 작품이다.

인간애, 가족애 외에 인간의 생존 조건으로 추식이 들고 있는 것

---

38) 「귀순어머니」, 195~196면.

중의 하나는 인간 내면, 양심의 문제이다.

「비인격형」(『현대문학』 18호. 1956. 6.)이 그 두드러진 예가 되는데 여기에서는 비인격형의 인물 이군과 소심하고 양심의 가책을 아는 '나'와의 갈등과정과 결별이 그려져 있다. 다음과 같은 단계 속에서 작가 추식이 발견한 당대 인물형이 그려지고 있다.

첫째로 걸음걸이에서 이군과 '나'는 다르다. 이군은 "밤낮 길바닥만 바라보면서 땅덩이가 꿰어질가바 조심보심 다리를 옮겨 놓는" '나'의 꼴을 보다 못해 "눈을 부릅뜨고 아랫배에다 항상 힘을 주면서 걸어바……"라고 충고한다. '나'의 걸음걸이에서는 자신 없고 소심한 성격이 드러나는가 하면 이군의 걸음걸이는 적극적이고 자신만만한 성격을 나타낸다.

둘째로 '나'는 주간신문사 기자증 등을 '나'의 인격의 전부로 생각하고 그것이 들어 있는 지갑을 조심하려 한다. '나'는 자기 자신의 가치를 중요시하려는 인물인 것이다. 이에 비해 이군은 호주머니 속에 아무것도 없다. 이군은 신분증 따위가 무슨 소용이 있으며 무엇 때문에 그따위 종이쪽에 의지해서 살아야 하는 것이냐고 반문하는데 이것은 그가 아무것도 가지지 못한 인물이거나 혹은 그런 것을 이용하지 않고 살려 한다는 것을 알게 한다.

셋째로 길에서 검문을 받게 되었을 때도 '나'와 이군의 대응방식은 전혀 다르다. '나'는 병역 기피자가 아니고 자신의 의무를 다한 것을 자랑스러워한다. 그러다가 민방위 훈련을 안 한 것을 추궁받기에 이르고 만다. 이렇듯 곧이곧대로의 '나'에 비해 이군은 매우 교활한 인물이다. 이군은 영어로 말을 하며 중요한 일을 맡고 있는 외국인 행세를 하면서 '나'에게 통역해 달라는 제스처를 쓴다. 외국인에게 비굴할 정도로 친절한 성향이 있는 당시 일반인들의 심리를 악용하고 있는 것이다. 그렇게 곤란한 지경의 '나'를 구해 낸 후 이군은 '나'에게 다음과 같이 말한다.

> "일대일로서는 도저히 움직일 수 없는 사나운 거리에서 자네는 어쩌자고 자신을 그렇게 비하시키나? 그래 민병대 취체원들에게 용서하십시오 하고 싹싹 비는 것이 비굴하다고 생각지를 않나?"[39]

넷째로 그러한 이군의 허세에 대하여 '나'는 방관적인 입장이다. 이군은 사람들에게 자기 자신에 대하여 굉장할 정도로 허세를 부리고 있는데[40] '나'는 그가 하는 짓이 퍽 허황한 줄은 알지만 아주 터무니없는 소리라고는 여기지 않는다. 이것은 '나'가 이군에게 세뇌 내지 동화된 때문일 수도 있고 '나'의 다소 무신경하기까지 한 심성에 기인한 것이다. 그래서 '나'는 비판 없이 그의 말을 듣다가 은근히 이군의 출세를 기다리기에 이른다.

다섯째로 그렇게 무신경하고 무관심하게 방관만 하던 '나'가 이군의 비인간적인 행위에 반감을 갖게 되는데 그것은 이군과 용암사와의 거래에서 비롯된다. 계룡산에서 이십 년이나 도를 닦았다는 철학자 용암사와 그를 속여 먹는 이군의 행위는 사기와 사기의 먹이사슬이다. 이군의 실체조차 깨닫지 못하면서 사람의 운명을 예언한다고

---

39) 「비인격형」, 58면.

40) "새로 설치되는 어떤 정부기구의 책임자로 가게 될 것인데 그 자리는 각부 장관과 동등한 대우를 받는 것이라고도 하고, 한국을 원조하는 모든 외국기관을 통할할 수 있는 고문관으로 교섭을 받고 있다고도 하고, 그밖에도 이군을 모셔가려고 하는 자리는 한두군데가 아닌 상 싶었다. 그 굉장한 감투자리도 이군에는 모두 비위에 맞지 않을 뿐만 아니라 인격이 용납하지 않지만 권력 없이는 살 수 없는 세상이니, 자기도 그 전과 같은 고집을 버리고 한 번 쩡쩡거려 볼 작정이라는 것이었다."(「비인격형」, 59면)

사기를 치고 있는 용암사에게 이군은 자기가 높은 지위의 사람이라고 사기를 치고 용암사에게 각부 장관이나 저명한 정치인들과 관련을 맺게 해 달라는 청탁을 받아 낸다. 그 대가로 용암사는 이군에게 번번이 '거마비' 명목의 돈을 주는데 그 돈으로 '나'와 이군은 해장을 하고 식사를 하며 목욕을 즐긴다. '나'는 그러한 이군의 행위를 마땅치 않게 여기면서도 어쩔 수 없이 그의 꽁무니를 따라다닐 수밖에 없다. 그것은 용암사가 거마비 조로 주는 그 돈이 이군과 '나'의 생계비였기 때문이다. 이군은 다음과 같이 강변한다.

> "사람이 진정 사람으로 살아갈 때 다시 말하면 인격적으로 생활할 때 그때만이 인간 본래의 생활이 있는 것이야. 그것은 사람이 인간으로서의 가치를 요청하는 생활이거든. 그와 같이 인간가치 또는 자아가치(自我價値)를 요청하는 생활에 있어서만이 개돼지나 날짐승과는 달리 인간적인 생활이 있는 것이야. 그런 의미에 있어서의 인간적 생활 즉 인간 가치적 생활이 인격적 생활이란 말이야. 알겠나? 그런 인격적 생활이 본래의 인간 생활이 아니겠어?"[41]

여기에서 이군이 말하는 '인격적'이란 남을 속이는 등 수단과 방법을 가리지 않고 추구하는 의식주의 충족을 의미하는 것이 된다. 남을 속여서 얻어 내는 돈으로라도 잘 먹고 잘 입는 것이 바로 인격적인 생활이라는 이군의 가치관을 알 수 있다.

여섯째로 이군과 '나'의 시각의 차이는 미세스 안을 대하는 데에서 두드러진다. 이군은 '이대 출신이요 학자의 부인이었다는 미세스 안'을 통해 정신적 사치를 누리고자 한다. 미세스 안이 사회적으로 인텔리의 타이틀을 가졌다는 것만으로 이군은 그녀를 인격자로 인정

---

41) 「비인격형」, 64~65면.

하고 그를 위해서 곧 그녀의 인간가치적 또는 인격적 생활을 찾아 주기 위해서 권력 잡기를 서두르려고 한다. 이군은 "미세스 안은 내 얘기를 알아듣는다, 그는 내가 발견한 최초의 여성이다"라고 말하고 있지만 '나'가 보기에 그녀는 "지꺼릴 대로 지꺼리고 제멋에 지쳐서 일어설 때에 몇 백 환의 지홧장을 받는 것만 잊지 않으면 될 뿐"인 전직만 화려한 일개 술집 여성이다. 이군은 역시 스스로의 타이틀이 화려한 미세스 안이라는 치장을 하려는 것일 뿐 실제 그녀에 대해서 는 무관심하다.

마지막으로 이처럼 시각 차이가 큰 이군과 '나'의 결별의 계기에 대한 것을 생각해 볼 수 있다. 그러다가 그것이 현실화되게 된 것은 이군과 염료회사 황전무와의 거래 건에서 비롯된다. 일본군이 바다 에 내버렸다는 탄환을 건져 그것으로 염료를 만들어 보겠다는 ××염 료회사의 치밀하고 화학적이며 애국적인 사업계획을 듣고 용암사는 성공한다며 '목성을 가진 귀인'의 도움을 받아야 한다며 이군을 소 개시켜 주었다. 이군 역시 미군당국과 교섭해 준다고 나서면서 회사 측으로부터 돈과 차를 받았다. 이른바 애국적인 사업에 이중으로 사 기 구조가 끼어든 것이다. 돈을 받고 일을 도모해 준다고 장담한 이 군은 회사의 그 계획을 "바닷속에 들은 대포 탄환을 건지겠다는 미 친놈들……"이라고 냉소할 뿐 그 일을 도모해 주는 것은 꿈도 꾸지 않는다. 그러면서도 그 회사로부터 돈을 받아 챙기고 그 돈으로 아 무런 가책도 뒷감당의 염려도 없이 미세스 안과 "인간가치적 생활" 을 찾아 놀러 다니며 연희를 벌인다. 돈을 받고 자동차까지 굴리는 문화적 생활 속에서 엄청난 씀씀이와 돈의 출처에 관한 뒷걱정은 '나'의 몫이 되었다. 거기에다 미세스 안과 찾은 교회에서 이군은 물쓰듯 하는 '돈짓'의 일환으로 거금을 헌금통에 넣는다. 마침내 '나'의 분노가 발동한다.

> 제 종노릇을 하다 싶이 하는 나는 엉덩이가 너벌너벌하는 양복바지를 꼬이고 다니지 않는가? 그것보다도 그 돈머리가 그렇게 돌아갈 성질의 것이 아니다. 황전무가 하루 일만 오천환식 주기로 하고 자동차를 특약하여 제공한 것이나 매일 필요하다는 대로 몇 만환씩 비용을 대주는 것은 그 회사의 흥망성쇠가 이군의 손에 달려 있기 때문이다.[42]

'나'는 "남의 돈으로 연보 바치는 것이 우스워서…… 황전무는 그런 돈을 주지 않았을 텐데"라고 냉정히 이군의 잘못을 지적하는데 정곡을 찔린 이군은 잘못을 깨닫기는커녕 '나'에게 결별을 선언한다.

이군에 의하여 비인격적이라고 수식된 '나'는 실상 비교적 인격적이고 인간으로서의 휴머니즘을 간직한 보통의 인물이다. 오히려 자기 자신의 말로 미화하여 인격적인 인물 이군은 전후의 혼란한 사회를 틈타 자기 자신의 사리사욕을 채우느라 급급한 비인격적, 비인간적인 인물에 다름 아닌 것이다. 두 인물의 극명한 대조를 통해 휴머니즘의 추구가 보다 선명하게 드러나는 것이 바로 「비인격형」의 세계이다.

양심의 문제가 인간의 생존 조건이 된다는 것은 「대도신문사」에서도 나타난다. 「대도신문사」(1957. 6.)의 방기자는 군대를 동경하는 인물인데 그것은 그가 고독, 낙오, 피해 등의 콤플렉스를 군중심리로 방어하고자 하기 때문이다. 같은 신문사의 문선과장 대신 입대해 주

---

42) 「비인격형」, 68면.

겠다고 제안하면서 "이따위 신문사에서 보람 없는 일을 하고 내 몸 뚱아리를 얼구고 썩히느니보다는 차라리 군대로 가는 것이 떳떳하겠어."라고 말한다. 학병으로 군에 입대했다가 제대한 지 얼마 안 되는 방기자는 겉보기와는 달리 무법천지의 장인 신문사와 "군단장이나 사단장 같은 복장에 나타나 있는 계급적인 위엄성(威嚴性)보다도 오히려 보이지 않는 존경의 가치가 있으리라고 믿고 그 앞에 머리를 숙였던", 그러나 자신의 돈벌이와 처세에만 급급한 신문사 사장의 모습에 실망을 하고 차라리 군에 가려고 한다. 그런데 공장 견습공의 모친상 때 걷은 부의금을 횡령해 신문을 만든 회사 측에 대하여 분노하고 소란을 피우다가 사장이 동원한 '어깨'들과의 충돌을 빚어 방기자는 팔이 부러져 그토록 소망하던 일 − 문선과장 대신 군대에 가는 것 − 을 할 수 없게 된다. 여기에서는 방기자를 통해 「인간제대」에서와 마찬가지인 군대에 대한 동경 심리와 함께, 부친상을 당한 어린 소년을 위해 걷었던 조의금까지도 주저 없이 유용하는 신문사의 모습을 통해 명분에 급급한 모리배들의 실상이 그려지고 있다. 아울러 신문사의 그런 행태에 대한 젊은 방기자의 분노를 통해 작가의 휴머니즘의 문제가 타진되고 있음을 알 수 있다.

(3) 삶에 대한 자세의 전환

추식의 작품들에서 삶에 대한 시선은 대체로 부정적인 경향이 짙다. 그런 면에서 예외적인 것이 바로 「염병」(『사상계』 76호. 1959.

11.)이다.

「염병」은 죽을지도 모르는 병에 걸린 '나'의 눈을 통해 인간 존재의 문제가 새삼스레 제기되는 작품이다. 학교에 끌어들일 때 그토록 간사하게 '나'를 이끌던 민교감과 하숙집 주인아주머니는 '나'가 몸져눕고 열이 사십 도를 오르내리게 되자 "무엇이 그렇게 귀중한 생명이기에", "염병의 독균을 죽이느라고 온통 집안에다 「크레졸」을 들어붓고 야단들"을 벌인다. 잘 대해 주는 듯하다가 졸지에 '나'를 소외시키느라 분주한 이중인격자 같은 그들에 대하여 '나'는 분노가 치민다. "머리맡에 손을 내밀어" "성냥 알맹이를 한 줌 추려" "그대로 드윽 거어서 완자문에다 불을 지를 작정"을 할 정도이다. 어쩔 수 없이 '나'는 입원하기로 한다. 병원에서 '나'는 주인아주머니에게 하숙방에서 '사형수의 짚신'을 가져다 달라고 부탁하고 그것을 보면서 삶에의 의욕을 되새긴다. 그것은 사형 집행 장소에 가면서 발에 물이 묻을까 봐 물이 고여 있는 곳을 뛰어 건너던 사형수의 것이었다. '나'는 짚신을 보며 사형수를 떠올리고 죽기 직전에도 삶을 포기하지 않던 사형수 그리고 삶에 관하여 생각하면서 삶의 의욕을 되새기기 시작한다는 것이다. '나'가 삶의 의욕을 가지게 되는 계기는 또 있다. 짚신을 어항 위에 두고 잔 다음 날 아침 금붕어들의 몰사를 보고 또 그에 대한 소득을 위해 간호사들이 뿌린 크레졸 냄새를 맡으면서 '나'는 해부대, 시체, 메스, 냄새, 해부학교실을 상기한다. 무시무시하고 엄숙해지는 해부학교실을 나오면서 보았던 글귀를 떠올리고 '나'는 삶에 대한 자세를 바꾸게 된다.

"우리는 감사한다"(……)"감사한다. 감사한다."바싹 옹크리면서 나는 염불을 외

우듯 했다.(······)나는 어떻게 할까 생각해 보았다. 살 것인가? 죽을 것인가? 말이다. 지금 같아서는 그 어느 것이든지 택할 수 있을 것 같았다.(······)열이 그렇게 푹 내리면 무엇을 잊어먹은 것처럼 허전했었는데 오늘 아침은 이상하게도 개운했다.43)

열이 내리면 허전했었던 것은 '나'의 삶에 대한 태도가 불확실한 것임을 알게 한다. 그러나 '나'는 하나의 통과제의라고 할 수 있는 수감 경험과 해부학 교실 견학을 떠올리면서 삶의 욕구를 강하게 되새기게 된 것이다. 그 때문에 이제는 열이 내려도 허전해하기보다 개운함을 느끼는 것이다. 주어진 삶을 감사하게 느낀다는 것, 삶에 대한 성실한 자세는 인간의 존재, 인간성의 기본이라 아니할 수 없는 것이고 보면 「염병」의 의미는 매우 클 수밖에 없다.

(4) 기타 - 동정심, 신뢰 그리고 물질만능주의 비판

「또 하나의 전설」(1956. 6. 단편집에 게재. 발표연대는 1958)은 주인공의 타인에 대한 휴머니티를 보여 주는 작품이다. 여기에서 '또 하나의 전설'은 전쟁으로 파괴되어 버린 도천 가족의 수난사이다. 산을 가꿔 알뜰히 모은 곡식을 송두리째 빼앗기고 넋을 잃다시피 허탈해하던 도천의 아버지는 다시 일어서 보려고 보리밭에 인분을 메고 나갔다가 허기가 져서 넘어지는데 마침내 "쌀가마니를 감추라 - "는 헛소리를 남긴 채 죽는다. 도천은 쌀과 밥을 마음껏 먹을 수 있다는 이유로 중이 되기를 소망하는데 아이러니하게도 그가 바라는 중인 '하이칼라' 중과 도천의 어머니는 애정의 도피행각을 벌인다.

---

43) 「염병」, 342~343면.

어머니를 생이별한 채 상주색시전설이 있는 상주 웅덩이에서 돼지감자를 씻고 있는 도천과 헤어지는 장면에서 원선생은 도천의 가족사가 '또 하나의 전설'이라고 생각해 본다. 한 가족의 생애, 늙은이에 대해 몰인정한 전쟁의 군인, 빨치산들을 고발하는 동시에, 도천 어머니의 가출을 통해 한계상황 속에서는 늙은 시모에 대한 책임감과 자식에 대한 모성본능도 맥을 못 춤을 이야기한다. 이 작품의 주제를 휴머니즘이라는 포커스에 맞추어 생각해 보면 다음과 같이 정리해 볼 수 있다. 전쟁을 이해하기에는 너무나 어린 아홉 살 난 도천이 겪어야만 하는 전쟁의 피폐함과 굴곡의 삶, 그리고 그러한 도천과 가족을 바라보는 원선생의 휴머니즘. 원선생이 도천을 바라보는 시선은 따뜻한 인간애, 휴머니즘에 다름 아니다.

> 어느결에 상자가 된 모양이었다. 물속에 잠겼던 손이 뻐얼겋게 부풀어 있었다. "도천아 잘 있어라 응" 원선생은 그저 입에서 나오는 대로 한 마디 던졌는데 도천이란 놈은 물끄러미 바라보는 두 눈에 눈물이 글썽글썽했다. 그 꼬락서니를 보자 원선생도 코밑이 시근거렸다.[44]

인용 부분은 이 작품의 주인공 원선생의 타인에 대한 진정한 동정심을 알 수 있는 부분이다. 휴머니즘의 모태는 인간의 이해라는 것을 상기해 볼 때 이 작품을 통해서 추식이 휴머니즘의 본연적 문제를 추구하려고 하였다는 것을 알 수 있다.

「귀촌」(『현대』 5호. 1958. 3.)에서는 물질만능의 풍조를 비판하면서 휴머니즘의 문제를 강조하고 있다. 서울에서 영화를 만들고 있다는, 예술가라는 사실만으로 아주 오만한 '나'가 영화 스폰서를 위해

---

44) 「또 하나의 전설」, 96면.

고향을 내려갔다가 겪게 되는 여러 가지 일을 그린 작품이다. '나'는 예술가가 된 후 금의환향처럼 향토방문공연을 한 번 하고는 20여 년 간 고향에 들러 본 일이 없다. 그런 '나'는 고향은 정체되어 있을 것 이라고만 생각하고 있었다.

> 나는 고향의 모든 활동이 그대로 정지되어 있고 나만이 「예술가」가 되어 개선장 군처럼 환영을 받을 줄 알았던가(……)연자 방앗간 옆에는 찌그러져가던 해산네 오막이 없어지고 그 자리에는 이쁘장한 회벽집이 서 있었다. 해산네 성세로는 기 십년은 고사하고 이백년이 흘렀다 한들 그런 집을 세울 수는 없을 것인데 아마 마을에 새 부자가 생겼나보다 하고 혼자 생각하면서 주춤주춤 고샅을 헤쳤다.45)

그런데 이런 '나'의 생각과는 달리 고향은 발전하고 있었다. '맨밥 이'까지 큰돈을 벌고 부자가 되었으며, 조카와 맨밥이 큰아들은 내가 생각하는 만큼 호락호락하지가 않고 '깨일 대로 깨여서' '한 마디 한 마디 조심해야' 하는 인텔리가 되어 있었다. 찾아간 고향에서 '나'는 과거의 추억을 되새기고 고향의 발전상을 보면서 자신의 정체성만을 뼈저리게 느끼게 된다. '나'가 자신만만하게 생각하고 있던 '나'의 작품은 조카에 의해 '신파'라고 지적당하고 오히려 '나'는 그에게 리 얼한 작품으로 작품 수준을 향상시키라는 충고를 받게 된다. 돈을 위한 '나'의 귀촌은 결국 정체성을 실감하는 계기가 되었던 것이다. 본래 '나'는 가난하고 출신이 낮은 사람과도 잘 어울리는 성품의 소 유자였다. 솔마루 김씨인 '나'는 큰집 행랑살이를 하는 천인 맨밥이 와 어울리면 안 되지만 '나'는 맨밥이와 가까이 사귀었고 자라서는 술친구까지 되었다. 싱거운 성품 탓에 맨밥이라는 별명이 붙은 그는

---

45) 「귀촌」, 133면.

맺힌 한 때문에 가끔 엉뚱한 짓, 이를테면 서낭당에 불 지르기까지 하는 인물이다. 그러나 이해관계를 헤아리지 않고 '나'는 그와 친구로 교제를 했었던 것이다. 이렇듯 원만한 성품이었던 '나'는 사리사욕에만 눈먼 사람이 되어 있다. 맨밥이 부자가 되었으며 하루 전에 죽었다는 말을 듣고서, 그의 죽음에 대한 애통보다 나의 잇속, 곧 진작 왔으면 빌 수도 있었을 그의 돈을 아쉬워한다.

> 나는 「맨밥이」가 죽은 것을 내 운수와 결부시키지 않을 수 없었다. 녀석이 그렇게 큰돈을 벌고 살아만 있다면 꼬장뱅이 사촌형님을 꾀일 필요도 없이 거뜬히 몇백만환쯤 돌릴 수 있을 것이니까 말이다. 나는 좀더 일찌기 고향을 찾아들지 않은 것을 후회하면서 (……)나는 될 수 있는 대로 상여 뒤를 따르면서 맏상주인 「맨밥이」 큰아들을 위로했다. 그리고 망인과 나는 둘도 없는 친구였다는 것을 재삼 강조했다.46)

오만함과 이해타산에 젖은 '나'는 오래간만의 고향 나들이로 자신의 오만함이 근거 없는 것임을 깨닫고 사람보다 돈을 먼저 계산하는 자기 자신의 오늘날을 되돌아보게 된다. 물질만능의 풍조에 젖어 이기적이고 즉물적으로 변화된, 모든 것을 물질적인 잣대로 평가하려는 '나'가 오만함을 버리면서 과거의 추억을 되새기는 과정을 통해 인간에게는 물질보다 더 중요한 가치가 있음을 추식은 이 작품을 통해 강조하고 있는 것이다.

「도관장선생」(현대문학 61호. 1960. 1.)의 주제는 인간에 대한 환멸과 분노 그리고 허탈감이라 할 수 있다. 여기에서는 인간 상호간 신뢰의 회복이 중요하지만 이루어지기 어려운 현실에 대한 개탄이

---

46) 「귀촌」, 138면.

보인다. 주인공 '나'는 육이오 사변 전, 선배 소개로 금화도라는 유사종교 단체에서 경영하는 사립학교 교원이 되면서 그곳의 부조리함을 발견하게 된다. 신도들에게 농사는 도외시한 채 도만 강조하고 육류를 금하고 무명옷 외는 입지 못하게 하며 병이 나도 싸구려 환약에 불과한 약을 금화선약이라고 먹게 하는 외에 다른 약을 못 먹게 한다. 전쟁이 일어났는데도 그들은 신도들을 피난도 못 하게 한다. 그런 종교단체의 실상에 대하여 '나'는 강한 불신을 가지게 되었고 그 정체를 파헤칠 기회를 노리고 있었다. 그런 즈음에 전쟁 중인 인민군들이 그곳에 들어오자 그들은 스스로 탈을 벗는다. 인민군이 종교나 기득권에 대하여 거부감 이상의 감정을 가지고 있는 이들이라는 것을 아는 그들은 교주 집을 절이라 속이고 도관장인 강달은 요란하게 그들을 환영하면서 위원장동무라는 칭호를 주워섬기기도 한다. 평소 육식을 금했던 그들은 인민군들에게 아부하기 위해 돼지를 삶아 푸짐히 대접하기도 하는데 강달은 그만큼 급변하는 정세에 따라 카멜레온처럼 변화하는 가벼운 몸놀림의 소유자인 것이다. 이런 상황을 보면서 '나'는 겁에 질린다. 왜냐하면 '나'는 그들에게 허구적 종교의 증인이 된다는 면에서 일차적인 위협의 존재 따라서 제거 대상이 되기 때문이다. 신변의 위협을 느낀 '나'는 가족을 이끌고 밤을 도와 그곳을 떠난다. '나'의 한계성은 강달의 사기성을 잘 알면서도 다시 서울에서 그를 만나게 되었을 때 다시 그에게 빌붙으려고 하는 데에 있다. 강달은 당 고위층과 연이 닿는다며 '나'에게 S중학교에 직장 알선을 제의하는데 '나'는 그의 번지르르한 외모에 눌려 그의 말을 믿고 셋돈까지 빼어 그에게 준다. 나중에 알고 보니 또다시 그에게 사기를 당한 것이라는 데에 '나'는 망연자실한다. 강달은 한계 상황에서 인간이 얼마나 맹목적이며 비이성적인지를 잘 알고 이를 종교로 혹은 취업 알선의 명목으로 요리할 줄 알았던 것이다. 그 뒤로 '나'는 강달을 죽여야 한다고 다시 한 번 다짐해 본다. 전쟁 시기 후유증으로 생명의 존엄성 무시 현상이 드러나는 부분이라고 할 수 있는데, 상대에 대한 살의는 문제 해결의 방법일 수 없기 때문에 비극적인 결말을 예고한다.

> (까짓 육이오 때 죽은 셈 대면 그만이다……)(……)육이오 때는 죽은 사람도 많고, 꼭 죽을 뻔한 사람도 많다. 그때 죽었으면 그저 그만인 것이다. 살았다는 것은 기적적으로 목숨을 얻었다는 것이 된다. 그때부터 근 십년간을 살았다는 것은 거저 얻은 목숨이거나, 죽은 뒤에 덤으로 살아온 푼수밖에 안된다. 그것도 푸짐하게나 살았다면 몰라도, 죽는다는 약속을 어긴 죄인처럼 연명을 해 왔으니 아까울 것 없는 목숨이다. 놈의 부듯한 뱃구레를 푹 질르면 눈깔을 훌떡 뒤집어 까고, 제끼짓게 무슨 영웅이나처럼 「게엑」소리를 지르고 넘어 백힐 것이다. 통쾌한 일이 아닌가……47)

이렇듯 분노가 곧 살인 행위로 이어지는 것은 인간의 존엄성이 위협받는 조건이 된다. 인간이 살아가기 위하여 가장 중요한 것 중의 하나는 인간 상호간에 존재하는 신뢰가 아닐까. 그런 점에서 서로가 서로를 이용하고 속이는 불신사회에서 인간은 살아갈 수가 없을 것이다. 그렇기 때문에 쉽게 삶을 포기하고 다른 사람을 죽이려고까지 하기에 이르는 것이다.

결국 「또 하나의 전설」의 타인에 대한 휴머니티, 「귀촌」에서 나타나는 즉물적이고 이기적인 생활태도의 반성, 「도관장선생」의 불신사회에 대한 혐오와 고발 등의 문제는 인간성의 회복이라는 명제에 있

---

47) 「도관장선생」, 46~47면.

어 중요한 관건이 될 정도로 중요한 것이다.

성인을 주인공으로 하는 작품의 경우에 추식은 인간 존재에 대한 회의 또는 뒤틀린 인간성을 가진 인물들, 삶에 대한 자세의 전환을 보이는 인물들, 인간이란 무엇인가 또는 인간으로 살기 위해서는 어떠한 것이 필요한가 하는 문제를 보여 주는 인물들을 통하여 보다 직접적으로 휴머니즘의 문제를 짚고 있다.

결론: 전후문학으로서의 추식문학의 특성

한국문학에서의 도시문학은 이미 1920~1930년에 태동되어 여급과 카페문화, 이질적 집단으로서의 도시적 특성을 담고 있음을 현대문학 초기의 문학에서 확인할 수 있다. 곧 1920~1930년대에 태동된 도시문학이 1950년대의 전후문학에서 본격화된 것이라 할 수 있겠다.

추식의 문학에서 그러한 도시적 특성은 더욱 부각될 수 있다. 50년대 작품의 거의 전부가 도시를 배경으로 할 뿐 아니라 그러한 도시적 특성을 담고 있는 것이다. 여기에서 예외적인 것은 섬마을 여선생 이야기를 그린 작품으로 심훈의 「상록수」와 구성적인 면에서 많이 닮아 있는 『가시내 선생』(추식 · 박경수, 한국문학 전집24, 삼성당, 1988)뿐이다.

도시소설이라 할 수 있는 추식의 소설을 보면 상이군인이나 양부인 등이 전쟁 후유증과 같이 빈번히 나타나고 「부랑아」, 「통로」 같은 경우, 소년들의 시선을 통해 비록 작은 범위의 문제에 국한되기는 하더라도 사회 현실을 폭로하고 있으며 기득권자, 곧 한 회사의 사장 같은 인물들은 불의의 인물로 설정되어 있다는 것에서 전후소설의 공식48)을 크게 벗어나지 않고 있다고 볼 수 있다. 다만 추식의 경우 대부분의 전후소설에서 실직자가 정의자로 구현되어 있다기보다는 그들이 단지 사회의 부적응자에 지나지 않으며 그럼으로써 그들 자신이 사회에 소속되어 있지 못한 데에서 오는 극한 소외감과 그로 인한 갈등과 회의가 도를 지나칠 정도로 그려지고 있을 뿐이라는 것이다.

「인간제대」에서 현실을 공동묘지로 보고 있는 것이나 「염병」에서 해부의 장면이 묘사되거나 그것이 리얼한 방식으로 주인공에게 노이로제가 되고 있는 것들은 작가 추식이 염상섭에게서 일정한 영향을 받고 있다는 것을 보여 준다. 다만 염상섭의 「묘지」의 시선에 비하여 「인간제대」의 그것은 보다 주관적이고 개인적인 상황 환멸에 가깝다는 것과 「표본실의 청개구리」에 비하여 「염병」에서는 주인공이 보다 건설적인 방식으로 그를 받아들이고 오히려 삶에의 의욕을 되찾는 계기로 삼는다는 것이 두 작가 간의 차이이다.

추식의 작품은 아이가 주인공인 것과 어른을 주인공으로 하고 있는 것이 다른 양상을 보인다. 아이를 대상으로 한 작품들에서는 「죄」에서 그려지는 것 같은 뒤틀린 인간성과 휴머니즘의 무정부 상태, 「통로」에서 나타나는 것 같은 한계상황 속에서 막막한 휴머니즘, 「기적궁」에서 그려지는 인간성의 상실, 「꽃제비」에서처럼 막연한 휴머니즘 정도로 그려지다가 「부랑아」에 이르러서는 인간애를 느끼는 불량 소년을 통하여 미성년 주인공들이 휴머니즘을 발견해 가는 과정을

---

48) 신경득, 앞의 책, 5면 참고.

그리고 있다. 여기에서는 직접적인 방식이라기보다 다소 역설적인 방식으로 휴머니즘을 그려 나가고 있는 것이다. 양심과 죄책감을 모르는 아이들의 행위와 삶의 방식을 통하여 혼란의 시기에 반드시 있어야만 할 바른 양심과 도덕성이 역설적으로 강조된다. 이에 반해 기혼의 성년들이 주인공이 되는 경우, 휴머니즘의 문제가 보다 직접적으로 드러나고 있다. 인간 존재에 대한 회의 또는 뒤틀린 인간성을 가진 주인공들의 부정적 삶의 영위 방식 등이 삶에 대한 자세를 전환하여, 인간의 본질 또는 인간의 조건을 타진하는 작품들에 이르러서 보다 긍정적인 방향으로 휴머니즘을 모색하고 있다. 이로써 알 수 있는 것은 어떤 경우에도 작가 추식은 휴머니즘이라는 당면 과제를 잊지 않으려 했다는 것이다.

한국전쟁의 후일담
- 구혜영의 「광상곡」

| 서론: 전쟁문학과
| 여성 작가 구혜영 | 1950년 이 땅에 일어난 한국전쟁은 전

후방이 따로 없고 전투종사자나 민간인의 구별이 따로 없다는 점에
서 현대전의 진면목을 보이는 전쟁이었다.1) 뚜렷한 적대의식을 가진
것도 아니면서도 같은 형제끼리 총을 겨누어야 했고 어제의 동료가
오늘의 적이 되기도 하는 동족 간의 상잔이었다. 그렇기 때문에 한
국전쟁은 보다 폭넓은 전쟁 후유증을 야기할 수밖에 없었다.

구혜영의 「광상곡」은 전쟁이 일어나면서 후퇴와 부역, 피난 생활
등의 내용이 다루어지고는 있지만 그것은 부수적이고 그 주된 흐름
은 전쟁으로 인하여 일상이 파괴되고 상처 입는 인물들을 부각시키
며 전쟁의 후유증을 강조하는 내용이 주된다는 점에서 전후문학의

---

1) 김만수, 「1950년대 소설에 나타난 한국전쟁의 형상화 방식」, 『한국전후문학의 형성과 전개』,
   태학사, 1993, 161면 참고.

범주에 포함시키는 것이 타당하다.

작가 구혜영은 1955년 「사상계」 신인 작품 모집에 당선되어 작품 활동을 시작한 이래 여러 작품 속에서 종종 전쟁과 그로 인한 인물들의 질곡을 다루고 있는데 「목소리」, 「암초」, 「안개의 초상」 등이 그것이다. 그의 작품의 특질 가운데 흔히 지적되어 온 것이 '남녀 애정 문제에서 자유 확충 추구'인데, 전쟁과 그로 인한 인간의 파괴를 고발하고 인간성을 추구하고자 하는 것이 구혜영 작품의 또 다른 축을 이루는 것이라고 볼 수 있다. 필자는 구혜영이 전란이 가라앉고 서울 수복과 함께 싹트기 시작한 전후문학에 가장 먼저 뛰어든 작가로 한국 전후문학의 선두 주자였다는 점에 주목하여 그의 문학적 본령은 전후문학 쪽에 놓인다고 본다. 그러한 작품 가운데 백미라고 할 「광상곡」을 분석하면서 그를 통하여 전후문학 선두 주자였던 여성 작가 구혜영이 어떠한 이야기를 하고자 하였는가, 그 문학사적 의의는 어떠한 것인가 등의 문제를 진단하고자 한다.

「광상곡」의 구조

「광상곡」은 어느 날 백남옥의 집에 한자명의 귀국을 알리는 오난설의 전화가 걸려 오고 그로 인해 작중 화자 백남옥이 오난설, 한자명과 연관된 한국전쟁 당시의 기억을 회상하는 형식으로 되어 있다. 남편을 동반한 백남옥이 지인들이 그리워 귀국한 한자명과 가게를 내어 초대를 한 오난설을 만나 회포를 풀게 되는데, 여러 인물 가운데에도 유난히 격변의 삶을 살아야 했던 한

자명의 이야기가 주축을 이룬다. 그런데 한자명이 그토록 그리워하며 찾아다니던 옛 애인 이녕균이 가명으로 함화진의 남편이 되어 살아왔다는 것을 알게 된다. 그리고 이녕균은 자명을 만나기 직전에 죽게 된다.

이 작품의 구조는 시간의 흐름에 의한 현재진행에 기억을 회상하거나 그 회상을 이야기하는 형식으로 과거가 개입되는 것으로 이루어진다.

(1) 현재 ① – 춘천 백남옥의 집. 오난설로부터 한자명이 온다는 전화가 걸려옴. 가끔씩 에피소드처럼 과거 회상을 시작함.

(2) 과거 ① – 본격적인 과거이야기 시작됨. 나 백남옥의 고향은 강릉. 아버지와 결혼 후에도 못 잊는 엄마의 첫사랑을 찾아 중국 천진으로 갔다가 춘천으로 와서 정착함. 한자명, 오난설, 함화진 삼총사와 일산을 만나게 된 때와 불심 검문에 소지품이 걸려 연행되고 아들과 딸의 복잡한 일로 괴로워하던 자명의 어머니 자결함. 자명의 어머니 이정숙의 사망 소식을 듣고 달려온 이녕균의 주도로 장례식이 성대히 치러짐.

(3) 현재 ② – 남옥과 남편 허묵의 대화. 자명과 특별한 연인인 이녕균을 회고함.

(4) 과거 ② – 이녕균을 따라 자명도 서울로 올라감. 난설도 일산을 면회한다며 자주 상경함. 아버지 재혼. 외로워진 남옥은 학교생활에 불성실해지고 가정에서도 정을 못 붙임.

(5) 현재 ③ – 남옥의 생모 재혼 후 낳은 자식들과 미국 간 유미에 관하여 대화. ((5) – 1. 결혼 후 어머니를 찾다가 미국에 가 있음을 알았을 때의 배반감과 지금부터 2, 3년 전쯤 날아온 생모의 두 아들들의 간곡한 편지 회상함. 그 편지를 받은 남옥과 허묵이 망설이는 동안 유미는 왕래를 트고 해외 연수라는 명목으로 그들이 보낸 비행기표를 가지고 미국으로 감).

(6) 과거 ③ – 일산을 면회하러 간 난설이 면회를 거절당하고 옴. 상급생들이 졸업하고 진학한 후 외로운 마음을 둘 데 없어 새어머니를 맞이하기 전까지 집안일을 보아 주던 통천댁의 집, 횡성에 가서 있게 됨.

(7) 현재 ④ – 미아리까지 옴. 한국전쟁 당시를 회상함. 당시 겁이 없던 남옥처럼 혼자 가뿐하게 미국으로 가던 유미에 관하여 대화.

(8) 과거 ④ - 한국전쟁이 일어나자 남옥은 횡성에서 춘천으로 거슬러 올라감. 마침내 바라던 세상이라고 기대함. 그러나 기대해 오던 세상과는 다름을 느낌. 지윤자라는 학교 동료가 이끄는 대로 이동 예술대에 감. 독서회 등을 경험하며 과거를 그리워함. 후퇴하는 길에 민희태에게 처녀성을 빼앗김. 부역의 죄목으로 즉결로 넘어가고 그곳에서 우여곡절 끝에 무사히 벗어남. 함화진의 자포자기의 몸부림.

(9) 현재 ⑤ - '난다랑'이라는 이름의 다방에 관하여 이야기하다가 전원다방을 떠올림. 김포평야 부근.

(10) 과거 ⑤ - 구이팔 수복 후 일사후퇴 때까지 집에서 요양. 1·4후퇴 직전 후퇴명령 때 부산으로 가서 전원다방에 있었음. 내려가기 전날 난설을 찾아갔다가 절망스런 상황을 보고는 홍순표를 찾아가 난설을 도와줄 것을 청하였으나 그에게 냉대를 당함.

(11) 현재 ⑥ - 홍순표에 대한 이야기. 난설을 도와줄 것을 거절당하고 돌아오는 길에 홍순표와 조규희의 데이트 장면을 목격한 것과 전원다방에서 허묵과 남옥이 만나던 무렵의 이야기를 나눔. 자명이 상처뿐인 육신을 안고 귀국함. 국립묘지와 이태원 등지를 지남. 자명의 과거이야기 시작됨. 이야기로 그녀의 미국에서의 직업, 닐 앤더슨과 제임스 영과의 관계 알려짐. 이녕균을 향한 자명의 일편단심. 그가 살아 있다는 기대. 다시 과거의 이야기. 의용군 나갈 무렵. 예술대에서의 생활과 포로수용소와 결혼 등의 이야기. 영마루 휴게소에 도착. 난설을 만나고 사고로 병원에 있는 화진을 만나 그의 과거이야기를 듣게 됨. 화진의 남편인 김태혁이 이녕균임을 알고 그를 찾아가나 이미 사고에 의하여 죽은 뒤임. 자명 오열함.

이것은 작품의 플롯을 정리한 것이다. 이를 시간 순으로 정리하여 보면, (2) (과거 ①) → (4) (과거 ②) → (6) (과거 ③) → (8) (과거 ④) → (10) (과거 ⑤) → (1) (현재 ①) → (3) (현재 ②) → (5) (현재 ③) → (7) (현재 ④) → (9) (현재 ⑤) → (11) (현재 ⑥)이다. 이것은 과거와 현재가 각각 서사적인 시간에 의하여 흘러가고 있음을 나타낸다.

작품의 시간적 배경은 1) 한국전쟁 직전(과거 ①, ②, ③), 2) 전쟁이 일어나고 9 · 28 수복 이후까지(과거 ④, ⑤), 3) 그 후로부터 근 40여 년이 지난 후 10대 소녀였던 인물들이 50대가 되어 재회하는 시기(현재 ①, ②, ③, ④, ⑤)로 나누어진다.

1) 한국전쟁 직전 - 여학교 학생들의 사변적 이야기

이 시기의 내용은 비교적 사변적이고 감상적인 것이 대부분이다. 작중 소요시간은 1945년쯤부터 1950년 전쟁 직전까지. 3학년이던 자명 등이 6년제로 바뀐 학제를 모두 마치고 졸업한 것이 1950년이므로 자명과 남옥이 만난 것은 1946년이다. 공간적 배경은 춘천. 해방 후의 자유 분위기와 그에 일정한 영향을 받아 첫사랑을 찾아 가출한 엄마 때문에 정신적인 고통을 겪고 외부와 차단되는 삶을 영위하려 하는 '나', 백남옥에게 어느 날 한자명이라는 선배가 찾아오고 여러 가지 면에서 말이 통하고 공통점이 많은 그에게 '나'는 일종의 동성애를 느낀다. 그런 가운데 삼각관계가 형성되기도 한다. 당시 여학교에는 S라는 이름으로 동성애 언니 동생을 맺는 것이 유행처럼 되어 있었는데 한자명이라는 상급생을 사이에 둔 조규희와 백남옥의 갈등이 그렇고 백남옥을 S동생으로 하려는 함화진이 한자명에 대하여 질투의 감정을 가지며 갈등을 느끼는 것 등이 그러하다.

그런가 하면 한일산을 중심으로 한자명, 백남옥, 오난설 등의 인물들이 구성하는 사회주의적 성향도 작품의 중요한 모티프가 된다. 그로 인하여 이 인물들은 학교에서 주목을 받는 인물이 되기도 하고 경찰에 연행되기도 하며 자명의 경우는 어머니를 잃기도 한다. 이것이 2)로 이어진다.

2) 한국전쟁과 그 이후 – 이데올로기의 극심한 갈등, 얼룩진 개인의 삶

이 시기는 1950년 6 · 25 동란부터 1950년 9 · 28 수복까지가 주된 배경이고 부수적으로 1951년 1 · 4 후퇴와 그 이후까지로 나타난다. 공간적 배경은 춘천을 중심으로 강원도 일대를 돌아다니는 것으로 되어 있다. 이 시기의 중심 내용은 백남옥과 오난설,2) 조규희, 함화진3) 등의 인물들이 새로이 부각된 민희태와 지윤자 등의 친북적인 성향의 인물들과 교류를 하면서 부역을 하게 되는데 수복 이후 그 행위에 대한 심판을 면제받은 조규희, 함화진과는 달리 온몸으로 그 심판을 받는 오난설과 백남옥의 얼룩진 삶의 행로가 그려진다. 이 시기에 한일산과 한자명, 이녕균 등의 인물들은 전혀 작중에 등장하지 않는다.

3) 현재를 살아가는 이들, 그들의 트라우마

여기에서는 첫새벽에 전화를 받은 백남옥과 허묵이 춘천에서 김포공항까지 한자명을 마중 나가서 다시 진부령 오난설이 경영하는 휴

---

2) 이들이 친북적 인물로 지목된 배경은 ㉮에서의 연행 사건 때문이다. 그러므로 무고를 한 조규희의 탓이 크다 할 것이다.

3) 이들은 백남옥, 오난설과는 달리 처세의 방법으로 여기에 관여하게 된 것이다.

게소까지 갔다가 병원에서 함화진과 이녕균을 만날 때까지의 만 하루라는 시간이 소요된다. 공간적으로는 춘천 - 서울 - 진부 - 가평 - 춘천의 회귀형 구조를 배경으로 하고 있다. 여기에서는 ㉮에서 밝혀지지 않았던 한자명 - 이녕균 - 함화진의 삼각구조가 서두 부분과 말미 부분(22면, 327면)에서 밝혀지면서 그동안 베일에 싸여 있던, 외부적으로 늘 남편 자랑을 하며 '하다 못해 소생이 없는 것까지 부부 금실이 너무 좋기 때문'이라고 둘러대던 함화진 부부의 비밀이 밝혀진다. 한자명 귀국의 주된 목적은 이녕균의 행방을 찾기 위해서인데 그것이 사실상 이녕균의 죽음을 초래하는 것이어서 이 작품은 비극적 종결을 갖는다.

「광상곡」의 등장인물

「광상곡」에는 여러 유형의 인물들이 등장한다. 그 가운데 작품 내에서의 위치가 뚜렷한 인물들의 유형만을 추려 보면, ① 민족과 국가라는 대의에 뜻을 두고 일신을 돌아보지 않는 사회주의 성향의 인물들, ② 뚜렷한 목적의식을 갖지 못한 채 ①의 인물들에 대한 심정적 지향으로 동조자가 된 인물들, ③ 급변하는 사회에 슬기롭게 대처하는 처세형의 인물들, 혼돈의 와중에서 일신의 안녕을 위하여 남에게 피해를 입히면서 살아남으려 하는 인물들로 나눌 수 있다.

1) 신념 지향형 인물들

우선적으로 여기에 속하는 인물로는 한일산과 이녕균을 들 수 있다. 먼저 한일산, 백남옥은 일산의 동생 한자명을 알기 이전에 그를 알고 있었다.

> 중학생의 몸으로 감옥에 갔혔다가 해방과 함께 풀려나서는 새 나라에서 해야 할 일은 끝맺지 못한 학업의 계속이라며 다 큰 어른이 나이 어린 후배 중학생 틈에 끼어듦으로써 또 한 번 화제를 뿌렸던 걸물이다. (중략) 나는 그의 배우 못지않은 수려한 이목구비며 청중을 압도하는 열변까지도 이미 알고 있었다.4)

한일산은 일제치하에서는 그 부친과 함께 독립운동에 가담했다가 일제치하 반체제 인물들이 흔히 걷게 되는 방식으로 사회주의자가 된다. 그는 음악과 문학을 사랑하며 예술만이 이 세상의 할 일이라고 말하는 낭만주의자로, 세계에 대한 회의를 가지고 있어 철저한 공산주의자가 되기에는 적절치 못한 인물이다. 한일산은 많은 사람이 좋아하고 존경하지만 그러나 철저한 공산주의자들로부터는 배척받고 비판의 대상이 되는 '낭만적 이상주의자'이다. 한일산의 모든 행적은 끝내 작품상에 드러나지 않고 소문만으로 전해지며 그가 백남옥의 집에 기거하던 3일간만 작품에 등장함으로써 수수께끼를 형성한다. 그는 모친과 상의도 없이 고향의 전답까지 모두 소작인들에게 나누어 주어 식량을 구하러 간 모친을 허탈하게 하고 마침내 그녀로 하여금 죽음에 이르게 한다. 더욱이 그는 어머니의 죽음조차 알지 못하고 장례에 참여하지도 못하는데 이는 그가 지나치게 신념

---

4) 「광상곡」, 57면.

만을 좇는 인물이라는 것을 알려 준다. 한국전쟁 이후에 그의 행적은 더욱 오리무중으로 된다. 전쟁 직전에 서대문 형무소에 있었던 그가 북으로 갔는지, 전향하여 남쪽이나 제삼국으로 갔는지 전혀 짐작조차 할 수가 없다.[5]

다음으로 한자명의 연인 이녕균. 그는 한국전쟁 당시 대학을 다니던 인텔리이다. 유치원에서 자명을 알게 되었고 자명이 이사 가면서 헤어지게 되자 편지를 시작하여 자명과 십 년 넘게 편지와 책을 주고받으며 정을 키우기도 한 이녕균은 당시 진보적 인텔리 특유의 방식으로 사회주의에 경도되면서 자명과의 사사로운 정을 버린 인물이다. 그가 사회주의적인 신념으로 의용군이 되면서 자명과는 완전히 결별하게 된다. 그는 작품 전면에 전혀 등장하지 않는다. 다만 한자명의 모친이 자결했을 때 장례를 주도하면서 등장하여 화자 백남옥의 눈에 "넓은 오대양을 누비며 다니는 젊은 선장 같이 냉철하게 의지적"인 인물로 보였다고 표현될 뿐이다.

한일산과 이녕균, 이 둘은 작품 내에서 지고지선의 상징같이 그려지고 있다. 그것은 백남옥이라는 관찰자가 사춘기 여학생이라는 특수성과도 관련이 있다. 그런데 신념을 가지고 자기의 주의를 관철시킨 민족주의자들인 이들의 말로가 불행하다는 것이 주목을 요한다. 일산은 앞에서 이야기한 것처럼 가족이나 친지들에게서 소외되는 삶 속에서 외로이 죽어 갔을 것이 짐작될 뿐이고 이녕균은 자기의 이름 석 자와 신분을 숨기고 남의 이름을 쓰며 좋아하지 않는 여인의 남편이 되어 평생을 혐오와 그리움 속에서 살다가 횡사하고 만다. 이

---

5) 작품상 중요한 위치를 점하는 그에 관하여 대부분 모르쇠로 일관한 것은 그의 자세한 행적을 쓰고 그의 이데올로기를 묘사하면서 자칫 사회주의 이데올로기의 미화를 가져올지도 모른다는 작가 스스로의 반공주의적 검열의 결과일 수 있다.

작품에서 신념형 인물들은 하나같이 불행하게 살아간다. 당시 신념 지향은 대개 사회주의적인 것이었다. 따라서 작가는 사회주의적 신념이 가져오는 비극을 강조함으로써 사회주의 이념이 불행과 연관된다는 작가적 신념, 곧 반공주의의 면모를 보여 주고 있다는 것이다.

2) 부화뇌동하는 방관자형 인물들

다음으로는 오난설, 한자명, 백남옥과 같은 부화뇌동형 인물들이다.

> 남자들은 어쨌거나 자신들의 길을 가다가 그렇게 되었다지만 그들을 좇다가 그리된 여자들의 운명은 너무도 슬퍼요. 어떤 여자가 주의(主義)를 따르느라 부모를 버렸을까요. 집을 버리고 형제 친구까지 마다하고 떠났을까요. 더군다나 그 시절의 여자들이 말이에요. 난설 언니가 그랬겠어요. 내가 그랬겠어요. 자명 언니마저도 절대로 주의 때문에 떠났던 건 아니에요. 난설 언니는 한일산씰 찾아 그를 따라가느라고 떠났고, 자명 언니도 이녕균 씨와 일산 오빠 따라 먼 길로 나섰던 거뿐이에요.[6]

백남옥의 위와 같은 진술에서 볼 수 있듯이 이들은 자기의 주의를 관철시키기 위해서가 아니고 다른 이들을 향한 지향의 염으로 인하여 좌익의 길을 걷게 된 것이다. 오난설은 한일산이라는 한 남성에 대한 일방적인 호감으로, 한자명은 아버지와 오라비와 연인이 걸은 길을 자연스레 동조하게 되면서, 백남옥은 자기와 아버지를 버린 생모에 대하여 반항하기 위하여, 그 관심을 다른 곳으로 돌리려다 보니까 한자명에 대하여 지나치리만큼 집착하게 되었고 그러다 보니

---

6) 「광상곡」, 27면.

자명과 같은 노선을 걷게 된 것이다. 하나같이 주의에 대한 신념이라든가 목적의식은 찾아볼 수가 없다. 그리하여 이들은 서울이 적화된 지 얼마 만에 "자기가 바라던 세상과는 너무 다르다"는 것을 깨닫고 몸서리를 친다. 그러나 이들은 그 이전에 한일산, 이녕균과의 연장선상에서 공산주의자들에게 그들의 편으로 인식되어 있었기 때문에 그리고 자신들의 아버지를 위하여 소위 부역에 앞장설 수밖에 없는 상황에 놓인다. 그리하여 국군이 진군하였을 때는 '빨갱이'로 간주되어 형극과도 같은 삶을 살게 되는 것이다.

> 수치스런 남의 나라 식민지 시절의 외로운 소녀, 피가 분방한 모친이 못 잊는 첫사랑의 남자(장칠성)를 찾아 이역 중국 대륙까지 가는, 꽁무니에 매달려 간 가련한 아버지와 딸, 귀국 후의 쓰라린 고독, 마침내 집을 버리고 떠난 엄마, 한일산 한지명 남매와 나눈 빛나는 해후, 그리고 <u>명분 잃은 부역과 믿는 자로부터 당한 능욕</u>……7)(밑줄 – 인용자)

인용한 부분에서 알 수 있듯이 백남옥은 부침의 삶을 산다. 전쟁 때 이동 예술대 후퇴 도중에 '믿는 자', 곧 학교 미술 교사인 민희태에게 정조를 유린당하고 대열에서 벗어나 귀가하는 길에 또다시 믿는 이에게 배신당한다. 학교 친구 조규희의 고발로 인하여 빨갱이라는 죄명을 쓰고 그 때문에 국군들에게 인간 이하의 대접을 받게 되었던 것이다. 그녀는 친구의 사소한 손가락질에 의하여 즉결이라는 이름의, 뒤에서 총을 겨누어 쏘는 형벌을 당할 뻔도 하고 공포의 속에서 갖은 고문과 모욕을 당한다. 이처럼 다시 한 번 몸을 더럽힐 위기의 순간에서 벗어난 백남옥과는 달리, 오난설은 고스란히 국군

---

7) 「광상곡」, 241~242면.

의 위안부 노릇을 하고 만다. 국군에 의해서까지 농락당한 오난설은 온갖 모욕을 당하고 온갖 소문에 희생된다. 백남옥은 가까스로 아버지에게 돌아와 허묵이라는 남자를 만나고 그와 결혼하여 평범한 가정을 가질 수 있게 되었는데, 국군에게 농락당한 오난설은 애인 홍순표에게 외면당하고 40이 다 되어서야 후취로 시집갈 수 있게 된다. 난설의 비극에 국군도 개입되어 있다는 것을 알 수 있다. 오난설, 백남옥과는 달리 한자명은 부역이 아니라 의용군이 되어 직접 국군과 대치되는 입장에 선다. 그녀가 의용군에 자원하게 된 배경은 오라비인 한일산의 소식도 모르던 차에 이녕균마저 의용군으로 나간 서울에서 독서회와 자력서를 강요당하고 자신도 모르는 사이에 당원으로 천거될지도 모르는 등의 답답하고 절박한 환경에서 벗어나고자 함이었던 것이다. 그런데 그녀가 속하여 있던 의용군 부대는 얼마 가지 않아 폭격을 맞아 죽고 위경련으로 뒤에 남아 있던 자명만 구사일생으로 살아나는 경험을 하게 된다. 죽음에서 벗어났지만 죽음보다 나을 것 없는 삶이 자명을 기다리고 있었다. 그녀는 포로가 되어 거제도 포로수용소에 가게 되고 제임스 영이라는 미국인을 만나 그를 이용해 미국으로 가지만 그와 별거하고 학대를 받으면서도 이녕균만을 그리워하며 살아간다. 남편 없이 혈혈단신으로 살아온 자명의 온몸은 병과 상처투성이였다.

여기에서 주목할 것은 백남옥은 그녀의 육체적 허물을 덮고 결혼해 준 허묵을 만나서 구원받았다고 하는 것이다. 홍순표에게 버림받은 오난설과 이녕균을 잃은 한자명이 파괴될 대로 파괴된 것에 비하여 백남옥은 '여유 있고 그럭저럭 행복한 중년'을 보내고 있다. 오난설이 나이에 비하여 제일 늙어 보이고 흰머리까지 있으며 한자명이

팔목의 총 자국, 의치와 원형탈모증, 이상한 시선 등의 불건강한 모습으로 살고 있는 데에 비하여 백남옥은 '관록이 당당한', '부한 귀부인'으로 그려진다는 것이다.

> ① 남에게 존경 받아 마땅한 심지 깊은 남편, 아리땁고 총명한 외동딸 유미, 넘치게 남아돌지는 않아도 부족함없는 경제 기반, 살뜰하고 화기차고, 서로 믿고 의지하는 부부 금실, 단촐한 가족의 실생활, 의생활, 주생활만 주관하여 따뜻하고 정갈하게 보금자리를 매만져 가꾸기만 하면 되는 나야말로 이름 없는 한 가정의 주부로서 달리 무엇이 더 부족하단 말인가?8)

> ② "난 달라요, 난 당사자니까. 그 시절의 우리들…… 난설 언니, 자명 언니, 일산 오빠, 이녕균 씨까지도…… 모두가 모두 한통속 당사자들이에요. 무지개에 홀린 끝에 평생을 그르치고 말았어요. 그 중에서 나만이 구제받은 셈이에요, 당신 덕분에……"9)

①은 백남옥의 현재를 요약한 부분이다. 가시나무 회초리, 엉겅퀴 같은 날카롭고 뾰족한 성격의 마른 체형의 백남옥이 61, 62킬로에 육박하여 몸무게에 고민하는 살찐 귀부인이 되어 다른 두 사람으로부터 '남옥인 다 가졌어' 하는 일종의 부러움까지 받는 위치에 있게 된 것은 ②에서 백남옥의 고백과도 같이 그의 남편 허묵의 공이 큰 것이다. 그는 남옥이 자신의 허물을 고백하는 것에 "대단한 흠집이라도 가진 여자처럼 정색을 하고" "따돌리려고 하는 과장된 모습이 되려 귀엽"다고 받아들인다. 그런가 하면 아무리 동성이라지만 자명에 대한 남옥의 지나친 경사까지도 보아 넘기며 아내의 옛 동지들의 만남에 발 벗고 나서는 기사도를 발휘하는 것이 허묵의 모습이다.

---

8) 「광상곡」, 9면.
9) 「광상곡」, 261면.

그가 조규희, 홍순표 부부와 자기 아내를 화해시키려고 하는 부분에서는 거의 성인에 가까운 모습을 보인다. 결국 작가는 비현실적일 정도로 너그럽고 사람 좋은 호인 남편으로 인하여 백남옥이 구원되었다고 설정하고 있는 것이다. 이것은 백남옥이 그렇게도 혐오하며 싫어하는 자신을 낳은 엄마의 말을 그대로 증명하는 것이기도 하다.

3) 소신 없이 처세술에 능한 인물들

세 번째 유형은 변화하는 국내외적 정세에 맞게 자기의 몸을 카멜레온처럼 변화시켜 대처해 나가는 인물들이다. 위의 두 유형의 인물군들이 변화하는 역사 안에서 자기의 몫을 담당해 내느라 상처투성이의 몸으로 남게 되는 데에 비하여, 여기에 속하는 인물들은 상처를 입기는커녕 항상 남보다 빨리 유리한 위치를 점하고 있는 것을 볼 수 있다.

여기에 속하는 대표적인 인물이 조규희이다. 그녀는 여고생이라고 하기엔 너무나 교활하고 민첩한 몸놀림의 소유자이다. 백남옥과 학교 짝인 그녀는 사사건건 백남옥의 일에 참견을 하고 부딪친다. 하다못해 S를 맺는 일에 관하여 이야기하다가도 '점수 벌레'라거나 '너 따위'라는 등의 말로 서로 자존심을 다치게 할 정도이다. 그런데 조규희는 두 번이나 백남옥을 결정적으로 함정에 빠뜨린다. 그 하나는 한일산이 백남옥의 집에 머무르던 날에 무고한 것이다.

① "요 앞에서요? 아는 아이였나요?"

나도 딱이 알아야 할 필요도 없는 말을 묻고 있었다.

"너희 반 아이야. 합창부에 나오는 곱슬머리……"

"어머, 규희가……?"10)

② "자자, 모두 울음을 그치라구. 너희들이 무고하다는 건 알 만해졌으니 말야. 사실을 말하면 우리는 그날 너희들이 한일산을 둘러싸고 밤이 새도록 적기가를 불렀다는 투서에 의거해서 너희들을 조사하지 않을 수가 없었다." (중략) "너희들. 누구에게 오지게 밉뵈었던 모양이지? 남의 앙심 사지 않도록 조심하라구."11)

①은 한자명이 남옥의 집에 들어오면서 조규희를 만났다고 이야기하는 부분이다. 밤늦은 시각에 남옥의 집 근처를 배회하는 조규희의 행동은 모든 것에 백남옥과 라이벌 의식을 가지고 있던 그녀가 백남옥의 꼬투리를 잡으려고 하고 있었음을 알게 한다. 그런데 백남옥은 그런 규희를 의심하려 하기보다 "우리는 모두가 다정다감한 나이 또래니 그럴 수도 있는 일"이라며 대수롭지 않게 생각한다. 순진하고 단순한 사람과 교활하고 영악한 사람의 대결이니 잠정적 승리는 조규희의 것이 될 것은 불을 보듯 당연한 일이다. ②에서 그것은 보다 명확해진다. "여학생 필적의 유치한 투서"가 경찰서로 날아들고 그로 인해 한자명과 오난설 그리고 백남옥은 큰 곤욕을 치르게 되었다는 것을 알 수 있다. 이들은 그로 인하여 적기가를 불렀다는 둥, 한일산과 같이 잤다는 둥 여학생으로는 치명적일 수밖에 없는 말로 심문을 받는다. 한자명은 결국 이 일로 인하여 어머니를 잃는 결과까지 얻게 되니 조규희가 한 일이 얼마나 심각한지를 잘 알 수 있다.

---

10) 「광상곡」, 126~127면.

11) 「광상곡」, 143면.

그런 그녀는 한국전쟁이 일어나고 춘천이 적화되자 백남옥보다 먼저 이동 예술대에 가입해 있으며 그곳의 실세인 지윤자에게 눈에 띌 정도로 아부하는 제스처를 보인다. 그러다가 또 한발 먼저 국군 편에 서서 백남옥과 오난설이 지친 모습으로 집에 돌아오던 날 길에서 만난 그녀들을 부역죄로 고발하는 것이다. 이것이 조규희가 백남옥에게 행한 두 번째 함정이다.

> 그런 와중에서 나는 거리로 질주해 가는 지프 안에서 밖을 내다보는 어떤 눈과 일순 마주쳤다. 나는 그 지프 속의 눈과 마주쳤을 뿐더러 이쪽을 가리키는 손가락도 보았다. (중략) 나는 그 눈과 손가락질하는 장본인의 얼굴까지 보았다. 규희……였다고 나는 그 순간부터 이날 이때까지도 믿고 있다. (중략) 우리 눈앞을 스쳐, 지척에 있는 로터리를 돌아 맞은편 가로수 밑에 급정거한 지프에서 건장한 군인 두 명이 내렸다.[12]

조규희의 무슨 의미인지 알 수 있는, 그러나 그것이 야기하는 결과에 대하여 조규희 자신도 알고 있다고 볼 수는 없는 가벼운 손가락질 하나에 의하여 오난설과 백남옥은 평생을 그르치는 일을 당하게 된다. 부역으로 말하면 조규희 자신도 자유로울 수 없는 입장인데 어떻게 자신은 빠져나오고 같은 학교 학생이며 같이 이동 예술대라는 단체에서 활동했던 동료들을 고발할 수 있는 입장이 되었는지 하는 것은 끝내 밝혀지지 않았지만 그것은 결국 그녀 자신의 카멜레온과도 같이 주위에 따라 자신의 몸을 변화시키는 행동양식으로 가능하였다고 보겠다. 그녀의 악마성은 동료를 고발하여 사지로 이끄는 것에 그치지 않는다. 오난설을 좋아하여 그녀를 질곡에서 건져

---

12) 「광상곡」, 237면.

주는 역할을 할 수 있는 인물인 홍순표에게, 오난설이 몸을 더럽혀 아이까지 가졌다고 모함하여 그를 난설로부터 가로채 그와 결혼하는 데에 성공한다.

다음으로 함명구.

> 함명구 씨는 악명 높은 경찰관으로 옛친구도 가리지 않고 덥석덥석 잡아넣은 공로로 탄탄대로로 출세길을 달리다가 해방이 되고는 악질 친일파로 몰려 몰매 맞아 죽을 뻔하던 위기를 아슬아슬하게 피신하여 넘긴 후에는 다시금 일손이 없다는 군정 당국의 한 번 권유로 주저 없이 재등장하고서는 지금도 저렇듯 넓고 좋은 집에서 뇌물이란 뇌물 다 받아 쌓아가며 떵떵거리고 살고 있다. 그는 딸을 통해서라도 옛 친구의 거덜난 유가족이 이 고장으로 들어와 있다는 걸 알 텐데도 여전히 인사 한 번 안 오는 사람이다.[13]

그가 "가리지 않고 덥석덥석 잡아넣은" 옛 친구란 한자명의 아버지, 동네에서 명망 높던 "금강 병원 원장님"이다. 한자명의 부친은 독립운동의 뒷자금을 대주었다는 죄로 보통학교 시절 같이 어울리던 삼총사 중 한 사람인 함명구에 의하여 잡혀 죽었다. 친구를 사지에 몰아넣을 만큼 파렴치한 함명구는 광복이 된 이후에 다시 권력을 잡는다. 친일파는 미군정하에서 다시 일선에 배치된다. 해방공간에서 미군정은 일손이 없다는 이유로 친일파를 다시 등용하였던 것이다. 그러나 그런 순간에 이 작품의 진부아저씨 같은 이는 "일제 때 관리가 무슨 낯으로 다시 나오겠느냐"며 한사코 사양하고 가난하게 살면서 일제 때의 잘못을 인정하고 자신과 가족을 형벌과도 같은 삶을 살게 한다. 이에 비하면 지난날 지은 죄에 대한 가책조차 없는 함명구는 뻔뻔하기 짝이 없는 인물형이다. 해방공간에서 혼란기에 권력

---

13) 「광상곡」, 98면.

을 잡은 그는 전쟁이 나자 몸 빠르게, 자기 딸 화진마저 두고 서둘러 피난을 간다. 그리고 그 덕분에 아무런 피해를 보지 않는다. 오히려 피난지인 부산에서조차 권력을 이용하여 딸의 짝사랑 상대인 이녕균을 빼내어 올 수 있을 정도로 유력한 인물이 된다. 급변하는 정세를 이용하여 권력의 상승 궤도를 걷고 있는 것이다. 친구에 대한 배신과 정치 혼란기의 무풍지대 속에서 일신의 안녕만을 꿈꾸는 것은 그의 딸에게도 이어지고 있는 것을 볼 수 있다.

함명구의 딸 함화진은 한자명의 어릴 적부터의 친구이다. 그러나 순수한 친구라고 하기는 어려운 것이 다음의 진술에서 밝혀진다.

① "너는 어려서부터 내가 결코 따라잡을 수 없는 라이벌이었지. 너는 모를 거야. 너 때문에 내가 얼마나 마음속에 칼날을 세우고 다녔는지를……(후략)"14)

② 내가 그 사람을 몇 년 만에 첨 본 게 너네 어머님 장례식 때였지. 나는 그 때부터 그 사람을 잊을 수가 없었다. 내가 좌익적 요소가 한푼 어치도 없으면서 난설이 남옥이랑 이동 예술대에 따라다닌 게 그 사람을 한 번이라도 만나보려는 욕심 때문이었지. 구이팔 이후 내가 비교적 피해를 받지 않은 건 아버지가 모모한 자리로 올라가셨기 때문이야.15)

①에서는 한자명에 대한 함화진의 의식을 알 수 있다. 함화진은 자명이 친구로만 대하고 라이벌이라거나 경쟁자로는 전혀 의식하지 않는 사이에 자명을 라이벌로 설정하여 놓고 '마음속에 칼날'을 세우고 다니면서 항상 그녀를 경계하고 있었던 것이다. 일제 강점기 고급 관료였고 광복 이후에 다시 등용되어 출세 가도를 달리고 있는

---

14) 「광상곡」, 326면.
15) 「광상곡」, 328면.

함명구의 딸인 함화진이 좌익 쪽 이동 예술대에 들어선 계기를 알려주는 것은 ②이다. 순전히 이녕균을 향한 집념에서, 그를 다시 보고 싶어 함화진은 좌익 제스처를 취했던 것이다. 이녕균을 향한 화진의 마음이 사랑인지, 아니면 단순히 자명에 대한 질투의 일환으로 자명에게 속한 것은 뭐든지 빼앗고 싶은 마음의 발로인지는 분명하지 않으나 그 때문에 화진도 이른바 부역이라는 것을 담당하게 된다. 그럼에도 불구하고 오난설이나 백남옥과는 달리 함화진은 9 · 28 수복 이후에도 아무런 고초를 겪지 않는다. 함화진처럼 후광에 의해 군으로부터 부역에 대한 면죄부를 받는, 형평성에 어긋나는 일이 당시 비일비재하였던 것이다. 이녕균에게 향한 그녀의 욕심은 결정적으로 이녕균이 한자명을 찾는 순간에 발동된다. 그리하여 자명을 죽었다고 거짓말을 하면서까지 그를 자기 소유로 만들고 평생을 숨기며 그의 아내라는 이름으로 살아왔다. 자명이 살아 있다는 것을 알게 된 녕균이 배반감에 치를 떨며 급하게 운전을 하다가 죽음에 이르자 그제야 함화진은 자명에게 모든 사실을 그것도 가명인 채로 이야기한다.

4) 기타 인물들, 친북적 성향의 인물들

예를 들면 지윤자, 민희태, 최운강, 장칠성 등의 인물들을 여기에 포함시킬 수 있다. 이들은 변함없는 신념의 인물이 아니라는 점에서 마찬가지로 사회주의적 성향을 가진 1)의 인물들과 구별된다. 지윤자는 한국전쟁이 일어나기 전에 학교 내에 숨어 있던 볼셰비키 당사를 공부하는 독서회 멤버였던 골수 코뮤니스트이다. 전쟁이 일어나면서 이동 예술대의 실세로 부상하지만 전쟁에 패색이 짙어지자 남옥에게 '슬슬 빠지라'는 말을 전하고 본인은 너무 깊이 빠져 버렸기 때문에 어쩔 수 없이 북행을 하여야 한다고 말한다. 그녀는 친북적 성향을 갖지만 짙은 회의와 고뇌의 인물이었던 것이다. 다음으로 최운강이나 장칠성. 이들은 낭만적 사회주의자라고 할 수 있다. 최운강은 백남옥과 오난설에게 후퇴 사실을 알리고 이동 예술대에서 떨어져 나갈 것을 종용하는 언질을 주고 함화진이 민희태에게 희생될 것을 염려하여 떨어뜨려 놓을 정도로 휴머니스트인 면을 가지고 있다. 인민배우 장칠성은 김복희라는 자기의 첫사랑을 잊지 못하고 있으며 '우리'만 있을 뿐, '나'가 없는 북에서의 삶을 포기하고 남쪽에 남으리라는 의지를 보이는 인물이다. 민희태는 스스로 사회주의자들끼리 보호하고 가장하기 위하여 한자명을 좋아하는 척하였다고 하면서 자기는 철두철미 신념의 인물임을 강조한다. 그러나 그것은 한자명에 대한 자기의 사감을 위장하려는 제스처로밖에는 보이지 않는다. 당에 복종하는 지윤자를 못마땅하게 여기고 단체 생활 속에서 함화진과 사사로이 행동하고자 하는 것 등에서 그의 사회주의자로서의 면은 특별히 나타나지를 않는다. 그의 약삭빠르면서도 교활한 면은 두 가지 사실에서 입증된다. 첫째는 화진과 가까이하다가 운강에 의해 그녀와 희태가 분리되자, 갑작스레 백남옥에게 자기가 함화진과 가까이한 것은 그녀의 질투를 일으키기 위해서였다며 남옥을 유혹하는 것이고 또 하나는 스승으로서 자기의 제자였던 남옥을 잔인하게 유린하는 것이다. 이런 점에서 그는 신념형 사회주의자로서는 함량이 부족할 뿐 아니라 비인간적인 성향의 인물임을 알 수 있다.

이상의 인물 중 주요 인물들을 정리하면 다음과 같다.

인물	성별/연령	교육정도	직업	출신성분 생활정도	행동양식
한일산	남/20대	대학 이상	–	중상류, 몰락	독립운동. 사회주의 이념 소유. 신념 지향형
이녕균	남/20대	대학생	–	중상류	의용군 포로생활 신념과 사랑을 공유
한지명	여/10대 후반	여학생→ 대학생	–	중상류, 몰락	한일산과 이녕균의 영향으로 사회주의적 색채를 띰
오난설	여/10대 후반	여학생→ 대학생	–	목사 딸, 중류 정도	한일산과 한지명을 좋아한다는 것 때문에 주위로부터 사회주의자 오해를 받음. 노동형
백남옥	여/10대 후반	여학생	–	중류	한일산 한지명과 행동을 같이한 것일 뿐 이념은 막연한 정도임. 노동형
함화진	여/10대 후반	여학생→ 대학생	–	상류	아버지 함명구 때문에 의식적 좌경 제스처. 시류에 따른 몸놀림이 가벼움. 처세형
함명구	남/40, 50대	인텔리	경찰서장→ 우익인사	상류	친일파 고급 관리였다가 우익 인사가 되어 버림
조규희	여/10대 후반	여학생	–	중하류	가생집 과부 딸이라는 콤플렉스. 시류에 따른 몸놀림이 가벼움. 처세형

1)과 2)에 속하는 인물들은 대부분이 환경에 도전하다가 세계에 압도되어 자신이 파괴되고 마는 인물들이다. 신념을 가지고 있거나 신념에 동조하는 삶이 온전하지 못하고 무너지는 것으로 그려 내는 데에서 작가 구혜영의 작품의도가 전쟁으로 인한 긍정적 인물들의 거세, 긍정적 세계의 전도 등을 강조하는 것에 있음을 알 수 있다. 4)의 인물들은 그 미래가 전혀 언급조차 안 되어 있어 논외일 수밖에 없으나, 부정적 성향인 3)에 속하는 인물들이 작가 자신이 마음속으로 긍정하고 있음에 틀림없는 1)과 2)의 인물들보다 평안한 삶을 영위하게 된다는 것은 전도된 세계에 대한 강한 부정을 표현하는 것이라 할 수 있다.

그런데 「광상곡」의 남성 여성관은 두 가지로 나누어 고찰된다. 우선적으로 이 작품의 작중화자인 백남옥의 여성관과 남성관은 다음과 같다.

① 우린 다같은 여자들이죠. 섬세하고 부드럽게 꿈꾸며 잠시도 누구라도 뜨겁게 사랑하지 않고서는 배기지 못하는 그런 여자들. 당신들같이 무딘 남자들이 우리를 어떻게, 무얼 안다고들 그러는 거죠? 16)

② 그 무렵만 해도 나는 열렬한 독신주의자였다. 장차 동성결혼을 허용하는 사회가 온다면 자명언니하고라면 결혼을 해도 좋다고 믿을 만큼 철저한 반항이었다./그 무렵 내 눈에 비치는 사내들이란 하나같이 짐승이 아니면 비겁자였다. 능동적인 사내는 짐승처럼 본능적 침략자이고, 소극적인 사내는 여자의 궁둥이 밑에 깔려서도 실눈 뜨고 웃기만 하는 쓸개빠진 비겁자였다.17)

단편적이지만 ①과 ②에서 그녀의 남성관과 여성관을 볼 수 있다. ①에서는 감성적인 속성으로 여자를 정의하고 있으며 ②에서는 남성에 대한 부정적 편견을 보이고 있다. ①에서 여성을 가벼운 감성적 존재로만 규정하는 한계는 있지만 ②와 비교하여 보면 여성을 보다 우월한 존재로 파악하고 있는 것을 알 수 있다. ②에 의하면 남성은 '짐승'이거나 '비겁자'이다. 그녀를 유린한 민희태나 군인 같은 전쟁터의 사내들이 전자에 속하는 '짐승'이라면 '비겁자'의 예는 그녀의 아버지 같은 인물이라고 백남옥은 생각한다. 전후 한국소설 속의 정신적 상흔의 일례가 부친의 부재현상이다. 일제하의 문학에서 비롯된 현대소설 속 고아의식은 해방 후 다시 맞이한 총체적 혼란기에 역시 이어지게 되어 전후의 한국소설 속에는 한 집안의 정신적

---

16) 「광상곡」, 16〜17면.
17) 「광상곡」, 30면.

가장으로서의 부가 부재하다. 민족의 혼란기에 아버지를 부정하는 것은 정신적 자괴감의 발현이라고 보이는데 「광상곡」에서는 인자하고 묵묵히 자기 집을 지키는 아버지를 식물적인 인간으로 파악하면서 그런 아버지에 대한 답답함이 남성 전반에 대한 폄하로 나타난다. 그러한 심리는 '동물적 육체의 힘으로' 여자를 묶어 두어야 한다고 주장하는 데에까지 이른다.

> 못난 사내들. 여자 하나 온전히 비끄러매어 둘 힘이 없단 말인가. 정신적으로는 불가능할망정 동물적인 육체의 힘으로라도……18)

남성과 여성이라는 존재에 대하여 기본적으로 작가는 성적 불평등을 전제하고 있음을 알 수 있다. 남성의 무력에 의하여 여자의 마음이 잡아질 것이라는 것은 온당해 보이지 않는다. 남편과 자식을 버리고 첫사랑의 그림자를 찾아 집을 나간 어머니에 대한 분노가 아버지의 무능함에 대한 원망으로 전이된 것으로 볼 수 있다. 그리고 그것이 남성 전반을 향한 매도로 번진다.

「광상곡」에서 보이는 이러한 남성에 대한 매도는 앞뒤가 맞지 않는 부분이 된다. 그녀의 한일산과 이녕균에 대한 무조건적인 지향이라든지 남편 허묵의 존재를 염두에 두어 생각하여 보면 이는 명백한 자가당착이 아닐 수 없다.

백남옥의 생모 김복희는 첫사랑을 못 잊은 나머지 어린 남옥의 눈에도 확연하게 화냥기를 드러내며 쏘다니는 여자이다. 그런 그녀를 이해하고 용납하여 주는 이해심 많고 관대한 남자, 남옥의 아버지가

---

18) 「광상곡」, 40면.

그녀에게는 '좋은 남자'가 아니었다. 마침내 그녀는 아내의 첫사랑을 찾는 일에까지 관대한 남옥의 친아버지와 외동딸 남옥을 버리고 가출한다. 그리고는 첫사랑을 닮은 건축기사 남자와 재혼한다. 그녀는 남옥의 아버지가 그토록 바라 마지않던 아이를 거절하였으면서 재혼한 건축기사를 위하여 연년생으로 아들을 낳는다. 그러면서 그녀는 딸 남옥에게 말한다. "여자는 좋은 남자 그늘에서만 행복할 수 있어요"라고. 그녀가 말한 '좋은 남자'라는 의미는 무엇인가. 그녀의 '좋은 남자'란 어쩌면 심성이 아니라 에로틱한 분위기를 두고 하는 말이었을까. 평범한 가정을 무책임하게 방치하고는 외모가 첫사랑을 닮은, 아내 있는 남자와 새살림을 시작하면서 행복을 느낀다는 김복희는 작품상 표현된 것만으로는 설득력을 갖기 어려운 인물임에 틀림없다. 그런 남옥 엄마의 말을 작가는 화두처럼 꺼내어 두고 그것을 증명이라도 하듯 행복의 전제조건으로 이상적인 남성상을 설정하고 있는 것이다. 「광상곡」에서 전쟁으로 인하여 일그러진 두 여자의 운명을 비교하여 보면 이러한 작가의 설정은 더욱 뚜렷해진다. 오난설의 인생은 홍순표가 구제하여 주지 않은 탓에 질곡으로 빠지고 허묵이라는 구원의 남성상을 만난 백남옥은 구원에 이른다. 민희태로 인해 순결을 잃은 백남옥 앞에 나타난 허묵은 육체적인 순결보다 정신적인 순결이 중요한 것이라며 결혼을 청하고 백남옥은 '등을 떠밀려 싫다는 결혼'을 하게 되는데 그것이 결과적으로 그녀를 구제하게 된다는 것이다. 이에 반해 오난설은 구제해 줄 남자에게 거부당한다. 오난설이 질곡에 빠져 있을 때 그녀를 구원할 수 있는 것은 홍순표뿐이라는, 순결을 잃은 오난설이 제대로 살아가기 위해서는 반드시 홍순표라는 남자가 필요하다는 설정인 것이다. 그리고 그러한 순간에 홍순표의 거절은 오난설의 인생을 파탄에 이르게끔 하였던 것이라고 한다. 뿐만 아니라 당시를 회고하는 백남옥은 그 당시가 생명에 대한 외경 사상이 뿌리박혀 있었던 시기라고 하면서, 만일 오난설이 홍순표의 말처럼 사생아를 가졌다면 마땅히 자살을 하거나 아이를 낳을 수밖에 없는 것이라고 말하는 것에서도 오류를 찾을 수 있다. 이는 순결을 잃은 여자의 목숨은 외경의 대상에서도 벗어나는 것이라는 논리이기 때문이다. 여성을 삶의 주체가 아니라 부수적인 존재로 파악하지 않는 한 좋은 남자를 만나야만 여성이 행복해질 수 있다는 공식은 나올 수가 없다. 딸 백남옥과 어머니 김복희 두 인물은 '좋은 남자'라는 의미도 또한 '행복의 조건'도 판이하게 다른 것임은 짐작할 수 있지만 결과적으로 허묵이라는 성인군자와도 같은 남자의 등장이 백남옥을 질곡의 상태로부터 구제하게 된다는, 여자는 남자로 인하여 구원되고 구원될 수 있다는 논리 면에서는 공통된다. 이러한 논리는 성적 불평등, 여자는 독립적인 존재로 살아가는 것이 불가능하고 남자에 종속되며 남자의 그늘에서 살아가는 것이라는 기본적인 인식이 자리하는 것이기 때문이다.

여기에서 작가 구혜영의 한계적 모순이 드러난다. 그의 작가적 저변에는 감상적인 여성 우월주의와 함께 여성과 남성의 성적 불평등을 당연시하고 여성은 남자의 그늘 안에서만 행복할 수 있다는 이중적 의식이 자리하고 있는 것이다.

결론: 여성 전후소설의 의의와 한계

1) 「광상곡」의 의의

문학은 한쪽의 이데올로기에만 손을 들어 주어서는 안 된다고 본다. 손을 들고 있는 것이 문학이 하여야 할 일은 아니며 오히려 사회를 반영하고 그를 해석해 냄으로써 나중에 이루어질 역사적 평가를 일구는 것이 문학이 담당해야 할 중요한 몫이라고 하겠다.

한국전쟁은 이데올로기에 의한 전쟁으로, 아무도 책임지려 하지 않고 책임질 수도 없는 소모전이었다. 1950년의 한국전쟁을 다루는 많은 소설들이 일방적으로 북쪽을 가해자로, 남쪽은 그에 의한 피해자로 규정하고 피해의 상황만 장황하게 늘어놓느라 급급했지만 근래에는 그 전쟁에 대한 객관적 시선과 평가가 시도되고 있다. 「광상곡」도 그러한 소설이다. 물론 이 작품에서도 북쪽이 지향하는 세계가 허구에 그칠 뿐 온갖 폐해가 따르는 것이어서 대부분의 사람들이 '구관이 명관이다'라고 느끼게 된다고 설정함으로써 '남 : 북 = 피해자, 선 : 가해자', 악의 공식의 재현인 감도 있다. 그러나 전쟁이라는 상황에서 작중인물을 파괴하는 것은 북쪽이 아니고 남쪽의, 그것도 군인이 결정적이었다는 과감한 설정을 보이고 있는 부분이 주목을 요한다. 민간인을 전쟁으로부터 보호하는 역할로, 막연히 구원자로만 인식될 수 있는 아군의 군인을 과감히 가해자로 설정함으로써 선악의 이분법을 파기라고 있다는 것이다. 작가는 이를 통해 전쟁은, 전쟁으로 인한 상처는 누구의 책임도 아니며 그 책임을 묻는 일이 무의미하다는 것, 문제가 있다면 단지 모든 것을 가치 전도와 뒤죽박죽의 혼돈과 수라장으로, 무도덕의 상태로 몰고 가는 이데올로기에 놓여 있다고 지적한다.

2) 「광상곡」의 한계

그러나 「광상곡」은 비교적 뚜렷한 한계를 갖는다. 이데올로기와 그에 의한 전쟁만 아니었으면 독립운동가로, 명민한 대학생으로, 현모양처로 광복 이후의 삶이라도 잘 추스르며 동족끼리 보듬으며 살아갔을 인물들은 작가의 말처럼 '미쳐 버린 역사의 소용돌이'로 인하여 '아픔과 상처'뿐인 몸뚱이로 남게 된다. 특히 여성 인물들에게 그것은 치명적으로 작용하였다. 일반적으로 전쟁은 남성의 것이고 그 피해는 여성의 몫이다. 전쟁에 의하여 무너진 일상은 남성에 의하여 파괴된 것이므로 다시 재건하여 주는 역할은 남성에 의하여 가능하다는 것이 「광상곡」을 통한 작가 구혜영의 잠정적 결론인지도 모른다. 작가는 전쟁으로 일상성이 파괴된 오난설과 백남옥, 한자명, 조규희 등의 여성 인물들의 구제를 위하여 이상적이고 다소 비현실적인, 나아가 헌신적이고 평판형 남성 인물이 반드시 필요하다고 전제하는 것처럼 보인다. 작품 내에서 작가는 전쟁에 의하여 무너지고 파괴되는 여성들의 모습을 투영시켜 전쟁에 의한 여성의 피해를 매우 강조한다. 그런데 남성들의 경우는 전쟁과 함께 증발해 버리는 인물이나 그 전쟁이 타인의 것인 양 전혀 무관한 모습으로 그려진다.

나아가 남성들은 피해와는 무관하게 여성에게 은혜를 베푸는 입장으로 설정되곤 한다. 사회적 진보계층을 남성으로 보고 남성에 의해서만 전쟁도, 전쟁으로 인한 상처의 치유도 가능하다는 발상을 보이고 있다는 말이다. 이것은 삶의 주체로서의 여성의 독립적 위상을 부정하는 것이 아닐 수 없다. 작가가 주체적인 여성의 모습을 부정하지 않는다면 전쟁의 피해까지도 여성 스스로의 의지에 의하여 극복되는 것으로 그렸어야 하였다고 본다. 나아가 유난스레 여성만을 질곡에 빠지게 함으로써 여성의 비극을 강조하여 여성의 성 자체를 나약하게 인식하도록 유도하는 것은 극복되어야 한다. 구원하는 남성과 상처 입는 여성을 이항대립 구도로 두기보다 함께 고난을 겪고 함께 상처를 이겨 나가는 관계로 설정하였어야 마땅하리라고 본다.

격동의 시대와 문학

산업화 시기 저항문학의 형식과 내용

서론: 민족 비극의
포착과 김정한   김정한의 소설 흐름은 우리 민족의 수
난사와 동궤의 것으로 파악된다. 그는 한국문학사에 있어서 근대성
을 가늠할 만한 작가들이 붓을 꺾거나 전향하는 일제하 카프 검거
무렵 문단에 등장하여 조선어와 조선 정신의 탄압에 정면으로 도전
하였을 뿐 아니라 광복 후 부조리가 만연되던 시기에 재등장, 온몸
으로 당시 시대적 모순의 고발에 천착한다. 식민지시대와 해방공간
그리고 격동의 70, 80년대에 김정한의 문학은 빠짐없이 채워져 있다.
   민족문학으로 흔히 평가되는 요산 김정한의 문학에서 민족정신에
대한 관심은 크게 두 가지로 볼 수 있다. 조선어 어휘의 확대와 야
생화에 대한 관심이 그것이다. 김정한이 소설에서 구사하는 언어는
관념어가 아닌 일상어이며 비속어까지도 여과 없이 담아내는 조선
민중들의 토착어이다. 특히 1930년대에 이미 경상도를 중심으로 한

사투리를 소설 언어로 사용하여 엄중한 식민치하 모국어의 확대를 꾀하고 있다. 그의 소설 어느 작품을 보더라도 야생화에 대한 작가의 관심을 볼 수 있다. 작중인물의 시선이 대지로 향할 기회만 있으면 그는 한 포기의 야생화라도 묘사하고 만다. 김정한의 이 두 가지 관심사는 그가 『조선어사전』과 『향토식물 조사록』이라는 수제본 사전1)을 만든 사실에서도 확인된다. 식민지 시대에 조선어와 조선 땅의 야생화 등 조선적인 것에 대한 그의 이러한 작업은 민족적인 문제와 연관 지어 생각해 볼 때 매우 중요한 의미역을 갖는다.

그러한 정신을 가진 요산이었기에 그의 작품은 작가의 시대적 책임의식의 소산이 아닐 수 없다. 작가적 책임의식은 그가 주장하는 민중문학론에서 찾아볼 수 있다. 그는 '민중 속에서 나오고 민중에게 애호되며, 일부의 특권계급이 아닌 일반 대중을 위하는', '역사 · 사회적인 성격을 띤 리얼리즘을 바탕으로 하여 민중을 위하여 창조되는 문학'2)에 역점을 두고 있다. 이를 한마디로 요약하면 민중을 위한 리얼리즘이 그가 추구하는 문학이다. 이때 리얼리즘이라 함은 '믿을 수 있는 것'을 의미하는 것이므로 인물, 사건, 배경 등 작품의 여러 가지 여건은 믿을 만한 것으로 재창조되어야 한다.

김정한은 23세가 되던 1931년 무렵부터 조선인 유학생회에서 발간하던 『학지광』 편집이라든가 『조선시단』, 『신계단』 등에 발표한 단편을 보이기는 했지만 본격적으로 소설가의 길에 들어서게 된 것

---

1) 김종철 「저항과 인간해방의 리얼리즘」, 『한국문학의 현단계3』, 창작과 비평사, 1983, 99면 참고. 그는 우리말의 80퍼센트를 잠식한 한자어와 외래어의 현황을 개탄하면서 우리말에의 관심을 환기한 바 있다(김정한 수상집 「자연과 우리 문학」, 『황량한 들판에서』, 황토, 1989, 123~125면 참고).
2) 김정한 수상집 『사람답게 살아가라』, 동보서적, 1985, 15~17면 참고.

은 그해 9월 학업을 중단하고 단편 「그물」을 『문학건설』에 발표하면서부터이다. 다음 해인 1932년에 양산 농민 봉기사건에 동경 유학생들과 함께 순회강연을 다니는 등 깊이 관여했다가 피검되는 경험을 하고 1933년 10월에는 남해 공립보통학교 교원으로 취임한다. 1936년에 조선일보 신춘문예에 그의 단편 「사하촌」이 당선되었는데 1938년에 우리말과 글이 수의 과목으로 전락하고 1940년에 우리말과 글의 교육이 불가능하여짐에 따라 당시 남해군 남명 공립보통학교를 사퇴하게 된다(3월에 내고 5월에 수리됨). 그는 더 이상 선생 일을 할 수 없으리라 생각한 것이다. 차라리 신문 일을 맡아보고자 김정한은 『동아일보』 동래지국을 인수하여 가족과 함께 동래로 이사한 것이지만 그는 치안유지법 위반이라는 죄를 쓰고 피검되기에 이르고 신문도 폐간된다. 할 수 없이 11월부터는 경상남도 면포 조합 서기로 소일하며 살아간다. 그런 그가 다시 활동을 재개한 것은 광복 이후 건국준비위원회에 관여하면서부터이다. 그는 『민주신보』 논설위원, 1947년부터 부산중학교 교사생활을 재개하게 되었던 것이다. 김정한은 이 무렵 김구 노선을 지지하고 단독정부 수립을 반대하다가 경찰서에 연행되기도 하였다. 1949년에 부산대학에 출강하기 시작하고 경남 중등교사 자격 심사 위원으로 위촉된다. 1950년에는 부산대 조교수로 발령을 받는다. 1950년 8월 15일에는 관계기관에 연행되어 죽음 직전에 이르기도 한다. 1951년에는 청탁을 받고 이시영 옹의 자서전 『성재소전』을 집필한다. 1954년에는 교육공무원법 개정으로 인해 부산대 강사로 전락하였으나 1955년 3월에 교수자격심사위원회로부터 부교수 자격을 인정받고 7월에 부교수로 다시 승진하였다. 1958년에는 경상남도 도지 편찬위원을 역임하고 1959년 1월에는 경상남도 지명 제정위원으로 임명된다. 같은 해 12월에 제3회 부산시 문화상을 수상하고 이 무렵부터 부산일보 논설 집필을 시작한다. 4·19혁명이 일어난 1960년에는 부산의 교수데모를 주동한 바 있고 5월에는 부산대 문리과 대학 학장 일을 맡아보았다. 1961년 6월에는 5·16 세력에 의하여 내란 음모의 혐의를 받고 도피생활을 하다가 무고임이 밝혀진 뒤 자수했으나 수감생활을 겪어야 했다. 부산일보 상임 논설위원이 된 것은 이 시기의 일이다. 1963년에 부산대 출강을 재개하고 1965년 4월에 부산대 전임강사로 복직하고 11월에 조교수로 승진하면서 1966년에는 「모래톱 이야기」로 중앙문단에 복귀한다. 뒤이어 「과정」과 「입대」를 발표한 1967년에는 한국문인협회 및 예총 부산지부장으로 취임한다. 1969년에 중편 「수라도」로 제6회 한국문학상을 수상한다. 1972년에는 전국 지방국립대학 교수협의회 연합회 회장이 되어 활동한다. 69세가 되던 1976년에는 문화훈장 은관을 수상하고 1987년에는 민족문학 작가회의 초대회장으로 추대되었는가 하면 1994년에는 심산상을 수상한다. 1996년에 노환으로 사망하기까지 그의 문학적 삶은 리얼리즘 그 자체였다.

김정한의 소설을 분류함에 있어서 흔히 30년대 활동과 붓을 꺾은 그가 활동을 재개했다는 60년대 중반 이후의 활동으로 갈래짓고 있다. 그러나 김정한은 알려진 것처럼 20여 년 만에 문단에 재등장한 것이 아니다. 광복 전 「묵은 자장가」에 이르기까지 계속적으로 써왔고 광복 이후에도 「모래톱 이야기」 이전에 「옥중회갑」, 「설날」, 「액년」 등 여러 작품을 발표하였다.

김정한 작품의 형식 연구

1) 김정한 작품의 애펠레이션

애펠레이션, 곧 작중인물의 이름을 붙이는 명명은 독자의 습관과 작중인물의 이름의 인상을 부합시켜서 인물의 성격을 생생히 하는 방법이다. 한 인물의 과거의 일부인 이름은 한 인물에 존재의 확실성을 부여하는 장치이기도 하다. 인물에 주어지는 고유명사는 인물 구성의 단일한 특성을 나타내는 것이므로 인물에 이름을 붙이는 작업은 인물의 성격 구성에 중요한 역할을 한다.

김정한 소설 등장인물의 명명 양상을 개괄하고[3] 그 특징을 정리하여 보기로 하겠다.

또쭐, 김주사(「그물」) / 들깨, 또쭐, 철한, 봉구, 덕아, 차삼, 진수, 쇠다리 주사(「사하촌」) / 옥심이, 만두 할멈, 안심장, 천수, 수복이(「옥심이」) / 두호, 태호, 영애, 박첨지, 두심(「항진기」) / 은파, 두보, 일남, 김만식, 거칠, 양서방(「기로」) / 나, 강신규(「그러한 남편」) / 나, 은순이(「월광한」) / 박재모, 영순이, 혜순이, 경호, 강선생(「낙일홍」) / 명호, 강첨지, 추산당, 구룡, 묘련(「추산당과 곁사람들」) / 나, 노선생(「옥중회갑」) / 호출, 호출 어머니, 진숙(「설날」) / 차돌, 차돌 할머니(「액년」) / 갈밭새 영감, 윤춘삼, 건우, 건우 어머니, 나(「모래톱이야기」) / 허연(「과정」) / 나(「입대」) / 허하사, 순이, 분이, 백노인(「곰」) / 허생원(「평지」) / 분통이, 바우, 수의사(「축생도」) / 김종우, 강남옥, 오롱댁 심작은돌(「제3병동」) / 가야부인, 옥이, 분이, 오봉선생, 명호선생, 박서방, 이(이와모도)참봉(「수라도」) / 밤순이, 나(「굴살이」) / 점이, 윤서방, 녹산댁(「독메」) / 땅꼴댁 심속득, 박노

인, 춘식(「뒷기미나루」) / 차돌, 수남, 짜배기, 울산이 아저씨(「지옥변」) / 우중신노인, 복돌이, 차구, 경기까투리, 박성일(「인간단지」) / 이노인, 송생원(「실조」) / 김인철, 강교사, 황교감, 수미교장, 야마가와, 장철(「어둠 속에서」) / 황거칠, 호동팔, 호동수, 실근(「산거족」) / 송노인(「사밧재」) / 박노인, 이리에, 이리에 나미오(「산서동 뒷이야기」) / 박노인, 송털보, 큰선부, 작은선부, 박면장(「회나뭇골 사람들」) / 송노인, 남낙댁(「어떤 유서」) / 김장군, 나(「위치」) / 이교수, 엄학장, 갈피리(손교수), 송군(「교수와 모래무지」) / 나, 막순이, 두리, 하야시, 다께오(「오끼나와에서 온 편지」) / 순나, 윤석중, 대갑, 수범, 이장용, 김준, 임연 등 (「심별초」) / 덕기, 성수, 숙이, 수정댁, 박서방(「슬픈 해후」)

(1) 구체적 실명 명명

구체적인 실명이 주어진 인물 가운데 들깨, 또쭐, 작은돌, 바우, 차돌, 복돌이, 막순이, 분통이 등의 이름은 그 인물이 신분이 낮은 하층 계급에 속하는 인물임을 알려 준다. 두호, 태호, 영애, 진수, 명순, 혜순, 만식, 신규, 석중 등의 명명은 항렬을 따른 것으로 보이는 평범한 명명이다. 분통이나 막순이 같은 이름은 출신성분이나 가족 구성을 알게 하는 명명으로, 딸을 낳은 것이 분통 터진다거나 딸을 그만 낳기를 바라는 부모의 감정이 담겨 당대 사회가 가지고 있는 남존여비 사상을 반영하는 것이 된다. 큰선부, 작은선부는 자식만이라도 선비(선부)처럼 고상한 삶을 살기를 바라는 부모의 염원이 담긴 이름이다. 호출은 아버지가 경찰에 호출당한 날 태어났다고 하여 이름이 된 경우로 가족의 비극사를 담고 있는 이름이기도 하다.

일제 강점기를 배경으로 한 작품에서 흔히 보이는 창씨개명 이름 (이와모도), 일본 이름(수미, 야마가와, 요다 사부로……), 현재 배경으로 한 작품에서의 일본인 이름(이리에, 이리에 나미오, 하야시, 다께오 하야시) 등의 외국 이름이 있다. 창씨개명 인물의 특성은 처세에 약삭빠른 인물이라는 것인데 그런 인물은 광복 이후에도 역시 뛰어난 처세로 득세를 하고 있다. 일본인을 등장시키는 경우 김정한은 시간적 배경에 의해 관점의 변화를 보인다. 광복 이전이 배경이 되는 경우 일인은 대부분 부정적이다. 조선인의 배울 권리, 가르칠 권리를 억압하는 인물로, 교활하게 학생들을 착취하는 인물로, 심지어 여제자를 겁탈할 정도로 파렴치한 인물로 그려진다. 그렇지만 광복 이후가 되면 일본인 인물들은 동반자로, 당대 한국사회에 대한 냉철한 조언자로 그려진다. 이것은 광복 이후 김정한의 일본인관 변화를 보여 주는 것이다.

(2) 별명으로 불리는 경우

송털보, 짜배기, 쇠다리주사, 갈밭새 영감, 갈피리, 추산당, 경기까투리, 땅꼴댁, 가야부인, 남낙댁, 수정댁, 녹산댁 등등이 있다. 이 가운데 송털보, 짜배기는 그 인물의 생김새로 별명을 삼은 경우이다. 외모로 인물을 명명하는 경우는 허연이 1147호로 바뀌는 「과정」에서도 볼 수 있다. 인권이 개입될 여지가 없는 감옥을 배경으로 하는 여기에서 인물들은 '이마 까진 이', '데드마스크'와 같이 외모의 특징으로 명명되곤 한다.

김정한의 경우 외모의 특징으로 인물을 명명할 때 그 인물은 주로 악역인 경우가 많다. 「인간단지」에서 우중신 노인의 뺨을 때리는 무례한 인근 마을 구장의 얼굴을 넓적한 얼굴에 메기입을 하고 있다 하여 '메기아가리'로 명명한다. 메기처럼 큰 입에 대한 부정적 이미지는 「사밧재」의 일인 순사, 「어떤 유서」의 동장 등에서도 반복된다.

「어둠 속에서」에서 내선일체라는 허울 좋은 식민정책의 표본인 일인 교장은 '탱자머리'이고 「위치」에서 주인공 학대에 혈안이 된 일제 앞잡이 형사 계장은 '배코머리'이다. 이것은 작가가 인물의 성격과 그 외모 간의 관계를 공식처럼 인식했기 때문으로 볼 수 있다.

쇠다리주사, 갈밭새 영감, 갈피리 등은 인물의 성격을 알려 주는 별명이다.

> 쇠다리주사가 뭐냐고? 그렇다. 옳게 부르면 이주사다. 그러나 속에 똥만 든 그
> 가 돈냥 있던 덕분으로 이조 말년에 그 고을 원님에게 쇠다리 하나 올리고서 얻
> 은 「주사」란 것이 오늘날 와서는 세상이 달라진 만큼 그만 탄로가 났기 때문에,
> 모두들 그를 그렇게 불렀다.4)

조선시대 말기에 신분의 혼란은 황금만능의 세태 풍조와도 관련이 깊다. 양반과 벼슬을 돈으로 사고팔았던 것이다. 더구나 쇠다리 하나 로 벼슬을 샀다는 것에서 인물의 약삭빠르고 처세에 능한 성격도 볼 수 있다. 갈밭새 영감은 갈밭이 많은 조마이섬 출신이며 갈밭새처럼 억센 성격을 가졌다는 것, 가래 열매로 갈밭새 울음소리를 내는 버릇 때문에 붙여진 별명이다. 처세술에 능한 손교수(「교수와 모래무지」) 의 별명인 '갈피리'는 '송사리'의 경상도 방언으로, 인물이 주견 없이 이리저리 잘 붙는 성격임을 가리킨다.

출신지가 인물의 별명이 되어 쓰이는 경우는 결혼한 여성들의 경 우가 많다. 시집오면서 자신의 고유명사가 잊히게 마련인 전통사회 여성들은 시집오기 전 살던 곳의 지명을 붙여 ' - 댁'이라 불린다. 가 야부인은 이의 존칭으로 볼 수 있다.

---

4) 「사하촌」, 『김정한 소설선집』, 창작과 비평사, 1997(이하 『선집』이라 약칭함), 18면.

(3) 성으로만 명명되는 경우

……박노인, 송노인, 송생원, 송군, 박서방, 윤서방, 김주사, 박면장, 황교감, 강교사, 엄학장, 손교수, 이교수

김정한의 경우에 작중인물은 작가와 같이 나이를 먹어 간다. 60년대 말 이후의 작품들에서 '-영감', '-노인'의 명명이 많은 것이 그것을 보여 준다. 갈밭새 영감과 우중신노인, 황거칠노인같이 실명의 경우도 있지만 박노인, 송노인과 같은 명명의 비중이 보다 높다. '-노인'이 붙는 명명 가운데 가장 많은 것은 「뒷기미나루」, 「산서동 뒷이야기」, 「회나뭇골 사람들」의 박노인과 「사밧재」, 「어떤 유서」의 송노인이다. 개성을 강조하지 않는 이러한 명명의 특성은 인물의 상황이 어느 한 계층이나 어느 한 집단에 속한 일이 아니라 민족 전체에 공통되는 문제임을 강조했기 때문이라 볼 수 있다.

그 외에 성+직업의 명명이 많은데 이것으로는 인물의 개별성이 드러나지 않는다는 점에서 '-노인' 명명과 다를 바가 없다. 교권이 보장되지 않는 사회에서 힘없는 교사나 교수 혹은 일제 강점기 일신상 처세에 능한 주사, 면장 등의 직업이 갖는 특성만이 나타날 뿐이다.

아이언 와트를 굳이 빌리지 않더라도 현대소설에서는 평범한 시체 이름이 작중인물의 조건이 되고 그것이 고대소설에서 보여 준 인물 이름의 상징성, 작중 현실과의 긴밀성, 인물의 평면성과 전형성을 극복하는 것을 볼 수 있는데 김정한의 경우는 실제로 쓰이는 명명과 작가의 의도적, 상징적인 명명이 공존한다. 작가의 의도적인 상징 명명의 예로는 우중신이나 황거칠을 들 수 있다. '우중신'이라는 이름

에서 인물의 무게를 느낄 수 있고 '황거칠'은 '거칠다'는 의미를 주
는 이름이다. '거칠'이라는 이름은 특히 「기로」에서 두보의 동료 이
름으로도 나왔던 적이 있다. 둘 다 거친 성격으로 세계에 저항을 꾀
하는 인물들이다. 이름만으로 영웅임을 성격을 암시하는 명명은 이
에 국한된다.

다음으로는 '-노인'과 '성+직업'의 명명에서 볼 수 있듯이 김정
한이 후기작으로 가면서 인물의 명명에 다소 등한해진다는 사실이다.
이것은 인물이 겪는 질곡의 상황이 개인적인 문제가 아니라는 것과
아울러 주제를 강화하기 위한 작가의 장치라고 볼 수 있다.

2) 인물의 계층

> 내 작품에 등장하는 주요 인물은 거의 전부가 소위 소비계급에 속하는 사람들이
> 아니고 직접 생산에 종사하는 민중들이다. 다시 말하면 세도를 가진 사람들이나
> 그들에게 등을 대고 으스대는 무리들에게 항상 짓밟히고 설움을 받는 그런 억울
> 한 사람들이다.[5]

김정한의 말처럼 그의 주요 인물은 노동자, 농민 등의 생산계급이
며 세력을 갖지 못한 피지배계급이다.

(1) 생산계급

가) 농민계급
광복 전 김정한의 농민 인물들은 대부분 소작인들이다. 일제의 악

---

5) 김정한 수상집 『사람답게 살아가라』, 동보서적, 1985, 황토, 254면

랄한 토지 정책은 우리 농민들을 토지에서 소외시키고 자작농을 소
작농으로, 소작농을 이농민으로 변화시켰다.6) 지주들은 토지를 빼앗
긴 농민들을 소작시키면서 여러 면에서 이점을 챙겼다. 본래 토지를
신성시하는 농민들은 빼앗겼지만 자기의 것이었던 땅에 대하여 더욱
애착을 가질 것이고 따라서 생산은 높아질 수밖에 없다. 뿐만 아니
라 마름제도라는 착취구조는 지주에게는 유리한 반면 소작인들에게
는 이중고를 부담시키는 장치였다. 소작인들은 지주에게도 잘 보여
야 했고 마름의 비위도 건드려서는 안 되었으며 때로는 지주보다 마
름의 착취가 더욱 가혹하였다. 김정한은 이러한 농촌 문제에 대하여
근본적인 인식을 하고 작품 활동을 했다.7)

「사하촌」과 「옥심이」, 「추산당과 곁사람들」에서 지주들은 승려 계
급이다.

「사하촌」의 인물들은 탐욕스런 친일파 지주 승려들에 의해 소작농
으로서의 최저의 삶마저도 위협받는다. 「옥심이」를 보면 승려들과
청부업자가 제휴하여 소작인에게 최저한의 삶까지도 위협하며 가혹
하게 노동력을 착취하는 실상이 그려진다. 절과 중에 대한 민중들의
관념은 까마귀가 머리 위에 나타나는 한 우연한 삽화를 통하여 잘
나타난다. 점심을 먹는 노동자들의 머리 위로 귀신까마귀가 나타났

---

6) 이영재, 『한국 농촌의 허상과 실상』, 춘추원, 1993, 129면 참고.
7) 이런 점에 관하여 신경림은 다음과 같이 김정한을 평하고 있다. "농촌에 있어서의 여러 문제들
을 아웃사이더의 입장에서가 아니라 바로 농민의 입장에서, 어느 측면에 있어서가 아니라 정면
에서 다룸으로써, 일찍이 다른 어느 누구의 소설에서도 달성될 수 없었던 높은 수준의 비평정
신과 사회의식을 보여 주었다. 그의 소설은, 토지 개혁의 불철저성으로 인해서 아직도 깊숙이
내재하고 있는 토지소유관계의 모순, 자본주의 생산제도 자체의 모순에 기인한 고질적인 농촌
의 빈곤, 잔재해 있는 半封建的 지주·소작관계, 현안문제의 해결에 있어 대전제가 되어야
할 농민의 自律性, 새로운 형태의 착취관계의 造出 등 그 하나하나에 역점을 두었고, 또 이를
구체화하는 데에도 게을리하지 않음으로써, 이러한 경향이 자칫 빠지기 쉬운 작품의 지나친 槪
念化, 梗塞化를 방지할 수 있었다."(신경림, 『문학과 민중』, 민음사, 1977, 69면)

다가 절골로 돌아갔다. 일하던 여자들은 그 귀신까마귀를 재수 없다고 꺼리면서 중에 비유한다. 이렇듯 김정한 소설에서 가해자 집단의 많은 부분을 차지하는 것이 절과 승려들이다. 일제는 식민정책의 일환으로 불교 유신을 제창하고 그 대처승제를 권장하는 동시에 불교로 하여금 매불 자생하게끔 유도하였다.8) 조선시대 숭유배불 정책으로 억눌려 있던 불교는 이제 농민의 토지를 시주라는 이름 아래 받아들여 축재에 열을 올리고 그러한 방식으로 소작인이 된 농민들에게 냉혹한 행동을 보이기도 한다. 일제치하 불교의 이런 모습은 식민치하에서 타락한 종교의 부정적 모습을 보이는 것이다. 일제 말기에 가면 일제의 정책에 편승한 불교계는 법당에 '천황폐하 성수만세' 등의 팻말을 붙여 놓는 등 일제에 지나치게 빌붙는 모습을 연출하기도 했다.9)

다음으로 광복 후. 농촌 문제 면에서 보면, 광복 후 일제치하의 토지 소유 및 관리 상황은 보다 호전되는 바가 없다. 자작농은 일부에 그치고 봉건적 소작제도에 시달리는 농민이 전체의 85.8%에 육박했다. 농민들은 광복이 되어도 달라진 게 없다고 생각했고 새로운 토지 개혁의 필요성이 대두된다. 미군정이 일인 소유였던 토지를 접수하여 신한공사를 운영하면서 토지 재분배를 시도하지만 대상 토지의 절반 정도를 1,549,352농가가 나누어 갖도록 조정함으로써 농민은 더욱 가난해져 갔고 미군이나 정치권에 빌붙어 있던 친일모리배와 지주들이 편법적 방식으로 몰수를 피하기 위해 토지를 분산 은닉했다.10)

---

8) 인권환·박노순, 『한용운 연구』, 통문관, 1960년. 77~78면 참고. 이는 「추산당과 곁사람들」의 명호 할머니의 입을 통해 비난된다. "부처 팔아먹은 중이 어떻게 극락엘 개! 몸은 구렁이, 욕심은 귀신이 되는거야."(「추산당과 곁사람들」, 선집. 128면)
9) 오효진, 「반골인생 김정한」, 『월간 조선』, 조선일보사, 1987. 3. 184면 참고.

「모래톱이야기」나 「평지」의 인물들은 광복과 산업화라는 격동의 역사 속 혼란과 제도적 모순에 의하여 토지 소유의 이전과정이 굴절되면서 토지로부터 소외되는 토착농민들이다.

나) 노동자계급

「기로」에서 두보를 비롯한 석수장이들은 노동 현장에서 임금 문제와 고압적 착취로 소외되는 노동자들이다. 부르주아 출신 김만식은 얄팍한 낭만적 휴머니스트였다. 그런 그가 가네꼬상이라는 이름으로 감독의 지위에 오르면서 친한 친구까지 배신하면서 노동자 착취에 악착같은 인물이 되는 것은 머리로만 이루어지는 노동운동이 얼마나 허구에 찬 것인지를 보여 주는 한 예가 되는 것이다. 「오끼나와에서 온 편지」의 편지 주인공인 '나'와 막순이, 두리 등도 계절노동자로서 이들은 일본에 가서 일하고 있다. 「독메」의 점이는 리어카 행상을 하는 노동자이다.

(2) 피지배계급

노동자, 농민 등 생산계급의 면모보다 피지배계급으로서의 면이 강조되어 있는 인물들은 대개 정부와 사회제도에 의하여 억압받는 인물들이다.

김정한 소설에 나타난 일제 강점기 피지배계급은 처세술이 능란하지 못하여 친일파와 일제에 의하여 밀려나는 인물들이다. 「낙일홍」의 박재모나 「어둠 속에서」의 김인철 그리고 「그러한 남편」의 강신규같이 일인에 의해 사회적 진로를 차단당하는 직업인들, 「회나뭇골

---

10) 이영재, 앞의 책, 130~131면 참고.

사람들」과 「위치」, 「슬픈 해후」의 인물들처럼 조국을 위해 일하다가 고문당하고 투옥됨으로써 생존권마저 짓밟히는 인물들이 여기에 포함된다.

다음 광복 이후. 우리는 광복 이후에 마땅히 친일파를 제거하고 독립을 위하여 일한 이들을 등용하여야만 했다. 그러나 미군정에 주도권을 빼앗긴 상태에서 친일파의 재등용을 목도할 수밖에 없었던 것이 우리의 실정이다. 이런 독립과정의 파행성은 독립운동가들을 소외시켰고 일제 강점기 고생을 겪으며 독립을 기다렸던 이들, 독립유공자들을 도피와 수배의 몸이 되게 했다. 「옥중회갑」의 노선생, 「설날」의 호출 아버지와 할아버지, 아저씨가 그렇고 「과정」의 허연교수, 「수라도」의 가야부인 일가가 바로 그런 예이다. 이들은 하나같이 다시 정권을 잡은 친일파 기득권 세력에 의하여 압제받는다.

조국이 남북으로 나뉜 상황에서 비롯된 이데올로기의 경직성과 그 폐해는 부지런히 살아가는 피지배계급의 삶을 뿌리째 흔들어 버린다 (「뒷기미나루」의 심속득, 춘식 부부와 박노인 등). 지나친 발전 위주의 정책으로 소외되어 가는 피지배계급의 모습은 「굴살이」의 밤순이, 「산거족」의 주민들, 「산서동 뒷이야기」의 박노인, 「어떤 유서」의 송노인 등에게서 찾아진다. 보상 없는 상이군인 남편을 잃은 밤순이는 고속도로에 밀려 집을 잃고 또다시 동물원에 밀려 살던 굴까지 빼앗긴다. 피지배계급에 대한 냉혹성은 상수도시설, 전기시설을 자생적으로 만들면서 살아가려 하는 빈민들을 외면하고 국유지를 사들여 자신의 부를 축적하는 데 급급한 소수 부유층에게만 유리한 도시정책으로 알 수 있다(「산거족」). 「인간단지」의 우중신 노인은 독립유공자라는 전력을 가지고 있는, 몰락한 계급의 문둥병환자로서 박성일(유산 계층)에 대한 정부의 비호정책으로 부당히 학대받는다.

「곰」의 허하사는 어느 날 갑자기 군에 징집되고 그로 인해 임신한 아내와 생이별을 하게 되어 정상적 삶을 몰수당한다. 한편 「축생도」와 「제3병동」의 인물들은 비인간적인 현대 의료 제도하에서 고통받는다. 이들은 모두 가난하여 현대적 의료제도로부터 소외되고 죽어갈 수밖에 없는 상황에 처하게 된다. 일제 강점기 강제노역의 임금을 받으려다가 현실에 눈을 뜨는 「지옥변」의 차돌도 사회 제도의 불합리성으로 고통받는 피지배계급의 모습을 보여 준다.

김정한이 설정하는 교사나 교수 인물들은 대개가 약한 존재이다. 일제 강점기의 한국인 교사 생활과 군부독재시대의 교수를 경험한 작가의 경험으로, 이들은 정권에 빌붙지 않는 한 여러 면에서 어려운 생활을 할 수밖에 없는 존재들이다. 광복 전 교사 인물들은 물론 「교수와 모래무지」의 이교수 역시 정권에 지배당하는 피지배계급으로 설정되어 있다.

(3) 인물의 계층 - 민중 계층

김정한 소설의 인물들은 모두가 철저하게 민중이다. 지식인 주요 인물 역시 기득권에 아부하여 제 갈 길만 도모하는 인물들이라기보다 사르트르적 의미의 실천적 지식인이다.

계층 문제가 전면에 드러나지 않는 「입대」, 「실조」, 「사밧재」 등의 인물들도 제도권에 의해 억압되는 민중 계층인 것을 알 수 있다.

한편 작품에 등장하는 여성 인물들 모두 생산, 피지배계급이다. 「월광한」과 「액년」에서처럼 때로는 해녀로, 때로는 농사꾼으로 활동한다. 그런데 여성 인물들에게는 한 가지 억압이 더해진다. 지주와 친일 세력들에게 착취당하는 위에 가정 내 폭력으로 학대받는다. 「사하촌」의 들깨는 배가 고프고 젖먹이 보는 것이 어렵다고 하여 밭에서 일하고 온 아내에게 욕설을 퍼붓고 두보는 암담한 노동 현실의 화풀이를 아내 구타로 해소하려 한다. 「낙일홍」에서 박재모는 남의 집 재봉틀을 빌려 일하느라 늦은 아내에게 면박을 준다. 아내들은 남편의 그러한 행동 앞에 눈물을 흘리면서도 젖먹이를 안고 아궁이에 불을 때며 식사 준비에 허둥댈 뿐이다. 「인간단지」의 복둘이는 남편이 유학 간 사이 가정을 지키며 시집살이에 헌신한다. 문둥병자의 빨래를 위해 비누조차 주지 않는 냉혹한 시어머니와 무관심한 남편으로 인해 복둘의 고통은 이중 삼중으로 겹쳐 온다.

가부장제 사회하에서 여성은 남성과 마찬가지로 생산에 종사하면서도 이런 방식으로 이중고를 겪어야 했다. 남편들은 자신의 사회적 욕구불만을 아내에게 해소하고, 이런 구조 속에서 여성 인물들은 별수 없이 이중고에 신음하지만 아무런 불평도 할 수 없다. 그것은 현모양처라는 여성의 미덕에 어긋나는 것이기 때문이다. 여성 인물들의 계층은 남성보다도 더 낮아지는 것을 알 수 있다.

3) 김정한 작중인물의 유형

인물의 성격 창조는 소설의 중심과제인데 인물의 창조에 있어 관건은 개성과 보편성의 문제이다. 독특하게 창조되어야 하고 소설 이해 확산의 방편도 되어야 한다. 작가들은 이렇게 창조된 인간상을 통하여 당시 사회에 대한 비판과 경계까지를 도모하려 한다.

김정한 소설에 나오는 주동인물들은 그 현실에 대한 자세에 의하여 현실비판과 저항형, 현실부적응형, 현실순응형으로 나누어 살펴볼 수 있다.

(1) 현실비판과 저항형

루카치에 의하면 참된 소설을 위한 필수 요건인 전형은 미적 주체와 체험적 주체로 나누어진다. 전자가 나름대로 세계관을 가지고, 조화적 균형의 체계를 추구하지만 현실에는 적응하지 못하는 인물이라면 후자는 사회현실 속에서 구체적 삶을 살아가며 사회에 무리 없이 적응하여 일상적 삶을 영위하는 인물이다. 여기에서 미적 주체는 골드만이 말한 '예외적 개인'이라든가 미셸 제라파의 '상징적 개인'과 통하는 개념으로, 김정한의 대부분 주인공이 여기에 속하는 현실비판과 저항형의 인물이다.

문학 작품의 근대성이란 작자 및 등장인물의 가치관·습관·언어·생활태도 등 작품에 나타난 여러 현상이 자본주의 생산 양식에 대응하는 변화·진보의 의미를 지닌 것들과 연관되는 것이다.[11) 김정한의 작품들에 나타나는 기존 여타 작가의 작품과 다른 강한 저항성은 그의 문학이 근대성을 띠는 것임을 증명하는 것이다. 인간을 억압하는 장치에 대한 적극적 대항은 인간으로서의 각성과 인식의 결과이며 변화, 진보를 의미하는 것이기 때문이다.

---

11) 이선영, 「우리 문학 연구의 새로운 지평」, 민족문학사 연구소 편 『민족문학과 근대성』, 문학과 지성사, 1995, 24면 참고.

가) 제도적인 착취구조에 저항하는 농민과 노동자

소작인을 착취하는 마름에 저항할 것을 결심하는 「그물」의 또쭐은 김정한 작품에 가장 빈번한 비판과 저항형의 전형이다. 승려들의 부당 착취에 절을 불사를 것을 암시하는 「사하촌」의 인물들은 이의 복수화이다. 「항진기」의 두호도 마찬가지이다. 반복모티프를 통하여 김정한은 마름의 착취가 개인적 차원의 문제가 아니라 사회적인 문제임을 지적한다.

토지 문제의 불합리함을 겪으며 그것에 비판정신과 저항정신을 보이는 인물들로는 「모래톱이야기」의 갈밭새 영감과 윤춘삼이 있다. 작가 김정한은 광복 후 한국토지제도의 가장 큰 모순, 즉 일제 강점기 일인 소유가 되어 한국 농민을 착취했었으나 해방 이후에는 마땅히 국유지가 되어 거주자들의 생존권을 보장해야 할 국토가 어느 날 유력자들의 사유지로 둔갑하는 모순성을 직시한다. 그리고 토지제도 모순에 대한 작가의 관심을 여러 작품에서 반복적으로 보인다. 「모래톱이야기」의 갈밭새 영감은 자신들의 삶을 지켜 나가기 위해 댐을 무너뜨리고 그를 방해하는 세력에 온몸으로 저항한다. 「산거족」의 황거칠은 산에는 수도시설을 해 주지 않는 정부에 저항이라도 하듯이 사설 수도시설을 갖추지만 번번이 국유지를 사유화한 유력자들에 의해 그것을 빼앗긴다. 보상 없는 독립유공자의 후예인 황은 국가가 담당해 주지 않는 하층민의 삶을 강한 행동성으로 스스로 개척해 나간다.

「기로」의 두보는 노동 현장에 뛰어들어 임금구조의 불합리함, 노동자의 권리 등에 눈을 뜨고 이를 지적한다. 그런데 노동문제에 대하여 인식을 하게 되는 인물은 두보만이 아니다. 그와 행동을 같이

한 거칠과 양서방을 비롯한 여러 인물들이 이런 인식을 하게 되고 마침내 이를 행동화한다. 누군가에 의하여 일어난 공사장 폭발사건은 그러한 비판정신의 행동화라고 할 수 있다.

나) 전통과 인습, 가정 내 폭력 등에 저항하는 인물

「축생도」의 바우, 「수라도」의 가야부인 등은 전통과 인습에 대한 비판정신을 가지고 있다. 바우는 젖몸살로 고생하는 아내를 위해 민간요법만으로 수수방관하는 부모님에 저항하여 현대적 의료시설을 찾는다. 「수라도」의 가야부인은 혼인한 여자가 응당 따르는 것으로 되어 있는 시대의 가풍에 맹목적인 추종을 거부한다. 불교를 배척하는 시집 어른들의 견해도 존중하면서도 자신의 신앙도 관철시켜 나간다.

가정 내 폭력이 문제되는 경우는 「옥심이」의 옥심과 「기로」의 은파이다. 옥심은 문둥병이 걸린 천수와 시집의 뒷바라지에 헌신해 왔지만 남편 천수의 성적 폭력과 불만이 학대로 이어지자 과감히 집을 나온다. 이는 인습에 대한 강한 저항이라고 할 수 있다. 「기로」의 은파도 가난한 생활을 견디지 못하고 가출한다. 작가는 맹자 어머니나 신사임당의 교훈을 사치스런 교훈[12]이라고 생각할 정도로 먹고사는 문제의 중요성을 강조하는데 은파의 환경이 그러하다. 일용근로자 남편이 옥에 갇히자 먹고사는 문제에 봉착하게 된 은파는 남편 원수인 김만수의 도움과 유혹을 뿌리치지 못하고 마침내 가출한다. 옥심과 은파 모두 폭력 남편에 저항하여 애정행각의 방편으로 가출하는 것이다. 그러나 이들은 모두 다시 집으로 돌아온다. 이들은 자신을

---

12) 김정한 수상집, 『사람답게 살아가라』, 동보서적, 1985, 255면 참고.

억압하는 가부장의 구조와 폭력에 저항을 하기는 하지만 그 저항은 일시적인 것일 뿐, 그보다 더 절실한 모성애라는 문제에 부딪혀 저항을 포기하고 마는 것이다.

다) 대상에 압도되어 저항을 내향화하는 인물

비판과 저항의 행동화 가운데 퇴행적인 경우는 「평지」와 「어떤 유서」의 인물들에게서 나타난다. 「평지」의 허생원은 토지의 불하문제가 불거지고 그것으로 불평등한 취조를 받고 억울한 구류를 살게 되는데 그 억울함을 자기 자신에게 터뜨리고 만다. 그는 자기가 살아온, 조만간 빼앗길 밭에 불을 지르는 것이다. 「뒷기미나루」의 박노인의 자살도 그런 맥락에서 이해할 수 있다. 극우 세력에 의해 아들을 잃고 또 며느리를 잃을 위험에 빠지자 박노인은 나무에 목을 맨다. 세상에 저항하듯이 눈을 부릅뜨고 입을 꽉 문 채로. 이와 같은 자살모티프는 「어떤 유서」의 송노인에게서도 나타난다. 권력의 남용에 의하여 두 번씩이나 사유권을 침해받은 송노인은 자신의 억울함을 유서로 남기고 자살하는 것이다. 「회나뭇골 사람들」의 박노인의 경우는 이민족에 대한 강한 비판과 저항이 퇴행적 자해 행위로 나타나게 되는 경우이다. 박노인 아들 큰선부가 독립운동을 했다 하여 동생 작은선부는 정신이상이 될 정도로 고문을 받고 박노인 아내는 성고문까지 당한다. 대상의 막강함과 어찌 대항할 수 없음에 좌절한 박노인은 자신의 성기를 절단하는 방식으로 저항의 의지를 표명한다. 이렇듯 인물들의 저항이 자해 형태를 띠게 되는 것은 인물들이 그 대상의 세력에 압도되어 외향적 저항이 무의미하다는 것을 깨달았기 때문이다. 대상에 압도되어 저항을 내면화하고 오히려 스스로에게 공격하는 자해 형태로 결말을 맺는 경우는 주로 노인 인물들인 경우가 많다.

라) 그 외 비판정신을 가지고 있는 인물들

「추산당과 곁사람들」의 명호와 강첨지, 「입대」·「모래톱 이야기」·「오끼나와에서 온 편지」등 1인칭 관찰자 소설들의 '나', 「제3병동」의 김종우 의사, 「사밧재」의 송노인을 위시하여 젊었을 때 강한 행동성을 보였던 「실조」와 「산서동 뒷이야기」의 인물들, 「교수와 모래무지」의 이교수 등은 모두 현실에 대한 비판력을 가지고는 있으나 적극적 행동성을 보이지는 않는 인물들이다.

「설날」의 호출 어머니와 진숙이 보이는 것은 굽힘 없는 의식의 계승 정신이다. 광복 후 친일파가 득세함에 따라 독립운동가들은 오히려 거세당하게 된다. 그러나 이런 상황에서 인물들은 그 상황에 굴복하지 않는다.[13] 「인간단지」는 인간으로서의 최소한의 삶을 지켜나가려는 인물들의 이야기이다. 「모래톱 이야기」에서 토착민을 몰아내기 위한 수단이었던 나환자 문제를 다루는 이 이야기에서 인물들은 자선과 복지 사업이라는 미명 아래 자행되는 횡령과 갈취, 인권 유린과 그 비호 세력들에 저항하고 인간다운 삶을 추구하려 한다. 「어둠 속에서」의 김인철은 조선어를 지키려 하고 일본인에 의하여 전횡되는 교육계에 저항하여 교원단체를 기획한다. 「위치」의 인물들은 동아일보 폐간을 앞두고 정부의 탄압에 굴하지 않고 당당히 싸워 나간다. 테러에 굴복하지 않고 오히려 불리한 상황을 민족감정으로 모

---

13) 신화원형비평에서 죽음과 재생의 문제는 맞닿아 있는 것으로 흔히 파악된다. 죽음에 대한 성찰은 죽음에 대한 극복과 대처의 문제이기 때문이다. 이때 무덤은 재생의 이미지를 갖는 것이다(홍문표, 『문학비평론』, 양문각, 1995, 211~212면 참고).

으기도 한다. 역사소설 「삼별초」의 윤석중 등도 여기에 포함된다.

(2) 현실부적응형

닫힌 현실에 적응하지 못하는 인물들로는 일제치하의 지식인과 해방 이후 사회주의자들이 포함된다. 「항진기」의 태호가 전자의 예이다. 닫힌 사회 속에서 야망을 펼칠 만한 일을 구할 수도 없고 아버지나 동생 두호처럼 육체노동도 할 수 없는 어중간한 지식인인 그는 일제치하 부적응주의자, 룸펜 인텔리겐치아의 전형을 이룬다. 일본인이나 친일파에게 유리한 사회에서 평범한 공무원으로 살아가는 일의 어려움을 보이는 것은 「그러한 남편」의 강신규이다. 그는 박봉으로 조카와 부모님을 부양하여야 하지만 일제치하 소시민의 수입으로는 그럴 여유가 없다. 그는 결국 여기저기에서 돈을 끌어다 쓰고는 빚 독촉에, 월급까지 차압당하게 되자 자살하고 만다. 해방 이후 부적응자의 예로는 「옥중회갑」의 노선생, 「과정」의 허연, 「슬픈 해후」의 성수 등이 있다. 이들 모두 일제치하에서 독립을 위해 싸웠지만 기득권에 의하여 거세된 존재들이다. 그래서 모두 정권에 의하여 쫓기거나 구속되는 몸이 된다. 「곰」의 허하사 역시 현실 부적응자이다. 느닷없이 군에 끌려간 뒤로 가정파탄을 당한 허하사는 헤어진 아내에 대한 병적 집착만으로 살아간다.

(3) 현실순응형

현실에 대하여 부적응 행동을 보이는 것도 어떻게 보면 저항의 한 양상이라 할 수 있다. 그에 비하여 부정적 현실에 아무런 저항을 하지 않고 순응하며 살아가는 인물이 있다. 김정한 소설에서는 「굴살이」의 밤순이, 「낙일홍」의 박재모, 「인간단지」의 복둘이 등이 이런 유형이다. 밤순이는 자기가 살던 집이 고속도로에 의하여 밀려난 뒤 거하던 굴까지도 빼앗기는 상황에서도 최소한의 생존권을 주장하지 못한다. 박재모는 자신이 만들어 낸 학교에서 축출당하는 상황에서도 이를 항변하지 못한다. 밤순이와 마찬가지로 박재모 역시 항변의 무용성을 알기 때문이다. 다만 좌천된 학교에 가서 새로 열심히 살 것을 결심한다. 우중신의 아내 복둘이는 남편에게 외면당한 채 시부모, 시할아버지 봉양에 시달리다가 병까지 걸리지만 자기 자신을 위해서는 아무런 일도 하지 않는다. 병에 걸렸으니 그뿐, 묵묵히 집을 떠나 나환자 수용소로 들어갈 뿐이다. 옥심과 은파를 제외한 김정한 작품의 대부분 여성 인물들이 모두가 이러한 순응의 삶을 산다.

이들과는 다른 맥락에서 보아야 할, 처세에 능한 인물들이 있다. 해방 전 친일 세력의 한 전형을 이루는 「회나뭇골 사람들」의 박면장 같은 인물들, 해방 이후 정부에 빌붙어 학자적 양심보다 개인의 영리를 도모하는 「교수와 모래무지」의 손교수 같은 인물들이다.

한국현대문학에서 주동인물들은 흔히 해방 전과 후로 다른 양상을 보인다. 해방 전 인물들이 해체적이라면 해방 이후에는 현실상황에 부정적인 반응을 보이기는 하지만, 생성의 긍정적인 방향 전환을 모색하곤 한다. 「도야지」, 「落照」, 「소년은 자란다」 등 채만식 소설의 인물들이 그 대표적인 예가 된다.[14] 그런데 김정한의 인물들은 그렇지가 않다. 억압의 상대가 바뀌었을 뿐 소외되고 억압받는 인물들의 상황은 달라진 것이 없다. 이는 작가 김정한이 광복에 대한 낭만적

---

14) 박태상, 『전통부재시대의 문학』, 국학자료원, 1993, 234면 참고.

감상이나 피상적 이해를 넘어서서, 표면만 변화하고 저변은 그대로 있는 현실을 직시했기 때문으로 볼 수 있겠다.

김정한 작품의 경향
- 철저한 저항정신

작가는 부조리한 현실을 수동적으로 받아들이는가 하면 그러한 현실에 저항하기도 한다. 현실에 저항하는 저항문학은 그 대상이 적국인가 자국인가의 문제에 의해 크게 이분된다. 레지스탕스 문학으로 일컬어지는 제2차 세계대전 중 나치하의 프랑스문학과 일제하의 한국문학의 저항 대상은 적국이다. 주권을 강탈한 적국에 대해 저항문학은 민족적인 성격을 띠고 저항하게 된다. 한편 주권이 자국에 있는 경우 집단적, 개인적인 이익이 국가적 이익보다 선행되며 민족적 성격이 아닌 이념의 문제로 저항한다. 여기에는 19, 20세기 러시아문학과 광복 후 60년대에서 80년대까지 우리나라 이어지는 민중문학이 포함된다. 특기할 것은 김정한이 우리나라 저항문학의 두 시기에 모두 포함된다는 것이다. 그는 철저한 '반골인생'이었던 것이다.

1) 전기 작품 - 식민치하, 반일 · 반봉건의 몸부림

초기 시와 함께 김정한의 습작품인 「그물」을 비롯하여 「사하촌」, 「옥심이」, 「항진기」, 「기로」, 「그러한 남편」, 「월광한」, 「낙일홍」, 「추산당과 곁사람들」, 「묵은 자장가」 등 10편이 김정한의 전기 작품들이다. 그 외에 그의 최초의 단편인「구제사업」이라는 것이 있었다고 전해지는데 목차에만 실리고 본문은 삭제되었다. 때문에 자세한 면모를 알 길이 없으나 '기자묘에 실업자를 동원하는 얘기를 다루면서 그런 실태의 표면만을 묘사하였지 빈민 착취의 진상을 외면'한「감자」의 김동인에 불만을 품고 썼다는 작가 자신의 말을 염두에 둘 때 이 소설이 노동착취의 상황을 그린 것임을 유추해 볼 수 있다.

(1) 저항문학 혹은 반외세

이때 저항의 대상은 말할 것도 없이 친일파와 그 비호세력인 국권 강탈의 당사자 일제이다.

가) 농민이 겪는 부조리와 그에 대한 항거

김정한의 일제하 농민문학은 저항의 성격을 갖는「그물」과「사하촌」,「항진기」등이다. 이들 작품에서는 일제 강점기 소작제도에 대한 모순성이 나타난다. 소작인을 마음대로 바꾸어 소작권과 소작인의 생존권을 말살하는 지주 위주의 소작제도, 중간 착취자 마름의 면모가 드러나는데 작가는 그것을 인식함에 그치지 않고 작중인물로 하여금 그러한 현실에 대하여 강한 저항을 하게 한다.

나) 모성애와 가난의 대결

가난의 주제는 김동인과 염상섭 시대부터 우리 문학의 한 흐름을 형성하기 시작했다. 그것은 '전조선인의 무산자화' 시대인 식민치하에서 민족의 현실을 직시한 프로문학의 영향을 받은 바 크다.

가난이라는 현상을 인식함에 있어서, 김동인은 삶의 한 보편성으로 보려 했고 카프의 최서해는 도식적으로 계급 이념의 기준에서만 해석하려 하였던 반면, 염상섭에 이르면 생활인으로서의 태도가 보다 심화되어 돈과 계층문제로의 현실 형상화에 일정한 성공을 보인다. 여기에서 한 걸음 더 나아가 가난이란 사회 부조리의 구조적 모순의 소산이라는 비교적 굳건한 사회인식으로 이루어진 세계가 바로 김정한의 소설이다. 김정한은 많은 작품에서 가난의 문제를 묻고 있다. 가난은 때로 인물들로 하여금 자식조차 버리고 집을 나가게 만들기도 한다. 맹자 어머니나 신사임당의 교훈을 사치스런 교훈이라고 생각할 정도로 가난이라는 문제가 절실한 것임을 작가는 지적한다.

「옥심이」의 주인공은 소작인들에게 내려지는 가혹한 노동력 착취와 가난에 시달리다가 애정 행각의 방편을 통해 가출한다. 그녀에게는 어린 자식이 있지만 남편의 폭력과 가난 앞에 가출로 자기의 살길을 도모한다. 「기로」역시 가정주부의 가출 모티프를 가지고 있다. 은파는 남편이 감옥에 간 사이에 극도로 치욕적이고 궁핍한 생활을 경험하게 되는데 극한의 굶주림 앞에 먹을 것을 제공해 온 김만식과 관계를 갖고 마침내 가출한다. 삶이라는 절대명제 앞에 지조란 의미 없었던 것이다. 그러나 한국판 노라 옥심과 은파는 모성애를 이기지 못하여 집으로 다시 돌아온다. 염상섭의 말처럼 도덕의 기조란 본능적인 모성애에 놓이는 것이라고 할 때 자식을 염려한 두 주인공의 원점회귀가 최소한의 도덕성에 대한 회복이라고 볼 수 있겠지만, 현실(가정 폭력)에 대한 저항성으로는 아무런 문제 해결 없이 후퇴해 버린 셈이다.

(2) 암울한 현실 제시와 비판의식의 내면화

가) 현실에 대한 비판적 시각

「그러한 남편」은 가난하고 융통성 없는 부적응자의 자살을, 「낙일
홍」은 성실한 교원이 외면되는 교육계의 현실 등을 다루고 있는데
이를 통하여 작가는 일본인에 의한 사회적 진로의 차단이라는 당대
문제적 세태를 보이고 있다. 「추산당과 곁사람들」에서는 현실비판적
시각을 가진 명호에 의하여 당대 부정적 불교의 모습과 함께 황금만
능주의의 세태가 적나라하게 드러난다. 전염병으로 절간에 얽매여
사는 어린 형제의 궁핍한 생활을 그린 「묵은 자장가」도 현실에 대한
비판적 묘사에 포함된다. 그러나 이들 작품에서 적극적인 저항의식
은 찾아볼 수가 없다.

나) 리얼리즘의 후퇴

출장 간 군청 직원과 해녀의 하룻밤 연정을 다룬 「월광한」은 김정
한 전체 작품 가운데 매우 이례적인, 현실 직시에서 비켜선 작품이
다. 이는 일제의 민족문화 말살정책의 강화로 인한 김정한 작가정신
위축의 소산이라고 볼 수 있다.

2) 후기 작품 - 광복 이후의 저항과 회한

광복 이후 김정한의 작품은 「옥중회갑」, 「설날」, 「병원에서는」, 「농
촌 세시기」, 「액년」, 「모래톱이야기」, 「과정」, 「입대」, 「곰」, 「평지
(유채)」, 「축생도」, 「제3병동」, 「수라도」, 「굴살이」, 「독메」, 「뒷기
미나루」, 「지옥변」, 「인간단지」, 「실조」, 「어둠 속에서」, 「산거족」,

「사밧재」, 「산서동 뒷이야기」, 「회나뭇골 사람들」, 「어떤 유서」, 「위치」, 「교수와 모래무지」, 「오끼나와에서 온 편지」, 「삼별초」, 「거적대기」, 「슬픈 해후」 등 총 31편이다.

이는 현재 시점으로 광복 이후의 사회적 제반 문제를 다루고 있는 본격 저항문학과, 과거 회상 형식으로 일제에 대한 고발과 무력한 자기반성을 보이는 리얼리즘 문학으로 나누어진다.

(1) 저항문학 – 광복 이후 사회의 부조리

광복 후 김정한 문학의 주된 흐름 역시 저항문학이다. 일제하 저항문학의 양상이 대부분 농민문학이었던 것과는 달리, 광복 이후의 저항문학 작품들에서는 소외계층이 정치권에서의 사회주의자, 경제적으로 농민과 도시 빈민, 제대군인 등으로 확대되고 심화된다. 이로써 작가 김정한이 광복 이후 새롭게 야기되는 문제들에 폭넓게 접근하고 있음을 알 수 있다. 광복 전 저항의 대상이 일본 제국주의와 친일세력이었다면 광복 이후 저항의 대상은 기득권 세력인데, 이들 대부분은 민족주의자로 둔갑한 반민중 친일파들이었다.

우리나라는 광복 후 친일분자를 제대로 처리하지 못했다. 반민족주의자들에 대한 반민특위법은 실제재판까지 가다가 중도에 흐지부지해 버렸다. 민족 운명을 결정하는 문제에 있어서 우리 민족의 자율성이 극도로 제한되어 있었기 때문이다.

일제하 반민족주의자들이 심판을 받지 않고 여전히 실권을 잡고 있음으로써 야기되는 여러 가지 문제가 있다. 김정한은 여러 작품을 통해 그러한 현실을 비판하고자 하였는데, 그의 작품에 나타나는 반

민족주의자들이 보이는 문제점은 ① 일제 때부터 실력자였던 자신들의 입지를 위하여 친일파와 상극의 존재인 독립투사를 거세하는 역사적 아이러니를 수행하기도 하고 ② 일제하에서조차 피지배계급인 적이 없으므로 피지배계급 농민에 대하여 몰이해하며 나아가 소외 계층인 제대군인, 빈민에 대해 냉혹하고 ③ 그들이 야기한 민족적 정의 부재의 선상에서 사회정의를 고의적으로 외면하는 등 여러 부조리를 야기한다는 것이다. 이러한 상황은 두 가지로 해석할 수 있다. 그 하나는 타인(독립지사)을 부정함으로써 자신을 긍정하려는 방어기제의 발로이고 다른 하나는 과거 자신이 행한 부패성에 대한 죄의식, 조국에 대한 속죄의식의 왜곡된 표현이 제도권에 대한 과잉충성으로 둔갑하여 비제도권에 대한 냉혹성을 보이는 것이다.

가) 지사 탄압의 닫힌 정치에 대한 저항

1945년 8월 15일, 일본이 패망하고 역사적인 광복이 되었으니 응당 친일파는 단죄되어야 하지만, 북과의 이데올로기 대립을 위해 남쪽에서는 친일파가 우익의 이름으로 다시 득세한다. 그러다 보니 친일파와 대척적 존재인 독립지사들은 독립 후에도 도피와 체포의 대상이 된다. 이러한 현실을 그려 낸 김정한의 일련의 작품들이 있다. 「옥중회갑」의 노선생은 회갑날 우익 테러집단의 음모에 의하여 수감된다. '일본놈 밑에 있을 때는 감옥에서 생일을 보내겠더니 광복 덕엔 회갑까지 거기서 지내겠네 그려'라는 노선생의 말은 광복의 허구성에 대하여 지적하는 부분이다. 「설날」의 호출 아버지는 독립운동과 사회주의 운동으로 죽고 민전 의장이었던 칠순 노령의 호출 할아버지는 옥중에 있다. 「과정」의 허연 교수 역시 독립운동을 하던 인물인데 해방된 조국은 그를 대우하기는커녕 체제에 맞지 않는다 하여 수감하고 만다. 감옥 안에서 그는 3 · 15 부정선거 규탄 데모 소리를 들으며 바스티유 감옥을 무너뜨린 프랑스 대혁명을 생각한다. 그러던 어느 날 그는 간수의 비위를 건드렸다는 이유만으로 혼란기를 틈타 임의로 총살된다. 인권이 개입될 여지가 없는 현실인 것이다. 「수라도」에서는 가야부인의 한평생을 통하여 광복 이후 정치적 부조리를 고발하고 있다. 광복 후 친일파였던 집은 국회의원이 되는 등 득세하고, 철저한 반일주의자 가야부인의 시댁은 광복의 혜택을 누리지 못한다. 가야부인이 마지막 숨을 거두며 부르는 것은 막내아들 석이뿐 아니라 참된 의미의 광복이었다. 김정한의 마지막 작품인 「슬픈 해후」의 성수 역시 김구선생의 주장에 동조하여 민족분열을 막고자 5 · 10 단독선거를 반대하다가 반정부 분자가 되어 예비검속 대상자가 되어 고통을 받고 마침내 사형의 위기에 처한다. 이들은 모두 도피생활과 구금, 사형의 위협 속에서도 뜻을 굽히지 않는다. 이렇듯 김정한이 파악한 당대 사회 속 부조리의 큰 맥락은 독립된 조국에서 과거 독립운동을 하던 이들이 정당한 대우를 받지 못하고 국가이데올로기 아래에서 또다시 고통 속에 살아가는 모습이다. 작가는 그들의 죽음 앞에서도 굽히지 않는 저항정신을 강조하고 있다.

나) 농정부재의 제도에 대한 저항

과거 우리나라는 산업화 진행 과정에서 방대한 농토를 잠식하려는 경향이 있었다. 이때 잠식하려 한 땅들이 바로 식량 생산에 용이한 근교 및 식량 증산의 요충지인 경우가 많아 농지 문제가 야기되었고 따라서 많은 저항이 야기되었다. 산업화 진행으로 인한 토지 문제에 저항하는 인물들이 김정한의 여러 작품들에서 나타난다. 「모래톱이야기」에서는 광복 이후 국유지에 대한 권력의 압력과 테러리즘 그리고 배후 세력에 대한 강한 저항이 드러난다. 작중인물 갈밭새 영감과 윤춘삼이 보여 주는 행동성과 저항성은 소외된 계층의, 자신들을 억압하는 온갖 압력과 파괴 작용에 대한 끈질긴 저항의지를 보여 준다. 농자로부터 땅을 함부로 뺏는 일은 「평지」와 「어떤 유서」에서도 반복되지만 저항방식이 「모래톱이야기」와는 다르게 나타난다. 되찾은 조국의 땅에서 맘껏 농사짓고 살아가려던 농민들은 어느 날 삶의 터전을 빼앗길 지경에 처한다. 국유지를 임의로 팔아넘기고 그들을 비호하는 부조리한 정부에 「평지」의 허생원은 월남전에서 죽은 아들이 심은 나무들을 불태우는 행위를 통해 저항을 보이고 「어떤 유서」의 송노인은 삶을 포기하는 극한의 방법을 선택한다. 허생원과 송노인의 자해는 「모래톱이야기」의 문제적 개인들이 보여 주는 강한 저항성과 달리, 인물이 세계에 대하여 압도당할 수밖에 없었던 당시 상황의 반영이라고 판단된다. 끈질긴 저항정신을 강조하지만 세계에 의해 좌절될 수밖에 없는 상황에서 작가 나름의 대안을 제안하고 있는 작품들이 있다. 「실조」의 이노인은 부정한 정부와 행정당국에 바라지 말고 자기 스스로 개간하고 미래를 설계할 것을 제안한다. 비료 문제에 대하여 "언제는 그것들 믿고 살았던가?"라고 말하며 제도와 기득권에 기대려 하지 말라고 당부한다. 나아가 스스로의 문제는 스스로 해결해야 함을 일제 강점기 "자기들을 윽박지르던 경찰관서를 때려부수고 싸우던" 일에 빗대어 강조한다. 「독메」에서 선산을 팔려는 윤서방에게 장인이 '성씨 – 가문'에 대한 관념을 불어넣어 줌으로써 땅의 중요성을 인식시키는 부분은 문제의 또 다른 해결점을 제시한다. 정신의 확고함과 자신의 힘, 그것이 작가 김정한이 바라보는 토지문제에 대한 해결책이었던 것이다.

다) 부조리한 사회 속에서 파괴되는 빈민의 삶과 저항

정의 부재의 사회에서 빈민들의 삶은 더욱 질곡에 빠질 수밖에 없다. 갑자기 군에 끌려가 만삭인 아내와 헤어지게 되는데 제대 후 아내를 찾아다니느라 실성의 지경에 이른 상이군인 허하사(「곰」), 상이군인인 남편을 잃고 보험에 눈먼 이들에 의하여 살던 집을 빼앗겨 굴에서 살아가는 밤순이(「굴살이」), 징용에서 모아 온 통장을 들고 아버지의 몸값을 받으려 하나 외면당하면서 사회의 온갖 부조리에 눈을 뜨고 술과 난음에 자기를 던져 버리는 차돌(「지옥변」) 등을 통해 작가가 그려 내는 것은 보상 없는 전쟁, 책임지지 않는 국가와 사회, 그로 인한 가정 파탄 등의 사회적 문제이다. 「산서동 뒷이야기」, 「회나뭇골 사람들」에서도 정부의 토지 정책의 부재로 인해 고통받는 빈민들의 상황이 여실히 그려진다. 「축생도」와 「제3병동」은 사람의 목숨보다 돈이 우선되는 사회풍조를 꼬집는 작품들이다. 「축생도」의 분통이는 돈이 없다는 이유로 제대로 된 진찰을 받지 못하며 「제3병동」의 강남옥은 먹어야 산다는 1차적 명제 때문에 전염병 걸린 어머니와 숟가락을 같이 쓰다가 병이 옮았지만 병원의 내규에 어긋난다는 이유로 간이침대 하나 얻어 쓰지 못하는 지경에 처한다. 사람의 목숨을 다루는 병원임에도 사람의 목숨보다 내규나 돈이 더 중요하게 여겨지는 사회에 대한 고발인 셈이다. 그러나 이들 작품들에서는 인물들로 하여금 상황을 깨닫고 적극적인 저항정신을 보이는 데에까지 나아가지 않는다. 인물들은 실성하거나 자신을 버리듯 살아가거나 하며 상황에 의해 매몰될 뿐이다. 「지옥변」에서는 시장 집을 방화하며 시위하는 민중 저항의 모습이 등장하기는 하지만 먼 거리에서 구경하듯 그려질 뿐이다.

분단 이데올로기의 횡행 속에 힘없는 '순적백성'의 집이 파괴되는 이야기가 그려지는 「뒷기미나루」, 문둥병 환자들을 착취하는 박성일 원장과 우중신 노인의 저항이 묘사되는 「인간단지」, 빈민에 무관심한 정부와 그에 대한 황거칠의 저항을 그리는 「산거족」 등도 역시 부조리한 현실 속에서 빈민의 고통을 그리는 작품들이지만 이들 작품에서는 위의 작품들과는 달리 빈민들의 단결과 현실에 대한 강한 저항적 결집력 등이 그려진다. 주목을 요하는 것은 우중신 노인과 황거칠 노인이 보여 주는 사태에 대한 거시적 안목과 영웅적인 요소이다. 우중신 노인은 "그러한 나환자나 근 5백여 명의 부랑아들을 무슨 이권처럼 알고 뜯어먹고 혹사하는 박성일 원장 개인"보다 "그와 같은 일들이 예사로 있게끔 되어 있는 사회 자체"를 인식하고 황거칠 노인도 "거물급 인사라든가 유력자들 그리고 고등 사깃군들까지도 법의 맹점을 틈타 떼도둑처럼 줄줄이 등을 대고 으스대는 ― 눈에 보이지 않는 어떤 힘"의 존재를 느끼고 있다. 현상의 문제가 단순히 그 문제뿐 아니라 문제 너머 사회의 구조적 모순까지 꿰뚫어 볼 수 있는 안목을 가진 이들을 통하여 보다 날카로이 현실을 비판하는가 하면 작가는 그에 대한 저항의 방법도 제시하려고 하였던 것이다.

사회적 모순을 형성하는 것은 다양하다. 부정한 기득권자들은 "무슨 선거가 있을 때만" "평시에는 사회에서 대수롭지 않게 여겨오는" 사람들에게까지 선물공세에 환심 정치를 하는 데에 급급하고(「액년」,

「산거족」), 공무원들은 툭하면 일반 사무를 중지하는 행위를 통해 일반인들에게 피해를 입히고(「과정」), 안이한 일처리에 의해 멀쩡한 사람을 병역 기피자로 만들어 버리기도 한다(「입대」). 정부와 당국은 근대화 만능의 행정으로 민중을 외면하기도 하고(「굴살이」, 「독메」, 「어떤 유서」 등) 개발의 미명 아래 희생되는 가난한 사람들과 생태계에 대한 염려로 해수오염에 관한 실태를 제시하는 논문을 썼다는 이유로 학문을 하는 교수를 핍박하기도 한다(「교수와 모래무지」). 이러한 사회적 모순과 부조리가 하나하나 파헤쳐지고 고발되는 것이 김정한의 소설이었던 것이다.

(2) 광복 이전 사회의 비판과 회오 ― 현실과의 연계성

주로 당대의 고발과 저항을 주로 묘사하는 작가 김정한으로서 과거 광복 이전 사회를 그려 낼 경우, 리얼리즘적인 요소는 많이 반감되는 것이 사실이다.

「어둠 속에서」의 김인철은 '선어'라고 격하시켜 부르는 조선어 수업과 동방요배, 일인 교장의 집까지 청소시키는 등의 현실적인 문제로 교장과 마찰을 빚기도 하고 조선인 교원 연맹을 기획하다가 구속된다. 「사밧재」의 송노인은 지원병 제도를 보면서 한국 저명인사들의 변절 친일 행각을 마음속으로 한탄할 뿐인데 같이 차를 타고 온 승객들은 순사와 학도병을 응징한다. 「위치」는 역사적인 사실들 ― 동아일보 강제 폐간, 무단정치의 부활, 조선사상범보호관찰령, 신사참배, 조선어교육폐지, 창씨개명 등등 ― 을 구체적으로 거론하며 일제의 간악성과 함께 거기에 부화뇌동한 친일파 저명인사들의 행각을 고발하고 있다. 「회나뭇골 사람들」에서는 독립운동을 했다 하여 한 집안을 쑥밭으로 만드는 일제와 그 앞잡이들의 냉혹성을 고발한다.

광복 이후 조국에서 일어나는 여러 가지 사회적 문제는 작가에게 자괴감을 불러일으킨다. 작가는 여러 작품에서 행동할 것을 강조하곤 하는데 그럴 수 없는 현실로 인해 개탄하고 한국의 모순적 현상으로 인해 부끄러워한다. 「오끼나와에서 온 편지」는 역사관에 대한 일본 젊은이와 한국 젊은이들의 차이점이라든지 한국인 착취에 대한 한국인 자신의 가담 문제, 미국에 대한 무조건적인 저자세와 굴욕적인 고아 수출 문제, 친일파 처단 문제 등 다각적인 각도로 짚어지는 한국의 문제가 드러난다. 일본과 우리나라를 대조하며 개탄하는 장면은 「회나뭇골 사람들」에서도 나타난다. 처절히 자신을 반성하고 새로이 바뀌려 노력하는 일본과는 달리 모순에 대한 저항정신의 부재로 아무것도 바뀐 것 없는 우리의 현실에 작가는 괴로워한다. 여기에서 일제 강점기 부정적으로 등장했던 일본과 일본인에 대한 긍정적 묘사는 작가의 대일본인관이 변화된 한 예라고 볼 것이다.

결론: 김정한 소설의 시대적 의미

『조선어사전』과 『향토식물 조사록』이라는 수제본 사전을 만들 정도로 글이나 어휘에 대한 조예가 깊었던[15] 김정한은 그의 작품 곳곳에서 우리말과 우리글 그리고 야생화 등에 남다른 애정을 보임으로써 민족적인 사소한 것까지도 놓치지

---

15) 김종철, 앞의 책, 99면 참고.

않으려는 작가의식을 보인다. 그렇다면 김정한은 아주 작은 것에서 부터 작가의식을 담아내려 한 작가라고 볼 수 있다.

김정한의 명명상 특징은 실제로 쓰이는 명명이 대부분이지만 작가의 의도적, 상징적인 명명도 다소 보인다는 것, '−노인'과 '성＋직업'의 명명에서 보이는 것처럼 후기작으로 가면서 명명에 다소 둔한해진다는 것을 들 수 있다. 작중인물의 계층 면에서 김정한의 인물들은 모두가 농민, 노동자 등의 생산계급이고 일제치하 친일파나 광복 이후 기득권 세력에 대한 피지배계급인 것을 알 수 있다. 특히 여성 인물들은 가정 내 폭력으로 인해 더욱 압박된다는 점에서 그 계층은 더욱 낮아지는 상황으로 그리고 있다. 인물의 유형 면에서 보았을 때, 김정한의 주동인물들은 각기 그 인물이 처한 당시의 산업화 근대화 과정에 유물주의, 이기주의, 자본주의로 빠져들던 당시 한국사회에 대한 서민계층, 민중의 보편적 인간상이 되고 있다. 형식상의 이러한 특징은 작가 김정한 소설의 내용을 짐작하게 하는 것이다.

김정한은 자신의 문학적 배경에 관하여 "물에 빠진 놈이 개헤엄이라도 쳐서 살아나듯" 시작하였다고 하면서 일제치하에서 나라 없는 백성의 고통과 슬픔을 겪어 왔기 때문에 "속에 사무친 한이 내 행동과 말과 글에 안 비칠 도리가 없었다."16)고 말하고 있다. 이 말은 당대가 시대적으로 암담했으며 책임 있는 작가의 출현을 필요로 하는 시대였음을 알려 준다. 루카치의 말처럼 타락한 세계에서 타락한 방식으로 이야기를 추구하는 것이 소설이기에, 일제라는 타락한 세계를 살아가는 작가 김정한은 일종 돌파구로서 또한 살기 위한 최선의 방책으로서 소설을 선택이 아닌 필수로 받아들였던 것이다. 그리고

---

16) 김정한 수상집 『사람답게 살아가라』, 동보서적, 1985, 250면.

그런 김정한이 광복 이후 문학활동을 재기한 것은 아직도 가셔지지 않은 시대적 부조리에 대한 저항정신의 발로라고 볼 수 있다. 그는 타율적 광복이 야기한 도덕적으로 건전하지 못한 국가, 그 아래 부조리한 행정 등의 문제점을 마치 기자와 같은 시각으로 취재하여 사회화하려 하였던 것이다.

IX

시대에 따른 전쟁 진술 변화 연구

서론: 날것으로의 전쟁 체험과 여성 작가

글을 쓰지 않고도 살 수 있는 사람은 행복하다는 한 작가의 말은 글을 쓰지 않고는 견딜 수 없는 어떠한 요인이 작가의 글쓰기 추동력이 된다는 사실을 웅변으로 말하여 준다. 박완서처럼 줄곧 특정한 문제를 집요하게 글로 만들어 온 작가가 그러한 사실을 입증한다. 박완서의 글은 대체적으로 가벼운 문체를 통해 중산층의 허위의식이나 물신주의 등 세태를 그리는 세태소설적 경향과 함께 과거, 우리 역사적 사실을 다루는 기록으로서의 경향이 두드러진다. 이 중 후자의 경향이 다양한 세태 포착을 도모하는 전자와 달리 특정 주제, 특정 사건을 집중적으로 천착하고 있다는 사실은 박완서가 우리 역사의 기록에 대하여 남다른 책임감과 사명감을 가지고 있음을 알게 한다.

박완서가 반복적으로 소설화하고 채워 나간 내용 중 가장 중요한

것은 한국전쟁에 관한 것이다.1) 작가에게 있어 한국전쟁이라는 역사
적 사실은 치료되어야 할 상처였으며, 스스로 고백한 바와 같이 그
치료의 과정에 문학이 절실했다. 박완서의 전쟁소설이 개인사에 치
우쳐 전쟁에 대한 전체적 조망이나 만인의 상처를 어루만지는 수준
이 못 되므로 전쟁소설로서는 한계를 갖는다는 지적이 있다.2) 그러
나 전쟁소설의 경우, 그것이 한 개인과 가족 차원의 파괴를 고발하
는 데 그친다 하더라도 그를 통한 전쟁 폭력성의 고발, 반전에의 강
조가 이루어진다면 그것으로 나름의 의미를 갖는 것으로 볼 수 있다.
게다가 박완서가 지속적으로 그려 내려 한 개인과 가정의 파괴상은
사실 민족 전부의 문제에 다름 아니다. 그녀의 세태소설들에서 현대
한국인, 중산층의 허위와 모순이 대부분 전쟁의 상처와 그로 인한
한국 현대사의 왜곡에서 비롯된다는 것으로 설정되곤 하는 것에서도
이를 확인할 수 있다. 이는 작가가 전쟁의 상처를 개인적인 수준을
넘어 지각하고 있다는 증거이다. 그가 여러 작품에서 강조하고 싶은
것은 결국 한국전쟁으로 인한 조국의 굴절상이었다.3) 굴절된 조국과
민족 전체가 왜곡을 벗어나고 치유되기 위하여 개인 차원에서부터

---

1) 『나목』을 비롯하여 『목마른 계절』, 「엄마의 말뚝」, 「세상에서 제일 무거운 틀니」, 「부처님 근
  처」, 「부끄러움을 가르칩니다」, 「아저씨의 훈장」, 「겨울 나들이」, 「세모」, 『그해 겨울은 따뜻
  했네』 등은 모두 전쟁 체험의 내용을 다루고 있으며 「카메라와 워커」, 「그 가을의 사흘동안」
  등 많은 소설에서 전쟁으로 인한 분단문제를 다루고 있다.

2) 이를테면 정호웅, 「상처의 두 가지 치유 방식」, 박완서 특집: 「나목」에서 「미망」까지 작품론
  Ⅰ, 세계사, 『작가세계』 통권 제8호, 1991. 3, 63~64면 참고.

3) 그는 자신의 여러 작품들마다 등장하게 되는 6・25 망령을 천도하고 스스로 '자유로워지기
  위해 지노귀굿으로서' 글쓰기를 선택하였으며 그것이 작가 자신을 구제하는 방편이라고 했다(「
  다시 6월에 전쟁과 평화를 생각한다」, 『여자와 남자가 있는 풍경』, 한길사. 1978. 105~
  116면 참고). 전쟁이란 그 현재성뿐 아니라 인간학의 측면에서 계속 성찰되어야 할 것이므로
  문학은 그에 관해 더욱 치열하게 사유하고 상상하여야 할 것이다(유임하, 「타자화된 기억의 상
  상적 복원」, 동국대 한국문학 연구소 편 『전쟁의 기억, 역사와 문학 (하)』, 도서출판 월인.
  2005. 234면 참고).

치료가 시작되지 않으면 안 된다는 것이 작가의 문제의식이었다고 할 수 있다.

전쟁은 작가 개인의 운명을 송두리째 바꾸어 버리는 것이었다. 「엄마의 말뚝1」에서처럼 어린 소녀가 엄마 손에 이끌려 서울에 와서 말뚝을 박고 살아가는 과정, 곧 근대 체험은 그 자체로 충격이라 할 수 있다. 서울에 '말뚝'을 박으려는 '엄마'뿐 아니라 엄마의 근대화 추종행위를 수동적이고도 시니컬하게 바라보던 '나'조차 공부 잘하면 성공하게 된다는 신화를 믿고 그러한 격변을 견디어 간다. 그러나 전쟁은 그러한 근대화의 과정과 어머니가 바라는 '신여성'으로 상징되는 개인적 성공의 신화를 파괴하고 엄마의 '말뚝'조차 뿌리째 뽑아 버리고 마는 것이었다. 전쟁은 한 인간의 인생을 '자기 마음대로 직조하지 못하게' 하였고 그 과정에서 박완서는 상처를 입게 된다.

전쟁소설과 관련하여 박완서에게는 몇 가지 의문거리가 생긴다. 「엄마의 말뚝1」을 쓰고 난 작가는 "쓰고 나서 곧 참지 못하고 쓴 것을 후회"하였다면서 "참았어야 했을 것을 정 못 참겠으면 통곡, 울안에서의 통곡으로 끝냈어야 하는 것을"4)이라고 한탄하고 있다. 치료를 위하여 상처 부위─전쟁에 관한 글을 썼으면 작가는 후련해야 마땅함에도, 글을 쓰고 난 후 후회하는 작가의 태도는 무엇을 의미하는가. 한편, 계속적으로 전쟁에 관하여 집요하게 글을 써 왔던 작가는 90년대에 들어 단편적 기록들을 모아 동어반복 하는 듯한 자전소설을 다시 발표한다. 전체적인 인물이나 배경 등이 이미 발표된 소설들과 크게 다르지 않음에도 불구하고, 그것들을 2부작의 장편으로

---

4) 박완서의 「엄마의 말뚝2」 이상문학상 수상연설 「미처 참아내지 못한 통곡」 중(김경연, 「문학적 연대기: 개성 1931─서울1991」, 박완서 특집: 「나목」에서 「미망」까지, 『작가세계』 통권 제8호, 1991. 3, 세계사, 36면에서 재인용).

모아 낸 작가의 행위는 어떻게 해석하여야 하는가. 이 문제를 풀기 위하여 그녀의 전쟁 관련 작품들을 주목하기로 하자. 박완서의 전쟁 관련 장편 소설들은 『나목』, 『목마른 계절』, 『그해 겨울은 따뜻했네』, 『그 많던 싱아는 누가 다 먹었을까』, 『그 산이 정말 거기 있었을까』 등이다.5) 전쟁 때 고의로 잃었던 여동생을 만나지만 그녀의 힘겨운 삶에 대한 자책감으로 갈등하면서도 결국 모른 척하고 마는 내용의 『그해 겨울은 따뜻했네』를 제외하면 대부분이 자전적인 내용을 크게 모티프로 하고 있다.

여기에서는 박완서의 전쟁소설들이 전쟁을 진술함에 있어서 90년대 이후 어떠한 변화를 갖게 되는지 분석하고 그 원인을 규명함으로써 반공의 자장 안에서 작가가 할 수밖에 없었던 이야기 변용 방식을 살펴보려 한다. 이러한 작업은 박완서로 대표되는 이 땅의 수많은 작가들이 이데올로기와 전혀 무관할 수 없었다는 문제의식에서 비롯된다.6) 전쟁 이후에 본격적으로 우리 문학을 규율하게 된 반공주의는 수많은 담론의 가능성 자체를 봉쇄하면서 한국문학을 협소화해 온 장본인이다.7) 때문에 반공주의의 억압과 공포하에서 글을 쓰

---

5) 박완서의 대표작인 「엄마의 말뚝2」는 장편은 아니지만 중요하게 다룰 만하므로 논의에 포함시키기로 한다.

6) 우리 근대문학의 출발점이 이민족 치하였다는 사실은 우리 작가들의 글쓰기 작업이 눈치를 보며 시작할 수밖에 없었음을 알게 한다. 일제치하에서는 일본 제국주의에 의해, 광복 후에는 일제를 계승한 친일 잔재들에 의하여 또다시 반공이라는 이데올로기로 억압을 받았다. 이는 우리 작가들로 하여금 주눅 들지 않고 말하기라는 전통 형성을 저해했다는 점에서 문제적이다.

7) 전쟁 이전의 국가이데올로기는 민족주의가 중심이 되고 여기에 반공주의가 결합된 형태였다면, 전쟁 이후에는 그 역전현상이 나타난다. 적으로 규정한 공산주의를 반대한다는 반공주의가 국가이데올로기의 중심을 차지하고 민족주의, 자유민주주의 등은 부차적인 수준이 된다(강인철, 「전쟁의 기억, 기억의 전쟁」, 창비, 『창작과비평』 2000년 여름호(통권 108호), 2000. 6, 350면 참고). 이러한 상황에서 국가는 다양한 담론의 장을 봉쇄하는데 전쟁의 책임이 국제적 냉전과 분단추구 세력 – 친일파나 미국 등 – 들에 있다는 논리를 제거하고 남북 협상이나 좌우 합작과 같은 움직임을 배제하기 위해서였다(홍석률, 「민족분단과 6·25 전쟁에 대한 역사인식」, 내일을 여는 역사, 『내일을 여는 역사』 2006년 여름호(제24호), 2006. 6, 41~42면

는 작가들은 수없이 자기검열을 하지 않으면 안 되었다.[8]

박완서와 반공주의
- 중압감과 이국 지향

한국의 현대사에서 '한국전쟁'이
아닌 '6 · 25전쟁'은 전쟁에 관한 공식적이고 집단적인 기억을 재생
산하면서 반공주의를 확대 강화했다.[9] 『적화 삼삭 구인집』 유형의
한국 인사들의 '적 치하 체험'은 휴전 이후 대한민국 국민 모두에게
신화화되었으며[10] 한국전쟁 후 남쪽에서 공식적으로 발화될 수 있는
것들은 전쟁 일반적 피해와 고통 그리고 공산주의자들의 만행 등으
로 한정되었다. 남한 정부는 그 밖의 기억을 배제하고 지워 나갔
다.[11] '공식체험'과 배치되는 담론의 발화는 곧 신체형을 의미하는

참고).

8) 자기검열은 자전적 소재나 현실을 소재로 허구화하는 과정에서 '마음의 검열관'을 거치기 위해
표현이 약화되거나 내용 변형, 맥락 변경 등을 일으키는 작가의 창작심리학적 과정을 이른다
(유임하, 「마음의 검열관, 반공주의와 작가의 자기 검열」, 상허학회, 『상허학보』 제15집,
2005. 8, 148면 참고).

9) '6 · 25전쟁'이라는 명명은 48년부터 간헐적으로 이루어진 미국 주도의 크고 작은 전쟁들을 부
정하고 북한을 침략지로 고착화하는 남한정부 이데올로기의 표현에 다름 아니다. 한국전쟁은 5
단계의 과정을 거쳐 이루어진 것이라는 한국전쟁 5단계설을 참고할 때, 전쟁 발발 책임론과 전
쟁 피해 책임론의 극복을 통해 통일논의로 나아가야 마땅하다(강정구, 「한국전쟁과 민족통일」,
동국대 한국문화연구소, 『전쟁의 기억, 역사와 문학(상)』, 도서출판 월인, 2005, 227~262면
참고).

10) 대표적으로 모윤숙은 『고난의 90일』에서 인민군 치하의 서울과 남한을 암흑천지 혹은 지옥으
로 묘사했으며 공산주의와 공산당을 불구대천지수로 규정하였다(유임하, 『한국 소설의 분단
이야기』, 책세상, 2006, 57~58면 참고). 그런데 이승만의 최측근이며 대표적인 친일 부역
지식인이었다는 이력으로 인해 북 정권이 '적'으로 분류해 놓은 모윤숙의 특수한 적 치하 체
험이 휴전 이후 대한민국 국민 모두의 기억으로 공식화하였다는 사실은 놀라울 정도이다. 전
후의 사상 단일화는 종군문학에서도 발견된다. 전쟁과 동시에 수많은 작가들이 문총구국대에
가입하는 등 정부를 따라다니는 종군문학에 종사했다(신영덕, 『한국전쟁기 종군작가 연구』, 국
학자료원, 1998, 9~253면 참고).

11) 한국전쟁 시 한국정부에 의해 이루어진 민간인 학살 진상 조사 움직임이 있었지만 5 · 16

상황에서 많은 사람들은 침묵했다.

박완서 역시 80년대까지 자신의 기억을 제대로 이야기하지 못하고 자기검열을 통해 작품을 써야 했다. 박완서를 우선 주목한 이유는 그녀가 앞의 진술 이후 그를 전복하는 작품들을 발표함으로써 반공주의하의 작가 진술의 왜곡을 구체적으로 보여 주는 예가 되기 때문이다.

박완서는 초기부터 여러 작품들을 통해 줄곧 반공주의의 억압적 분위기를 드러내고 있다. 우선, 「세상에서 제일 무거운 틀니」에서는 반공주의 사회에 대한 공포가 묘사된다. 이 작품에서 오빠는 6 · 25 때 의용군으로 나갔으며 "이북에서 밀봉교육을 받고 곧 남파되"리라고 전해진다. 박완서의 오빠는 전쟁 무렵 죽었고 북에 있는 오빠라곤 있지 않아서 연좌제와는 무관했지만 그만큼 그녀에겐 오빠 부재에 대한 노이로제가 심했던 것이다. 이 작품 말미의 다음과 같은 부분은 반공국가가 국민에게 미치는 억압성을 더욱 구체적으로 드러낸다.

> 나는 그런 아픔이 부끄러운 나머지 틀니의 아픔으로 삼으려 들었고, 나를 내리누르는 온갖 한국적인 제약의 중압감. 마침내 이 나라를 뜨는 설희 엄마와 견주어 한층 못 견디게 느껴지는 중압감조차 틀니의 중압감으로 착각하려 들었던 것이다. 비로소 나는 내 아픔을 정직하게 받아들였다. 그러나 <u>나는 결코 내 아픔을 정직하게 신음하지는 않을 것이다.</u> 정교하고 가벼운 틀니는 지금 손바닥에 있건만 아직도 나는 이 세상에서 제일 무거운 또 하나의 틀니의 중압감 밑에 옴짝달싹 못하고 놓여진 채다.[12](밑줄 - 인용자)

쿠데타로 정권을 잡은 군부는 군의 치부를 드러내는 학살 피해자 명예회복운동을 좌경 운동으로 간주하고 탄압했으며 이후 90년대까지 아무도 이 문제를 제기할 수 없었다. 4 · 3사태, 4 · 19학살, 광주항쟁 등은 한국전쟁 기간의 민간인 학살이 재발된 것에 다름 아니었다. 그만큼 지배이데올로기는 완벽하고 철저하게 국민들을 망각시켰다(김동춘, 『전쟁과 사회: 우리에게 한국전쟁은 무엇이었나』, 돌베개, 2006, 285~381면 참고).

12) 「세상에서 제일 무거운 틀니」, 박완서 문학선 『그 가을의 사흘동안』, 도서출판 나남, 1986,

반공의 억압성을 피부로 느꼈던 그녀에게 반공의 공포는 극심한 치통처럼 신체화되어 있다. 그녀에게 '가장 무거운 틀니'는 바로 반공의 중압감이었던 것이다. 그럼에도 불구하고 작가는 '내 아픔을 정직하게 신음하지 않을 것'이라고, '자기기만'적 글쓰기를 결심한다. 전쟁 이후 한국사회를 규율한 지배이데올로기가 구체적으로 작가를 호출한 사건은 공권력 문제를 다룬 「조그만 체험기」의 에피소드를 통해서 볼 수 있다. 이 작품에서 '나'는 어느 날 재생 전구를 신품인 줄 알고 사서 판 남편이 검찰청 K지청에 잡혀갔다는 소식을 듣는다. '법 없이도 살 사람'이라는 평소의 평판을 믿으며 남편의 혐의를 풀어 보려고 애쓰는 과정에서 '나'에게 발견되는 것은 권위주의에 사로잡힌 검찰청과 공권력 앞에 무기력한 개인의 위상이었다. 백방으로 뛰어다녀 마침내 무고함이 밝혀지고 남편과 집으로 돌아오면서, '나'는 생각한다.

> 어느 날이고 자유를 유보하고 있는 상황이 좋아져서 우리 앞에 자유의 성찬(聖餐)이 차려진다면 어떻게 할 것인가. 그전 같으면 아마 가장 화려하고 볼품 있는 자유의 순서로 탐을 냈을 것이다. 그러나 그런 일이 있은 후로는 허구많은 자유가 아무리 번쩍거려도 우선 간장종지처럼 작고 소박한 자유, 억울하지 않을 자유부터 골라잡고 볼 것 같다.[13]

닫힌 사회에서 작가들은 현재 "자유를 유보"하고 있으며 상황이 좋아진다면 "억울하지 않을 자유"가 가장 필요하다는 정도의 이야기조차 불가능했다. 현 사회제도에 관한 이야기를 썼다는 이유만으로

409면.

13) 박완서, 「조그만 체험기」, 『창작과 비평』 통권 42호, 1976. 12. 5. 714면

박완서는 "가정은 상처입고 남편은 단지 작가의 남편이라는 이유만으로 남의 손가락질을 받"게 된다. 작가는 이를 통해 "작가라는 게 사회적으로 그렇게 허약한 신분이라는 걸" 뼈저리게 깨달았다고 하는데, 사실은 작가라는 신분의 허약성이 문제가 아니라 반공주의 사회에서 금지된 진술 행위에 대한 결과였다.[14]

반공주의의 특징은 '공산주의에 대한 반대'의 의미역을 국가의 이름으로 무한히 확장하는 데 있다. 국가가 주도하지 않는 어떠한 담론도 봉인하고 그에 반하는 모든 세력을 공산주의로 몰아붙이는 것이다. 이러한 문제점이 「어느 이야기꾼의 수렁」에서 잘 나타난다. 세계 각국을 모험하며 여러 나라 아이들과 대화를 하는 주인공의 모험 이야기를 쓰던 '나'는 북한 방문의 경험을 허구화하자는 기획에 가로막혀 글 자체를 못 쓰게 된다. '나'는 북쪽 아이와 남쪽 아이들을 대화하게 할 수가 없음을 느꼈기 때문이다.[15] 그리하여 "남들의 상상력은 그 징그럽고 흉하게 생긴 괴물과도 우정을 맺게 하는데, 우린 한 핏줄끼리 친교를 맺게 하는 것도 이렇게 어려울 수"(73면)밖에 없다. 반공주의 사회에서 공산당인 북한에 관한 이야기나 상상력은 오랫동안 원천적으로 금지되어 왔다. 같은 분단국 독일의 경우와는 달리, 남한은 북한을 극도로 부정하도록 반공 교육을 받아 왔기 때문이다. '뿔 달린' 공산주의자들을 상상해야만 했던 당시 상황에서 인간으로서의 북한 아이들을 상상하고 남한 아이와 대화하게 한다는

---

14) 박완서, 「민중과 아픔을 같이해온 창비」, 특집 「『창작과 비평』 30년을 말한다」; 창비와 나와 우리 시대, 『창작과비평』, 1996년 봄호(통권 91호), 1996. 3, 24면 참고.

15) "나의 또마가 자유롭게 지구의 구석구석을 돌며 많은 나라 아이들과 사귀고 친해질 수 있었던 건, 내가 그 여러 나라 말들을 다 할 수 있어서가 아니라 그 여러 나라에 대한 그리움과 이해 때문이었다."(박완서, 「어느 이야기꾼의 수렁」, 『저녁의 해후』, 문학동네, 2006, 149면)

것은 금지된 일이었기도 하고 자칫하면 반공주의의 폐쇄성을 건드릴 우려가 있다. 이런 상황에서 주인공은 절필하거나 그 문제를 외면하는 수밖에 없었던 것이다.

이렇듯 위험천만한 억압적 반공주의 사회에 염증을 느낀 작가는 여러 작품 속에서 이국 지향의 심정을 보인다. 「세상에서 제일 무거운 틀니」에서 한국을 노이로제를 주는 국가로 묘사하는가 하면,[16] 「이별의 김포공항」에서도 한 가족에게 만연한 이국 지향의 감정이 나타난다.

> 끝내 일이 뜻대로 안 돼 결국 미국행은 단념하게 되었지만, 그렇다고 외국행을 단념한 것은 아니었다. 미국행이 목적이 아니라 우선 이곳을 떠나는 게 목적이었다. 일단 떠나기로 작정하고 몸보다 마음이 먼저 떠 버리고 만 제 집, 제 나라랑 좀처럼 다시 정이 들게 되지를 않는 모양이었다.[17]

작가 박완서는 왜 유독 반공의 중압감을 느끼고 나라에 대해 극심한 공포심, 이른바 '공해병'을 가지게 되었던가. 그녀는 왜 그렇게 줄곧 전쟁에 관한 소설을 쓰지 않으면 안 되었던가. 이를 밝히기 위해 작가 박완서의 전쟁소설의 의미와 전쟁소설에 나타나는 반공주의에 대한 의식을 살펴보지 않으면 안 될 것이다.

---

16) 이 작품에서는 노이로제에 걸려 정상적 생활을 못 하다가 미국에 가서야 불안감을 잊고 정상적으로 살게 된 친구 동생의 일화를 거론하면서 '악하고 가난한 사람들에게 숙명처럼 보장된 진짜 억울함'이 사회에 만연하여 '심정을 해치는 공해'병이 있는 나라로 그려진다. 이 외에 「복원되지 못한 것들을 위하여」, 「연인들」, 「돌아온 땅」, 「집보기는 그렇게 끝났다」, 「꿈과 같이」 등에서도 한국사회에 일상적으로 만연한 파시즘이 반영되고 있다.

17) 박완서, 「이별의 김포공항」, 박완서 서영은 송숙영, 한국문학전집34, (주)삼성출판사, 1986, 20~21면.

▍박완서의 기억에 대한 자신감, ▍숙명으로서의 글쓰기

강인철은 '기억의 정치학'

을 '기억들의 투쟁→기억의 정형화→망각 및 무기억과의 투쟁→지배적 기억의 균열과 위기'의 과정으로 보면서 기억의 맥락을 재구성하는 데는 이데올로기 투쟁이 필요한데 그 과정에서 특정한 기억은 선택적으로 강조되는 반면 그에 모순, 대립되는 기억의 맥락은 체계적인 은폐, 억압의 과정을 거치게 된다고 하였다.18) 박완서의 '상처' 였던 기억들은 공적 기억과 대립되는 것들이었고 따라서 '기억들의 투쟁'에서 은폐되고 억압되어야 했던 기억들이다. 그리하여 지배적인 기억들이 성화 또는 신화화를 통해 정형화되는 동안 잊혀 왔던 것이다. 이러한 차원에서 박완서의 소설 속 전쟁의 기억은 은폐되고 억압된 것들의 복원 과정이라 할 것이고 '망각 및 무기억과의 투쟁' 그리고 '지배적 기억의 균열과 위기'의 과정인 셈이다. 이는 지배적이고 공식적인 기억들과의 투쟁이며 도전이었기에 그 과정은 순탄할 수 없음이 예고되어 있었다.

이 지점에서 기억에 기반을 둔 박완서의 전쟁소설이 특별히 의미를 갖는 이유를 생각해 보아야 한다. 한국문학사에는 박완서 외에도 한국전쟁을 다루는 작가들이 많다. 50, 60년대의 많은 작가들이 한국전쟁 자장 안에서 작품 활동을 하고 있고 이후 많은 작가들이 전쟁 모티프를 사용하여 왔다. 그렇다면 기존의 전쟁소설들과 박완서의 작품들이 어떠한 변별점 혹은 특별함이 없다면 박완서의 전쟁소

---

18) 강인철, 앞의 글, 342~324면 참고. 지배적 기억에 배치되는 것들은 "'망각했어야 한다' - 벌써 망각했어야 할 의무가 있다 - 라는 명령조의 단호한 구문론"(베네딕트 앤더슨, 윤형숙 역. 『상상의 공동체』, (주)나남출판, 254면)에 다름 아니었다.

설들이 특별한 의미를 갖기는 어려울 터이다. 기존의 전쟁소설들처럼 박완서의 소설 역시 전쟁 이후 한국의 전반적 황폐화, 특히 비인간화를 다루고 반전사상이나 휴머니즘을 강조하는 점에서 별반 다를 것이 없다. 문제는 그 집요함이다. 이것이 그의 소설의 특별한 점이라 할 수 있다. 박완서는 전쟁에 관한 한, 체험의 허구화를 두려워하고 진실한 기억을 토대로 글을 쓰고자 한다.

박완서가 이처럼 체험에 기반을 둔 날것으로서의 전쟁을 그리려고 하는 배경은 무엇일까.

여기에서 그녀가 가지고 있는 고아의식을 생각해 볼 수 있다. 박완서는 고아가 아니지만, 어린 시절 부모의 부재를 겪어야 했다. 아버지를 일찍 여읜 상황에서 어머니마저 그녀를 떠난다. 아들의 서울 유학을 위해 어머니는 딸을 두고 서울행을 하였기 때문이다. 어머니의 손에 이끌려 서울로 올라온 이후에도 그녀에게 엄밀한 의미에서 부모는 없었다. 아버지가 없는 가정에서 생계를 꾸리며 아들 뒷바라지를 하느라 어머니는 늘 분주했다. 늘 혼자였던 그녀에게 정신적 지주로서의 부모는 부재했던 것이다. 한편 그녀의 어머니는 아들을 위해서라면 어린 딸과 생이별도 할 수 있었다. 아들과 딸에게 먹는 것도, 교육도 충하를 두지 않아 당대로서는 세련된 남녀평등 의식의 여인인 듯 보이지만 남편을 대신하여 의지했던 아들에 대한 관념은 딸과는 분명히 다를 수밖에 없었다. 어머니의 아들 편향성을 단적으로 보여 주는 것이 아들 죽은 뒤 행동들이다. 어머니는 딸의 생존을 불행 중 다행으로 여기는 것이 아니라 딸만 남은 것을 안타까워하고 자신의 삶의 의욕마저 버린다. 『나목』에서 그녀는 쉬지 않고 자신의 생존에 대해 구차히 변명을 하지 않으면 안 되었다. "아직 난리가 끝난 게 아니거든요. 쉽사리 끝장이 안 난대요. 저들도 아마 살아남지는 못할걸요.” 그녀는 “전쟁에 의해 구제받을 수밖에 없”다고 느낀다. 자신마저 어서 죽어 “어머니를 남들이 불쌍하게 여기도록 해 줘야지. 자식이라고는 없는, 딸도 없는 불쌍한 여인으로 만들어주어 야지”라고 결심하기에 이른다. 부모에게 존재를 인정받지 못한다는 점에서 그녀는 정신적으로 철저한 고아가 된다.

이러한 고아의식은 박완서로 하여금 자유의식과 소외의식을 갖게 하였다. 작가는 어떤 전통이나 관습에 얽매이지 않고 자유로울 수 있었다. 보통의 가정에서는 금기시되어 온 장난을 하며 자라는 어린 시절의 놀이 역시 그 소산이다. 따라서 그녀의 관찰과 상상의 세계 는 고정관념에서 많이 벗어나 있다. 객관적이고 냉철한 시각을 견지 할 여지가 많다는 것이다. 그런가 하면 그녀는 소외의식의 소유자이 다. 자라던 박적골에서 느닷없이 이식된 어린 시절 공동체 상실의 체험은 그녀로 하여금 소외의 감정을 일찍부터 알게 하였다. 서울로 온 뒤에도 박완서는 다른 학군까지 학교를 다녀야 했고, 따라서 그 녀의 학교생활 역시 소외의 연속이었다. 이 때문에 그녀는 동병상련 으로 외로운 아이들과 주로 친하게 된다. 어린 시절 땜장이 딸이 그 렇고 학창 시절 단짝 친구 역시 다른 친구들과 잘 어울리지 못하던 인물이 선택된다. 그런가 하면 전쟁 때 같이 묻어 피난을 가지 못하 고 잔류되면서 극도의 외로움을 경험하기도 하고, 수복 후에는 부역 자로 몰리면서 또다시 소외된다. 소외의 경험은 박완서로 하여금 타 인에 대한 세심한 관찰의 기회를 갖게 했고, 다른 주변인들과의 원 활한 소통을 가능하게 하였으며 그들에 대한 감정이입도 순조롭게끔 하였을 것으로 추론된다. 소외되었다고 느낄 때 인간은 어느 쪽에도 속하지 않고 객관적인 자세를 견지하려 하기도 하는 반면, 서둘러 대중이 있는 곳에 편입되려 할 수도 있다. 사회에 편입되는 방법은 자기변호를 거쳐 가능하다. 그녀는 『나목』에서 줄곧 "나만 이렇게 당하다니" 하며 분통해하는 한편, 죄 없이 시대의 희생양이 되어야만 했던 자신에 관하여 줄곧 변호하고 있다. 자기변호의 다음 단계는 변호의 과정을 거쳐 얻게 된 자신감이다. 결국 날카로운 통찰력과 일종의 소외감, 자기변호는 박완서로 하여금 일종의 방어기제, 자신에 대한 자존감을 강화하게끔 하였던 것이다. 박완서가 스스로 역사의 기록자로 자처하는 것은 이 자신감에서 비롯된다. 그녀가 다른 사람의 기억에만 의지할 수 없다는, 나 아니면 안 된다는 자신감을 가지게 된 배경에는 자신이 가지고 있는 기억에 대한 확고한 자신만만함이 자리하는 것이다.[19) 또 다른 배경으로는 그토록 소중한 자신에게 상처 입힌 과거에 대한 보상심리도 생각할 수 있다.

　나는 밤마다 벌레가 됐던 시간들을 내 기억 속에서 지우려고 고개를 미친 듯이 흔들며 몸부림쳤다. 그러다가도 문득 그들이 나를 벌레로 기억하는데 나만 기억상실증에 걸린다면 그야말로 정말 벌레가 되는 일이 아닐까 하는 공포감 때문에 어떡하든지 망각을 물리쳐야 한다는 정신이 들곤 했다.
　그럼에도 불구하고 잊어버린 부분이 더 많다고 생각한다. 여러 군데서 개별적으로 당한 일들이 한 묶음으로 단순화돼 남아 있고, 구체적인 사건들을 추상적으로밖에 생각해 낼 수가 없다.[20)

　한국전쟁 당시 인민군에게 부역했던 이들이 얼마나 고통의 시간을

---

19) 박완서 인터뷰를 인용한 글을 보면 박완서가 험한 세월을 지나면서 이데올로기적 균형을 보이게 된 배경으로 냉소적 우월감을 지적하고 있다(김영현, 「그이와 함께 걸어온 짧지만 긴 길」, 박완서 외, 『우리시대의 소설가 박완서를 찾아서』, 웅진닷컴, 2002, 49~60면 참고).
20) 『그 많던 싱아는 누가 다 먹었을까』, 웅진출판, 1992, 273면.

살았는가 하는 것은 여러 정황을 통하여 알려져 있는 바와 같다. "반동이라는 고발로 산 채로 파묻힌 죽음, 재판 없는 즉결처분, 혈육 간의 총질, 친족 간의 고발, 친우 간의 배신이 만들어 낸 무더기의 죽음들" 같은, 남쪽 내의 살상과 같은 공적 기억에 배반하는 내용에 관하여 작가는 오랫동안 이야기할 수가 없었다.21) 잊히기 전에 이야기했어야 했음에도, 할 수 없어 하지 못한 그 기억들 중에는 이미 "잊어버린 부분"들이 더 많아서 이미 "밤마다 벌레가 됐던 시간"처럼 추상화되고 있다. 작가는 망각을 가장 두려워하며 자신이 기억을 잊는 순간, 사실이 영원히 은폐되어 버릴 수도 있음을 공포로 느낀다. 자신의 기억을 되새겨 공식 기억에 저항하는 박완서의 글쓰기는 강인철의 표현대로 '망각 및 무기억과의' 처절한 투쟁인 동시에 '지배적 기억의 균열과 위기'를 가져오는 진술일 수밖에 없다.

> 그래. 나 홀로 보았다면 반드시 그걸 증언할 책무가 있을 것이다. 그거야말로 고약한 우연에 대한 정당한 복수다. 증언할 게 어찌 이 거대한 공허뿐이랴. 벌레의 시간도 증언해야지. 그래야 난 벌레를 벗어날 수가 있다.
> 그건 앞으로 언젠가 글을 쓸 것 같은 예감이었다. 그 예감이 공포를 몰아냈다.22)

이상을 통하여 박완서에게 글쓰기란 '개인사 기록'에 그치는 것이 아니라 시대적 책무, '시대의 증언'이었음을 알 수 있다. 그런 그녀

---

21) 반공주의는 '빨갱이'를 '죽여도 된다 아니 죽여야 한다는 의식이 우리 몸에 내재'되도록 학습시켰다(김현아, 「전선 없는 전쟁 반공주의 이미지의 공포」, 『전쟁의 기억, 기억의 전쟁』, 도서출판 책갈피, 2002. 95면 참고). 박완서는 한국전쟁과 관련한 죽음의 문제 - 오빠의 죽음을 비롯하여 - 를 일률적으로 '빨갱이'에 의해 지향된 것으로만 그렸던 자신의 문학을 반성하면서 이러한 경향이 남한의 다른 작가들에게도 공통되는 이데올로기적 선택이었음을 자인한 바 있다(박완서, 「나에게 소설은 무엇인가」, 『박완서 문학앨범』, 웅진출판, 1992, 123면 참고).

22) 『그 많던 싱아는 누가 다 먹었을까』, 287면.

가『그 많던 싱아는 누가 다 먹었을까』와 『그 산이 정말 거기 있었을까』를 쓰기 이전에는 본격적인 시대적 이데올로기 표현을 삼갔다. 이제 반공주의의 억압에 의한 작가 박완서의 우회적, 회피적 글쓰기의 변용 양상을 구체적으로 따져 보는 일이 남는다.

반공주의하 자기검열과 글쓰기

작품들의 오빠 관련 전쟁 진술 부분들을 중심으로 살펴보기로 한다. 작가는 전쟁과 관련한 서술, 특히 사회주의 이념을 가지고 있던 오빠에 관한 서술은 작품마다 반복 등장시키되, 시대에 따라 다른 방식으로 서술하고 있다. 이를 확인하기 위하여 오빠의 사상, 오빠와 '나'의 거리 및 동질성 여부, 오빠의 죽음 등의 문제를 중심으로 살펴보겠다.

1) 허구적 성격을 가진 고백소설에서의 말하기[23] – '망각 및 무기억과의 투쟁'으로서의 글쓰기

박완서의 처녀작 『나목』은 전쟁을 배경으로 하고는 있지만 전쟁의 이야기는 후경화되어 있다. 이들 작품에서 한국전쟁의 의미나 경과 등은 철저히 무시된다. 『나목』은 주인공이 겪는 첫사랑의 감정을 다

---

23) 이왕 허구화하기로 한 이상 각 작품에는 보호막에 대한 작가의 바람이 장치되어 있다. 『나목』에서는 군인 가족인 큰집이 있고 『목마른 계절』에는 군인 간부인 외삼촌이 있다. 자전소설들을 보면 박완서에게는 사실 아무런 보호막이 없고 외려 친일파라고 지탄받고 부역죄로 또다시 고생하게 되는 친척들이 있을 뿐이다.

루면서 사실보다는 허구적인 성격이 강한 작품이다. 『목마른 계절』
은 1950년 6월에서 그다음 해 5월에 이르는 전쟁 1년간을 배경으로
하면서 『나목』보다는 전쟁 시절 고백이 사실적으로 이루어지지만 인
물들의 애정 문제를 첨가함으로써 마찬가지로 허구적 성격이 짙다.
주인공 – 작가의 어린 날부터 성장한 후까지를 다루는 「엄마의 말뚝」
은 자서전에 가까운 내용을 담으면서 전쟁을 다룰 수밖에 없음에도
작가는 고의적으로 그 부분을 생략하고 있다.

(1) 『나목』 – 배경으로서의 전쟁, 전쟁담론에 대한 고의적 회피

『나목』에서는 전쟁 이야기의 비중이 비교적 작다. 오빠의 죽음조
차 주인공 이경과 어머니가 가진 트라우마의 원인 정도로 그려진다.
삭막한 전쟁기 낭만적 사랑을 꿈꾸는 이경과 옥희도의 이야기가 중
심에 놓이고 전쟁은 배경, 분위기 정도로만 장치되어 있다.

이 작품에서 오빠에 관한 허구성이 가장 두드러진다. 사실과 구별
해야 한다는 강박관념에서 작가는 오빠를 두 명으로 설정한다. 그것
도 모자라 작가는 오빠의 사상성을 소거한다. 오빠들은 사회주의 이
념과는 무관하며 전쟁이 일어나기 전 세상을 즐기는, 매우 전형적인
자유민주주의자들로 그려진다. 그들은 "국군만 다시 돌아와 봐라, 단
박에 입대해서 분풀이를 실컷 해줘야지" 하는 식의, 밝은 성정을 가
진 인물로 설정되어 있다.

그렇다면 '나'는 어떠한가. 이 작품에서 '오빠들'과 '나'는 동질적
이다. "난 오빠들을 통해서만 모든 사물들을 받아들였고 이해하려
들었다." 오빠를 사상과는 무관하게 그린 이상, '나'와 오빠는 구별

될 필요가 없었기 때문이다.

오빠의 죽음은 "우연스런 폭격에 의한 죽음"으로 설정된다. 이후 여러 작품에서 박완서는 피난 과정에서 한강을 건너는 문제에 매우 민감한 반응을 보인다. 건너려는 시도를 하지 않았기 때문에 사회주의자로 몰리는 경험을 하게 되기 때문이다. 흥미로운 것은 이 작품에서 전쟁기 작가의 바람이 구현되어 있다는 점이다. 주인공 가족들은 강을 건너려다가 못 하고 돌아오는 것으로, 오빠들은 잠을 자다가 도심에 떨어진 비행 폭격에 의해, 그것도 아주 우연스런 잠자리 변화에 의해 죽게 되는 것으로 그려진다. 어머니의 '나'에 대한 싸늘함에도 원인을 만든다. 평소 건넌방에서 자던 오빠들을 행랑채에서 자도록 하자는 것은 '나'의 의견이었고 그 행랑채가 폭격을 맞았기 때문에 오빠들이 죽었으니 결국 오빠 죽음의 원인은 '나'에게 있다는 것이다. 원인이 '나'에게 있었고 그 때문에 어머니가 나를 냉대하고 삶의 의욕을 잃었다는 설정이, 살아 있는 자신이 딸이기 때문에 뚜렷한 이유도 없이 어머니로부터 외면당하게 된 현실보다 나을 것이기 때문이다.

이 작품에서 서사를 이끄는 주요 모티프는 화자의 앙심이다. 어머니, 조국에 대한 앙심이 화자의 정신 밑바닥을 형성하고 있다. '나'는 "전쟁의 재난을 나만 받을 리 없다", "전쟁은 아직 끝나지 않았다고, 전쟁이 몇 번이고 되풀이될 테고 그 사이에 전쟁은 사람들에게 재난을 골고루 나누리라고. 나는 다만 재난의 분배를 먼저 받았을 뿐이라고", "전쟁의 노도가 어서 밀려왔으면, 그래서 오늘로부터 내일을 끊어놓고 불쌍한 사람을 잔뜩 만들고 무분별한 유린이 골고루 횡행하라"고 하며 작품 여기저기에서 앙심을 표현한다. 물론 그

녀 역시 전쟁을 좋아할 리가 없다.[24] 그러한 그녀가 전쟁이 더 계속
되기를 바라는 듯 보이게 된 이유는 딸만 남은 것에 대한 안타까움
을 표현하는 어머니에 대한 앙심과 국민을 저버린 정부에 대한 분노
때문이다. 그러나 정부에 대한 분노란 작품상에 쉽게 표출시킬 수
없었다. 다만 군인으로 설정된 사촌오빠 진이에 향하여 "저도 6·25
땐 도망을 쳤겠지. 우리를 그 몸서리치는 살벌과 잔혹의 지배하에
동댕이쳐놓고 비실비실 도망친 주제에 남아서 온갖 것을 인내하고
감수한 끝에 아직도 그 후유증을 앓는 우리를 아주 불쌍한 듯이 보
다니"라고 말하는 부분을 통하여 어렴풋이 발산할 뿐이다.

　한국정부에 대한 앙심, 반감은 마침내 다른 나라를 동경하는 심리
로 나아가게 한다.

> 숱한 얼굴. 얼굴들. 이국의 아가씨들은 한번도 전쟁이 머리 위를 왔다갔다 하는
> 일을 겪어보지 않았기 때문일까. 그늘진 데가 조금도 없어서 오히려 인간적이
> 아닌, 동물이라기보다는 화사한 식물에 가까운, 만개한 꽃 같은 표정들이었다.[25]

　『나목』에서 비롯된 이러한 이국 동경이 이후 여러 작품에서 반복
하여 나타나는, 박완서 소설의 중요 모티프가 된다는 것은 앞 장에
서 본 바와 같다.

---

24) 화자는 이 작품의 많은 부분에서 전쟁을 부정한다. "광폭한 쾌감으로 나는 마녀처럼 웃으면
　　서도 그 미친 전쟁이 당장 덜미를 잡아올 듯한 공포로 몸을 떨었다. 다시는 다시는 그 눈먼
　　악마를 안 만날 수만 있다면"(94면) "아아, 전쟁은 분명 미친 것들이 창안해 낸 미친 짓 중
　　에서도 으뜸가는 미친 짓이다."(150면) "전쟁이 머지않아 우리들을 차례차례 죽일 테니까요.
　　아무도 그 미친 손으로부터 놓여날 수는 없을걸요."(164면)
25) 『나목』, 25면.

(2) 『목마른 계절』- 원체험으로서의 전쟁, 애정라인으로 에둘러 말하기

박완서가 비교적 직접적으로 전쟁을 묘사한 작품은 1972년 『한발기』로 연재하였다가 1978년에 단행본으로 발표한 『목마른 계절』이다. 1950년 6월부터 그다음 해 5월까지를 수기형식으로 정리하는 이 작품에서 오빠와 '나'의 좌익적 성향에 부역 행위까지도 고백하고 있지만 애정라인을 삽입하고 허구적 성격을 강조함으로써 사실성을 은폐한다.

이 작품에서 오빠는 좌익의 중추적 역할을 한 인물이지만, 진술 이전의 일일 뿐으로 이야기된다.[26] 작품 내 현시점에서는 계기는 생략된 채 전향한 인물이며 그런 상황에서 전쟁이 나고 인민군 치하가 되자 엉거주춤하는 모호한 인물로 묘사된다. 오빠는 동지들이 축제 분위기를 즐기는 상황에서 우울해하고 이념과 상관없는 삶을 추구하는 인물이다.[27] 이를 통하여 오빠의 사상은 방관자의 수준이었음을, 골수가 아니었음이 강조된다.[28]

이 작품에서 화자는 사회주의 사상을 가진 오빠를 따라 진보적 성향을 갖게 된다. 전향하고 회의적인 성향의 오빠를 비판하는 '나'는

26) "실상 얼마 전까지만 해도 좌익의 조직 생활에 몸담았던 진이로서, 같은 좌익의, 그것도 진이에게는 까마득한 상부 조직의 지하 운동자였던 오빠의 전향(轉向)인지 도피인지 모를 애매한 처세가 고분고분 받아들여질 리 만무했다."(28면) "남편의 도깨비처럼 종잡을 수 없는 행동, 늘 팟발 선 시선, 검거 선풍이 불 때마다 전전긍긍한 나날-이제 모두 지난 일인 것이다."(『목마른 계절』, 29면)

27) "아주 방관자야 아니지, 선의(善意)를 가지고 주목하는 거야, 마지막으로 한 번 더 기대를 걸어보는 거야, 그것뿐이지, 아직 뛰어들 순 없어."(『목마른 계절』, 59면)

28) 그런가 하면 당시 사회주의자들이 골수가 아니었음도 아울러 강조된다. "그 무렵의 내 독설은 묘하게도 좌익 학생들의 구호와 비슷해서 그런 오해까지 받았더랬죠. (……) 이 상탠 더 미칠 것 같아요, 감정의 기복이 용납 안되는 팽팽한 투쟁, 적의(敵意)의 연속 말예요."(79면) 사회주의와 반정부주의가 혼재해 있던 해방정국에서 우연스럽게 사회주의자가 되던 것이 당시의 상황이었음을 강조하는 부분이다. 이처럼 화자는 오빠가 사회주의 사상을 가지게 된 경로가 당시 진보적 젊은이들의 경우처럼 일종의 유행 같은 것이었음을 반복하여 강조한다.

적극적인 사회주의자로 설정된다. 그러나 그런 고백의 자리에서 작가는 각주 붙여 놓기를 잊지 않는다.

> 그녀는 두려워하고 있었다. 관념적이었던 것이 드디어 그 실재(實在)를, 참모습을 드러내려 하고 있음을. 아마 그녀는 이십 년 후의 자기의 진짜 모습을 들여다볼 수 있는 <u>요술 창구(窓口)가 있다면 그 앞에 서기를 진정 두려워하며 뒷걸음쳤으리라</u>.29)(밑줄 – 인용자)

자전적 작가는 주인공의 이력 공개에 대한 부담을 느끼고, 당시 행동은 잘못된 선택이었다는 논평을 곁들이기도 하고 오빠가 동생으로 하여금 "스스로 겪어보고" 깨달아 전향하기를 바란다는 내면묘사 부분을 첨가하기도 한다. 이 작품의 구조를 따라 오빠의 바람처럼 착실하게 전향의 과정을 밟고 있는 주인공의 모습은 반공주의적 이데올로기를 내면화할 수밖에 없었던 작가의 자기검열의 결과라 할 수 있다.

오빠는 직장인 시골학교에 갔다가 국군의 오발로 상처를 입는다. 공적 기억만 강요되는 상황에서 국군이 민간인의 죽음과 관계되어 있다고 밝히는 것은 이례적인 일이라 할 수 있다.30) 하지만 그 직접적 사인을 인민군 소좌의 총질에 두면서 이 작품은 반공주의적 요소로 무장되고 만다. 이 작품에서 여러 인물을 통해 공산주의에 대한 비판적 회의의 과정이 자세히 그려지는 것 역시 공산주의자였던 과

---

29) 『목마른 계절』, 40면.

30) 국군의 만행에 관한 다음과 같은 서술도 찾을 수 있다. "국방군놈의 새끼들이 군관 가족을 살려 놨단 말이오? 온동네를 잿더미로 만들고 살아 있는 거라곤 눈먼 개새끼 한 마리 안 남겨 놓은 잔인무도한 놈들이. 온동네 사람들을 무차별 학살해 한 구덩이에 묻었다는 피비린내 나는 현장이 지금까지 보존되고 있소."(266면)

거의 고백과 작품 내 사상에 대한 작가의 언술에 부담을 느낀 때문으로 볼 수 있다. 우선 작가는 사람을 지치게 하는 이데올로기('너무도 끈질긴 투쟁과 숙청의 반복으로 그녀를 멀미나고 지치도록 했다.' - 71면), 인간을 '완제품'으로 만드는 공산주의를 계속하여 비판한다. 뿐만 아니라 공산주의는 그들이 추구하는 무산계급마저 외면하는 사상이었다고 강조된다.[31] 이와 아울러 부역 행위에 대한 부연설명도 잊지 않는다. 작중인물들은 피난 간 집에서 밥을 해 먹다가 인민군 잔병들에게 발각된 뒤 살기 위해 어쩔 수 없이 그들의 비위를 맞추어야 했고 그러다 보니 인민군대 위문 공연을 보고 견장을 만들어 주는 상황에 이르게 된다. 거부하였음에도 불구하고 여성동맹 간판이 집에 걸리면서 화자는 이른바 부역자가 되어 버렸던 것이다. 부역 행위를 고백하고 난 뒤 화자는 다음과 같이 구체적인 자신의 비판을 곁들이지 않으면 안 되었다. 자신의 사회주의 사상 선택이 잘못된 것임을 몸으로 확인하고자 하는 민준식에게 주인공은 "바보같이……빨갱이가 나쁘다는 건 온 세상이 다 아는 건데 뭣 때문에 준식씨가 그것을 다시 증언해야 하는 거죠?"라고 이야기한다. 오빠보다 적극적인 사회주의자였던 화자 나진으로 하여금 '빨갱이가 나쁘다는 건 온 세상이 다 아는' 것이라고 진술하게 하는 부분은 다분히 반공주의의 검열을 인식한 작위적인 진술에 다름 아니다.

---

31) "많은 사람, 특히 당이 자기들 편이라고 믿고 있는 무산계급도 결코 공화국의 하늘 아래서 행복하지 않다는 확증을 될 수 있는 대로 많이 봐 두고 싶었다."(120면) "이른바 무산계급까지도 우리에게 등을 돌렸다는 건 참을 수 없는 배신이다. (……)가난뱅이들만은 우리 편이어야만 이번 전쟁의 명분이 서고 고달픈 혁명사업이 고무적일 수 있지 않은가?"(319면) 그리하여 이 작품은 반공주의 소설로 읽히는 경향을 보이고 있다. 화자는 인민군 소년의 몰인정한 모습과 당 우선의 인민군들의 만행을 보면서 공산주의에 대해 부정적인 성향으로 변화된다(강진호, 「한국 반공주의의 소설·사회학적 기능」, 한국언어문학회, 『한국언어문학』 제52집, 2004. 6, 328~329면 참고).

누군가가 한 마디 "저 년이 빨갱이다" 하기만 하면 지금 이렇게 어깨를 나란히 걷고 있는 군중이 일제히 자기에게 "죽여라, 죽여라, 죽여라" 할 수 있는 것이다.32)

이래서 동족상잔의 이념의 싸움은 무기로 살상되는 수효보다는 헛바닥으로 살상되는 희생자의 수효가 더 많게 마련이었고, 무사히 이 난리통을 넘기자니 총탄을 피하기보다는 남의 눈치를 살피고 재빨리 영합하기에 한층 신경을 쓰게 마련이었다.33)

'빨갱이' 되기의 우연성을 보여 주는 부분이다. 당시 정권은 국민을 이분하고 흑백논리의 방법으로 국민을 통합했다. 북한 노래를 아는 것만으로 '빨갱이'가 되기도 하였고 임의적인 지적에 의해 무고한 국민들은 좌익으로, 빨갱이로 호출되었다. 그래서 당시 많은 사람들은 "자기의 의사와는 아무런 상관없이 함부로 어떤 거대하고 무자비한 힘에 의해 틀(鑄型)에 부어지고 마는 끔찍스러운 일"을 당할 수밖에 없었던 것이다. 우연적, 인위적인 고발과 심판은 사업시행자 노천명의 경우와 이인수의 경우만을 보아도 알 수 있다.34)

(3) 「엄마의 말뚝2」 - 트라우마로서의 전쟁, 전쟁의 상처, '병'으로 표현하기

「엄마의 말뚝」에서는 전쟁에 대한 직접적 표현이 줄어들고 심지어 전쟁기의 경험담은 생략된다. 엄마가 서울에 말뚝을 박는 과정, 주인공의 어린 시절을 다루는 「엄마의 말뚝1」 다음의 「엄마의 말뚝2」는

---

32) 『목마른 계절』, 157면.

33) 『목마른 계절』, 287면.

34) 시인 노천명이 부역죄로 사형선고를 받았으나 문인들의 탄원으로 얼마 안 되어 석방되었음에 비해 고려대 이인수 교수는 참작되지 않았다. 그가 북한 당국의 협박에 의해 대남 영어방송을 했던 것임에도 불구하고 국방장관의 미움을 받아 재판도 없이 즉결 처형되었다는 것은 널리 알려진 바와 같다. 이처럼 부역죄의 잣대는 모호하고 임의적이었다.

80년대를 배경으로 하면서 늙은 어머니의 다리 다치는 사건을 서술한다. 연작 1과 2 사이의 많은 비약은 전쟁을 직접적으로 묘사하지 않으려는 작가의 의도 때문이다. 다리를 다친 어머니가 마취의 후유증으로 환상을 보면서 그 무렵을 회상하게 하는 정도로 전쟁이 회고될 뿐이다.

이 작품에서는 오빠와 관련한 어머니의 트라우마가 그려지면서 오빠의 삶이 평탄하지 않았음이 암시된다. 이처럼 과거를 '상처'로 전제하고 나니 오빠에 관련하여 『나목』에서보다 솔직할 수 있었다. 이 작품에서는 오빠가 '의용군에 지원한' 것으로 되어 있다. 간단히 다루어져 있지만 오빠의 사상은 '해방 후 한때 좌익운동에 가담했다가 전향'하였는데, 그로 인해 가족들은 그가 의용군에 끌려간 것으로 알고 있지만 사실은 지원하였던 것이었다고 서술한다. 오빠 입대 과정에서부터 오빠와 화자의 거리는 매우 멀게 그려지는 것이다.

오빠의 사상과 죽음을 솔직히 그린 이 작품에서 그런 오빠와 '나'는 무관하지 않으면 안 되었다.

> 만약 그의 최초의 선택이 웬만큼만 잘못된 것이었더라도 그는 전향을 해서 잘못을 시정하느니 차라리 최초의 신념에 일관함으로써 자신과의 신의를 지키고자 했을 것이다.(……)동란 전의 한때 좌익사상이 청소년들을 선동하는 마력이 대단했을 적에도 내가 그 방면에 무관할 수 있었던 것은 오직 오빠 같은 사람이 여북해야 전향을 했을까 하는 오빠의 고통스러운 경험에 대한 믿음 때문이었다.(……)이런 그가 이웃의 고발로 기습을 당해서 끌려가는 걸 가족들은 발을 동동 구르며 지켜볼 수밖에 없었는데 그후 들려온 소식은 전혀 예상을 빗나간 것이었다.[35]

일단 오빠와 거리 두기를 설정하고 문제의 핵심에서 빠져나온 뒤

---

35) 박완서, 「엄마의 말뚝2」, 『엄마의 말뚝』, 세계사, 2003, 100면

작가가 할 일은 오빠에 대한 변호였다. 그의 오빠의 젊은 날에는 좌익사상이 청소년들에게 선동적인 흐름이었다는 것, 그런 오빠는 좌익사상에 비판적인 생각을 하게 되고 마침내 전향을 하였다는 것이 그것이다. 화자는 오빠의 전향과정을 보면서 '나'는 공산주의 사상에 부정적이었다는 것을 한사코 강조한다.[36]

오빠의 죽음과정은 어떠한가. '나'가 알고 있는 것과는 달리 의용군에 자진하여 나간 오빠는 몸과 정신 모두 피폐한 상태로 돌아온다. 공포증에 시달리는 오빠에게는 당시 강을 건널 수 있는 증명서인 시민증이 없었다. 그 때문에 '나'의 가족 모두 후퇴가 어려운 상황이 된다. 이럴 때 어머니가 '엄마의 말뚝'이었던 현저동으로 가자고 했고 그곳에서 '나'와 올케가 그들이 시키는 대로 북쪽으로 피난을 다녀온 사이 오빠는 인민군 군관에 의해 총을 맞고 죽어 있었다. 전쟁과 관련한 진술은 오랫동안 발현될 수 없는 이야기였다. 잊혔던 이 기억이 떠오르게 된 계기는 어머니의 환각 때문이었다.[37]

작가의 정부와 행정부에 대한 적개심의 원인이 이 작품에서는 비교적 구체적으로 나타난다.

---

36) 이처럼 오빠의 사상은 이해할 수 없는 정신적 편력 과정으로 두고 화자와는 거리 두기를 하고 있는 또 다른 작품으로는 1975년의 「카메라와 워커」가 있다. 여기에서도 박완서는 '오빠'와 '나'의 사상을 완전히 구별한다. 일제 말기 전문학교를 마친 오빠가 사회에 적응하지 못하는 것을 보고 '나'는 '막연히' '빨갱이라고 생각'하고 있다. '막연히' 짐작하고 있다는 부분은 그것조차 사실이 아닐 가능성을 남겨두고 있는 것이다. '나'나 어머니는 '오빠가 빨갱이였는지 흰둥이였는지, 아예 그런 사상 문제엔 집안일에 관심이 없었던 것처럼 관심도 없었는지, 그것조차 분명히 알고 있지를 못'한 것으로 그려진다. 그러나 사실상 '나'는 잘 알고 있다. 국가의 정책에 맞지 않았던 오빠였다는 것. 그래서 그 오빠의 자식 훈이가 '이땅에 뿌리 내리기 쉬운 가장 무난한 품종'이 되어 '그때 받은 깊숙한 상처의 치유'를 해 주길 바라게 된다. '나'가 바라는 '무난한 품종'의 의미는 국가이데올로기, 곧 반공의 잣대를 무난히 피해 갈 수 있는 인물이 되는 것이다(「카메라와 워커」, 박완서, 서영은, 송숙영, 한국문학전집34, (주)삼성출판사, 1985, 32~50면 참고).

37) "그놈이 또 왔다. 뭘하고 있나? 느이 오래빌 숨겨야지. 어서" (……) "군관동무, 군관선생님, 우리 집엔 여자들만 산다니까요."(「엄마의 말뚝2」, 95면)

「여보슈 백성들을 불구덩이에 버리고 도망간 사람은 누구유? 거기서 살아남은 죄로 죽여줘도 난 원망 안할 테니 그 사람 얼굴 좀 보고 그 죄나 한번 묻고 죽읍시다」

가끔 어머니가 통곡하며 이렇게 푸념을 해봤댔지였다. 독종이니, 빨갱이 족속 치고 말 못하는 빨갱이 없더라느니 하는 욕이나 먹는 게 고작이었다.[38]

전쟁 관련 대한민국의 공식적인 역사는 "북괴가 개시한 6·25불법남침이 갑작스레 닥쳤으며 침략을 맞이하여 서울의 정부와 충성스런 대한민국 국민들은 모두 피난을 간 것"(밑줄 - 인용자)라고 기록하고 있다. 국민들은 아무 걱정 말고 생업에 종사하라고 하였던 그들의 대국민 담화문과 명백히 모순되는 것이다. 이 공식적 기록의 '모두'에 밑줄이 쳐져야 하는 이유는 이러한 진술이 피난 가지 않은 이들을 국민에서 제외하기 위한 장치였기 때문이다. 서울이 갑자기 점령되어 불가피하게 피난을 못 갔다 하더라도 수단과 방법을 가리지 말고 갔어야 했다. 그렇지 않으면 그들은 대한민국의 '충성스런' 국민이 될 수 없었다. 미국의 도움으로 환도한 정부는 서울로 오자마자 '피난 여부'를 가지고 국민을 둘로 나누었고 한쪽을 배제함으로써 공포심을 주면서 국민들을 규율하였다. 이승만 정권은 강을 건너지 않았거나 못했다는 이유만으로 국민들을 부역자로 낙인찍고 '애국=반공'이라는 급조된 공식을 만들면서 규율하기에 급급했다. 국가지도자로서 책임이나 죄책감을 가진 정부라면 도저히 할 수 없는 만행이었다. 정부는 전쟁의 발발과 그 침략으로부터 국민을 지키지 못한 사실에 대해서 인정하거나 사과를 하기는커녕 자신들 분풀이라도 하듯 부역자들을 가려내고 처단하는 일에 열을 올렸던 것이

---

38) 「엄마의 말뚝2」, 101면.

다. 이러한 정부에 대한 분노가 박완서 소설의 중요한 축을 형성하고 있음은 앞서 밝힌 바와 같다.

2) 비허구적 자전소설에서의 말하기 – '지배적 기억의 균열과 위기'에 대응한 글쓰기

작가는 망각과의 투쟁으로서 계속하여 전쟁의 문제를 다루었지만 지배적 담론 이상의 논의를 본격적으로 펼치지 못했다. 공식 기억을 벗어나는 기억은 부정될 수밖에 없었던 사회적 환경 때문이다. 그러나 탈반공의 시기가 되고 지배–피지배의 정치 구도에 변화가 생기면서 지배적 기억은 균열되고 위기를 맞게 된다. 이 지점에서 작가는 기억을 복원할 새로운 지평을 찾는다. 반복하여 전쟁을 다루면서도 반공주의하에서 자기검열을 끝없이 하지 않으면 안 되었던 작가는 마침내 『그 많던 싱아는 누가 다 먹었을까』나 『그 산이 정말 거기 있었을까』라는 자전소설들을 통해 미처 하지 못한 이야기들을 시도한다. 이들 작품에서 작가의 사상 진술 방식상 이전 소설들과의 차이점이 있다면, 그 부분이 반공주의하 자기검열에 의해 유예되었던 담론일 것이다.

> 오빠는 문예지도 좌익계 문학단체인 문학가동맹에서 나오는 『문학』만 보았고 사들이는 딴 책도 선호하는 기준이 이념편향적이었다.[39]

오빠가 사회주의자였으나 나중에 전향을 하게 된다는 점은 「엄마

---

39) 『그 많던 싱아는 누가 다 먹었을까』, 219면.

의 말뚝2」와 『목마른 계절』에서 이미 밝혀진 바와 같다. 이 작품에서 오빠는 첫 번째 아내를 잃은 뒤 더욱 사상에 경도되는 듯했지만 재혼을 하고 생활인이 되어 가는 과정에서 전향을 하게 된다. 아내의 충고와 위안을 따라 조직으로부터 떠나 보도연맹에 가입하고 중학교 국어선생이 된 오빠는 작가의 말에 의하면 '이상주의적인 얼치기 빨갱이'(232면)에 불과했다. 그럼에도 불구하고 전쟁이 나고 사상범들이 찾아오면서 거물급으로 주변에 인식이 되고 그 후 가족들은 이웃들로부터 소외된 삶을 살게 되는 것이다.

> 오빠가 나에게 의식화교육을 시킨 건 아니다. 오빠는 어려서부터 머리가 좋은 걸로 소문이 나 있었고 용모가 준수하고 말수가 적고 우애가 깊었다. 게다가 장손이었으니까 집안내에서 떠받들어졌다. 이런 오빠는 나에게 큰 백이었을 뿐 아니라 무조건 추종하고 싶은 우상이었다. 여북해야 오빠의 첫사랑이 결핵을 앓았으므로 나도 결핵환자와 사랑을 하여야겠다고 생각했겠는가. (……)오빠의 높은 생각을 나만 이해할 수 있을 것 같은 마음과 어떤 것이든 이해하고 흉내내고 싶은 마음이 감지한 게 오빠의 사상의 빛깔이었다.[40]

이 작품에서 '나'는 오빠와 사상적으로 동질적이다. 『목마른 계절』에서와 마찬가지로 '나'는 오빠의 영향을 받으며 사상적 감화를 받게 된다. '나'는 오빠가 사 모으는 책들을 통해 사상을 형성하게 되는데 그중 부두노동자가 자본가에게 치를 떨며 유능한 공산혁명가가 된다는 이야기가 실린 팸플릿을 보고는 세계의 '단순하고도 명쾌한 진리'(214면)를 찾았다고 생각하게 된다. 학교의 독서회에 가입하게 되면서 오빠와 같은 길을 걷게 됨을 기뻐한다.[41]

---

40) 『그 많던 싱아는 누가 다 먹었을까』, 213면.
41) "별로 친하지 않은 아이로부터 독서회에 나와 보지 않겠느냐는 권유를 받고 나는 즉각 그 뜻

결국 '나'가 사회주의 사상을 가지게 된 데에는 오빠와 동일한 사상을 가지고자 하는 '나'의 욕망이 가장 컸음을 알 수 있다. 입지전적인 인물로서의 오빠는 '나'의 역할모델이 되었고 그런 오빠를 모방하고자 하는 마음에서 그의 사상까지를 배웠던 것이다.

자전소설에서 오빠는 『목마른 계절』에서와 비슷하다. 직장인 시골 중학교에 출근했다가 교사 동원 시책에 의해 의용군으로 끌려가고 피난을 가기 전 도주해 오지만 사지를 넘어서 집으로 온 오빠는 이미 심한 노이로제에 걸려 있다. 피난을 고집하고 피난을 위한 도민증을 받기 위해 학교에 출근했던 오빠는 청년방위군의 실수로 총상을 입는다. 이 일로 오빠의 간절한 바람(피난)은 이루어지지 못하고 가족 모두 인민군 치하에서 지내게 된다. 서울에 잔류하여 고생을 겪어야 했던 오빠는 1·4 후퇴 때 다리가 조금 나아졌다며 전처의 처가로까지 무리하게 피난을 간다. 오빠는 피난만이 자신의 사회주의 이념을 소거해 줄 것이라 판단한 것이다. 그러나 오빠는 결국 전처의 본가에 다녀온 지 닷새 만에 죽음으로써 "죽은 게 아니라 팔개월 동안 서서히 사라져 간 것"임을 증명하게 된다. 이 부분이 『목마른 계절』과의 차이점이며 작가가 이야기하고 싶은 부분이라 할 수 있다. 피난 와중에 어떤 고생을 했는지 작품상에 나타나지 않지만 오빠가 죽자 "숨 끊어진 지 하루도 되기 전에 단지 썩을 것을 염려하여 내다 버린" 어머니의 행위는 피난길의 고초가 매우 심했음을 짐작하게 한다. 오빠는 특정한 누가 죽인 것이 아니라 이념전쟁의 희생양이었던 것이다.

을 알아차렸고 약간 떨리는 마음이었지만 주저하지 않고 응낙했다."(『그 많던 싱아는 누가 다 먹었을까』, 217면) "(사상에 관해 – 인용자 주) 나는 실망이 컸지만 나도 드디어 오빠의 동지가 됐다는 만족감은 뿌듯했다."(『그 많던 싱아는 누가 다 먹었을까』, 218면)

애국은 곧 반공이었다. 애국과 반공은 손바닥의 앞뒤처럼 따로 성립될 수 없는
것으로 되어 있었다. (……) 부역에 있어서 한 점 부끄러움도 없이 결백하다고
주장하기 위해서는 한강다리를 건너 피난을 갔다 왔다는 게 제일이었다. 그래서
자랑스런 반공주의자 내에서도 도강파(渡江派)라는 특권계급이 생겨났다. 시민들
은 안심하고 생업에 종사하라고 꾀어 놓고 떠난 사람들 같지 않게 안하무인이었
다.(……)그렇지 않고서야 친일파의 정상은 그렇게도 잘 참작해 주던, 그야말로
성은이 하해와 같던 정부가 부역에는 그다지도 지엄할 수가 없는 노릇이었다.[42]

박완서가 오랫동안 할 수 없었지만 하고 싶어 했던 이야기는 이
지점에서 포착된다. '도강파'와 '잔류파'의 이분법적 논리에 의해 배
제된 국민들의 삶의 질에 관한 논의, 소설 속에서 이를 적나라하게
묘사하기 위하여 박완서는 자전소설을 썼다고도 할 수 있다. 이 작
품에서 '나'의 가족들이 한 부역 행위라곤 전쟁이 일어난 직후에 풀
려난 사상범들에 의해 거물 취급을 받게 되고 그들에 의해 대접되었
고 사상에 어느 정도의 신념을 가진 젊은이로서 위원장이 작성한 상
부에 올릴 보고서를 골필로 긁어 등사판으로 미는 일에 지나지 않는
다. 그러나 역사는 이들이 젊은 인력을 북으로 데리고 가려는 인민
군들을 속이고 임진강을 건너지 않은 행위에 대해서는 정상 참작하
지 않고 살기 위해 한 그들의 최소한의 현실 타협만 문제 삼았다.
그로 인해 국군이 들어왔을 때 이 가족들은 부역자로 낙인찍혀 고생
을 하게 된다. 그로 인한 고생이 너무 컸기에 '나'와 가족들은 2차
피난 시기에는 반드시 강을 건너야 한다는 생각으로 서둘러 피난을
갔던 것이다.

---

42) 『그 많던 싱아는 누가 다 먹었을까』, 270~271면.

3) 80년대와 90년대, 반공의 글쓰기와 탈반공의 글쓰기

　같은 전쟁 소재 소설임에도 불구하고 『나목』과 『목마른 계절』, 「엄마의 말뚝2」의 전쟁 진술 부분은 자전소설에 비해 현저히 적다. 『나목』은 젊은 여인이 취직하여 살아가는 과정과 그 안에서 겪게 되는 화가와의 로맨스가 전경에 나서 전쟁의 비중이 낮아졌고 『목마른 계절』은 전쟁 1년간의 이야기를 수기 형식으로 다루고 있음에도 나진의 이념적 전향 부분과 민준식과의 관계에 주된 초점이 놓이고 있다. 심지어 「엄마의 말뚝2」에서는 시간적으로 현재인 엄마의 수술 문제를 다루면서 아픈 엄마가 마취의 후유증으로 보게 되는 환각의 형식으로 전쟁 무렵을 지나치듯 그리고 있다. 전쟁을 직접적으로 다룰 경우 작가는 마땅히 이데올로기나 부역의 문제에 관한 자신의 생각, 자신의 과거에 대한 이야기를 하게 될 것이고, 그때 일어날 수 있는 지배이데올로기의 위반을 두려워했기 때문에 이 같은 선택을 한 것으로 보인다. 이것은 이후의 『그 많던 싱아는 누가 다 먹었을까』나 『그 산이 정말 거기 있었을까』에서 비슷한 이야기를 다루면서 하고 싶은 이야기를 하고 있는 것과 비교해 보면 잘 알 수 있다.

　이들 작품의 특징적 차이는 오빠에 관한 서사에서 나타난다는 것에 집중하여 오빠의 사상과 오빠와 '나'와의 동질성 여부, 오빠의 죽음에 관한 문제에 나타난 각 작품들의 차이를 볼 필요가 있다. 『나목』에서는 『그 많던 싱아는 누가 다 먹었을까』나 『그 산이 정말 거기 있었을까』에서와 같은 오빠의 사상 노출이 전혀 없다. 『목마른 계절』에서는 사회주의 사상을 가지고 있는 것으로 설정하지만 이내 자신의 선택이 잘못되었음에 대한 반성과 오빠의 전향에 관한 나열로 이를 상쇄하려 한다. 「엄마의 말뚝2」에서 오빠의 사상이 잘못된 것임을 비판하는 '나'는 아예 오빠의 전철을 밟지 않으려 하는 인물로 그려진다. 오빠의 죽음 문제에 있어『나목』에서는 우연히 폭격을 맞은 것으로 그리는가 하면, 『목마른 계절』과 「엄마의 말뚝2」에서는 이웃의 고발로 의용군에 끌려갔다 왔고 국군의 오발사고로 다리를 다쳤으며 인민군관에 의해 죽는 것으로 처리되어 있다.『그 많던 싱아는 누가 다 먹었을까』와『그 산이 정말 거기 있었을까』에 의하면 화자의 오빠는 의용군에 자원했으나 도망쳐 나왔고 부역 여부, 사상의 색깔 여부로 시달린 끝에 죽는 것임에도 불구하고, 이들 작품에서 인민군관의 총에 의해 죽는 것으로 설정함으로써 작가는 사상적 의심을 받지 않고 자신에게 미칠 반공주의의 영향을 최소화하려 하였던 것이다.

『나목』,『목마른 계절』,「엄마의 말뚝2」와 자전소설들의 차이는 무엇 때문인가. 박완서 글의 변화에 대하여 강인숙은 80년대 박완서의 글은 70년대 비정성에 대한 따뜻함, 불모성에 대한 생산성이 보인다고 하면서 「엄마의 말뚝2」를 쓰는 과정에 전쟁 이전을 볼 수 있는 여유가 생긴 때문이라 하였다.[43] 하지만 시대적 분위기와 작가가 무관할 수 없다는 점을 감안하면, 강진호의 지적처럼 작가가 비로소 자신이 하고 싶은 말을 할 수 있는 시대적 여건의 숙성을 간과할 수 없으리라고 판단된다.[44] 80년대 후반 들어 한국은 데탕트 분위기 속에서 공산권과도 관계를 맺게 되었고 이런 추세에 맞춰 한국사회는

---

43) 강인숙, 「시대적 상황과 소설의 변용」, 이태동, 『박완서』, 서강대학교 출판부, 1998, 150~152면 참고.
44) 강진호, 앞의 글, 331면.

반공주의에 비판적 시각이 표면화되었다. 이러한 상황에서 박완서의 자전소설 쓰기 작업은 작가 나름의 탈냉전 시대의 대책이라 할 수 있다. 탈냉전은 이념을 벗어나 말할 수 있도록 하는 시대이지만 한편 '망각을 강요하는 정치'의 시기이기도 하다. 박완서는 그에 저항하기 위하여 기억을 총동원하는 방식으로 쓰기를 선택하였던 것이다.45)

탈이데올로기와 글쓰기

한국에서 반공주의는 단순히 공산주의를 반대한다는 개념을 넘어서 원초적인 공포심을 심어 주는 기제였다. 한국의 반공주의는 "'나'를 기억하라고 명령"하는 대표적 지배이데올로기가 되었고 우리는 그 기억을 위해 전쟁의 장소와 기억마저 성역화하여 왔으며 우리 역사에서 반공주의는 일종의 '시민종교'가 되기에 이른다.46) 알튀세의 지적처럼 이데올로기가 개인을 호출하는 순간, 개인 주체는 이데올로기에 종속되는 것이고 이는 주체의 주인 됨 자체에 대한 중요한 부정이 아닐 수 없다.47)

반공이 무한한 영역 확대를 해 나가는 우리나라에서 작가들은 쓸 수 있는 것과 쓰고 싶은 것 사이를 위험스럽게 오가는 글쓰기를 할 수밖에 없었다. 특히 전쟁을 소재로 분단문제를 다룰 경우, 그러한 위험성은 더욱 커졌다. 제국주의의 눈치를 보며 글쓰기를 시작했던 식민지 시대 작가들의 안타까움이 광복 이후에도 변함없이 되풀이되

---

45) 이선미, 「세계화와 탈냉전에 대응하는 소설의 형식: 기억으로 발언하기 - 1990년대 박완서 자전소설의 의미 연구」, 상허학회, 『상허학보』 제12집, 2004. 2, 403~432면 참고.
46) 강인철, 앞의 글, 348면 참고.
47) 윤효녕 외, 『주체 개념의 비판』, 서울대학교 출판부, 2003, 142~148면 참고.

었다. 글을 쓰고 난 뒤 한탄하는 박완서의 행위는 억압적 사회 분위기 때문에 할 말을 다 하지 못하고 솔직하지 못한 데 대한 한스러움의 표현이다.

박수근을 모델로 한 『나목』을 써 나가는 과정에서 작가는 사실만으로 쓰는 작업이 불가능하여 허구화를 선택하였다고 한 바 있다. 이를 의미심장하게 생각해 볼 필요가 있다. 그녀는 비단 박수근에 관해서 뿐 아니라 전쟁과 관련하여 모든 것을 사실대로 이야기할 수 없었기 때문에 허구의 형식을 빌릴 수밖에 없었다. 『목마른 계절』에서처럼 허구화를 덜했을 경우, 작가는 화자로 하여금 철저한 반공주의자가 되게끔 하면서 인물들의 사상을, 행위를 비판하는 방법을 사용한다. 그리고 다시 「엄마의 말뚝2」에서처럼 오빠 이야기를 허구화하고 담론을 약화한다. 진실은 다시 아리송한 수준으로 은폐된다. 하고 싶은 이야기는 다 하지 못한 채로 말이다.

작가 박완서가 오빠에 관해 서술하는 과정에서 하고 싶었으나 뒤로 미루어 둘 수밖에 없었던 이야기는 무엇인가. 오빠 이야기를 해 나가는 사이사이에 전쟁과 이데올로기 논의가 빠지지 않았던 것을 보면, 그녀가 절실하게 하고자 했던 이야기는 오빠 죽음의 문제에만 국한되는 것이 아님을 알 수 있다. 민족을 가르고 서로를 죽이게 했던 이데올로기에 대한 비판, 둘 중 하나는 반드시 선택하지 않으면 안 되게 하는 경직된 사회에 대한 처절한 비판이었다.

X

겨동의 시대와 문학

시대와 국어교과서의 소설

- 한국의 교육과정과 교과서 게재 소설 변천 연구

서론: 교육 현장에서의
반공주의

미셀 푸코의 말을 빌리자면 사회는 동일자와 타자들을 나누는 경계선들의 복잡한 체계로 되어 있다. 그에 의하면, 권력은 자신에게 복종하는 것들을 굴복하게 하기 위하여 분리, 분석, 구분을 개체성에 이르기까지 계속한다. 사회의 모든 담론에까지 권력이 개입하여 선택과 배제 작용을 계속하는 것이다.[1] 그렇다면 분단 이후 남한 사회에서 공산주의에 관한 어떠한 논의도 불가능했던 것은 반공을 주장하는 특정권력의 개입 때문이었다. 광복이 되고 남한대로의 정체성 확립의 과정에서 푸코가 말한 배제 절차가 진행되었고 우리 사회는 금지되고 분할되는 가운데 참과 거짓의 이분화가 필요했던 것이다. 남한 사람들을 국민으로 만들어 가며

---

1) 미셀 푸코, 오생근 옮김, 『감시와 처벌』, 나남출판, 2003, 213~216면 참고.

동일성으로 구별하기 위하여 필요했던 것이 타자였고 공산주의였다. 타자로 설정해 놓은 그것에 스스로를 대립시키면서 남한은 자신의 동일성을 정립해 나가게 되었다.

이러한 동일성 정립에 교육이 중요한 역할을 하였다. 푸코의 말을 다시 인용하자면 '좀 더 교묘히 징수하'기 위해서 훈육을 시키는 것이 권력이었기 때문이다. 우리 교육의 굴절은 근대 교육 초창기가 일제 식민지 시기였었다는 사실에서 비롯된다. 일본이 이 땅에 근대 교육의 형식을 받아들여 황국 '신민'으로 조선인을 교육시키는 과정에서, 근대교육의 본래적 이상은 실현될 수 없었다. 일본에 의한 '신민', '노예' 교육이 친일 친미로 이어지는 보수적 기득권자들에 의하여 해방 이후 전혀 극복되지 않았던, 아니, 극복될 수 없었던 우리 교육계의 문제점은 이후 한국 교육을 크게 굴절시킨다. 학습자란 마땅히 '배우고 때로 익히면 즐겁지 아니한가'의 태도로, 자율적 자기 성찰을 거치면서 자아를 형성하여 나가야 한다. 하지만 우리의 교육사를 돌아보면 학생의 주체는 부정된 채 공포에 의한 외압적 통제 속에 교육되어 왔음을 부정할 도리가 없다.2) 이제 노예교육을 벗어나 자유인으로서 교육의 주체로 살아가게 하기 위하여 과거 교육에 대한 성찰은 의미를 갖는다고 하겠다.

반공을 외치며 동일자끼리 동일화하기 위해 반복 강조되었던 우리의 이념은 어떠한 것이었나. 그것은 이 땅에 진주한 미군이 가져온

---

2) "선생님은 우리에게 왜 그렇게 말했느냐고는 묻지 않았다. 그것은 '왜'자가 들어간 말이었기 때문이다. 대학에 가기 위해 사지선다형의 문제를 잘 맞혀야 하는 마당에 '왜' 자가 무슨 소용일까. 우리가 왜 대학에 가야 하는지는 가르쳐주지도 않는 그들이 아닌가.(……)우리는 반성문을 쓰고 또 썼다."(공지영, 「광기의 역사」, 이남호 엮음, 『한국단편소설선』, 작가정신, 2003, 282면)

낯선 개념으로서의 자유민주주의였다. 그런데 문제는 이 땅에서 그 자유민주주의마저 왜곡되어 사용되었다는 사실이다. 자유, 민주라는 단어가 나타내는 이상은 우리의 현실과 괴리되었고 그 자리에 미국이 우리에게 주입시키고자 목적했던 반공주의가 대신했다. 결국 한국에서 구현된 자유민주주의는 그 본래적 가치와는 달리 이데올로기적 무기로서만 활용되면서 역대 정권은 자유민주주의의 반공적 모습만을 강조했다.3) 전쟁 무렵 자유민주, 애국, 통일 등과 거의 동의어로 사용되면서 이루어진 반공의 기획은 이후 남한 사회에서 가장 중요한 키워드가 된다. 그러한 사회에서 살기 위하여 우리는 반공을 선험적으로 받아들이지 않으면 안 되었다. 물론 반공주의의 직접적 영향원이 된 가장 중요한 자양분은 한국전쟁이다. 3년의 체험은 '그대로 산교육'이 되어 본능적으로 생존의 논리로서 반공주의를 체득하게 하였다. 심지어 '분단과 반공은 동전의 양면'이므로, 대한민국의 발전을 위해서는 반공이 필수적이라는 주장도 공공연히 이루어져 왔다.4) 이런 논의에 대한 비판이 배제된 사회에서 아무도 이런 담론에 쉽게 반론을 제기하지 못했다. 반공에 반대한다는 것은 곧 '친공'이 되고 '친북'이 되어 빨갱이로 낙인찍히는, 이청준식으로 말하면 전짓불을 들이대고 어느 쪽이냐를 매일 답해야 하는 절체절명의 순간이었기 때문이다.5)

---

3) 임혁백, 「굴절된 근대 50년 반공과 '근대화' - 정치의 실종」, 역사문제연구소, 『역사비평』 통권 31호, 1995. 5, 26면 참고.

4) 이기옥, 「지상논단: 반공정책의 변천과정과 제문제, 분단과 반공은 동전의 양면인가」, 평화문제연구소, 『통일한국』, 통권 제37호, 1987. 1, 111~117면 참고.

5) 얼마 전 한 텔레비전 오락 프로그램(2006. 8. 21. SBS 「야심만만」)에서 한 가수는 쉬는 동안 '간첩활동 후 자살을 기도했다.'는 루머에 시달리기도 했으며 동료 가수의 율동이 '간첩과의 사인'이라는 오해를 받기도 하여 곤욕을 치르기도 했다며 반공주의 시대의 고통을 토론한 바 있다. 이것은 그 당시 아슬아슬하게 살아야 했던 일반 민중들의 삶의 한 단면에 지나지 않

그렇다면 교육 현장에서 반공은 어떻게 사용되었을까. 교사는 분명 어떠한 신념과 가치관(교육이념)을 가지고 학생을 가르치게 될 터인데, 학생 자체 가치관 확립 이전에 전달되는 가치관이라는 점에서 교사의 가치관이나 이념은 중요할 수밖에 없다. 문제는 우리나라의 경우 교사가 갖게 되는 가치관이나 신념조차 국가 수준의 중앙집권적 방식으로 주입, 강제되어 왔다는 사실이다. 국어의 교육내용 가운데 중요한 한 가지가 도덕이고 반공 교육, 가치관 교육이6)이라는 사실은 국어 교육의 내용을 통하여 국가가 개인을 이데올로기적으로 규율하여 왔을 가능성을 배제할 수 없게 한다. 현직 교사들이 쓴 글을 통해 그 단면을 살펴보면7) 교사들이 반성 없이 반공교육을 수용하고 있었음을 잘 볼 수 있다.

여기에서는 1차 교육과정부터 현재(7차)에 이르기까지 교육과정 전반을 고찰하면서 반공주의가 교육에 현실적으로 어떻게 작동하여

는 것이다.

6) 국어교육을 통한 가치관 교육은 도덕 교육의 효과를 내게 된다. 도덕이란 선을 추구하는 것이라고 할 때, 선이라는 것은 상대적인 것이어서는 안 되며 보편적 이성의 바탕 위에서 가능하여야 한다. 그런 의미에서 도덕이 국민의 일로 강제되어 온 과거 우리 교육은 매우 불합리한 것이 아닐 수 없다. 더욱이 보편적 도덕과는 무관한 하나의 당파성 원리로서의 반공이 중요한 교육 기제가 되어 왔으니 문제는 더욱 심각하다. 교과서가 일깨워야 할 것은 욕망이나 영리함의 준칙이 아니라 선하게 사는 일임에도 우리 교과서에서는 노골적으로 잘사는 것과 올바르게 사는 것을 뒤섞고 있다는 지적(김상봉, 『도덕 교육의 파시즘』, 도서출판 길, 2005, 72∼87면 참고)은 이 지점에서 의미심장하다.

7) 우리가 추구해 온 민주주의나 자본주의는 공산주의와는 달리 '어떤 절대적인 체제를 고집하거나 인간의 생명과 가치를 말살시켜 가며 그 이상을 실현하고자 하지는 않'으므로 민족사를 바라보고 민족사적 정통성의 의미를 생각하며 그 시대정신이 무엇인지 우리가 어떤 시민 정신을 가져야 하는지 생각하고 반공교육에 더 힘을 쏟아야 한다며 공허한 내용을 늘어놓거나(전보삼, 「반공교육 어떻게 하나」, 평화문제연구소 『통일한국』 통권 제24호, 1985. 11, 26∼27면) 안보의 영향을 제일 많이 받는 것이 교련교육이므로 교련검열, 교련조회, 시가행진 등으로 '반공학생의 파워를 시위'해야 한다고 하면서 '날마다 들려오는 북괴의 도발 직전의 소식'을 주시하여야 하는데 '적을 분명히 알고 쓸 수 있는 무기로서의 지식과 비판의식 갖도록 교육해야만 한다거나 그들이 지금 하고 있는 것은' 대화는 대화이지만 진정한 대화가 아닌 대화의 시늉을 하는 '의사대화'이므로 조심하여야 한다(이기옥, 앞의 글, 115∼117면)고 강조한다.

왔는지 하는 것과 『국어』교과서(국정교과서,8) 중학교 전 과정 국어 교과서와 고등학교의 경우 인문계 국어교과서)의 게재 소설을 대상으로 교육과정에 교과서가 어떤 식으로 변모하여 왔는지를 살펴보고자 한다.9) 교육과정이란 교육부에서 문서화한 교육과정 계획뿐 아니라, 여기에 기초를 두고 각 교육위원회나 교육청 또는 각 학교 수준에서 계획된 교육과정, 학교에서 실제로 실시 중인 국어과 교육, 실시된 국어과 교육에 의해서 학생들에게 국어과 교육목표가 달성된 상태를 모두 포함하는 매우 포괄적인 개념이지만 본 연구에서는 전국 수준의 각 단위학교 국어과 교육과정을 문서화한, 교육부의 교육 행정용어 '국어과 교육과정'의 좁은 의미로 범위를 한정하였다. 오늘날 교과서란 '학교에서 학생들의 교육을 위하여 사용되는 학생용의 서책·음반·영상 및 전자 저작물 등'('교과용 도서에 관한 규정', 대통령령 제17634호, 2002. 6. 25, 2조 2항)이지만, 여기에서는 개정 전 대통령령 제8660호의 의미 '학교에서 교육을 위하여 사용되는 학생용의 주된 교재'로 한정하고 '교육부가 저작권을 가진 국정교과서'로 범위를 정하여 사용한다.

---

8) 국정교과서의 난점에 대하여 박붕배는 전국의 학교 및 학생을 전제로 하여 최대 다수를 위한 보편적 성격을 띠므로 하나의 표준은 될지언정 지역사회의 특수성이나 개성 살리기 곤란하고 정부나 국가의 입장에서 교육이념이 강조되어 교육의 중립성이 침해되고, 학생의 개인적 흥미를 무시한 국책적 수업이 될 우려가 있다고 하였다(『한국국어교육전사(하)』, 대한교과서주식회사, 1997, 427면 참고). 따라서 교과서의 이데올로기 연구를 위한 대상은 국정교과서로 한정함이 좋을 듯하다. 이 글의 대상은 국정교과서 중 중학 국어교과서와 인문계 국어교과서로 한정하였다.

9) 교육부, 『고등학교 교육 과정』, 1955, 1963, 1969, 1973, 1981, 1987, 1992, 1997; 교육부, 『중학교 교육 과정』, 1955, 1963, 1969, 1973, 1981, 1987, 1992, 1997을 참고함.

교육과정의 변천 개관

종래 중앙집권적 교육장에서 교육
과정은 교사의 신념과 가치관의 중요한 영향원이 되어 왔다. 국정교과
서의 주체인 국가가 정해 주는 작품이 실린 교과서를 들고 교사용 지
침서에 정해져 있는 대로 학습자에게 전수하는 것이 교사의 역할인
것처럼 인식되어 왔다. 정해진 내용을 전달하기로 책무 지워진 상황에
서 교사의 창의성도, 학습자의 창의성도 발휘될 겨를이라곤 드물었다.

1차에서 현재(7차)에 이르는 교육과정 개정 양상을 반공주의와의
관련으로 살펴보자면 반공주의의 강화과정으로서의 교육과정과 탈반
공의 교육과정으로 크게 나눌 수 있겠다.[10]

1) 반공주의 강화과정으로서의 교육과정

이는 다시 반공주의를 비롯한 국가주의가 자리 잡는 데 기여하는 1-2
차, 반공주의의 강화·공고화의 3-4차로 나누어 살펴볼 수 있다.

(1) 반공주의의 터 닦기-1, 2차 교육과정

한국의 50, 60년대는 전쟁으로 황폐화된 상황에서 전쟁 이후 정권
의 부패와 이에 대한 국민적 저항인 4·19를 경험했으며 군부쿠데
타인 5·16을 거치면서 군사정권이 시작되는 시기였다.

---

10) 1~3차는 문교부령으로 제정, 4차 이후는 고시(5차까지 문교부 고시, 6차 이후 교육부 고시)
로 발표되었다. 명령(국회의 의결을 거치지 않고 행정기관에 의하여 제정되는 국가의 법령으
로 헌법과 법률의 하위법)과 고시(행정기관이 일반 국민들에게 어떤 내용을 알리기 위하여 널
리 게시하는 일)의 차이를 감안하면 법적 강제력과 구속력이 약해져 온 것으로 볼 수 있겠다.

우선 긴급조치기와 교수요목기의 교육지침이 1차를 비롯한 이후의 교육과정에 큰 영향을 끼쳤다는 사실을 주목해야 한다.[11] 긴급조치기와 교수요목기, 일종의 임시방편으로 만들어졌던 국민 만들기와 국가 만들기 작업이 가져온 따른 친미적 반공적 성향이 변화를 보이지 못했다는 것이다. 사공환, 조재호, 김두흠, 최현배, 홍웅선, 최태호, 최병필, 심태진 등의 문교부 인사들이 주체적 역할을 하면서 1차 교육과정은 광복 후 사회적 혼란과 전쟁으로 인하여 현저해진 도덕적 타락을 바로 세운다는 명목 아래 실업 교육과 아울러 반공과 도의 교육을 표 나게 강조한다. 2차 교육과정은 서울 사대 및 그 부속에 맡겨 청부로 초안되었다는 점에서 1차를 강화하는 의미 정도밖에 지니지 못하는 것으로 평가된다.[12] 교수요목기의 임시방편적 교육이 1차를 거쳐 2차 과정에 이르기까지 계승되었다는 말이다. 사실상 이 시기 우리나라는 58년부터 교육과정 개정을 검토, 국민여론조사까지 거치면서 주체적, 자율적 교육과정 개정 분위기가 형성되어 가고 있었다. 기초학력의 필요성이 대두되고 부패한 자유당 정권이 붕괴하고 학도호국단이 폐지되는 등 정치와 교육 모두 크게 변화의 동력을 가지고 있었던 것이다. 그러나 이런 시기적 역량은 5·16으로 무산된다. 당시 혁명정부 역시 교육과정 개정의 중요함을 인식하고 계속

---

11) 조미숙, 「반공주의와 국어교과서」(『새국어교육』 74호, 한국국어교육학회, 2006. 12. 30), 78~86면의 교육장과 교육권력의 형성과정을 참고할 것.

12) 우한용, 『문학교육과 문화론』, 서울대학교 출판부, 1997, 383면. 박붕배, 『한국국어교육전사(중)』, 334면 참고. 교육과정에 나타난 교육과정 개정의 요점은 '1. 기초 학력의 충실을 기함. 2. 교육과정의 계열 합리화 및 일관성 3. 생활 경험을 중심으로 하는 교과 경영. 4. 국민학교와 중학교의 교육과정의 전체 구조를 교과 활동, 반공·도덕생활 및 특별활동으로 함. 5. 중학교의 교과는 공통 필수 교과만을 둠. 6. 고등학교에서는 단위제를 채택함. 7. 각급 학교 관리 교육 강화. 8. 시간 배당 계획의 융통성을 줌. 9. 교육과정 내용 서술 형식 통일' 등이다.

사업으로 추진하였지만 반공주의로 대표되는 전대의 국가 이데올로기를 크게 수용하면서 교육과정 역시 1차에서 크게 벗어나지 않으며 자율적 개정 가능성을 간과하였다. 그리고 '간첩 침략 분쇄, 인간 개조, 빈곤 타파, 문화 혁신'이라는 군사정부의 4대 교육지침과 '혁명 과업 완수를 위한 향토 학교 교육과정 임시 운영 요강'의 살벌한 구호 아래 2차 교육과정을 만들었다. 그 '교육과정 구성의 일반 목표'를 보면, 1차와 마찬가지로 민주적 신념이 확고하고, 반공정신이 투철하며, 민주적 생활을 발전시킬 수 있는 인간을 양성하는 데 가장 적합한 학습 경험을 강조하면서 문학사적 관심과 민족정신의 교육을 보다 더욱 강조하게 된다.13) 이들은 여기에서 더 나아가 교육과정의 구획 자체를 변화시켰다. 중학교 교육과정을 크게 교과활동, 반공 도덕생활, 특별활동으로 구분시키는가 하면,14) 고등학교에서도 건전한 사상 소유자로서의 민주생활 개선 등의 반공정신을 강화하면서 반공 도덕 생활의 교육을 전인교육의 입장을 살려 교육과정 전체에서 강조되어야 한다고 하였다.15) 중핵교육과정core curriculum이 목표하는 것은 교과통합과 학생의 인격통합을 위하여 일상생활에 필요한 경험과 활동을 학습시키는 것이지만, 우리나라는 그 중핵에 반공 도덕 생활을 두었었다.16) 중핵에 국가이데올로기를 둔다는 것은 개인

---

13) 문교부, 『초등학교 교육과정』 별책 1 - 문교부령 제251호, 1969. 9. 4. 6면의 '교육과정 구성의 일반 목표'에서 '민주 반공정신 교육'임을 확인할 수 있다. 결국 이 시기에는 목표에서부터 '반공'이 가시화됨을 알 수 있다.

14) 이경섭 『한국현대교육과정사 연구(상)』, 교육과학사, 1997, 200면 참고. 국민(초등)학교 교육과정에서조차 '원만한 민주생활', 중학교에서는 '건전한 사상', '민주생활의 함'이 되게 함을 강조하였다.

15) '국민적인 사상 감정을 도야한다'는 항목이 1차에 이어 그대로 명시되면서 국민에 대한 사상 감정의 통제를 강화하고 있다(박붕배, 『한국국어교육전사(중)』, 324면).

16) '국민 학교 교육과정 시간 배당 기준표'에서, "국어 교육 및 반공·도덕 교육과, 체육, 음악,

의 삶보다 전체의 삶을 우선하는 파시즘의 소산이다. 문제는 일반 사회 및 국민 윤리 내용으로 '전인 교육'을 운운하면서 반공을 기술하여 전인과 반공을 연관 짓는 방식으로 파시즘의 교육의 양태를 은폐하고 있다는 점이다. 심지어 국어 교육의 목표(2차 각과교육)에서는 '내용 면에서 사상과 감정을 중시하여 민주적인 생활 지도에 힘써야' 하다고 하면서 '형식 면에서 기계적인 정확성'을 훈련하여야 한다고 하고 있다. 기계적으로 훈련된 착한 국민의 양성이라는 교육목표가 뚜렷이 드러나는 부분이다.

긴급조치기와 교수요목기가 표면화되지 않았던 반공교육은 전쟁을 겪으며 현실화하기 시작했고 쿠데타 이후 실질적으로 강조되었으니 이 시기는 반공주의의 점진적 확고화 과정이었다.

(2) 반공주의의 본격화 시기 - 3, 4차 교육과정

군사정권이 계속되는 가운데 유신시절이 되었고 육영수여사의 저격사건, 경제 파동, 제2의 부마사건, 박정희 대통령 시해 사건, 12·12 사태와 80년 5월의 광주혁명으로 마감되기까지 3, 4차 교육과정의 시기는 정치적 격변기였다. 한국의 70~80년대는 기간산업의 증대와 수출의 급성장 등 경제적으로 급변하는 시대였다. 못 먹던 시절을 거치자 이 시기에는 부의 축적이 최대 목적이 되어 버렸다. 국민들이 경제적 문제에 급급한 동안 군사정권은 자신들의 정권의 정당성과 체제 유지를 위하여 기득권의 이데올로기, 반공주의를 교육장에 마음껏 펼쳐 나갔다.

미술 교과를 통한 건강 교육 및 정서 교육은, 교과 시간에는 물론이거니와 특별 활동 및 일상생활의 지도에서도 전인 교육의 입장에서 중시되어야 한다."고 밝히고 있다.

3차 교육과정이 73년, 4차 교육과정이 81년이라는 것은 그 성격을
잘 보여 준다. 유신과 함께 시작된 3차 교육과정은 한국적인 실정과
역사적 배경을 근간으로 한다는 명목 아래 국가관 확립과 민족주의를
강조하면서 애국과 반공을 동일시하는 전대의 작업을 계승, 실질화하
는 한편, '한국적 민주주의의 토착화'라 하여 민주주의를 임의적으로
수정 구현하는 가운데 국가주의의 전횡을 보이게 된다. 2차 교육과정
중인 68년에 공포된 국민교육헌장의 이념에 따라 3차에서는 국민정
신을 최대한 고취하였는데, 그 주요 방침은 '국민적 자질의 함양, 인
간 교육의 강화, 지식 기술 교육의 쇄신'이었다. 반공 도덕 생활을 정
규 교과화하였고 도덕(국민윤리)과와 국사과를 신설한 것도 국민적
가치관의 확립과 반공교육의 방법 전환 및 체계적인 지도에 대한 정
부의 의욕을 한눈에 보여 주는 것이다.17) 전쟁기에 출판 매체를 중심
으로 시작되었던 지배 이데올로기의 동일화 기획은 3차 교육과정기에
적극적으로 계승되었던 것이다. '인간 교육', '국민적 자질'에 대한 강
조는 정권이 자신들이 교육의 주체가 될 정도로 정당성을 지닌다는
것을 강조하면서 문제 제기를 원천적으로 봉쇄하는 일이었다. 그를
위하여 좌익계 인사의 검거와 반공법 제정을 서둘렀던 것이다. 81년
의 4차 교육과정의 교육목표가 국민정신 교육의 문제로 집중되었던
것도 5공화국이 정권을 찬탈한 자신들에게 집중될 정당성 문제를 합
리화하기 위한 것이었다.18) 그를 위해 반공을 가장 강조한 것이 3차

---

17) 이 시기에는 도덕교과의 일환으로 『승공통일의 길』이라는 중학교용 교재를 내기까지 하였다.
   그 구성방식에 의한 내용을 살펴보면 북한은 적이며 국토를 분단시키고 민족에 비극을 안긴
   것은 전적으로 그들에게 있으며 그들은 아직도 침략야욕에 사로잡혀 있고 그들은 매우 비참
   한 생활을 하고 있으므로 우리의 체제가 훨씬 우월하다는 식의 이분법적 논의로 가득하다(한
   만길, 「유신체제 반공교육의 실상과 영향」, 『역사비평』, 1997, 봄 343∼344면 참고).
18) 정치적 격변의 시기였기 때문에 4차 교육과정은 그 개정·공포에 있어서 시간을 두고 여건

와 매우 닮아 있으나 학생들의 두발이나 제복에 대한 자유를 주면서 중앙통제 방식을 은폐하였고 전대처럼 교육과정에 반공을 명시화하지 않는 방식을 사용하였다. 그러나 '지도 및 평가상의 유의점'에서 "다른 교과에서 분산적으로 다루어지고 있는 반공 교육의 내용이 종합적이며 체계적으로 정리될 수 있도록 지도해야 한다."고 하여 반공의 방식을 조금 더 기술적으로 하고 있음을 알 수 있다.

3차 교육과정에서는 국가 이데올로기 주입을 위해, 국민교육헌장과 유신헌법의 이념 전달의 수단으로 문학을 이용하였다. 자신 - 가정 - 국가를 종적으로 연결하는 파시즘적 통제가 더욱 체계화되었다. 4차 교육과정에서도 '가치에 대한 신념, 이상이나 목적을 실현하려는 의지', '질서, 규칙, 법, 사회적 관습의 존중', '학교, 사회, 국가의 공적인 이익을 위한 헌신적 봉사정신', '긍정적이고 바람직한 국가관과 세계관' 등 공적인 가치, 이념적 가치를 강조하면서 국민들의 정권에 대한 회의의 가능성을 원천적으로 배제하려 하였다. 결국 3, 4차 교육과정은 뚜렷한 국가 이데올로기의 지배 의도하에서 이념적, 가치적 교육을 위해 교육은 도구화되었던 시기였다.

2) 탈반공 혹은 탈이데올로기의 교육과정

만들어지고 공고해지던 반공적 교육과정의 시기는 5차 이후로 변화를 갖게 된다. 물론 여기에는 냉전시대를 벗어난 세계적 움직임이

을 보아 가며 균형을 맞추는 노력 없이 이루어진 교육과정이다. '무식한 어용 교육학자'의 발상과 간언에 의하여 일률적으로 일시에 초·중·고에 걸쳐 한꺼번에 교재를 개정해 냈다. 교과서의 개편, 교과의 운영도 국민적 동의 없이 이루어져 교육계의 빈축과 비난을 사게 되었다(박붕배, 『한국국어교육전사(하)』, 319면 참고).

있었고 많은 희생을 거치면서 포기하지 않았던 우리의 민주화 항쟁이 있었다. 이는 다시 과도기적 성격을 보이는 1987년 5차 교육과정과 교육과정 내에 이념적 요소가 지워지는 6차 이후로 나누어진다.

(1) 반공주의의 회의기 - 5차 교육과정

1980년대 말에 한국은 전두환 정부의 정권 인수 문제, '5공 비리 청문회'로 정권의 비리와 정경유착 등의 문제가 드러나게 되었다. 닫힌 정치 아래에서 정치적 관심을 가질 수 없었던 일반 국민들마저 텔레비전 앞으로 모여들며 정치적 이슈가 크게 표면화되었다.

제4차 교육과정 기간 중 나타난 학문과 사회의 변화와 이에 따른 교육내용을 '보완'한다는 원칙 아래 5차 개정은 4차를 크게 계승하고 있는데, 국가 사회적 필요에 의해서가 아니라 교육의 내적 필요 - 경제적인 발전, 민주화의 정착, 정보화 사회의 도래, 국제경쟁 및 교류의 증대 등의 상황의 변화에 따른 기초교육의 강화, 정보화 사회에 대응하는 교육강화, 교육과정의 효율성 제고 등의 필요성 - 에 의하여 추진되었다. 이는 교육과정 개정 주기를 제도적으로 정착시키기 위함이기도 하였다. 특히 국어과에서 가치교육을 교과목표 수준이 아니라 교과목표의 전문과 '지도 및 평가상의 유의점'에 제시하는 변화를 보였다. 이 시기의 교육과정 개발과 교과서 개발 업무는 모두 연구 과정을 거쳐 집단 사고에 의한 작성 편성이었으므로 우리나라 교육과정의 큰 혁신을 보인 것이었다. 도덕과의 교과목표를 비교해 볼 때 사고의 변화를 잘 볼 수 있다.[19) 또한 가치관 교육의 면에

---

19) 4차의 도덕과 교과목표에서 "4. 빛나는 민족 문화를 창조한 조상의 얼을 본받아 우리나라의 발전과 세계 평화에 이바지하려는 애국심이 두터운 한 국민을 기른다. 5. 민주주의의 우월함

서도 그 이전의 교육과정에서와 같이 확고한, 위로부터의 가치관 주입교육이 아니라 '국어과를 통한 가치관 교육은 어떠한 것이어야 하며, 국가 사회적 요구로서의 국민정신 교육과는 어떤 상관관계가 있는 것인가.'를 회의하고 있음을 보게 된다.[20] 이 시기 교육과정에서 특기할 만한 사항은 '반공'이라는 단어가 실질적으로 지워지고 있다는 것이다. 그러나 4차 교육과정 중 '제재 선정의 기준'이었던 것이 '교수-학습 자료 선정 시 고려할 내용'으로 여전히 남아 있음으로 하여[21] 국가 중심의 색채가 완전히 제거되지 않았다는 한계점을 지니고 있다.

(2) 탈반공의 본격화 과정 - 6, 7차 교육과정

우리나라는 1991년 지방교육자치에 관한 법률이 제정되면서 교육자치제가 본격적으로 실시되었다. 정치적으로는 6·10항쟁으로 직선

과 공산주의의 그릇됨을 알게 하여 평화적으로 국토 통일을 이룩하려는 마음과 태도를 기른다."는 부분이 5차에 오면, "4. 국가와 개인과의 관계를 이해하여, 국민으로서의 긍지와 애국심을 가지고 나라와 겨레의 발전에 참여하며, 인류 공영에 이바지하려는 태도를 가지게 한다. 5. 국토 분단의 현실과 북한 공산 집단의 실상을 바르게 이해하고, 대한민국의 정통성 및 우월성을 알아, 민주적 평화 통일을 위한 신념과 태도를 가지게 한다."는 식으로 완곡해지는 것이다. 7차에 이르면 "다. 전통 도덕과 시민 윤리를 중심으로 하는 오늘날 민주 사회의 도덕을 이해하고 실천하며, 현대 사회에서 발생하는 도덕 문제를 합리적이고도 바람직하게 해결할 수 있는 능력을 신장하여 원만한 사회생활을 영위하려는 태도와 실천 의지를 지닌다. 라. 국가, 민족, 민족 문화를 아끼고 사랑하는 애국 애족의 자세를 지니고, 국토와 민족 분단의 현실 및 남북한의 통일 정책과 통일 과제를 파악하여 통일을 이룩하는 데 필요하며, 통일 이후에 기대되는 바람직한 한국인 및 세계 시민으로서의 능력과 태도를 지닌다."의 서술로 바뀌는 것에서 그 단면을 볼 수 있을 것이다.

20) 중학교의 교육목표에서도 국가 위주의 가치관교육에 관한 것은 나타나 있지 않다(문교부, 『중학교 국어과 교육과정 해설』, 1988. 9. 10, 51~66면 참고). 표현과 이해, 언어와 문학에 관한 지식을 통해 '인간의 삶을 총체적으로 이해'할 것을 밝힌 고등학교 국어과 교과목표에서도 반공주의는 명시되지 않는다(대한교과서 주식회사, 『고등학교 교육과정』, 1988. 5. 10, 47면 참고).

21) 박붕배, 『한국국어교육전사(하)』, 544면 참고.

제를 약속한 6 · 29선언을 이끌어 내고 민주화의 흐름이 급물살을 타면서 문민정부가 출범되고 금융실명제, 우루과이라운드, 세계화 선언 등 한국사회는 커다란 변화를 맞이하게 되었다. 1992년 이후 교육과정(6차, 7차)을 흔히 교육과정의 '성숙기'라고 부르는데 그것은 이와 같은 정치 사회적 변화에 힘입은 바 크다.

교육부는 1990년 3월부터 실험 연구학교, 협력학교를 지정하고 고등학교의 전문 교과 교육과정 개정에 필요한 기초 연구를 한국교육개발원에 위탁하였으며 이후 교육과정 개정 연구회를 구성하는 등 광범위한 방식으로 6차 교육과정 개정에 임하였다. 6차 교육과정은 문민정부 탄생을 위한 선거기간에 확정 공포된 것으로, 권력의 도구나 정치의 시녀로부터 교육이념이 벗어나고 있음을 보여 준다. 6차 교육과정의 구성 방침은 건강한 사람, 자주적인 사람, 창의적인 사람, 도덕적인 사람[22]이라는 5차의 골격을 그대로 가지고 왔다. 기존의 반공교육은 통일교육으로 바뀌면서 이데올로기 교육의 성격을 벗어나 개방사회의 민주시민 교육으로 양성하려는 것이 이 시기 교육의 내용이었다.

1995년 발표된 5 · 31 개혁안의 목표는 교육의 세계화와 경쟁력 향상이었는데, 수요자중심교육이라는 슬로건을 내걸고 있다. 이를 기반으로 1997년 개정된 제7차 교육과정은 21세기의 세계화 · 정보화 시대를 주도하며 살아갈 자율적이고, 창의적인 한국인을 육성하기 위해 제정되었다. 여기에서 추구하는 인간상이 '개성을 추구하는 사람', '창의적 능력을 발휘하고 폭넓은 교양'을 가진 '새로운 가치를

---

22) 6차 교육과정 구성의 기본 방침 중 이데올로기와 연관시킬 수 있는 표현은 거의 없다. '도덕성과 공동체 의식이 투철한 민주 시민 육성' 정도의 표현이 있을 뿐이다(교육부, 『중학교 교육과정』, 1992. 6. 30, 1면 참고).

창조하는 사람'이라는 것은 교육의 파시즘적 경향이 가셔지고 있음을 잘 보여 준다. 국어교육의 내용 면에서 보면, 6차를 발전적으로 계승하되 수준별 교육과정을 지향하면서 그를 위해 국어교육의 내용 구조화를 전제한 부분이 구별된다.23) 창의성에 바탕을 둔 국어 사용 능력 향상을 국어과 교육의 최상위 목표로 설정하고 문학 작품을 스스로 찾아 읽고 토론하는 학습활동을 중시하도록 하였다. 여기에서 스스로 찾아 읽기를 권하는 것은 위로부터 이루어졌던 종래의 정전 구성 방식을 뒤엎는 것이 아닐 수 없다. 그리고 토론식 수업을 유도한다는 것은 선험적 이론을 받아들이기보다 개인적 독서에서 시작된 사고를 다른 사람과 의견을 나누며 심화해 나가게 한다는 것이니, 교육이 기존의 수동적이고 '착한 주체' 만들기에서 벗어나 적극적이고 진취적인 주체 만들기를 도모하고 있음을 알게 한다.

미군정하에서 만들어진 교육과정은 1차와 2차를 거치면서 그 친미적 성격이 반공에의 강조로 이어지게 되었다. 군사정권인 박정희 정권과 5공, 6공 정권은 군사정권의 합리화를 위하여 북한을 적으로 상정하는 데 적극적이었으며 끝없이 국민들을 공포로 길들이려 하였다. 그 때문에 3, 4차 교육과정에는 안보교육, 반공교육이 강화한다. 5차에서 6·10항쟁과 6·29선언을 계기로 변화의 징후를 보이게 된다. 가치관 교육의 변천과정을 교육목표를 중심으로 연구한 바에 의하면, 가치교육을 강화하려는 정부의 의도에 따라 3차 과정부터 가치덕목의 수가 증가하고 6차 이후 가치덕목의 수가 급격히 적어진다고 하면서 가치덕목의 수가 줄어드는 현상을 가치교육에 대한 관심이 적어진 때문으로 보았다.24) 그러나 이를 가치교육에 대한 관심

23) 교육부, 『고등학교 교육과정 해설』, 2000. 11. 30. 21~26면 참고.

저하라기보다는 위로부터의 가치관 주입 방식을 거부하고 있는 것으로 평가할 수 있겠다. 5차까지가 국가 중심 교육과정이라고 한다면 6차 이후부터는 학교 중심의 경향이 나타나고 있다. 위로부터의 주입 방식의 극복은 교과서 게재 소설에서도 나타나게 된다.

교과서 게재 소설의 변화 양상

어떤 교육적 효과를 얻기 위해서 특정 덕목을 선정하고 이것이 잘 드러나는 이야깃거리를 제시한 뒤 이야기의 '착한' 주인공을 본받아야 할 필요를 강조하고 본받겠다는 결의를 다지게 하는 방식이 효과적이라고 한다. 인간의 삶은 서사적 특성과 같기 때문에 서사를 통하여 인간을 이해하는 것이 용이하기 때문이라는 것이다.[25] 이야기를 담고 있는 서사 장르, 소설 교육이 어떤 도덕적 덕목 고양을 위하여 효과적이 될 수 있는 것은 그 때문이다. 수많은 정보 가운데 전승될 가치가 있다고 판단하여 선택하는 것이 교육이므로 교육은 이데올로기적인 것이고 소설 또한 어떠한 이데올로기적 효과를 목적으로 삼는 것[26]임을 감안할 때, 소설을 교

---

24) 그는 이 외에도 민주 근대적 가치의 의도적 강화현상이 우리 가치교육의 변천사라 할 수 있다는 것, 군사정권하에서는 민족 전통의 가치가 두드러지는 현상을 빚었다는 것 등을 주장하였다(박용헌, 『가치교육의 변천과 가치의식』, 서울대 출판부, 2002, 278~287면 참고).

25) 정재찬, 『문학교육의 현상과 인식』, 도서출판 역락, 2004, 264~267면 참고. 소설 교육은 단순히 소설 담론에 대한 지식만을 문제 삼는 것이 아니고 구체적으로 학습자에게 어떻게 수용되어 가치로 내면화되고, 학습자에게 수용된 문학의 가치가 문화의 실천 및 생산으로 구체적으로 어떻게 전이되는가 하는 점이다(선주원, 『소설 교육의 원리와 방법』, 새미, 2003, 341면 참고).

26) 김상욱, 『소설교육의 방법 연구』, 서울대학교 출판부, 1996, 298~303면 참고. 그에 의하면 시는 이데올로기의 명료성의 부족으로, 희곡은 현실의 총체적 복원이 어렵다는 점에서 이데올로기와의 연관성이 상대적으로 낮다. 물론 논설문이나 평론을 통한 직접적 이데올로기

육한다는 것은 중층적인 이데올로기 선택 작용을 거치는 것이 아닐
수 없다. 이데올로기는 필연적으로 현실을 일정한 정도로 정당하게
구조화하고 왜곡한다. 왜곡은 은폐와 대체, 특정 부분의 선택적 제시
로 인한 다른 부분의 간과를 의미한다. 전술한 바와 같이 선택과 배
제에는 언제나 권력과 지배의 문제가 개입되어 있고 그 이데올로기
적 효과는 권력의 유지와 지배의 공고화이다. 이 글에서 교과서의
'선택'을 통하여 지배이데올로기의 작동을 보려는 것은 그 때문이다.
여기에서는 1차에서 7차에 이르는 중등 교과서의 게재 소설을 중심
으로 교과서와 이데올로기와의 관계를 구체적으로 살펴보고자 한다.
  미군정기 이후 국정교과서의 게재 소설을 일람하면 다음과 같다.[27]

<중학교교과서 게재 소설 목록>

제목	출전	미군정기	단정기	1차	2차	3차	4차	5차	6차	7차	비고
원터	이기영의 고향	○									
금강	채만식의 탁류	○	○	○							
서울의 봄	현진건의 적도	○	○								
두문동	김동인의 두문동록	○	○								
청산리싸움	이범석의 청산리혈전		○								
만년샤쓰	방정환의 만년샤쓰		○								
추억의 한 토막	황순원의 이리도		○								

  전수의 방법이 있지만 문학작품을 선택하여 그를 통해 이데올로기를 전달하는 것이 보다 세
  련된 규율화 방법이 될 수 있다는 것이다.

27) 4차까지는 최현섭, 『한국소설교육사 연구』, 대한교과서 주식회사, 1989, 206~207면을 참
  고하되 5차 이후는 보충하였음. 필자가 가지고 있는 교과서에 없는 작품(이를테면 2, 3차의
  고등학교 교과서의 「나비」)이 있으나 판에 따라 다를 수 있으므로 최현섭의 책 내용을 따랐음.

제목	출전	미군정기	단정기	1차	2차	3차	4차	5차	6차	7차	비고
남으로 가는 길	김동리의 남로행		○								
제르뜨뤼드	앙드레지드의 전원교향악		○								
달밤	허윤석의 해녀		○								
청개구리	이무영의 청개구리		○								
산	이효석의 산		○	○							
마지막수업	알퐁스도데의 마지막 수업		○	○							
창랑정기	유진오의 창랑정기			○							
은촛대	빅톨위고의 레미제라블			○							
사냥	이효석의 사냥			○	○	○					
공양미삼백석	심청전			○	○	○	○	○	○		
큰바위얼굴	나다니엘호손의 큰바위얼굴			○	○	○	○	○	○		
제리의 어머니	마저리 롤링즈의 제리의 어머니				○						
소나기	황순원의 소나기				○	○	○	○	○	○	
무지개	김동인의 무지개					○					
외숙모님의 연설	최찬식의 추월색					○					
박씨부인전	박씨전					○					
메아리	이주홍의 내산아					○	○				
요람기	오영수의 요람기					○	○	○	○	○*28)	
조국	김동인의 붉은산					○	○				
고향의 꿈	전광용의 목단강행열차						○				
학마을사람들	이범선의 학마을사람들						○	○	○		
토끼전	토끼전						○	○			
이해의 선물	폴빌라드의 이해의 선물						○	○	○	○	
나비								○		○*	
사랑손님과 어머니	주요섭의 사랑손님과 어머니							○	○	○	
상록수	심훈의 상록수							○	○	○*	
별	알퐁스도데의 별							○	○		
홍길동전								○	○		

제목	출전	미군정기	단정기	1차	2차	3차	4차	5차	6차	7차	비고
왕치와 소새와 개미와	채만식의 왕치와 소새와 개미와								○		
강아지똥	권정생의 강아지똥									○*	
소설 동의보감	이은성의 소설 동의보감									○	
바람을 파는 소년	이준연 (특수학교 중학부 국어2)									○	
벙어리 삼룡이	나도향의 벙어리 삼룡이									○	
옥상의 민들레꽃	박완서의 옥상의 민들레꽃									○	
흰종이수염	하근찬의 흰종이수염									○	
숨쉬는 영정	구인환의 숨쉬는 영정									○	
우산장수 할아버지	김철수의 우산장수 할아버지									○*	
소음공해	오정희의 술꾼의 아내									○	
책상은 책상이다	페터 빅셀의 책상은 책상이다									○*	
기억 속의 들꽃	윤흥길의 장마									○	
동백꽃	김유정의 동백꽃									○*	
비누인형	김두필의 비누인형									○	
연년생29)	김영민의 연년생									○*	
원미동 사람들	양귀자의 원미동 사람들									○	
아홉살인생	위기철의 아홉살인생									○*	
난쟁이가 쏘아올린 작은 공	조세희의 난쟁이가 쏘아올린 작은 공									○*	
운수좋은 날	현진건의 운수좋은 날									○	
오발탄	이범선의 오발탄									○*	
자전거를 못 타는 아이	장 자크 상페의 『자전거를 못 타는 아이』									○	
봄바람	박상률의 『봄바람』									○*	

28) *표시는 '보충 심화' 혹은 '학습 활동' 과정에 실려 있는 글. 교과서 소설은 전문을 싣거나 부분 게재하더라도 그 작품의 가장 핵심적 부분을 택하는 것이 그 작품의 이해를 돕는 방식이지만 소개의 수준인 보충 심화의 글도 결국 선택이라 볼 수 있다고 판단되어 이 글에 포함시켜 논의하기로 한다.

29) 출전은 반숙희 엮음, 『갈래별학생글모음』, 나라말, 2001 중에서.

<고등학교교과서 게재 소설 목록>

제목	출전	미군정기	단정기	1차	2차	3차	4차	5차	6차	7차	비고
온실	앙드레지드의 한알의 밀알	○									
산골아이	황순원의 산골아이		○								
공양미삼백석	심청전		○								1~6차 중학교
왕랑반흔전	왕랑반흔전		○								
'춘향전'에서	춘향전		○	○	○	○	○		○	○	
가효당의 설움	혜경궁 홍씨의 한중록		○								
뽕나무와 아이들	심훈의 상록수			○	○	○	○				5~7차 중학교
토끼화상	별주부전			○	○	○					
집떠나는 홍길동	홍길동전			○	○	○	○				5~6차 중학교
별	알퐁스도데의 별			○	○	○	○				5~6차 중학교
나비	헤르만헤세의 나비				○	○					5, 7차 중학교
학	황순원의 학				○	○	○				
빈처	현진건의 빈처					○					
금당벽화	정한숙의 금당벽화					○	○				
등신불	김동리의 등신불					○	○				
'구운몽'에서	김만중의 구운몽						○		○	○	
삼대	염상섭의 삼대							○	○	○	
허생전	박지원의 허생전							○	○	○	
바비도/화랑의 후예	김성한의 바비도/김동리의 화랑의 후예								○		
동백꽃	김유정의 동백꽃								○		
수난이대	하근찬의 수난이대								○		
메밀꽃필무렵	이효석의 메밀꽃필무렵								○		
선학동 나그네	이청준의 선학동나그네								○		
토지	박경리의 토지								○		
그여자네 집	박완서의 그여자네 집									○	
봄봄	김유정의 봄봄									○	
장마	윤흥길의 장마									○*	
눈길	이청준의 눈길									○	
천변풍경	박태원의 천변풍경									○*	
광장	최인훈의 광장									○*	
우리들의 일그러진 영웅	이문열의 우리들의 일그러진 영웅									○*	
흥부전										○*	

7차 교육과정까지 중고등 교과서를 검토한 결과 소설 총량은 반복, 대체(같은 차수 내에서 교환된 경우), 부분게재까지 포함하여 160편 정도이다. 1, 2차에 비하여 3, 4차에 게재 소설의 수가 많고 5차에는 급격히 적어지다가(5차 고등학교 국어교과서에는 2편) 6차와 7차로 갈수록 그 양이 늘고 있다. 반공교육의 발전기와 탈반공 본격화 시기 모두 소설의 양이 많다는 것은 소설이 어떤 의도에 의해 유용하게 사용되고 있음을 알게 한다.

1차 교과서까지의 소설텍스트 현황은 대략적이나마 살펴본 것으로 대체하고[30] 1차 이후 각 시기에 새로이 첨가된 텍스트들과 그 의미를 고찰하고 특별히 오랜 기간 계승되어 온 텍스트들이 있다면 그 성격 규명에 집중하기로 하였다.

반공주의와 '교과서적' 텍스트

1) 반공주의 자장 안의 교과서 소설: 1~4차

반공주의 시기의 게재 소설을 살펴보면 반공주의가 선택하고 배제한 소설들의 목록을 알 수 있다. 배제를 통한 권력화 양상을 보기 위하여 선택된 소설들을 중심으로 살펴보겠다.

---

30) 조미숙, 앞의 글, 75~101면 참고.

(1) 2차 이하 계승된 텍스트 - 3, 4차의 소설들

「메아리」, 「조국」, 「금당 벽화」, 「등신불」 등의 작품들은 반공주의 강화 시기였던 3, 4차에 게재되었다.

「메아리」는 시집간 누나를 그리워하던 돌이에게 송아지가 태어나 위로를 준다는 간단한 내용이다. 돌이의 누나를 향한 그리움, 매정하게 누나를 보내 버린 아버지에 대한 원망 등의 정서가 어린아이의 시선으로 그려져 있다. 소설가 겸 아동문학가인 이주홍은 "해학·기지·풍자로 엮어지는 사실적 묘사와 치밀한 구성"의 작가라는 평을 받고 있으나 이 작품에서는 예외적으로 동심의 세계를 통하여 인정을 그리고 있다. 「등신불」은 학병으로 끌려간 주인공이 탈출을 위하여 불교에 귀의하지만 마침내 깨달음에 이르게 된다는 내용이다. 주인공은 도와주기를 거절하려는 승려 앞에서 필사적으로 죽음에서 벗어나기 위해 자신의 손가락을 물어뜯어 혈서를 쓰게 되는데 그것이 착하고 어진 사람이 문둥병이 들어 있는 상황에서 절망한 만적이 결심하는 소신공양과 같다는 설정이다. 「메아리」가 본질적 문제 해결이 아니라 회피 혹은 관심 돌리기인 것처럼 이 작품도 교활한 생존의 논리가 불교의 본질에 대한 고민인 것처럼 오해되고 그려진다.

> 불전(佛前)에 서명 承(승)이요, 화필을 잡으면 俗(속)으로 돌아가 畵工(화공)이지만, 조국이 위기에 처할 때엔 조국의 방패이어야 할 몸이었다. 어떻게 조국을 등질 수 있을 것인가. 그것은 모든 것을 초탈한 순수한 고구려 청년으로서의 기백과 번민이기도 했다.

「금당 벽화」의 일부분이다. 개인보다 조국이 우선이고, 개인의 몸

은 '조국의 방패'로 사용되어야 한다는 서술을 볼 수 있다. 게다가 담징의 '예술이냐 조국이냐'의 고민은 "모든 것을 초탈한 순수한" 고구려인의 고민이며 "조국의 승전의 쾌보를 받지 못했던들 금당 벽화는 한낱 승 담징의 관념의 표백에 그쳤을는지도 모른다."고 말한다. 나라의 흥망이 개인의 성쇠와 무관하지 않다고 이야기하고 있는 것이다.

「조국」은 교사용 지침서의 단원 설정 취지에서, "학생들에게 민족의식을 심어 주고 국력 배양의 필요성을 인식"하기 위한 것으로 되어 있고 이에 대해 교육자들 또한 긍정하고 있다. 「붉은 산」이 「조국」으로 개명된 것도 교과서 편찬자들에 의해서이며 교육자들 또한 이 작품의 민족주의적 가치를 인정하고 있다.[31] 소설가 김동인은 민족주의 작가가 아니다. 그의 문학적 정수에 해당하는 작품이랄 수 없는 이 작품을 굳이 선택하여 교과서에 실은 이유는 제재의 필요성과 작가의 문학사적 위치가 맞아떨어진 예이기 때문일 것이다.

(2) '교과서적 소설'들 - 4차 이상 계승된 작품을 중심으로

4차 이상 계승된 이른바 교과서 소설들은 「심청전」, 「춘향전」, 「토끼전」, 「홍길동전」 등의 고전소설을 비롯하여 「상록수」, 「소나기」, 「요람기」, 「학마을 사람들」 등의 한국 현대소설과 「별」, 「큰바위얼굴」 등의 외국 소설들이 있다.

고전소설을 보면, 「심청전」은 「공양미삼백석」이라는 제목으로 단정기 고등학교 교과서에 실리다가 중학교 교과서로 자리를 옮겨 「심

---

31) 이 작품에 대하여 강조하는 이유는 교과서의 권위를 일단 인정하고 들어가는 연구자의 의존심리 때문이다(우한용, 『문학교육과 문화론』, 서울대학교 출판부, 1997, 223면 참고).

청전」으로 1차부터 6차까지 게재되는, 전형적인 교과서 소설이다. 「별주부전」은 1차에서 3차까지는 「토끼화상」이라는 제목으로 고등학교 교과서에 실렸고 4차 이후 6차까지는 원제목으로 중학교 교과서에 실린다. 「춘향전」은 1차부터 7차까지, 소설의 양을 현저하게 줄였던 5차만 빼면 계속 게재된다. 「홍길동전」은 「집떠나는 홍길동」으로 1~4차 고등학교·교과서에 실리다가 5, 6차에는 중학교 교과서에 「홍길동전」으로 실리게 된다. 많은 고전소설 가운데 이들이 주로 선택되고 읽혀 온 이유는 유교적 주제의 선명함 때문일 것이다.

심훈의 「상록수」는 「뽕나무와 아이들」로 1차부터 4차 고등학교 교과서에 실리다가 5차에서 7차까지 중학교 교과서에 「상록수」로 실리게 되는데, 농민들을 중심으로 한 배움과 개안에 대한 계몽을 그림으로써 학생, 지식인들의 희생과 봉사정신 등 사회적 책임을 강조하고 있다. 산골소년과 서울에서 온 소녀 사이의 풋풋한 사랑 이야기를 그린 황순원의 「소나기」는 2차에서 6차까지 지속적으로 게재되었다. 1953년에 발표되었으니 얼마 지나지 않아 교과서에 실렸고 그것이 오래도록 교과서에서 배제되지 않았음을 알 수 있다. 오영수의 「요람기」역시 순박한 시골 소년의 어린 시절 회상을 그리고 있는데, 3차에서 7차까지 게재되었다. 1967년 작품이니 「소나기」와 마찬가지로 발표 당대에 선택되어 교과서에 실려서는 오래도록 교과서를 벗어나지 않고 있는 전형적 교과서 소설임을 알 수 있다. 「상록수」만 빼면, 나머지는 순수서정의 세계를 그리고 있는 것으로 평가되는 작품들이다.

외국 소설들로는 「별」, 「큰바위얼굴」 등이 교과서를 전유하고 있었다. 1~4차 고등학교 교과서에 실리다가 5, 6차에 중학교 교과서로 자리를 옮기면서 계속 교과서에 실리는 「별」은 순박한 목동의 스테파네트 아가씨에 대한 순수한 사랑을 그려 내고 있는 작품이다. 『주홍글씨』로 유명한 나다니엘 호손의 소설인 「큰바위얼굴」은 1차부터 6차까지 줄기차게 교과서를 장식하게 된다. 이 작품은 인간의 가치가 세속적인 것에 있지 않다는 주장을 함으로써 자기완성을 위한 노력과 성실한 삶을 강조하고 있다.

(3) 교과서 소설이 갖는 한계 - 순수서정과 민족의식의 함정

교과서에 특정 작품이 반복 게재된다면 그 이유는 무엇일까. 연구자들이 흔히 이야기해 오던 대로 학습자들에게 이상적 교훈을 주제로 접근하고 있다거나 학습자들의 정서에 가장 부합되는 보편적 정서를 담고 있기 때문[32]일까. 그것이 아니라면 전대의 교과서 목록에 의존하려는 교과서 편찬자들의 안이한 자세에 기인하였거나 교과서 편찬자들이 국가의 지배이데올로기를 재생산하기 위한 것은 아니었을까.

가) 순수라는 이름의 '비순수'

순수한 서정을 그리고 있는 작품들로는 상론한 작품 외에 「사냥」(1~3차), 「학」(2~4차), 「학마을 사람들」(4~6차), 「나비」(2, 3차 고/5, 7 중) 등이 있다.

이효석의 작품 세계는 동반자적 경향을 띠는 것과 에로티시즘으로 평가되는 향토적, 성적 모티프의 작품들로 대별된다. 이효석의 문학성을 알게 하기 위하여 「사냥」은 결코 효과적인 작품이 아니다. 그럼에도 불구하고 이 작품이 교과서에 그것도 상당한 기간을 차지한

---

32) 홍준표, 「중학교 국어 교과서에 실린 소설 분석」, 한신대학교, 2002, 28면 참고.

이유는 무엇일까. 바로 '순수성'이다. '순수'의 사전적 의미는 '전혀 다른 것이 섞이지 아니함'이니 '순수문학'은 '전혀 다른 것이 섞이지 않은' 문학일 것이다. 그렇다면 그 '전혀 다른 것'이란 '시대성'이고 '사회, 역사성'에 다름 아니다. 순수문학이 대타로 상정한 것이 카프의 목적문학이었고 참여문학이었는데, 카프의 지식인들이 외친 무산자의 해방이 조선인의 해방을 의미하는 것일 수밖에 없었으니 '시대성'이었고 참여문학이 '현실에 대한 참여'이고 보면 '사회, 역사성'이다. 문학에서 시대성과 사회성을 지운 나머지만이 문학이라는 것이다. 진공상태의 문학만이 문학이 아니라는 것은 오늘날 모두가 경험한 바와 같다.

우리는 오랫동안 순수문학만이 문학의 본령인 것처럼 교육받아 왔다.[33] 계몽적 소설에서조차 문학의 사회적 연관을 깊이 문제 삼지 않고 교육함으로써 사고의 경직성을 야기하였다. 학교에서 배운 이러한 방식의 문학 교육은 참여적, 시대적 문학에 대한 거부감을 유도할 가능성이 있다. 이러한 역사적 진공 상태의 문학을 고양하며 현실 대응력을 상실한 문학을 주입하는 것의 효과는 학생들에게 역사적 인식 가능성을 제거하고 기존체제에 순응하는 '말 잘 듣는 착한 주체'로 육성한다는 데 있다.

한국의 현대사는 뚜렷한 이분법으로 적과 나를 가르고 그중 하나를 선택하기를 강요하여 온 역사였다. 사상의 절대화 시기 한국의 작가들은 사상을 표현하지 않는 방식을 선택할 수밖에 없었다.[34] 그

---

33) 여기에 선봉을 선 것이 김동리이고 과거 한국문학장의 중요한 권력자였던 그가 순수의 이론을 만들어 낸 과정에 대해서는 김한식, 「김동리 순수문학론의 세가지 층위」, 상허학회, 『상허학보』 제15집, 2005. 8. 11~47면을 참고할 것

34) 우한용, 앞의 책, 299면 참고.

것이 일제에 의해 카프가 강제 해산되던 시기, 타율적으로 작가들이 택한 이념 소거 방식에서 연원을 찾을 수 있는 것이고 보면, 사상의 소거 문제는 재고되어야 한다. 그럼에도 불구하고 텍스트에서 사상을 빼기를 부추기는 방식은 냉전체제와 독재 정권의 억압 상황에서 계속적으로 강화되어 오면서 지배이데올로기에 의해 교묘하게 호도된 면이 없지 않다.

나) 민족 담론의 국가이데올로기

항상 나라의 문제가 개인의 문제보다 먼저라고 강조하는 「금당 벽화」식 민족주의는 교과서에서 소설 외의 텍스트들에서 더욱 강조되면서 교과서의 주요 주제가 되어 온 것이다. 그러나 당시 담징에 관해서는 이론의 여지가 있다.[35] 「조국」은 '삵'이라는 별명을 가진, 마을의 골칫거리요 망나니였던 정익호가 민족주의자로 변모되는 과정을 그린 소설이다. 그러나 그 변모가 다분히 우발적임을 주목해야 한다.

> "송 첨지가 죽은 줄을 아나?"
> 여의 말에, 아직껏 여를 쳐다보고 있던 삵의 얼굴이 아래로 떨어졌다. 그리고, 여가 발을 떼려는 순간, 언뜻 삵의 얼굴에 나타난 비창한 표정을 여는 놓칠 수가 없었다.
> 고향을 떠난 만 리 밖에서 학대받는 인종의 가엾음을 생각하고, 그 밤은 여도 잠을 못 이루었다. 그 억분함을 호소할 곳도 못 가진 우리의 처지를 생각하고, 여도 눈물을 금하지 못하였다.

---

35) 어려운 조국을 위하여 수학의 이름으로 더 배울 것 없는 나라로라도 도망을 친 것으로 풀이된다. 이 작품을 비롯하여 국어교과서 전반의 '민족성'이라는 이름의 '반민족성'에 대해서는 김진호, 「국정교과서 분석, 국어교과서의 반민족성」, 역사문제연구소, 『역사비평』 통권 3호, 1988. 6, 273~278면 참고.

인용문은 정익호가 갑자기 민족주의자가 되는 부분이다. 동네의 암적 존재였던 인물이 아무도 나서지 않는, 심지어 작중 화자인 '여'조차 감상적 수준에 그치고 마는 상황에서 복수를 하러 찾아가지만 역시 맞아서 죽어 간다. 그리고 그는 "보고 싶어요. 붉은 산이……. 그리고 흰 옷이……."라고 말하고 '나'와 마을 사람들이 들려주는 애국가를 들으며 죽는다. 정익호는 만주국인들에게 투전판에 가서 맞아 본 경험이 있다고 되어 있고 보면 송첨지 구타사건에 분연히 일어선 것이 민족적 차원의 복수라기에는 석연찮은 부분이 있다. 고향을 떠난 이들의 향수와 이익집단 간의 충돌 이상의 의미를 보기 어렵다. 그러나 김동인은 이를 개인의 사적 복수가 아니라 민족적 차원의 분노 표현이었음을 강조하기 위하여 애국가를 부르는 상황을 연출하고 있다. 식민지 시대 김동인은 결코 민족주의 작가가 아니었고 오히려 해방 후 반민특위에 연루될 정도로 친일 행각을 했던 장본인이다. 교과서에 그런 그의 작품을 실으면서 민족주의적 색채를 과장 강조하는 것은 김동인의 문학사적 의미에 기대어 과거 친일파에게 면죄부를 주기 위함이었다고 판단된다. 교과서 민족 담론의 허구성의 좋은 예이다.

'상상의 공동체'에 지나지 않는 민족이나 국가를 교과서에서는 강력한 헌신의 대상으로 삼고 있다. 이때 국가는 이데올로기적 억압 기구이고 국민들은 그에 대한 충성과 희생을 일방적으로 바치는 존재에 지나지 않는다. 그러한 파시즘을 은폐하기 위하여 교과서를 비롯한 지배 이데올로기는 모호한 가족 감정·혈연감정의 가족주의와 자랑스러움이라는 극단적 자민족 중심주의를 강조하여 왔던 것이다.[36)]

36) 김상봉, 앞의 책, 44~52면 참고.

다) 개인적 차원의 도덕 고양

전형적인 교과서 소설『심청전』의 주제는 말할 것도 없이 아버지를 위한 딸의 희생정신, 딸의 인권 같은 것은 고려조차 하지 않는, 일방적인 상납 방식에 의한 유교적 효의 고양이다.『별주부전』이 갖는 주제는 자라의 입장에서, 토끼의 입장에서 여러 해석이 가능하지만, 교과서의 게재부분에서는 어리석을 정도로 충직한 신하의 도리 부분만이 해학적으로 그려지는 데 그치고 있다.『춘향전』은 여성의 남성에 대한 절개를 넘어서서 사민평등의식, 인간해방의식 등으로 파악될 수 있지만 교과서 게재 부분은 절개와 사랑에 찾아오는 시련 부분이어서 단순한 연애소설로 한정시키는 경향이 있다.『홍길동전』은 사회적 차원에서 민중의 힘을 통한 사회개혁을 그리고 있음에도 불구하고 교과서에서는 적서차별이라는 가정 내 문제로, 입신양명이라는 개인의 차원으로 한정하고 있다. 많은 고전소설들 중에서 호명된 이 소설들은 국문학사적 가치 때문이기도 하지만 그것이 고양하는 덕목이 지배이데올로기와 긴밀하게 연결되었을 가능성이 있다. 공히 유교적인 덕목이 개인적 차원에서 강조되고 있는 교과서의 이 소설들에서, 학생들은 충과 효, 입신양명, 불사이군 등의 덕목 고양을 통해서 다시 한 번 착한 주체가 되기를 권유받는다.

라) 선택과 배제의 이데올로기

교과서 작품 선택의 문제를 살펴보면, 문학사적 위상으로 중요하다는 작품을 안일하게 선정하고 있음을 볼 수 있다. 문학사적 위상이라는 것도 누군가가 '선택'해 놓은 작업이고 보면 그에 대한 재고가 이루어져야 할 것임에도 불구하고 오랫동안 고착된 '정전'을 답

습해 온 것이 교과서의 모습이었다.

교과서의 주된 주제는 순수성과 민족성이었다. 개념상 민족문학은 '순수문학'이 아니다. 그럼에도 불구하고 카프문학을 배제시켰던 순수문학 중심의 교과서에서 「붉은산」이나 「금당벽화」를 선택하였던 것은 그것이 공히 타자, 즉 공산주의와 대적적인 자리에 서 있기 때문이었다. 결국 반공이라는 공통의 목표를 성취하기 위해 민족과 순수는 엉거주춤한 상황으로 제휴하고 그 잣대로 교과서를 재단하여 왔다. 그리고 반공이라는 이데올로기를 드러내어 표현하기보다 외면시키기, 개인적 차원의 덕목 강조하기 등의 방식을 통하여 우민화해 왔던 것이다.

외국소설의 선택의 문제는 보다 복잡해진다. 수많은 나라 가운데 어느 나라와 특정 작품을 택하는 행위는 교육의 장을 장악한 세력들에 의해서 이루어지다 보니까 그들의 특정 이데올로기에 의존하게 되기 때문이다.37) 교과서에 「별」과 「큰바위얼굴」이 오랫동안 실린 것은 그 '순수함' 혹은 성장소설적 요소로 인해 학생의 착한 주체화에 용이했기 때문이었다. 게다가 각각은 현실 정치에서 눈을 돌리게 하는 낭만적 엑조티시즘의 요소(「별」)와 미국 특정 지역 신비화가 가져오는 친미적 이데올로기 강화의 요소를 가지고 있다고 하겠다.

2) 탈반공 시대 교과서 소설들의 추이: 5차~

앞의 표를 참고하면 5차 이후 획기적 변화를 볼 수 있다. 5차 교

---

37) 각각 김붕구와 피천득의 번역인데 특히 피천득은 당시 교육장의 중요한 세력이었다.

과서에는 소설이 14편 정도인데 그중 2편이 고등학교 교과서에 게재
(이 중 앞선 교과서의 선택을 계승한 것이 8편)된 것이다. 특히 고등
학교 교과서를 중심으로 소설의 양이 적어졌다고 할 수 있겠지만 5
차 이후 『문학』 교과서가 독립 발간된 것을 감안하면 매우 많은 문
학작품이 텍스트화되었음을 알 수 있다. 게다가 이후에도 계속적으
로 국어 교과서에 작품량을 늘리고 있다. 6차 교과서의 경우 중학교
교과서 12편, 고등학교 교과서 10편으로 총 22편(그중 10편이 계승
된 것임)이고 7차 교과서에서 중학교 26편, 고등학교 9편으로 총 35
편(그중 10편이 계승된 것)이 실렸던 것이다. 6차 교과서의 경우 새
로운 게재가 12편에 그치는 반면, 양적으로 늘어난 7차 교과서의 경
우 25편이 새로이 실리고 있으니 교과서의 고착된 정전화를 극복하
고 있음을 알 수 있다. 새로이 첨가된 텍스트들을 살펴보면,

> 5차-「나비」, 「사랑손님과 어머니」(중학교), 『삼대』, 「허생전」(고등학교)
> 6차-「왕치와 소새와 개미와」(중학교), 「바비도」/「화랑의 후예」, 「동백꽃」, 「수
> 난이대」, 「메밀꽃 필 무렵」, 「선학동 나그네」, 「토지」(고등학교)
> 7차-「강아지똥」, 「소설 동의보감」, 「바람을 파는 소년」, 「벙어리 삼룡이」, 「옥
> 상의 민들레꽃」, 「흰종이 수염」, 「숨쉬는 영정」, 「우산장수 할아버지」, 「소음공
> 해」, 「책상은 책상이다」, 「기억 속의 들꽃」, 「장마」, 「동백꽃」, 「비누인형」, 「연
> 년생」, 「원미동 사람들」, 「아홉 살 인생」, 「오발탄」, 「난쟁이가 쏘아올린 작은
> 공」, 「운수좋은 날」, 「자전거를 못 타는 아이」, 「봄바람」(중학교) 「그여자네 집」, 「
> 봄봄」, 「장마」, 「눈길」, 「우리들의 일그러진 영웅」, 〔광장〕, 「천변풍경」(고등국어)38)

　새로이 첨가되는 텍스트가 많다는 것은 정전의 고착화를 부정한다
는 것을 의미한다. 7차 교과서에 이르면 6차 교과서에서 보였던, 문

---

38) 「흥보가」도 있으나 이는 초등학교 교과서에 자주 오르내리던 텍스트여서 제외시킴.

학사상 중요한 작품에 편중되는 경향도 극복되어 인터넷소설이나 학생 글이 교과서에 실리게 된다.[39] 물론 그 이전에도 반공주의 고양을 위해 희곡 등의 경우 학생 글이 실린 경우가 없지 않다. 하지만 여기에서는 특정 이데올로기 고양 목적하에 뽑아낸 글이 아니라는 것이 주목을 요한다. 그 외에 찾아 읽기, 토론하기 등의 방식을 통해 교실에서 교과서는 닫힌 공간이 아니라 열린 공간으로 작용할 것을 볼 수 있다.

그럼에도 불구하고 문제점은 남아 있다. 「소나기」, 「요람기」, 「상록수」 등 반공주의 자장 안에서 서정문학, 계몽문학 고양을 위해 사용되었던 소설들이 역시 계속 7차까지 실린다는 것이 그 한 가지이고 새로이 첨가한 소설들의 게재부분이 현실의 북한을 이해하는 데 도움을 주기 어렵거나 갈등의 원인을 잘 알 수 없는 부분이거나 하여 한계를 갖는다는 것이 다른 예가 된다.[40]

5차 이후의 교과서는 탈반공의 과정을 잘 보이고 있다. 이제 더 이상 국가 지배하의 지배이데올로기 주입으로의 도구적 면모는 보이지 않는다. 그를 위해 지나친 서정성의 고양, 순수 민족 이데올로기에의 봉사, 단편소설 중심 등의 교과서 전유는 극복되어야 할 것이다.

---

39) 교과서에 실리는 '좋은 글'에 관하여, 정준섭은 형식상 특징이 분명하고 재미와 감동을 주는 동시에 좋은 가치가 내면화되어야 한다고 하였다. 모든 학생들이 일률적으로 사용하는 교과서가 특정 이데올로기 선전이나 두둔에 앞서서는 안 되며 매년 쏟아지는 학문의 연구성과도 수시로 반영되어야 한다는 점을 감안하면 '좋은 가치'란 자명하다. 곧 창의적이고 객관적인 입장에서 사물을 볼 수 있는 안목을 길러 주는 소재, 제재이어야 할 것이다.

40) 강진호, 「교과서·문학 교육·교사-'분단 소설'을 중심으로-」, 『문학교육학』 9호, 2002, 여름, 39~57면 참고.

결론: 남은 문제

이상으로 국어과를 중심으로 교육과정의 변화를 한눈에 보면서 그에 국어교과서가 어떻게 변모하여 왔는지를 살펴보았다. 1차에서 4차까지는 반공주의의 강화과정이었다. 긴급조치기 미국이 심어 놓은 교육상의 반공주의는 이렇듯 오래도록 우리 교육장을 지배하였던 것이다. 이 시기에 마련된 제도로서의 반공주의는 1, 2차 과정 중에 교과서의 중요 이데올로기로 작동되었고 유신과 5공화국이라는 독재 시대에 이르면 국가지배이데올로기의 전파수단으로 작용하게 된다. 세계사적 변화와 국내의 민주화에 힘입어 우리 교육과정이 크게 변화하게 된 5차 이후 우리는 그동안 '입어' 왔던 반공을 벗느라 배의 노력을 기울여야 했다. 5차에서 시도하였고 6, 7차에 제도로 굳혀 나가는 국가지배이데올로기 전유 포기 문제는 눈에 띄게 현저하다. 이러한 과정을 잘 보여 주는 것이 교과서 게재 소설이다. 교과서 게재 소설은 그 특성상 이중 삼중으로 이데올로기적 성격을 갖는다. 그러므로 교육과정에 나타난 이데올로기의 변모양상을 고찰하기 위해 교과서 게재 소설을 살피는 일이 필요하다. 반공이 국시가 되던 시기와 탈반공의 시기에 교과서 게재 소설은 많은 변화를 보인다. 곧 그 이전에는 크게 변화 없이 계승되던 교과서 게재 소설 목록이 5차 이후 변화하기 시작했고 7차에 오면 아예 문학성이 검증된 작품만 교과서에 싣는 방식 자체에도 회의를 보이는 변화를 보인다. 이는 국정교과서 위주의 우리 국어교육의 미래에 검인정 교과서의 확대가 이루어질 가능성을 점치게 한다.

조미숙 ─────────────────────────────

▌약력

건국대학교 국어국문학과 및 동 대학원 졸업
문학박사, 문학평론가, 소설가
건국대학교 교양학부 강의교수 역임
현재 유한대학교 교양학과 강의교수로 재직중

▌주요 논저

『한국현대소설의 인물묘사방법론』
『페미니즘문학론(공저)』
『현대작가론(공저)』
『반공주의와 한국문학의 근대적 동학(공저)』
『사이버소설의 미적구조와 세계관(공저)』
「문화콘텐츠로서의 역사드라마와 신화 ─ 드라마 <태왕사신기>의 가능성」
「독서를 위한 기반형성과 독서교육」
외 다수

격동의 시대와 문학

초판인쇄 | 2010년 6월 16일
초판발행 | 2010년 6월 16일

지 은 이 | 조미숙
펴 낸 이 | 채종준
펴 낸 곳 | 한국학술정보(주)
주   소 | 경기도 파주시 교하읍 문발리 파주출판문화정보산업단지 513-5
전   화 | 031) 908-3181(대표)
팩   스 | 031) 908-3189
홈페이지 | http://ebook.kstudy.com
E-mail | 출판사업부 publish@kstudy.com
등   록 | 제일산-115호(2000. 6. 19)

ISBN   978-89-268-1103-0 93810 (Paper Book)
         978-89-268-1104-7 98810 (e-Book)